JENNIFER B. WIND

Als Gott schlief

JENNIFER B. WIND

Als Gott schlief

Thriller

GMEINER SPANNUNG

Besuchen Sie uns im Internet:
www.gmeiner-verlag.de

Genehmigte Lizenzausgabe für die
Gmeiner-Verlag GmbH
Im Ehnried 5, 88605 Meßkirch
Telefon 07575/2095-0
info@gmeiner-verlag.de

1. Auflage 2014

Lektorat: Claudia Senghaas, Kirchardt
Herstellung: Benjamin Arnold
Umschlaggestaltung: U.O.R.G. Lutz Eberle, Stuttgart
unter Verwendung der Fotos von:
©Thinkstock by Getty Images, Ron Chapple Studios
© zero23cool / sxc.hu
Druck: GGP Media GmbH, Pößneck
Printed in Germany
ISBN 978-3-8392-1717-7

Leid brachte die
stärksten Seelen hervor.
Die allerstärksten Persönlichkeiten
sind mit Narben übersät.
(Khalil Gibran)

Für Günter,

meinen Ehemann, Freund, Geliebten, Diskussionspartner, Seelentröster, Motivator, sachkundigen Berater, Tauchbuddy, Erstleser und perfekten Vater unserer wundervollen Töchter!

Und für Papa: Wo auch immer du jetzt bist …

»Papa, I can see you,
Papa, I can hear you,
Papa, I can feel you.
Papa, watch me fly!«

(Aus »Yentl«, Barbara Streisand)

TEIL 1

ANGST UND TOD

Schrecklicher als der Tod ist die Angst davor,
grausamer als jede Krankheit die Ausgrenzung.

JUTTA

1. KAPITEL

Wien, Sonntag, 17. April 2011, 5:56 Uhr

Rot auf Weiß.

Zarte Tropfen auf Linoleum. Rot auf Weiß. Klebrige Fußabdrücke auf dem Bodenbelag. Eisengeruch erfüllt den Raum, der sich um sie zu drehen beginnt. Herbert Molaryk kommt mit ausgestreckten Armen auf sie zu. Von der Spitze seines Zeigefingers löst sich ein Tropfen und fällt auf ihren Schuh.

Rot auf Grün.

Der Tropfen rinnt über das Leder und sammelt sich an der Kante des Zehenlochs, bis er überläuft. Die warme Flüssigkeit rinnt auf ihren Zeh und wird auf dem lackierten Zehennagel unsichtbar.

Rot auf Rot.

Jutta sieht auf. Ihr Magen krampft sich zusammen, als ihr bewusst wird, dass Molaryks Hemd blutdurchtränkt ist. Wie ein nasser Sack klebt es an ihm.

Rot auf Blau …

… wird zu Lila. Aus glasigen Augen schaut Molaryk sie an.

»Simon, er …«

Schwindel erfasst sie. Ein Pfeifton erklingt in ihrem Ohr. Sie versucht zu begreifen, was hier vor sich geht. Wessen Blut ist es, mit dem Herbert da besudelt ist?

»Was ist mit Simon?«

Aus Molaryks Kehle dringt nur ein heiseres Krächzen. Dann knicken seine Knie ein. Auf allen Vieren hockt er auf dem Parkett und würgt. Jutta kniet sich vor ihn und schüttelt ihn an den Schultern.

»Was ist mit Simon?«

Ein lautes Klatschen folgt. Hat sie ihm wirklich ins Gesicht geschlagen? Warum sagt er auch nichts, sondern hockt nur am Boden und kotzt ihr Büro voll?

»Herbert! Sprich verdammt noch mal mit mir.«

Vertraute Hände legen sich auf ihre Schultern, ziehen sie von Molaryk weg, umarmen sie und flüstern ihr ins Ohr: »Du musst jetzt stark sein, Mädchen.« Es ist Georg Kunzes Stimme. »Simon wurde niedergestochen.«

Das Bild verschwamm vor Juttas Augen bis auf einen roten Fleck im Zentrum. Ein blutiger Schuhabdruck.

Im Dunkeln tastete sie nach ihrem Mann, bekam aber nur das kalte Laken zu fassen. Mit einem lauten Schluchzen vergrub sie ihr tränennasses Gesicht darin. Sein Geruch war längst verflogen.

Vier Monate. Konnte es wirklich sein, dass sie Simon schon vor vier Monaten begraben hatte? Der Schmerz war noch so stark, als wäre es gestern passiert. Mit dem Ärmel des Sweatshirts wischte sie sich übers Gesicht und bekam gleich darauf ein schlechtes Gewissen. Es war Simons Lieblingsshirt, das sie zum Schlafen trug. Bestimmt waren jetzt Mascara-Schlieren auf dem gelben Stoff, zusätzlich zu den Ketchup-Flecken der letzten Monate, denn sie hatte vergessen sich abzuschminken. Trotzdem würde sie es niemals waschen.

Sie blinzelte. Laut Leuchtanzeige des Weckers war es sechs Uhr Früh. Die Schlafmittel schienen jeden Tag weniger zu wirken. Sie war jetzt seit halb fünf wach und suhlte sich in den schönen Erinnerungen vor Simons Tod – und den traurigen danach.

Benommen stand sie auf. Mist! Was klebte da an ihrer Fußsohle? Angeekelt schüttelte sie die Pizzaecke ab, die vom Abendessen übrig geblieben war, geriet aus dem Gleichgewicht und stolperte über den Berg aus Schmutzwäsche.

Sie wankte ins Bad. Unaufhörlich strömten weitere Bilder durch ihren Kopf: Simon blutüberströmt auf dem Ambulanzbett, Simon bei der Hochzeit, strahlend und glücklich, Simon an Schläuchen auf dem Bett der Intensivstation, Simon an ihrem letzten gemeinsamen Tag beim Essen, Simon im offenen Sarg.

Jutta drehte den Wasserhahn auf, beugte sich über das Becken und hielt den Kopf unter das kalte Nass.

Wann würde der Schmerz endlich aufhören? Nur zwei Jahre hatte ihr Glück gedauert. Zwei Wochen vor dem Unglück hatte sie die Pille abgesetzt, weil sie endlich bereit waren, eine Familie zu gründen. Traurig sah sie auf ihren flachen Bauch herab. Wenn sie wenigstens schwanger wäre, dann wäre ein Teil von ihm noch bei ihr. Sie vermisste ihn unendlich.

Das Klingeln des Mobiltelefons unterbrach ihre Gedanken, aber sie ließ die Mailbox anspringen. Die Kleidung klebte auf ihrer Haut. Müde schälte sie sich aus Shirt, Slip und Achselhemd. Gerade als sie in die Dusche steigen wollte, klingelte es erneut. Sie ging zurück ins Schlafzimmer und hob ab.

»Jutta St-Stern.« Es fiel ihr schwer, ihren Nachnamen auszusprechen, *seinen* Namen.

»Morgen, mein Sternchen.«

Jutta setzte sich auf den Bettrand. Georg Kunze, ihr Vorgesetzter und Partner beim LKA, war am Apparat. »Tut mir leid, dass ich dich geweckt habe.«

»Ich war schon wach.«

»Schlechte Träume?«

»Komm zur Sache bitte«, sagte sie und fügte hinzu: »Ich bin nackt.«

»Für Telefonsex haben wir jetzt leider keine Zeit, Jutta, ich brauch dich hier – und zwar pronto.«

»Was ist passiert?« Fahrig kramte sie in der Schublade ihres Nachttischchens nach Kugelschreiber und Notizblock.

»Sieh es dir selbst an. Kretschmer hat dir die Leitung des Falls übertragen, er konnte dich nur nicht erreichen. Er meinte, es wäre Zeit dafür. Es hat Weihbischof Heuss erwischt. Ich geb dir die Adresse durch, und dann schwingst du deinen hübschen Hintern hierher!«

»Ein Bischof? Du meine Güte!« Jutta notierte sich schnell die Adresse.

»Ja, das kannst du wohl sagen. Und spar dir das Frühstück, wäre schade drum!«

Ein Klicken in der Leitung signalisierte, dass Georg aufgelegt hatte.

Mit einem Seufzen erhob sie sich. Nach einer Katzenwäsche mit dem Waschlappen schlüpfte sie in Bluse und Jeans, die zuoberst auf dem Wäscheberg lagen. Der Bund der Hose schlackerte um ihre Taille. Die letzten Wochen hatte sie fast völlig auf warme Mahlzeiten verzichtet. Simon war der Koch in ihrer Ehe gewesen. Sie bürstete ihren kurzgeschnittenen Bob schnell durch und verteilte einen Klecks Haargel darüber; die letzten Reste aus Simons Tube. So bekam dieses Mausbraun wenigstens einen schönen Glanz, und der Geruch verlieh ihr die Illusion von Simons Nähe. Puder, Rouge und Mascara vollendeten das Fünfminutenstyling. Auf Parfum verzichtete sie, stattdessen erfrischte sie sich mit einem Spritzer Deodorant.

Zehn Minuten später parkte sie ihren Toyota neben zwei Einsatzfahrzeugen der Polizei, dem Rettungswagen, einem Notarztwagen, Georgs zerbeultem Ford und drei weiteren Fahrzeugen in der Nähe des Hauses des Wiener Weihbischofs Heuss.

Trotz der frühen Morgenstunde drängelten sich Schaulustige um die rot-weißen Absperrbänder – teilweise nur mit Morgenröcken oder einer hastig über den Schlafanzug geworfenen Jacke bekleidet.

Sie verstand nicht, was diese Menschen dazu bewog, ihre Betten zu verlassen. War es Neugier, Entsetzen, Angst, Sensationsgier oder schlichtweg Langeweile? Sie vermutete eine Kombination von allem.

Die Tatortgruppe hatte bereits mit ihrer Arbeit begonnen. Zwei Männer in weißen Overalls streiften mit ernsten Gesichtern, den Blick auf die Wiese gerichtet, im Vorgarten herum. Zwei Streifenpolizisten standen bei den Absperrbändern.

Die Kokarde an ihre Brust gedrückt, lief Jutta durch die Absperrung die Treppe zum Eingang des Hauses hoch. Die Tür stand offen. Auf den ersten Blick waren keinerlei Anzeichen eines gewaltsamen Eindringens zu erkennen.

An der Tür begrüßte sie bereits Inspektor Herbert Molaryk von der Streife. Herbert hatte oft mit Simon zusammengearbeitet, bis zu jenem verhängnisvollen Tag. Jutta schluckte und betrachtete sein Hemd. *Rot auf Blau.* Sie konnte ihm immer noch nicht in die Augen sehen. *Rot auf Blau.* Ein Blinzeln verscheuchte die Vergangenheit, und mit einem Blick auf den Boden nickte sie zur Begrüßung und trat ein.

Der Vorraum war schmal, lang und lichtdurchflutet. Ein Perserläufer lag auf dem Marmorboden. Die Wiener Bischöfe der letzten Jahrzehnte lächelten freundlich aus ihren Bilderrahmen herab. Auf einer Kommode stand neben einem Kreuz aus Stein eine schlicht gerahmte Fotografie Papst Benedikts. Rosenkränze in leuchtenden Farben und aus verschiedensten Materialien lagen in einer Glasschale. Im Flur roch es säuerlich, schimmelig und modrig, was von der Messingobstschüssel ausging, die in einer Ecke auf einem Biedermeierbeistelltisch stand. Ein Schwarm Obstmücken kreiste um verdorbene Weintrauben und Äpfel. Durch eine offene Tür konnte sie in eine Wohnküche sehen, an deren Tisch eine Frau saß, in einer Kittelschürze, wie sie Juttas Großmutter immer getragen hatte. Das Gesicht in ihre wulstigen Finger vergraben, schluchzte sie. Ein Sanitäter sprach beruhigend auf sie ein.

»Das ist Frau Baumann«, sagte Georg, als er neben Jutta auftauchte. »Sie war die Haushälterin des Bischofs und hat ihn heute Morgen gefunden, als sie ihn zur Messvorbereitung wecken wollte.«

»Hast du schon mit ihr gesprochen?«

»Nur kurz, sie ist noch ganz durcheinander. Wir können später mit ihr reden.«

»Gut, dann möchte ich mir jetzt gern das Opfer ansehen.«

Georg nickte. »Na, dann komm mal mit.«

Jutta folgte ihm durch einen Wohnsalon in ein anderes Vorzimmer. Die Nussholztüren an beiden Seiten des Flurs waren mit Intarsienschnitzereien versehen.

»Weihbischof Heuss' Schlafzimmer ist der zweite Raum auf der linken Seite«, sagte Georg und bedeutete ihr, vorauszugehen.

Noch bevor sie das Schlafzimmer betrat, schlug ihr ekelerregender Gestank entgegen, eine bedrückende Geruchsmischung aus Leichenaroma, Schweiß, Urin und Fäkalien. Schwach mischte sich der Geruch nach faulen Eiern darunter. Ein leises Summen war ebenfalls zu vernehmen.

Rasch hielt sie ihre Hand über Nase und Mund, um den Brechreiz zu unterdrücken. Daran mussten die Tabletten schuld sein; offenbar hatten sie ihren Magen angegriffen. Es wurde wirklich Zeit, damit aufzuhören. Wortlos reichte Georg ihr die Dose mit der Mentholpaste, die sie dankbar annahm, um sofort damit ihre Nase einzucremen.

»Heuss muss schon mindestens einen Tag hier liegen. Die Haushälterin war über das Wochenende bei Angehörigen in Tirol«, sagte er. »Grausamer Anblick, oder?«

Jutta versuchte, flacher zu atmen, und trat an das Bett heran.

Der voluminöse Geistliche lag auf dem Bauch, die Gliedmaßen weit von sich gestreckt und unbekleidet. Ein riesiges Muttermal im Lendenbereich und borstige Haare auf seinen Schulterblättern waren nicht die einzigen Auffälligkeiten. Seine Haut glänzte weiß, war mit zahlreichen blutverkrusteten Striemen überzogen und wies dunkle Abdrücke auf. Flecken an Fersen, Fußsohlen und Knöcheln, die sich farblich von den Totenflecken unterschieden, ließen Jutta vermuten, dass der Weihbischof Betäubungsmittel eingenommen hatte; ob freiwillig oder eingeflößt, das würden Toxikologie und Pathologie sicher herausfinden.

Sein Kopf lag in einer bereits eingetrockneten Flüssigkeit von undefinierbarer Farbe. Braun, Blau, Schwarz, Grün, Rot. *Rot auf Weiß*. Jutta bekämpfte die aufsteigende Übelkeit. Die Augen des Bischofs waren weit aufgerissen und blutunterlaufen. Rotviolette ringförmige Abdrücke an Hals, Handgelenken und Fesseln stammten vermutlich von einem Strick oder Kabelbindern. Zwischen seinen Beinen war eine braunrote Pfütze auf dem Laken zu erkennen. Die Innenseiten seiner Oberschenkel sowie die Hälfte seines Hinterteils waren ebenfalls von dieser getrockneten Masse überzogen. Zwischen den Pobacken entdeckte Jutta das fleischfarbene Ding, dessen Summen den Raum erfüllte.

»Ist es das, was ich denke?«, fragte sie mit einem Seitenblick zu Georg.

»Tja, seltsam, oder?«

»Wieso hat das … Ding noch niemand abgestellt?«

Georg räusperte sich. »Sicher wollte man nichts verändern, bis die Tatortgruppe alle verwertbaren Spuren gesichert und Fotos geschossen hat.«

Jutta nahm ein Paar Gummihandschuhe hervor, die sie immer vorsorglich eingesteckt hatte, zog sie über und beugte sich über die Leiche.

»Ich werde aufpassen.«

Sofort verstummte das Summen.

»Alle Achtung«, sagte Georg. »Das ging aber schnell.«

Sie drehte sich zu ihm um. »Es ist nur ein simpler Schalter, on/off, man muss kein Techniker sein, um den zu finden.«

»Solltest du mal … Notstand haben, du weißt ja, wo du mich findest, ich meine, bevor du so ein Plastikding …« Als er in ihre Augen sah, brach er ab.

Früher hätte sie über diesen Witz gelacht, doch heute bekam sie nur einen schalen Geschmack im Mund, wenn sie über Sex nachdachte. Sie konnte sich nicht vorstellen, jemals wieder mit einem Mann intim zu sein.

Ein Mann der Tatortgruppe, der eine Lampe und eine Spraydose trug, rempelte sie an. Der Amtsarzt begleitete ihn.

Jutta kritzelte in ihren Notizblock, Georg linste über ihre Schulter. »Wieso notierst du die Uhrzeit?«

»Wir müssen später nachsehen, um welche Batterien es sich handelt, und deren Lebensdauer überprüfen. Damit haben wir einen Anhaltspunkt für die Todeszeit.«

»Der ist seit mindestens zwölf Stunden tot«, sagte der Amtsarzt laut. »Die Totenflecken lassen sich nicht mehr wegdrücken.«

Der Arzt drückte auf dem Leichnam herum und untersuchte die Gliedmaßen und Wunden. Dabei sprach er in sein Diktiergerät: »Adipöse Leiche, weiß, männlich, circa 60 Jahre alt, Glatze. Melanom im Lendenbereich. Die Beine sind noch starr. An Kopf, Rumpf und oberen Extremitäten hat sich die Leichenstarre bereits gelöst. Das bedeutet, der Bischof ist vor 24 bis 36 Stunden gestorben.«

Georg konnte sich ein Grinsen nicht verkneifen. »Müssen Duracell-Batterien sein.«

Jutta ignorierte seinen Kommentar und sah sich im Raum um. Auf dem Nachttisch lag eine aufgeschlagene Bibel, keine ungewöhnliche Lektüre für einen Geistlichen. Neben der Leselampe stand ein benutztes, aber leeres Trinkglas. Als sie nach unten sah, entdeckte sie ein Loch im Teppich. »Raucht der Bischof?«

Georg folgte ihrem Blick. »Das wäre aber ein großes Brandloch.«

»Vielleicht eine Zigarre oder Pfeifentabak?« Jutta kniete sich hin, um den Boden zu inspizieren. »Das Loch im Teppich ist unregelmäßig begrenzt und hat keinen braunen, sondern einen weißen Rand, der Holzboden darunter sieht gebleicht aus.« Sie hob den verbliebenen Teppichteil hoch. »Siehst du, hier ist der Boden viel dunkler.« Mit einem Spatel schabte sie die Rückstände vom Parkett. »Kristalline Form wie Salz oder Zucker, es sieht aber ätzend aus. Gib mir mal einen Beweisbeutel und schick mir jemanden von der Tatortgruppe, bitte.«

Georg reichte ihr das Gewünschte und ging aus dem Zimmer. Jutta tränten die Augen. Mit dem Handrücken wischte sie sich über die Lider.

»Was gibt's denn?« Eine dunkelhäutige Schönheit, die

Jutta nie zuvor gesehen hatte, stand in einem weißen Overall vor ihr und lächelte.

»Haben Sie diese Stelle bereits fotografiert und festgehalten?« Jutta zeigte auf den Boden. »Sehen Sie das Loch hier im Teppich?«

Die Dunkelhäutige beugte sich vor, das Schild auf ihrem Mantel wies sie als Tamana Breuer aus.

»Sieht nicht nach Brandloch aus. Ich werde es gleich fotografieren, die Spur sichern und auf der Liste notieren.«

Jutta reichte Tamana Breuer den Beutel mit dem Beweismaterial und kroch weiter über den Boden, während die Kollegin von der Tatortgruppe ein Stück aus dem Teppich schnitt.

Neben einem Pfosten am Fußende des Bettes lag etwas Längliches, circa vier Zentimeter lang, zwei bis vier Millimeter breit und mit einem knorpelig verdickten Ende.

»Was könnte das denn sein?«, fragte Jutta. »Sieht aus wie ein eingetrockneter Regenwurm.«

Mit einer Pinzette bewaffnet, hockte sich Tamana neben sie. »Eher wie ein Stück Schnittlauch, finde ich, trockener Schnittlauch natürlich.« Ihr entfuhr ein tiefes kehliges Lachen. Vorsichtig hob sie das Stückchen mit der Pinzette vom Teppich und tütete es ein. »Ich glaube nicht, dass das hier von Wichtigkeit ist. Wird dem armen Kerl wohl nur vom letzten Abendmahl gefallen sein.« Sie lachte wieder. Tamana war sicher neu bei der Spurensicherung. Oft versuchten Neulinge, ihre Betroffenheit über das Verbrechen mit Humor zu überspielen.

Jutta machte diesen Job lange genug, um zu wissen, wie wichtig das kleinste Detail sein konnte. Als hätte sie sich bei einem Fehler ertappt, ging sie zum Nachttisch zurück und sah in die aufgeschlagene Bibel. Anfang und Ende eines Absatzes waren mit Bleistift markiert. Ob die Bibelstelle eine Bedeutung für den Fall hatte? Jutta las.

2. KAPITEL

Hanna Wagner stand auf der gegenüberliegenden Straßenseite und beobachtete mit gezücktem Notizblock und Diktiergerät das Treiben vor dem Haus von Weihbischof Heuss. Das Kitzeln der Schmetterlinge in ihrem Bauch war eine alte Berufskrankheit.

Nach ihrer ersten Titelstory in *Kleine Austria Aktuell* hatte sie sich von ihren Freundinnen fotografieren lassen: nackt und mit dem Titelbild der Story auf der bloßen Brust. Ihre ganze Haut hatte gekribbelt, ein unbeschreibliches Hochgefühl hatte sie wie ein multipler Orgasmus durchzuckt – nicht, dass sie wusste, wie sich ein multipler Orgasmus anfühlte, aber es musste wohl ganz ähnlich sein. Das Exklusivinterview mit dem Mörder Hans Witzig hatte ihrer Karriere mächtig Schwung verliehen: vom kleinen Regionalblatt zur größten österreichischen Tageszeitung.

Sie hatte nun mal einen Riecher für Topstorys und war meist vor ihren Kolleginnen und Kollegen vor Ort, wie jetzt auch.

Hanna sah die übermüdeten Augen und gezeichneten Gesichter all derer, die aus dem Haus des Bischofs kamen. Das lautstarke Weinen einer Frau wurde vom Murmeln der Schaulustigen untermalt. In ihren seltsamen Kostümen aus Pyjama oder Nachthemd unter Morgenmantel sahen sie aus wie verirrte Kreaturen aus einer anderen Welt. Selbst hier konnte Hanna den penetranten Leichengeruch wahrnehmen, den der Wind herüberwehte. Angewidert zog sie den Rollkragen ihres Pullovers über die Nase.

Sie war am Morgen zeitgleich mit dem Rettungsdienst eingetroffen. Ihr Funkscanner hatte sich wieder einmal als kluge Investition erwiesen. Abhören des Polizeifunks war illegal, sogar strafbar, natürlich wusste sie das. Ihre ängstlichen Kollegen mochten sich daran halten, sie hatte jedoch keine derartigen Skrupel. Die Konkurrenz schlief nicht, in ihrem Beruf schon gar nicht.

Fünf Minuten später hatte sie Kunze aus seinem Auto springen sehen. Klar, der Herr Chefinspektor war immer einer der Ersten am Tatort. Ein Wichtigtuer, den sie lächerlich fand. In Los Angeles würden sich die Paparazzi um ihn scharen, so sehr ähnelte er Danny de Vito. In Uniform würde er vielleicht halbwegs passabel aussehen, aber die Kripo arbeitete nun mal in Zivilkleidung. Obwohl seine Kollegen kragengestärkte Baumwollhemden mit oder ohne Krawatte und Bügelfaltenhosen trugen, kam Kunze stets in zerknitterten T-Shirts, Flanellhemden und Jeans zu den Tatorten oder – besonders im Hochsommer – in abgetragenen Leinenhosen. Er benutzte kein Parfum, sondern verwendete seit Jahren *Tabac*-Rasierwasser, das Hanna Übelkeit verursachte.

Und während die Tatortgruppe fleißig alle Spuren gesichert hatte, war die Bohnenstange dahergekommen. Kunze machte nichts ohne sie. Die Frau hatte ausgesehen, als hätte sie in ihren Kleidern geschlafen. Was waren die beiden nur für ein Team? Selbst mit einem Celebrity-Haarschnitt à la Katie Holmes würde Jutta Stern immer nur eine Durchschnittsfrau bleiben.

Seit einer Stunde stand Hanna geduldig unter dem Kastanienbaum und lauerte. Ihre Finger hielten die neue Tablettenpackung in der Manteltasche fest umklammert. Sie hatte vorgesorgt und beschlossen, die Schmerzen so lange wie möglich zu ignorieren.

Momentan würde sie nicht viel von der Polizei erfahren, aber vertrauliche Informationen erhielt sie gewiss nicht von der Pressestelle. Sie wartete und lächelte siegesgewiss. Das hier würde ihre Story werden.

3. KAPITEL

»Jutta! Gerda Baumann ist jetzt bereit. Kommst du bitte mit?«, rief Georg vom Flur aus.

Jutta kritzelte den Bibeltext in ihren Notizblock und verließ das Schlafzimmer. Am Ende des Flurs, gegenüber der Wohnküche, warf sie einen Blick aus dem Fenster. »Da ist sie wieder, diese Hyäne!«

»Wer?«

»Die Journalistin mit dem Playmate-Busen.«

»Hanna Wagner ist da?« Georg folgte ihrem Blick und errötete. »Tatsächlich!« Er strahlte. »Eine Wahnsinnsfrau.«

Jutta zuckte mit den Achseln. »In 20 Jahren ist der Lack ab.«

»Nicht bei dieser Frau. Die ist mit 90 noch zum Anbeißen. Vergleich sie nicht mit diesen hirnlosen Playboy-Bunnys. Sie erinnert mich an meine erste große Liebe.«

»Marlene Dietrich?« Jutta runzelte die Stirn.

»Nein, an Professor List, meine Mathelehrerin in der Volksschule! Jedenfalls ist die Frau toll. Hanna Wagner, meine ich.«

»Wenn du meinst.« Männer waren leicht zu beeindrucken: Seidenmähne, Schmollmund, lange Beine und große Brüste reichten aus.

Sie folgte Georg in die Wohnküche des Weihbischofs. Drinnen roch es nach angebrannter Milch und einem alten Wettex-Tuch. Auf dem weiß lasierten Holzschemel neben der Essbar saß Gerda Baumann und starrte auf die Tischplatte. Mit einer Hand zerknüllte sie ein Stofftaschentuch. Ihre Linke spielte mit einem Schlüsselbund. Nur das Brummen des Kühlschranks untermalte ihr Schluchzen.

Jutta setzte sich ihr gegenüber. »Frau Baumann?«

Die Alte knetete weiter das Taschentuch, ohne aufzublicken.

»Darf ich Ihnen einige Fragen stellen?« Sanft legte Jutta ihre Hand auf Gerda Baumanns Arm, um eine Vertrauensbasis herzustellen. »Nur das Wichtigste. Den Rest machen wir dann in meinem Büro bei Ihrer Vernehmung für das schriftliche Protokoll. Ist das in Ordnung?«

War das ein Nicken? Jutta machte eine verständnisvolle Pause. Ihre Hand ließ sie auf dem Arm der Haushälterin liegen, bis die Frau ihren Kopf hob und ihr in die Augen sah. Ein Zeichen, dass sie bereit war.

»Wie lange kümmern Sie sich schon um den Haushalt des Weihbischofs?«

Die Antwort kam zögernd. »Seit … 20 Jahr' … vielleicht mehr … arbeite ich für den Albin.«

»Da kennen Sie … Entschuldigung … kannten Sie sich sehr gut.« Es war keine Frage, vielmehr eine Feststellung. Jutta nahm die Hand vom Arm der Haushälterin und lehnte sich zurück.

»Natürlich! Wir hatten ein freundschaftliches Verhältnis zueinander, haben oft Karten gespielt oder zusammen ferngesehen.« Traurig blickte sie auf den Herd. »Ich hab täglich zweimal frisch für ihn gekocht.«

Vermutlich deftige Hausmannskost. Jutta dachte an den toten Fleischberg drei Türen weiter. Der Leichenabholdienst würde seine Freude haben.

»Ein guter Mann«, fuhr die Haushälterin fort. »Er hat mir sogar beim Abwasch geholfen. Er hat immer ein offenes Ohr für meine Probleme gehabt, deshalb hat er mir dieses Wochenende freigegeben. Wissen Sie, meiner Schwester geht's sehr schlecht; Brustkrebs. Ihr Mann hat sie und die drei Kinder sitzenlassen. Ich hätt nicht fahren sollen, aber wer weiß denn …« Gerda Baumann schnäuzte sich. Fürsorglich stellte Georg ein Glas Wasser auf den Tisch. Die Haushälterin nippte kurz daran und schüttelte den Kopf.

»Ich kann mir nicht vorstellen, wer ihm etwas Böses antun wollte. Luzifer persönlich muss das getan haben, der Teufel!« Gerda Baumann schluchzte wieder.

»Wann sind Sie nach Wien zurückgekommen?«, fragte Georg und setzte sich dazu.

»Gestern, recht spät war's. Kurz vor Mitternacht.«

»Wieso haben Sie den Bischof erst heute gefunden?«

»Ich hab mein eigenes Zimmer, beim Albin hat kein Licht mehr gebrannt, da wollt ich ihn nicht stören. Er ist immer zeitig schlafen gegangen, weil er früh aufstehen muss, der Mess' wegen.«

Überrascht runzelte Jutta die Stirn, schließlich hatte sie schon am Eingang den penetranten Verwesungsgeruch wahrgenommen. »Kam Ihnen nichts sonderbar vor? Der Geruch?«

»Ich hab jahrelang Nasentropfen genommen, meiner Allergie wegen.« Gerda Baumann schüttelte den Kopf. »Vor fünf Jahren hat sich mein Geruchssinn verabschiedet.« Eine mögliche Erklärung, deren Wahrheitsgehalt Jutta überprüfen würde.

»War die Eingangstür bei Ihrer Rückkehr versperrt?«

Gerda Baumann zuckte mit den Schultern. »Ich weiß es nicht mehr, aber wenn, hätt ich das nicht ungewöhnlich gefunden. Albin hat oft vergessen, die Tür abzuschließen. Jessas! Warum war ich nicht da?« Beruhigend legte Jutta ihre Hand wieder auf den Arm der Frau.

»Wie viele Personen wohnen hier außer Ihnen und dem Bischof?«

»Nur Kurt, der Vikar, aber der ist gerade in Rom. Am Dienstag in einer Woche soll er zurückkommen. Jetzt wird er wohl eher wieder zu Hause sein.« Sie seufzte und rieb sich die Augen.

»Hat noch jemand einen Schlüssel?«

»Niemand, nur wir drei.« Gerda Baumann überlegte. »Aber es gibt noch einen Ersatzschlüssel, der hängt drüben vor dem Ankleidezimmer im Dom.«

Jutta und Georg wechselten einen bedeutsamen Blick.

Nach einer Pause stellte Jutta vorsichtig die erste pikante Frage: »Frau Baumann, verstehen Sie mich bitte nicht falsch, aber hatte Bischof Heuss vielleicht eine Beziehung?«

Die Haushälterin sprang auf. »Hören Sie mal!« Erbost funkelte sie Jutta an. »Sie sprechen von einem Gottesmann!«

Das wusste Jutta nur zu gut, aber seit geraumer Zeit häuften sich weltweit die Berichte über Kleriker, die das zölibatäre Leben nicht glücklich machte.

»Frau Baumann, regen Sie sich nicht auf. Ich muss Sie das fragen. Wir müssen alle Eventualitäten berücksichtigen, um den Täter zu finden. Bitte setzen Sie sich wieder.«

Gerda Baumann hielt sich am Tisch fest. »Er hatte keine Beziehung!«

»Also hatte er keine … Besuche?«

»Natürlich hatte er Besuch. Priester, Seminaristen und Bischöfe, aber genauso oft Frauenbesuche, Ordensschwestern oder Religionslehrerinnen. Es arbeiten auch viele Frauen und Männer ehrenamtlich für unser Bistum. Das Haus war stets für alle offen!«

»Kam Ihnen niemand außergewöhnlich vor?«

Die Haushälterin sah ihr in die Augen. »Das sind sie alle, meine Liebe. Gott hat sie auserwählt.« Während sie weiterredete, zupfte sie am Blatt eines Gummibaums, der neben dem Tisch stand. »Einmal war ein Mönch aus Rumänien da, mit langem Bart, schwarzer Kutte und einer hohen schwarzen Kopfbedeckung. Ein orthodoxer Mönch, der wirklich noch so wie Jesus damals wohnt. Stellen Sie sich vor, ganz ohne Strom! Er wäscht sich mit kaltem Wasser aus einem Ziehbrunnen und kocht auf offenem Feuer. Orthodoxe Mönche leben nur von dem, was Gläubige ihnen schenken. Das ist nicht viel, in Rumänien sind die meisten arm.«

»Wissen Sie noch, warum dieser Mönch hier in Wien war?«

»Nein, aber Albin hat einen Buchkalender, in den er alle Termine eingetragen hat. Daneben notierte er sich immer, was besprochen wurde.«

»Könnten Sie uns diesen Kalender bitte zur Verfügung stellen?«

»Ich müsste ihn suchen.«

»Kein Problem.« Jutta rückte den Stuhl vom Tisch weg und stand auf. »Hier ist meine Karte. Bitte kommen Sie morgen um zehn Uhr in mein Büro zur Protokollniederschrift.«

Mit zitternden Fingern nahm Gerda Baumann die Karte entgegen. »Ich hoff, Sie finden dieses Monster bald, diesen … Perversen!«

»Wir tun unser Bestes, danke für Ihre Hilfe.«

Wortlos schlurfte Gerda Baumann zum Herd und begann, die verbrannten Milchrückstände vom Ceranfeld zu schaben.

»Auf Wiedersehen, Frau Baumann.«

Die Antwort waren monotone Kratzgeräusche.

Im selben Moment steckte Herbert Molaryk den Kopf zur Küchentür herein. »Der Leichenabholdienst ist da. Möchten Sie dabei sein?«

Rasch folgten sie ihm ins Schlafzimmer des Bischofs. Im Raum standen vier Männer. Offensichtlich hatte man dem Leichenabholdienst ausgerichtet, dass es sich beim

Opfer um ein Schwergewicht handelte, denn normalerweise kamen sie nur zu dritt. Der Amtsarzt klebte den Vibrator vorsorglich fest.

»Drehen Sie den guten Mann einmal um«, sagte er schnaufend. »Ich habe das nicht allein geschafft.«

Zwei Männer fassten den Bischof an den Beinen, einer am Arm, und der vierte versuchte, den Kopf mitzudrehen.

Der Amtsarzt gab das Kommando: »Eins, zwei, drei, jetzt!« Mit vereinten Kräften zogen sie an der Leiche.

Die Bauchdecke des Toten war dunkelrot verfärbt.

Als die Männer den Körper weiterdrehen wollten, fing die Bauchhaut an einzureißen. Durch ein Loch in Höhe des Magens sickerte Flüssigkeit. Gewebefetzen, gestocktes Blut und kleine Fleischstücke folgten.

»Legt ihn zurück auf den Bauch! Schnell!« Der Amtsarzt winkte hektisch mit den Armen. »Wir müssen ihn mitsamt dem Leintuch hochheben. So schnell wie möglich, damit der Bauch nicht noch weiter aufplatzt.«

Die Männer zogen die Ecken des Bettlakens heraus und schlugen es über dem Rücken des Bischofs zusammen. Danach hoben sie ihn in einem Ruck in den geöffneten Plastiksack, der im Zinksarg lag. Georg händigte ihnen den ausgefüllten Leichenbegleitschein aus. »Fahren Sie sofort in die Sensengasse.« Die Männer schlossen den Sarg und trugen ihn hinaus. »Ich rufe in der Gerichtsmedizin an.«

»Was meinen S', was hier passiert ist?«, fragte der Staatsanwalt, der sich nach Luft ringend neben ihnen aufbaute.

»Ich weiß es nicht.« Georg steckte seinen rechten Daumen in die Gürtelschnalle. »Aber es ist auf jeden Fall eine Riesensauerei.«

4. KAPITEL

Wien, Montag, 18. April 2011, 8:15 Uhr

Seit einer Stunde saß Hanna Wagner am Fenster in der Lobby des schäbigen Hotels *Casa Heidrun*, mit Blick auf das gerichtsmedizinische Institut. Langsam wurde sie ungeduldig. Kunze war doch sonst schneller als Columbo. Ein notorischer Frühaufsteher war er obendrein, aber jetzt war er weit und breit nicht zu sehen.

Gereizt überflog sie die aktuelle Tageszeitung und ärgerte sich wieder einmal über die Redaktion. In ihrem gestrigen Artikel hatte die Redakteurin einen ganzen Absatz gestrichen, ohne Rücksprache. Wütend griff sie zu ihrem Mobiltelefon, aber auch beim fünften Versuch antwortete nur diese Bahnhofsansagerinnenstimme, sie möge nach dem *Piep* eine Nachricht hinterlassen.

Rasende Kopfschmerzen setzten ein. Hektisch wühlte sie in ihrer Handtasche. Wie konnte das sein? Der Blisterstreifen war schon wieder leer. Jetzt hatte sie keine Zeit mehr, in der Apotheke Nachschub zu besorgen. Gottlob, da war noch eine geöffnete Schachtel *Marlboro.* Die würde den Schmerz wenigstens eine Weile dämpfen und sie zumindest ablenken.

Sie fingerte eine Zigarette aus der fast leeren Packung und blickte sich suchend um. Ein Mann im Nadelstreifanzug kam zu ihr herüber und zückte sein Feuerzeug. Fragend hob er die Augenbrauen, doch sie schüttelte den Kopf.

»Mein Mann kommt gleich vorbei.«

Enttäuscht zog er sich zurück.

Nein, den Platz neben sich hatte sie schon reserviert. An diesem Tag würde sie Kunze allein treffen, und er würde sich von ihr umgarnen lassen.

Hannas Mundwinkel zuckten vor Freude, als sie endlich einen Trenchcoat um die Ecke wehen sah. Mit hochrotem Kopf lief der Chefinspektor die Straße entlang, wie immer nach allen Seiten Ausschau haltend. Das dürfte eine Berufskrankheit sein. Sie hatte noch nie einen Polizisten oder Ermittler kennengelernt, der nicht ständig den Blick schweifen ließ.

Wie zufällig lehnte sie sich Richtung Fenster, öffnete ihre Bluse bis zum Brustansatz und wartete, bis Kunze vorbeikam. Als sich ihre Blicke trafen, blies sie kleine Rauchkringel in die Luft. Kunze hatte eine Schwäche für rauchende Frauen, nicht umsonst war seine Frau an Lungenkrebs gestorben.

In seinem Büro hatte Hanna zudem ein gerahmtes Schwarzweißbild gesehen: Marlene Dietrich mit übereinandergeschlagenen Beinen, der Blick lasziv, eine Zigarettenspitze zwischen den leicht geöffneten, feucht glänzenden Lippen.

Und genau diesen fleischgewordenen Tagtraum bekam Kunze jetzt präsentiert. Klar sprang er darauf an! Als sie durch die Glasscheibe hindurch in seine großen Augen sah, kicherte sie. Die Maus saß in der Falle.

5. KAPITEL

Wien, Montag, 18. April 2011, 8:45 Uhr

Jutta ärgerte sich, um drei Uhr nachts doch noch eine Schlaftablette genommen zu haben. Aber anders war es ihr nicht gelungen, die ständig kreisenden Gedanken abzuschalten. Dafür war sie jetzt spät dran. Bestimmt war Georg längst hier. Endlich war sie in der Sensengasse angekommen.

Sie drückte auf den verrosteten Klingelknopf, über dem ein Schild mit der Aufschrift DEPARTMENT FÜR GERICHTLICHE MEDIZIN angebracht war. Gleich darauf ertönte ein Summen, und die Tür sprang mit einem Klicken auf. Jutta stemmte sie komplett auf und trat über die Schwelle. Im Vorraum zeigte sie dem Portier ihre Dienstmarke und lief den Gang entlang. Vor der Stahltür stand Ina Lorent, die Obduktionsassistentin. Wie immer trug sie ihren Arbeitskittel offen über Jeans und T-Shirt. Sie war über 1,70 groß, mit einem äußerst athletischen Körper und einer wallend roten Lockenmähne gesegnet. Jadegrüne Augen blitzten über ihrer sommersprossigen Nase, die ein bisschen zu groß geraten war und ihr gerade deshalb ungewöhnliche Attraktivität verlieh.

Leider hatte sie eine Piepsstimme. »Wo ist Chefinspektor Kunze?«

»Georg ist noch nicht hier?«

Ina Lorent schüttelte den Kopf. »Doktor Kleist ist schon recht grantig.«

Wie auf Kommando sprang die Tür auf, und ein Dünner mit Dreitagebart starrte Jutta in den Ausschnitt. »Silikon oder Milch?«

»Wie bitte?« Unangenehm berührt schloss Jutta den obersten Blusenknopf.

»Vor drei Monaten war nicht so viel Holz vor der Hütt'n.«

»Das ist nur der neue BH.« Angespannt biss sie sich auf die Unterlippe. »Roland, hast du Bischof Heuss schon obduziert?«

»Schon? Ich bin seit fünf Uhr hier.«

»Können wir in dein Büro gehen?«

»Ungern. Ruf Georg an, damit ich nicht alles doppelt sagen muss.« Aber das erübrigte sich. Der Chefinspektor kam gerade den Gang entlang. Er wisperte Jutta ein kurzes »Sorry« zu.

Georg wusste, wie sehr sie es hasste, mit Roland allein zu sein, denn ihm ging es nicht anders. Er hatte den Mediziner noch nie leiden können. Lustlos folgten sie ihm.

In all den Jahren hatte sich Rolands Büro nicht verändert. Im Mittelpunkt befanden sich ein Lederungetüm, braun, abgewetzt und speckig, sowie ein dazu passender Sessel plus Fußschemel. Als Couchtisch fungierte eine Reisetruhe aus dem vorigen Jahrhundert. Auf einem Holztablett standen ein Porzellankrug mit abgeschlagenem Griff und ausgewaschene Nutella-Gläser, an denen teilweise noch Etikettenrückstände klebten.

Die Fenster hatten keine Gardinen, boten aber aufgrund ihrer Patina eine Art Sichtschutz. Plakate von David-Lynch-Filmen und Poster von H. R. Giger, eines vom Maler persönlich signiert, zierten die Wände. Drei Schreibtische standen mitten im Raum, auf einem lag Rolands Laptop. Die Tischplatten der anderen beiden konnte man nicht mehr sehen, die Papiere darauf befanden sich in einer Art geordnetem Chaos. In einer Ecke des Büros stapelte sich diverser Computerschrott. Wozu bewahrte er alte Motherboards, kaputte Disketten, Monitore und allerlei Zubehör auf? Es roch wie in einem Bibliotheksarchiv: verstaubt und modrig. Zusätzlich verlieh Rolands Aftershave dem Ganzen ein holziges Aroma.

»Schau nicht so, Jutta.« Er hatte ihre Gefühle und Gedanken schon immer in ihrem Gesicht lesen können. »Hast du wirklich gedacht, ich würde mich ändern?«

»Es gab eine Zeit, da hab ich das, ja.«

Aber das war nicht mehr wichtig. Nichts war mehr wichtig.

»Alte Kerle ändern sich nicht mehr, nicht wahr, Georg?«

Abweisend hob dieser die Arme. »Können wir zur Sache kommen?«

»Georg, sei mal locker. Welche Sache? Die Tatsache, dass du es bis jetzt nicht geschafft hast, deine Partnerin ins Bett zu locken?« Er grinste breit. »Im Gegensatz zu mir.«

Mit erhobenen Fäusten trat Georg an Roland heran. Geistesgegenwärtig erwischte Jutta ihn am Arm, um ihn zurückzuhalten.

Der Pathologe lachte laut auf. »Er hasst mich immer noch dafür.« Mit zufriedenem Gesichtsausdruck nippte er an einem der Gläser. Für diesen schwachen Moment vor fünf Jahren hasste sich Jutta selbst. Sie konnte diesen One-Night-Stand nicht rückgängig machen, und zu allem Übel erinnerte sie sich an jedes Detail. Obwohl sie es sich widerstrebend eingestand, war der Sex mit ihm umwerfend und höchst befriedigend gewesen.

»Wir sind wegen des Weihbischofs hier«, lenkte sie ab. »Privatgespräche führen wir schon lange keine mehr.«

»Du vielleicht nicht, aber deine Brüste sprechen Bände.« Er fuhr sich mit der Zunge über die Lippen, ohne Jutta aus den Augen zu lassen.

Sie erwiderte seinen Blick. In ihrem Schritt pochte es. Verdammt! Sie hatte definitiv zu lange keinen Sex mehr gehabt. Ihr Körper, dieser Verräter, schrie vor Verlangen.

»Was hast du rausgefunden?« Georgs Frage rettete die Situation.

Ohne ein weiteres Wort nahm Roland einen Stapel Papiere von der Truhe und setzte sich auf den Sessel. Georg tat es ihm gleich, Jutta zog es vor, stehen zu bleiben.

»Grundsätzlich wäre er ohnehin bald abgekratzt. Fettleber, Mitralklappenprolaps, Hiathus-Hernie, Niereninsuffizienz. Maximal zwei Jahre hätte er so noch durchgehalten, wenn der Hautkrebs ihn nicht vorher erledigt hätte. So ein Riesenmelanom sieht man selten. Allerdings hatte er gesunde Knochen, ich konnte keinen einzigen Bruch feststellen.« Er blätterte die Papiere durch. »Einen derartigen Fall hatte ich noch nicht auf dem Tisch liegen. So möchte ich jedenfalls nicht um die Ecke gebracht werden.«

Neugierig beugte sich Jutta vor. »Der Vibrator hat ihn doch nicht gekillt?«

»Keine Angst, du kannst dein Sexspielzeug weiter verwenden.« Sein anzügliches Grinsen störte sie gewaltig.

»Jetzt raus mit der Sprache, ich hab Hunger.« Georg nestelte an seinem Gürtel.

»Du hast immer Hunger! Gut, Kinder, beruhigt euch. Es war ein simpler Einlauf, der ihn gekillt hat.«

»Ein Einlauf? Das soll ich dir glauben?« Sie lachte.

»Ja, das ist möglich, vorausgesetzt, man verwendet weder Wasser noch Kamillentee, sondern H_2SO_4.«

Georg runzelte die Stirn. »Was ist das?«

Roland seufzte. »Wieso darf man ohne Matura zur Polizei? Das ist mühsam!«

Erbost sprang Georg auf. »Wieso verbietet man Arschlöchern wie dir nicht einfach das Maul!«

»Weil du dann nicht erfährst, was wichtig ist.« Nonchalant schlug Roland die Beine übereinander und fuhr sich durch sein dichtes Haar. »Also für die Chemie-Analphabeten unter uns: H_2SO_4 ist Schwefelsäure, extrem ätzend, sogar in verdünnter Form.«

Jetzt ergab endlich auch der Geruch nach verfaulten Eiern, den Jutta im Schlafzimmer des Bischofs wahrgenommen hatte, Sinn. Ob die Substanz, die das Loch in den Teppich gefressen hatte, dieselbe war? Somit wäre ein Teil des Puzzles gelöst.

Roland fuhr mit seiner Erklärung fort: »Der Tod erfolgt unter brennenden Schmerzen. Das kann zwei Stunden oder aber auch zwölf Stunden dauern. Je nach Verdünnungsgrad der Säure, und jede Menge andere Komponenten spielen dabei auch eine Rolle.«

Wie grausam. Jutta schauderte. Ein Tod auf Raten.

»Hat er sehr gelitten?«

»Ist anzunehmen, Süße. An der Zunge klebten übrigens gelbe Faserbällchen, die noch untersucht werden. Die Tatortgruppe hat alles ans Labor weitergeleitet.«

»Spermaspuren?«, fragte Georg.

»Bingo! Laut Tatortgruppe war jede Menge Sperma auf dem Bettlaken. Es könnte vom Bischof selbst sein. Der DNA-Test steht noch aus. Am Körper selbst habe ich kein Sperma gefunden, und im Körper …« Er brach ab.

Jutta stand in Gedanken noch einmal im Schlafzimmer des Weihbischofs. »Da waren diese Flecken …«

»Ja, die hab ich gesehen. Die Blutröhrchen sind schon unterwegs zur Toxinbestimmung. Der Schnelltest hat nicht angeschlagen. Können nur K.-o.-Tropfen gewesen sein, alles andere ließe sich nachweisen. Ich nehme an, darum gibt's auch keine Kampfspuren. Seine Fingernägel sind sauber. Es wurde ihm Ketamin gespritzt.«

»Damit er länger durchhält?«

»Ersteres sicher, um ihn überhaupt in Ruhe herrichten zu können. Beim Ketamin bin ich mir nicht sicher, was der Mörder damit bezweckt hat. Es verändert die Wahrnehmung, wird aber auch als Schmerzmittel eingesetzt, vorwiegend in der Veterinärmedizin.«

»Hast du Schnittlauch in seinem Magen gefunden?« Jutta dachte an den Kommentar Tamana Breuers.

»Süße, lass dir jetzt mal erklären, was bei einer Schwefelsäurevergiftung passiert. Denn das gilt als offizielle Todesursache in diesem Fall.«

Jutta konnte sich in etwa vorstellen, wie es im Bauchraum des Bischofs aussah. Einer ihrer ungeklärten Fälle war ein Säureattentat auf ein junges Mädchen namens Samina gewesen.

»Ich bin ganz Ohr.«

»Die Säure bewirkt ein sofortiges Absterben aller mit ihr in Berührung kommenden Oberflächen. Bei unserem Bischof hier handelt es sich vor allem um den Darm, aber auch der Magen war betroffen. Die Ätzung hat zu Durchbrüchen der Darmwand geführt. Im Dünndarm hat es eine enorme Blutung gegeben. Schwarze teerartige Massen finden sich im gesamten Bauchraum. Durch die Durchbrüche erfolgte eine Anätzung der angrenzenden Organe. Die Organwände erscheinen in einem schwarzen brüchigen Schorf. Aufgrund seiner Lage sammelte sich der Matsch in Höhe des Nabels, und durch den massiven Druck ist die Bauchwand später aufgebrochen.« Erwartungsvoll sah er sie an.

»Also ganz klar Mord.«

»Nicht immer an das Schlimmste denken, Süße.« Er ließ den Papierstapel sinken. »Vielleicht wollte er mit seinem Toyboy neue Praktiken ausprobieren. Es gibt in der SM-

Szene Hardcore-Typen, die sich Einläufe mit Chiliwasser machen. Hätten wir zwei beide auch mal ausprobieren sollen.«

Die Härchen auf Juttas Unterarmen richteten sich auf. Roland war ein Ekel.

»Die Haushälterin schwört, der Bischof hätte streng zölibatär gelebt.«

»Ach komm, Süße! Bist du wirklich Polizistin?«

Er hatte recht. Wer sagte, dass die Haushälterin von einem etwaigen Verhältnis des Bischofs gewusst hatte? Rolands Augen – zwei blitzende Smaragde – musterten sie amüsiert, während sie in ihnen zu versinken drohte. Er hielt ihren Blick fest. Da erklangen Vivaldis *Die vier Jahreszeiten* aus Georgs Hosentasche. Es war die Erkennungsmusik von Oberst Viktor Kretschmer, dem Chef der Abteilung für Gewaltverbrechen. Ungeduldig schnippte Roland mit den Fingern. »Geh schon ran, Georg.« Das Klingeln verstummte, als Georg den Anruf beantwortete und in Richtung Tür schritt.

»Wir sind hier fertig. Vorerst.« Roland stand auf. Wie zufällig strich er Jutta dabei über den Arm. »Wenn die Laborergebnisse da sind, schreib ich den Bericht und ruf dich an, Süße.«

Angewidert schüttelte sie seine Hand ab. »Ich bin nicht deine Süße!«

»Wir müssen los!« Georg stand in der Tür, das Mobiltelefon ans Ohr gedrückt. »Eine weitere Leiche.«

»Was?« Sie schnappte sich ihre Tasche. »Lass uns zum Tatort fahren.«

Georg schüttelte den Kopf. »Wir müssen zuerst aufs Revier. Kretschmer hat eine Konferenz einberufen.«

6. KAPITEL

Sämtliche mit dem Fall betrauten Kriminalbeamten des Landeskriminalamts für den Ermittlungsbereich 01 Leib und Leben standen dichtgedrängt im Besprechungsraum des Büros in der Berggasse. Jutta zwängte sich mit Georg durch die Reihen. Sie vernahm leises Papierrascheln und das Brummen der Computer. Es stank nach Männerschweiß, herben Parfums, Holz und Moder. Die Metallstühle waren alle besetzt. Viktor Kretschmer stand vor der Stuhlreihe mit einem Ordner in der Hand. Als er Jutta sah, klopfte er mit der zusammengerollten Akte auf das Knie eines Beamten. Dieser erhob sich sofort und verschwand im hinteren Teil des Raums. Kretschmer blinzelte Jutta zu. Sie war froh um den Sitzplatz. Ihre Beine fühlten sich taub an, und das Blut pochte ihr in den Schläfen. Kretschmer nickte Georg zu, der sich mit dem Rücken an die Wand lehnte.

»Nachdem wir nun alle hier sind, möchte ich gleich zur Sache kommen.« Kretschmer entrollte das Aktenbündel, zog etliche Seiten heraus und reichte sie weiter. Es handelte sich um Tatortfotos. Auf den ersten Blick glaubte Jutta, es wären Bilder von Weihbischof Heuss, doch der Mann auf den Fotos war rothaarig, und seine Haushälterin dürfte nicht so gut kochen wie Frau Baumann. Unter seiner Haut zeichnete sich jeder Knochen ab. Er lag auf einem Bett, die Gliedmaßen gespreizt. Jutta war sofort klar, dass es sich bei dem Gegenstand, der im Anus des Opfers steckte, um einen Vibrator handelte.

»Das Opfer ist Heinrich Winkler, Pfarrer in München, er wurde heute Morgen von seiner Haushälterin Vera Singer gefunden. Wie Sie sehen, auf dem Bauch liegend, einen

Vibrator im Hintern. Mein Freund Kommissar August Luidolt hat mir vor einer halben Stunde eine E-Mail geschickt, weil er von unserem Fall in der Zeitung gelesen hat.«

»Dann haben wir es mit einem Serienmörder zu tun?«

»Vielleicht«, antwortete Kretschmer. »Jedenfalls wurde er genauso vorgefunden wie unser Bischof.«

Aufgeregt zückte Jutta ihren Notizblock. In ihrer Tasche fand sie keinen Kuli, aber einen Kajalstift. Der musste reichen.

»Säure?«, hörte Jutta einen der Beamten rufen.

»Ja, das hat auch Roland … ich meine, Doktor Kleist rausgefunden. Schwefelsäure hat die Organe verätzt, was langsam zum Tod des Bischofs führte.« Jutta stand auf und drehte sich zur versammelten Mannschaft um. »Außerdem wurde er vermutlich mit K.-o.-Tropfen betäubt, das Labor untersucht Faserbällchen aus seinem Mund.«

Viktor Kretschmer legte seine Hand auf ihre Schulter. »Fasern wurden auch an den Lippen des Pfarrers gefunden.«

»Vielleicht ist dieser Mörder nur ein Trittbrettfahrer«, warf ein junger Kriminalbeamter ein, den Jutta zum ersten Mal sah. »Der Mord an Weihbischof Heuss stand in jeder Zeitung, alle Fernsehsender haben darüber berichtet.«

»Völlig unmöglich!« Jutta schüttelte so heftig den Kopf, dass die Halswirbel knackten. »Alle Details standen nicht in der Zeitung, deshalb schließe ich die Möglichkeit eines Trittbrettfahrers aus, außerdem sind die Zeitabstände zu gering. Sollten die Betäubungsmittel und die Partikel bei unserer Leiche identisch mit dem Münchner Fall sein, haben wir es mit Sicherheit mit demselben Mörder zu tun wie unsere bayrischen Kollegen. Aufgrund des kurzen Abstands könnte es auch ein Team sein.«

Das Nicken von Oberst Kretschmer bestätigte ihre Vermutung. Die Wangen des Jungbeamten leuchteten rot. Bestimmt würde er sich so bald in kein Gespräch mehr einbringen.

»Welches Bibelzitat hat man bei der Leiche gefunden?«, fragte Jutta interessiert.

Kretschmer zuckte mit den Schultern. »Keine Ahnung. Ich werde August anrufen. Wurde beim Bischof denn eins gefunden?«

»Nicht direkt.« Ob die aufgeschlagene Bibel wirklich von Bedeutung war? Vielleicht hatte der Bischof nur seine Predigt vorbereitet. »Die Bibel lag auf dem Nachttisch, ein Absatz war angestrichen«, erklärte sie.

»Eine Bibel dürfte bei allen Bischöfen auf dem Nachttisch liegen. Muss nicht unbedingt eine Botschaft sein. Wäre auch irgendwie abgedroschen.« Der junge Beamte von vorhin bleckte die Zähne. Er hatte sich schnell wieder gefangen.

»Knaller, halte dich bitte zurück«, befahl Kretschmer genervt. »Es könnte durchaus wichtig sein. Wir werden der Sache jedenfalls nachgehen.« Knaller war ein absolut passender Name für diesen Knallkopf.

Kretschmer erläuterte die Eckdaten und besprach die weitere Vorgehensweise mit den Beamten. Ein zusätzliches Team wurde gebildet, das Jutta und Georg helfen sollte. Für eine SOKO schien es noch zu früh. Auch das BKA sollte vorerst nicht mit einbezogen werden. Nach einer Stunde verließen die Beamten den Raum, nachdem jeder seine Aufgabe bekommen hatte.

»Ich möchte die Haushälterin von Pfarrer Winkler persönlich befragen«, sagte Jutta, als sie an der Reihe war. »Soll ich anrufen, oder gibst du Kommissar Luidolt Bescheid?«

»Wird den August zwar nicht freuen, aber ich richte es ihm aus.« Kretschmer klopfte ihr mit der Akte auf die Schulter. »Apropos, Frau Baumann sitzt in deinem Büro zur Vernehmung, samt Kurt Säger.«

Jutta wunderte sich, dass der Vikar schon aus Rom zurück war. Mit einem Lächeln erhob sie sich und winkte Georg, der sich ebenfalls zur Tür begab.

»Nimm die Akte mit!« Knaller sprang auf, nahm Kretschmer das Bündel ab und reichte es nach hinten.

Vor Juttas Büro fragte Georg: »Warum hat Kretschmer heute nur mit dir gesprochen? Bin ich unsichtbar?«

Nachdenklich hob sie die Schultern. »Einbildung. Er hat mir zum ersten Mal die Einsatzleitung übertragen. Das bist du nicht gewohnt.«

»Ich glaub eher, ihr haltet mich alle für alt und blöd!«

»Darum arbeite ich gern mit dir zusammen, Dummkopf«, sagte Jutta lachend.

»Bleibt dir ja nichts anderes übrig. Aber eines sage ich dir: Auch wenn mich Kretschmer, Roland und wer weiß sonst noch für blöd halten, Hanna sieht das ganz anders.« Triumphierend straffte er seine Schultern.

»Hanna? Du meinst doch nicht diese Journalistenschnepfe?«

»Ich hab mit ihr gefrühstückt.«

Das durfte doch nicht wahr sein! War Georg wirklich so dumm zu glauben, diese Frau würde ihn attraktiv und intelligent finden? »Deshalb bist du zu spät gekommen?«

»Wir haben geredet, wir treffen uns vielleicht wieder.«

»Georg! Interne Informationen sind alles, was sie will. Sie nützt dich aus, schon wieder!«

Wie damals. Bei der Jagd nach einem Amokläufer hatte Georg aus Versehen Details ausgeplaudert, die man sofort danach druckfrisch in der Zeitung lesen konnte. Kretschmer hatte die undichte Stelle nie gefunden. Aus Loyalität hatte Jutta geschwiegen, aber Georg hatte ihr schwören müssen, nie wieder einen derartigen Fehler zu machen.

»Auch wenn du es nicht glaubst, es gibt Frauen, die auf Männer wie mich abfahren. Schließlich war ich verheiratet!«

»Mit einer Volksschullehrerin, die bis dahin noch Jungfrau war.« Verflucht! Jetzt hatte sie ihn verletzt.

»Ich werde mich durch die Bayernpriesterakte wühlen. Lesen habe ich ja gelernt!« Beleidigt riss er ihr den Ordner aus der Hand und fegte den Flur entlang.

»Ich führe jetzt die Einvernahme mit Frau Baumann durch!«, rief sie ihm hinterher.

»Dazu brauchst du mich ja nicht.«

Die Vernehmung Gerda Baumanns gestaltete sich schwieriger als die Befragung einen Tag zuvor. Immer wieder musste Jutta sie an Aussagen erinnern, die sie gemacht hatte, damit sie im Protokoll nicht vergessen wurden. Vikar Kurt Säger wich Gerda Baumann nicht von der Seite, da sie ihn als Vertrauensperson angegeben hatte. Da Säger zur Mordzeit in Rom gewesen war, bestand bei der Einvernahme keine Veranlassung, ihn von ihr zu trennen. Dicht stand er hinter der Haushälterin, drückte unentwegt ihren Arm oder knetete ihre Schultern. Gerda Baumann wirkte merkwürdig entrückt und verängstigt.

Wenigstens hatte sie den Buchkalender von Weihbischof Heuss mitgebracht. Jutta massierte sich die Schläfen. Die volle Wasserflasche auf ihrem Schreibtisch signalisierte ihr, dass sie ihr Zweiliterpensum heute wieder nicht erreichen würde. Als ihr Bauch anfing zu knurren, entschuldigte sie sich und verließ das Zimmer. Auf dem Gang zog sie sich ein Schinken-Tramezzino aus dem halbgefüllten Automaten und eine Packung *Manner Schnitten*. Noch im Gehen riss sie die Verpackung auf und verschlang die Haselnusswaffeln. Sie spürte, wie ihr Blutzuckerspiegel in die Höhe schoss, und wischte sich mit dem Ärmel über den Mund. Auf dem Weg zum Büro lief ihr Georg über den Weg. »Wir müssen den Vikar getrennt von der Baumann befragen.«

»Wieso? Sie hat ihn als Vertrauensperson angegeben.«

»Das geht nicht mehr. Er könnte der Mörder sein.«

»Er war doch in Rom.«

»Ich hab im Hotel angerufen, in dem er abgestiegen sein soll. Das Zimmer war gebucht, aber Säger checkte nie ein.«

Jetzt war Fingerspitzengefühl gefragt. Bei ihrer Rückkehr ins Büro standen sich Gerda Baumann und Kurt Säger plötzlich in einer Art Kampfposition gegenüber. Beide hatten die Hände in die Hüften gestemmt und funkelten sich wütend an.

Jutta bemühte sich, die aufgeladene Stimmung zu glätten. »Haben Sie von dem Fall in München gelesen, Frau Baumann?« Bildete sie sich das ein, oder war der Vikar bei der Frage zusammengezuckt?

Gerda Baumann schüttelte den Kopf. »Wovon sprechen Sie? Ich sehe nicht viel fern und Zeitungen lese ich auch nicht. Meine Augen sind nicht mehr die besten. Es lässt alles nach im Alter.« Müde setzte sie sich wieder und fixierte die Tischplatte. Hatte sie nicht gestern erzählt, oft mit dem Bischof ferngesehen zu haben?

»Aber *Sie* wissen, worum es geht, oder?«, wandte sich Jutta an den Vikar.

Kurt Säger öffnete seinen schütteren Pferdeschwanz und band ihn neu ab. Danach setzte er sich neben Gerda Baumann und sah Jutta in die Augen, beziehungsweise auf den Punkt oberhalb des Nasenbeins.

»Sollte ich?« Seine Stimme klang gelangweilt. »Ich war in Rom, wie Sie wissen.«

Sie sagte ihm noch nicht, was sie darüber wusste, sondern blätterte in den Unterlagen. »Kann das jemand bezeugen?«

Nervös zupfte er an seinem Hemd. »Ich weiß zwar nicht, was der Mord mit mir zu tun hat, aber ich hab ein Alibi.«

Jetzt wurde Jutta hellhörig. »Sie haben ein Alibi für jeden Tag der letzten Woche?«

Kurt Säger nickte und reichte ihr einen zerknitterten Zettel. Wieso dachte er im Voraus an ein Alibi? »Gerade eben haben Sie gestritten. Worum ging es da?«

»Ich wüsste nicht, was Sie das angeht!«, fuhr die Haushälterin sie an.

»Es ist ohnehin besser, wenn Herr Säger allein mit meinem Kollegen Georg Kunze spricht. Würden Sie bitte in Büro 4 gehen?«

Der Vikar sprang auf und schüttelte den Kopf. »Versuchen Sie lieber, den Mörder zu finden! Belästigen Sie uns nicht länger!«

Gerda Baumann stand ebenfalls auf, öffnete die Tür und lief aus dem Zimmer. Kurt Säger nahm seinen Mantel von der Stuhllehne und ging ihr nach.

»Herr Säger, wir müssen Sie noch vernehmen!« Verärgert lief Jutta ihm hinterher. »Melden Sie sich bitte bei meinem Kollegen Georg Kunze. Allein. Frau Baumann, kommen Sie zurück, Sie müssen das Protokoll noch unterschreiben.«

Auf dem Gang stieß Säger mit Viktor Kretschmer zusammen. Wüste Beschimpfungen ausstoßend, lief der Vikar weiter. Die Haushälterin kam noch einmal zurück, entschuldigte sich und unterschrieb das Protokoll. Aber weitere Fragen wollte sie vorerst nicht mehr beantworten.

Während Jutta das Vernehmungsprotokoll im Ordner mit der Aufschrift *Akte Heuss* abheftete, trat Kretschmer durch die offene Bürotür, schloss sie hinter sich und hob dabei fragend die Augenbrauen. »Was war denn hier los? Der Vikar wollte die Einvernahme nicht machen. Ich konnte ihn überzeugen, dass es besser ist, mit uns zusammenzuarbeiten. Lange war er aber nicht in Georgs Büro.«

»Ich hab kein gutes Gefühl bei den beiden, Viktor«, entgegnete Jutta. »Die wissen mehr, als sie zugeben.«

»Darüber kannst du im Flieger nach München nachdenken. Die Tickets für dich und Georg liegen am Flughafen bereit. Im Holiday Inn Express sind zwei Zimmer reserviert.«

»Lass mich raten. Die Münchner Haushälterin hat Flugangst oder akute Telefonitis?«

»Angeblich ist sie krank. Mittelohrentzündung. Wie auch immer, um 17:30 ist Abflug.«

Ein Blick auf die Uhr verriet ihr, dass keine Zeit war, um noch einmal nach Hause zu fahren.

Viktor las ihre Gedanken. »Du bist bald wieder zurück. Georg sitzt schon draußen im Wagen. Was ist dem eigentlich für eine Laus über die Leber gelaufen? Meinte doch tatsächlich, er könne jetzt nicht fliegen.«

Nein, keine Laus, nur eine Tussi mit großen Brüsten. »Denk nicht drüber nach, Viktor.« Angestrengt lächelnd verstaute sie die Unterlagen in ihrer Aktentasche.

»Bis morgen, Jutta.«

7. KAPITEL

Schweigend saß Jutta neben Georg im Auto. Immer wieder verschwamm die Landschaft vor ihren Augen. Der Brechreiz wurde stärker, und obendrein fröstelte sie. Was war bloß los mit ihr? In ihrer Hosentasche klingelte es. Ihr war nicht danach, mit jemandem zu sprechen, dennoch hob sie ab. Nach einer kurzen Begrüßung verband Tamana Breuer von der Spurensicherung sie mit dem Labor. Eine gefühlte Ewigkeit musste sie Falcos *Out of the Dark* als Instrumentalstück in seltsam schlechter Qualität als Endlosschleife über sich ergehen lassen, bis sich endlich die Laborassistentin meldete. »Frau Stern, wir haben erste Ergebnisse.« Umständlich kramte Jutta in ihrer Jacke nach dem Notizblock. Georg reichte ihr wortlos einen Stift, der ihr beinahe aus der Hand glitt. »Also schießen Sie los.«

»Der Teppich im Schlafzimmer des Weihbischofs enthielt außer Blutspuren, die einwandfrei von ihm stammen, auch Schwefelsäure. Das ist dieselbe Substanz, die in einem Beweisbeutel enthalten war. Der Abstrich vom Bischof war negativ auf Fremdsperma und frei von fremder DNA. Die Faserbällchen sind von einem handelsüblichen Spülschwamm und waren mit Essigsäure getränkt, die in jedem Essigreiniger oder Entkalker vorkommt. Die anderen Ergebnisse stehen noch aus.«

Verdammt. Alles Dinge, mit denen sie den Täter nicht eingrenzen konnten. Essigreiniger und Spülschwämme hatte sogar sie zu Hause.

»Aber eine Sache ist interessant!« Sie hörte die Laborantin förmlich durch das Telefon lächeln. Natürlich hatte sie sich den wichtigsten Hinweis bis zum Schluss aufgehoben. »Dieses verschrumpelte Ding vom Boden hat uns lange beschäftigt. Dass es botanischen Ursprungs ist, war uns gleich klar.«

O Gott! Bitte lass es keinen Schnittlauch sein!

»Es handelt sich um ein Teil einer Paphiopedilum sanderianum.« Die Laborantin klang euphorisch und lieferte sofort die Erklärung dazu. »Das ist die seltenste Frauenschuh-Orchideenart. Nicht zu vergleichen mit den Phalaenopsis und Dendrobien, die man hier in jedem Supermarkt kaufen kann.«

Das klang vielversprechend. »Das war also der Stiel einer Orchidee?«, fragte Jutta nach.

»Nein, es handelt sich um das Endstück einer Luftwurzel. Verwirrt haben uns lediglich die Blütenstaubreste einer Coelogyne cristata, ebenfalls eine nicht häufig anzutreffende, weiß blühende Art mit gelber Lippe.«

Sie mussten noch einmal in das Haus des Weihbischofs gehen, um nachzusehen, ob er Orchideen dieser Art besaß. Wenn nicht, wäre das vorerst der einzige Hinweis, dem sie nachgehen konnten. Wie viele Orchideensammler oder -züchter gab es in Österreich? Falls der Mörder überhaupt Österreicher war.

»Die Luftwurzel klebte vermutlich an einer Schuhsohle, wir haben Abriebspuren daran gefunden und Straßenschmutz.« Die Laborantin schluckte mehrmals. »Sobald das eingeschickte Material ausgewertet ist, rufe ich Sie wieder an.« Es klickte.

Fünf Sekunden lang dachte Jutta nach und massierte sich dabei die Schläfen. Verflucht, warum war ihr bloß so schwindlig? Mit zitternden Fingern tippte sie die Nummer von Gerda Baumann in ihr Handy. Georg warf ihr einen besorgten Seitenblick zu und schaltete die Heizung ein.

»Was gibt's?«, klang es aus dem Telefon. Eine unsympathische Männerstimme, die Jutta als die von Kurt Säger identifizierte.

»Jutta Stern von der Kripo. Ist Frau Baumann da?«

»Gerda, die Polizistin ist am Telefon!«, schrie Säger.

Erschrocken ließ Jutta das Handy fallen. »Baumann hier … Hallo? … Ist da jemand? … Hat sie aufgelegt?«, tönte es vom Fahrzeugboden. Umständlich griff Jutta nach dem Gerät. Als sie den Kopf hob, verschwamm ihr wieder alles vor Augen. Lichtblitze zuckten vorbei. Verdammt!

»Frau Baumann, Entschuldigung, ich habe eine Frage an Sie.«

»Hört das denn nie auf?«

»Haben Sie im Pfarrhaus Orchideen?«

»Ist das wichtig?«

»Sonst würde ich nicht extra anrufen.« Jutta rieb sich die Augen. Sie brauchte dringend mehr Schlaf oder mehr Kaffee.

»Auf der Fensterbank in der Küche stehen zwei, lila und rosa.«

»Welche Art denn?«

»Keine Ahnung. Waren beim Hofer im Angebot.«

Somit konnten es keine seltenen Exemplare sein. »Danke, Frau Baumann. Wir kommen noch einmal …« Die Haushälterin hatte einfach aufgelegt.

Wenn sie als Polizistin eines gelernt hatte, dann die Tatsache, dass man sich von allem selbst überzeugen sollte. Auf ihrem Notizblock kreiste sie die Orchideennamen ein, blätterte den Block von hinten durch und las alles, was sie bisher zum Fall notiert hatte, bis sie auf der ersten Seite angelangt war.

Und wenn jemand sündigt, dass er die Stimme der Verfluchung hört, und er war Zeuge, sei es, dass er es gesehen oder gekannt hat, – wenn er es nicht meldet, dann soll er seine Schuld tragen.

Das Bibelzitat. Vielleicht hat der junge Knaller recht, und der Weihbischof wollte das Buch Mose in der Predigt zitieren, aber warum war dann nur dieser kleine Absatz angestrichen? Falls der Mörder dieses Zitat markiert hatte, hatte er etwas mitteilen wollen. Aber was? Benommen klappte sie das Notizbuch zu. Als sie es in ihre Tasche zurückstecken wollte, entglitt es ihr. Im selben Moment begann ihr Körper, seltsam zu zucken. Augenblicklich wurde ihr bitterkalt, ihre Haut brannte und juckte gleichzeitig. Noch während sie sich krampfhaft in den Fußraum erbrach, verlor sie das Bewusstsein.

TEIL 2

GOTT UND DÄMONEN

Gott erschuf die Dämonen, damit sie ihn täglich an seine Aufgabe erinnern, uns vor dem Bösen zu bewahren. Doch im Gegensatz zu ihm war es ihnen möglich, sich zu vermehren.
(J. B. W.)

TOM

8. KAPITEL

Über dem Atlantik, Donnerstag, 21. April 2011, 10:30 Uhr

»Doktor Neumann, darf ich Ihnen einen Aperitif anbieten?« Tief beugte sich die Stewardess zu Tom hinunter und lächelte ihn an. Galt dieses Lächeln wirklich ihm, oder war es einfach dieses typische Lächeln, welches Flugbegleiterinnen allgemein zur Schau trugen? Gab es dafür spezielle Kurse? Egal, mit welcher Airline er flog, das Lächeln war immer gleich – wie aufgemalt. Höflich bestellte er ein Tonic und beobachtete amüsiert eine Zeit lang seine Sitznachbarin, die zum dritten Mal versuchte, den Videobildschirm in der Lehne des Vordersitzes einzuschalten, und dabei beinahe ihren Orangensaft verschüttete. Mit denselben eingefrorenen Gesichtszügen wie vorhin brachte die Flugbegleiterin sein Getränk.

»Danke, Silvie.« Über das erhobene Glas hinweg zwinkerte er ihr zu, und endlich erreichte das Strahlen auch ihre Augen. Dabei musste gerade sie wissen, welch ausgefeilter Trick es war, jemanden mit Namen anzusprechen, um sympathisch zu wirken. Das lernten sie bestimmt in den Kursen.

Er trank das Tonic in einem Zug. Erfreut beobachtete ihn Silvie dabei, nahm ihm das leere Glas gleich wieder ab und stöckelte hinter den Vorhang zurück. Tom drückte auf den Knopf neben dem Sitz, um die Fußstützen auszuklappen. Bei seiner Größe war es unerlässlich, 1. Klasse zu fliegen. Zufrieden streckte er die Beine aus.

Gestern hatte Georg ihn angerufen und ihm von Juttas Zusammenbruch erzählt. Anscheinend war sie in der

Zwischenzeit tablettensüchtig geworden. Dabei hatte es für alle in ihrem Umfeld ausgesehen, als hätte sie den Tod ihres Mannes gut verarbeitet. Scheinbar war sie nicht so stark, wie alle glaubten, beziehungsweise wie sie alle glauben lassen wollte. Jetzt wurden die Tabletten unter ärztlicher Beobachtung abgesetzt.

Klar, dass er sofort einen Flieger gebucht hatte, um Georg in München zu unterstützen. Lieber aber würde er sofort Jutta besuchen. Es schmerzte ihn, dass sie litt.

Silvie und ihre Kollegin, eine dunkelhaarige Matrone mit verhärmten Gesichtszügen, deren Schild sie als Purser auswies, fuhren den Vorspeisentrolley heran. Tom hatte keinen großen Hunger und winkte ab. Silvie wirkte enttäuscht darüber, unverrichteter Dinge weiterfahren zu müssen. Toms Sitznachbarin lachte laut. Offensichtlich hatte sie es geschafft, den Bildschirm zu aktivieren. Geboten wurde eine Comedy mit Julia Roberts in der Hauptrolle. Für derart seichte Filmchen hatte Tom nichts übrig. Frauen wie Julia Roberts waren ohnehin nicht sein Ding. Er stand auf Jodie Foster, die angeblich den gleichen IQ hatte wie er, aber zu seinem Bedauern war sie lesbisch. Sharon Stone hatte zwar auch Grips, aber die fand er zu vulgär. Daran könnten natürlich ihre Filme schuld sein. Privat war sie vielleicht viel zugeknöpfter.

»Möchten Sie auch keine Hauptspeise?« In Silvies Stimme schwang leichte Verzweiflung mit.

»Bringen Sie mir bitte die Lammkeulen auf Wasabipüree mit dem Rosmaringemüse.« Wie wenig es doch brauchte, um manche Menschen glücklich zu machen. Angespannt versuchte er, das Lachen seiner Sitznachbarin zu ignorieren. Was nutzte ihm ein Erste-Klasse-Ticket, wenn er den gleichen Mob ertragen musste wie im hinteren Teil der Kabine? Seufzend griff er nach dem Besteck. Silvie war schon unterwegs.

Während der drei Monate beim FBI hatte er sich das erste Mal wirklich zu Hause gefühlt. Sonst war er immer ein Sonderling gewesen, der zu keiner Clique gepasst hatte: Den Mädchen war er suspekt und den Buben zu unsportlich gewesen. Also hatte er sich schon früh in die Welt der Bücher verkrochen. Mit 14 Jahren hatte er bereits vier Sprachen fließend beherrscht und sein Abitur abgeschlossen. Den ersten Doktortitel hatte er im Alter von 21 Jahren erhalten.

Er legte das Besteck zur Seite, tupfte sich die Lippen mit der Stoffserviette ab und bedeutete der Flugbegleiterin, dass sie abservieren konnte. Sogleich kam sie angerannt und schwatzte ihm noch eine Nachspeise auf. Seit jeher glaubten alle, die ihn das erste Mal sahen, er würde zu wenig essen. Aber er verfügte einfach über einen guten Stoffwechsel; möglicherweise eine Schilddrüsenüberfunktion. Geistig arbeitende Menschen verbrauchten einfach mehr Kalorien als Sportler. Diese These erschien ihm logisch. Das Gehirn war ein wahrer Kohlehydratvertilger. Er benutzte es ständig, konnte gar nicht aufhören, zu denken, zu analysieren und zu rätseln. Deshalb war er zur Polizei gegangen. Er liebte es, komplizierte – oder schier unmögliche – Aufgaben zu lösen. Was war schwieriger, als einen Serienmörder zu stellen? Und mit Variablen rechnen konnte er bei diesem Job auch. Das Hochgefühl, einen verzwickten Fall gelöst und einen Verbrecher dingfest gemacht zu haben, war besser, als eine neue mathematische Formel zu entwickeln. Jutta hatte das immer verstanden.

Lächelnd beobachtete er Silvie beim Einsammeln des Geschirrs. Schade, dass er Jutta nie bei dieser Arbeit erlebt hatte. Bevor sie zur Polizei gekommen war, hatte sie als Flugbegleiterin gearbeitet. Er konnte sie sich mit Dauerlächeln im Gesicht gar nicht vorstellen. Was für ein öder

Job! Aber das kannte er. Ihn hatte seine ehemalige Arbeit auch gelangweilt: im verstaubten Hinterzimmer der Uni über Formeln zu brüten.

Bei einer Personalsuche der Polizei hatte er sich beworben. Obwohl er keine Sportskanone war, schaffte er den Aufnahmetest. Die Prüfer drückten dank seiner hervorragenden theoretischen Testergebnisse ein Auge zu, als er bei der Schwimmprüfung das erforderliche Ziel nur knapp erreichte. Und mal ehrlich: Wie oft musste ein Polizeibeamter jemanden vor dem Ertrinken retten? Und selbst wenn, stand ganz sicher niemand mit der Stoppuhr daneben.

Aus den Lautsprechern knisterte es. »*Meine Damen und Herren, da wir bereits mit unserem Sinkflug nach München begonnen haben, dürfen wir Sie ersuchen, auf Ihre Plätze zurückzukehren und sich wieder anzuschnallen. Weiters möchten wir Sie aus Sicherheitsgründen ersuchen, alle mitgebrachten elektronischen Geräte wieder abzuschalten und Ihr Handgepäck in der Ablage über Ihrem Sitz oder unter Ihrem Vordersitz sicher zu verstauen. Vielen Dank. Ladies and Gentlemen, we have already started with our descent to Munich. May we …*«

Tom fischte die Klappmappe aus der Sitztasche und vertiefte sich noch einmal in die Unterlagen beider Morde, die Georg ihm gestern gemailt hatte.

9. KAPITEL

München, Donnerstag, 21. April 2011, 11:15 Uhr

Schon von Weitem erkannte Tom den Chefinspektor. Mit seinem schlampigen Mantel und der Halbglatze sah er aus wie eine Mischung aus Columbo und Danny de Vito. Das fand übrigens jeder, der ihm begegnete. Eifrig winkte Tom und bahnte sich seinen Weg durch die Passagiere. Er hatte nur einen Handgepäck-Trolley bei sich, der Koffer war schon auf dem Weg nach Wien. Trotzdem dauerte es eine Weile, bis er sich durch die Massen zu Georg durchgekämpft hatte.

»Hey, Georgie, altes Haus.«

Georg klatschte auf seine Hand. »Sorry, dass wir dich aus dem Paradies vertrieben haben.«

Tom zuckte nur mit den Schultern. Das Leben hielt sich nicht an Pläne. »Wie geht es Jutta?«

Georg ließ die Arme hängen und schüttelte den Kopf. »Ich weiß es nicht.«

»Ist sie noch im Krankenhaus?«

»Ja. Lass uns von hier verschwinden, ich brauch eine Zigarette.«

Tom hatte Mühe, mit dem Chefinspektor Schritt zu halten. Es kam ihm so vor, als liefe er davon. Tabak, Alkohol und anderen Substanzen – ob legal oder nicht – hatte Tom noch nie etwas abgewinnen können, aber Georg zog bereits an einem Glimmstängel, noch bevor sie die Flughafenhalle verließen. Sein Chef sah Jahre älter aus, dabei war Tom nur drei Monate in Amerika gewesen.

»Warst du bei ihr?«

»Noch nicht, ich bin gleich hierhergeflogen.« Rauch quoll aus Georgs Nasenlöchern. Den Stummel schnippte er auf den Asphalt und trat energisch darauf, als wollte er die Zigarette zum Schweigen bringen. »Ich sag dir mal was, Einstein. Jutta ist ein starkes Mädchen. Sie muss nur von den Schlaftabletten weg. Bald ist sie wieder die Alte.«

Was sollte er dazu sagen? Insgeheim musste Georg wissen, dass es nicht so war. Vielleicht benötigte er diese Selbstbestärkung, um weitermachen zu können.

»Wohin geht es jetzt?«, wechselte Tom das Thema.

Georg zog einen zerknitterten Zettel aus seiner Manteltasche. »Zum zweiten Opfer: Pfarrer Heinrich Winkler. Die Haushälterin war grantig am Telefon, weil sie angeblich schon alles erzählt hat.«

Suchend blickte Tom sich um. »Hast du einen Mietwagen?«

»Wir nehmen ein Taxi, Einstein. Der Termin ist um …« Er sah auf die Uhr. »Genau jetzt.«

Unpünktlich zu Terminen zu kommen, war Tom unangenehm. Besonders bei einem Mord waren Zeugenbefragungen heikel, da viele glaubten, sie würden automatisch auf der Liste der Verdächtigen stehen, weil sie das Opfer kannten.

Zwölf Minuten später hielt der Mercedes vor einer Kirche. Eine Alte in einem Strickkleid stand vor der Tür des Nebengebäudes, anscheinend das Pfarrhaus.

»Glauben Sie, ich habe den ganzen Tag Zeit?«, blaffte sie die beiden zur Begrüßung an.

»Georg Kunze, wir haben telefoniert. Das ist mein Kollege Doktor Thomas Neumann.«

Tom trat vor und reichte der Frau die Hand. Sie warf nur einen geringschätzigen Blick auf ihn. »Soso. Ein Doktor? Bei der Polizei? Wollen Sie mich veräppeln?«

»Es tut mir leid, Frau Singer«, ergriff Tom das Wort. »Die Verspätung ist meine Schuld. Ich bin direkt aus Washington gekommen.«

»Termin ist Termin!«

Die Alte schien eine harte Nuss zu sein. Nicht einmal sein Namenstrick hatte funktioniert.

Vera Singer ging ins Haus, ohne sie hereinzubitten. Georg zuckte nur kurz mit den Schultern und folgte. Tom tat es ihm gleich. Im Wohnzimmer roch es nach Würstel mit Sauerkraut, was wohl aus der Küche nebenan kam. Das 70er-Jahre-Dekor erschlug ihn förmlich. Zwar harmonierten die geblümten Tapeten mit dem knallgelben Teppich, für seinen Geschmack brachte das orange-rote Sofa aber zu viel Farbe in den Raum. Auf dem Tisch lag eine Spitzendecke, auf dem Fernseher, den Stuhllehnen und dem Fensterbrett ebenso. Er konnte kaum einen Fleck Mobiliar ausmachen, der nicht mit Spitze belegt war. Am Tisch stand ein Korb, aus dem Garn hervorquoll.

»Sind die schönen Spitzendeckchen von Ihnen?«, fragte Tom, um das Eis zu brechen.

Aber Vera Singer klappte ungerührt den Handarbeitskorb zu und verstaute ihn im Schrank. »Kommen Sie zur Sache. Ich muss mich um eine neue Anstellung kümmern. In meinem Alter wird das nicht leicht werden.«

Georg saß bereits auf dem orange-roten Klotz und machte einen freudlosen Eindruck.

Tom zückte seinen BlackBerry. »Dann wollen wir mal.«

Vera Singer beäugte ihn vom Lehnstuhl aus. »Was will der Doktor von mir?«

»Ich bin Polizeibeamter«, erklärte Tom ruhig.

Vera Singer sah ihn trotzdem skeptisch an.

»Also, Sie wurden schon einmal befragt. Wir sind sicher bald wieder weg«, meinte Georg und fuhr fort: »Kannten Sie den Pfarrer gut?«

»Ich bin nicht daran interessiert, solche Leute zu kennen. Ich habe nur meine Arbeit getan.«

»Sind Sie denn nicht bestürzt über diese Tat?« Erstaunt hob Georg die Augenbrauen. »Sie haben immerhin zwölf Jahre für den Mann gearbeitet.«

»Wir kommen alle in die Kiste«, sagte Vera Singer, ohne mit der Wimper zu zucken.

»Pfarrer Winkler wurde grausam ermordet«, warf Tom ein.

»Er wird schon etwas ausgefressen haben.«

Neugierig lehnte Tom sich vor. »Sie meinen, er hat es verdient?«

»Hoffe ich doch.« Vera Singer verschränkte ihre Hände. »Man hat ihn sicher nicht ermordet, weil er so ein toller Typ war.«

Ein Schauder durchfuhr Tom. Was war das bloß für eine gefühlskalte Frau?

»Hatte er Feinde?« Unbekümmert fragte Georg weiter.

»Er war kein beliebter Mensch. Ich habe ihn auch nicht leiden können. Seine Angehörigen haben ihn nie besucht. Ich weiß nicht einmal, ob er Freunde hatte. Meistens saß er allein in seinem Zimmer und las.«

Tom nahm das Gespräch mit seinem BlackBerry auf. Zusätzlich tippte er weitere Informationen ein. Er konnte nicht verstehen, warum die Mehrheit der Polizisten immer noch altmodische Notizzettel mit sich führte, wo es handliche technische Meisterwerke wie dieses gab. »In Wien wurde vor drei Tagen Weihbischof Heuss ermordet aufgefunden.«

»Ich habe es in der Zeitung gelesen.«

»Kannte Pfarrer Winkler den Wiener Bischof?«

»Wie gesagt, ich weiß nichts über sein Privatleben.«

»Frau Singer, wir suchen eine Verbindung«, versuchte es Tom erneut. »Könnten sie sich beruflich begegnet sein?«

»Ich habe den Namen zum ersten Mal in der Zeitung gelesen. Ob sie sich gekannt haben, kann ich Ihnen leider nicht sagen.«

Wie konnte man zwölf Jahre für jemanden arbeiten und nichts über ihn wissen? Oder wusste sie sogar zu viel? Es war an der Zeit, eine pikante Frage zu stellen.

»Wissen Sie, ob er eine Beziehung hatte?«

»Hatte er sicher.« Konnte diese Frau denn gar nichts aus dem Konzept bringen?

»Mit einer Frau oder einem Mann?«

»Die sind doch alle schwul, oder?«, kam es wie aus der Pistole geschossen.

»Sicher können Sie es mir also nicht sagen?«

»Ich habe keine Ahnung. Wäre mir auch egal, wenn er ins Bordell gegangen wäre.«

Den Weg nach München hätten sie sich sparen können. Mit diesem Eisblock eine Befragung durchzuführen, war mühsam und sinnlos, wie es schien.

»Das hilft uns leider nicht weiter, gnädige Frau.«

Tom rieb sich die Augen. Im Flugzeug hatte er nicht geschlafen. Hätte er gewusst, dass er gleich nach der Ankunft zu einer Befragung musste, hätte er sich vielleicht – ganz gegen seine Überzeugung – Schlaftabletten eingeworfen.

»Was würde Ihnen denn weiterhelfen? Ich habe nur meine Arbeit getan, private Belange haben mich nie interessiert.«

»Sie haben sich also nie mit Heinrich Winkler unterhalten?« Georg war hörbar frustriert.

»I wo. Ich hab mein Leben gelebt und er seines.«

»Wer könnte mehr wissen?«

Tom gab auf. Er wollte hier raus.

»Was weiß ich.« Vera Singers Stirn legte sich in Falten. »Wenn Sie denken, der Täter könnte ein Liebhaber gewesen sein, dann versuchen Sie es im Gärtnerplatzviertel.«

Tom stupste Georg an. »Heute Abend schon was vor, Süßer?«

Georgs überraschter Gesichtsausdruck war zum Schießen.

Kühl fuhr Vera Singer fort: »Versuchen Sie es in Iwans Bar. Die finden Sie in der Hans-Sachs-Straße 20.«

Tom hätte zu gern gewusst, woher Vera Singer Schwulenbars in München kannte, zog es aber vor, den Mund zu halten. Sie war ohnehin ein schwieriger Fall. Eines hätte er allerdings gern noch gewusst. »Frau Singer, Sie glauben nicht an Gott. Habe ich recht?«

Die Haushälterin blies die Backen auf und atmete langsam aus. »Seit er mir meinen Sohn und meinen Mann genommen hat, kann er mir gestohlen bleiben. Alles hat er mir genommen, und da soll ich noch zu ihm aufsehen?« Kopfschüttelnd stand sie auf. »Nein, junger Mann, ich glaube, da draußen ist nichts.« Theatralisch verdrehte sie die Augen zur Decke und hob die Arme.

Jetzt verstand Tom die Frau, die mit hängenden Schultern vor ihm stand. Das Leben hatte ihr hart mitgespielt, deshalb diese verhärmten Gesichtszüge, die eisigen Worte und die Gleichgültigkeit über den Tod des Pfarrers.

Georg betrachtete eingehend das Foto von Heinrich Winkler, das auf dem Beistelltisch stand. »Winkler war schon 72 Jahre alt und dennoch nur einfacher Pfarrer?«

»Er hat Beförderungen abgelehnt, damals«, murmelte die Haushälterin.

»Abgelehnt? Kommt das öfter vor?«

»Er ist nach Rom gereist, als er Weihbischof werden sollte, und bat um eine Audienz beim Papst. Dem hat er angeblich erklärt, er fände sich nicht würdig für das hohe Amt.«

Tom runzelte die Stirn. Eine Ablehnung der Bischofsweihe erschien ihm unüblich. Die Begründung ließ auch Georg aufhorchen. »Nicht würdig? Hatte Pfarrer Winkler Dreck am Stecken, und der Mörder wusste davon?«

Vera Singer baute sich vor Georg auf und sah ihm tief in die Augen. »Was glauben *Sie* denn?«

Tom konnte diese Bemerkung nicht ignorieren. »Sie haben natürlich keine Ahnung, worum es sich handeln könnte?«

»Ist es nicht Ihr Job, das herauszufinden?«

Tom biss sich auf die Unterlippe. Das war eine seiner Angewohnheiten, wenn er nachdachte. Er war jetzt genauso schlau wie nach dem Lesen der Vernehmungsprotokolle der Münchner Kollegen. Er konnte sich nicht vorstellen, dass die Spurensicherung schlecht gearbeitet hatte, trotzdem wollte er das Zimmer sehen, in dem der Pfarrer aufgefunden worden war. Vera Singer hatte nichts dagegen und begleitete sie in das Schlafzimmer, das bereits notdürftig gesäubert worden war, trotzdem roch es eklig. Blut, Urin und Kotze ließen sich nicht einfach abwaschen.

Tom schloss die Augen und konzentrierte sich auf den Geruch, dann öffnete er sie wieder und ließ den Raum auf sich wirken. Das Bett war abgezogen, die Matratze fleckig. Kreisrunde Wasserflecke auf dem leeren Nachttisch hoben sich vom Nussholz ab. Die Wände zierten Drucke bekannter Mariengemälde und Regale, die mit Büchern und Zeitschriften vollgestopft waren. Tom ging um das Bett herum. Der Hochflorteppich schluckte jegliches Geräusch. Hinter einem Bettpfosten sah er etwas auffällig Rotes. Er kniete sich hin, griff in den Spalt und brachte ein Buch in einem dunkelroten Ledereinband ans Tageslicht. Das Ende eines roten Lesebändchens blitzte zwischen den Seiten hervor. Angenehm schwer lag das Buch in seiner Hand, war aber entschieden zu dünn für eine Bibel.

»Goethes Faust?« Er klappte es auf. »Vollständige Ausgabe beider Teile aus dem Jahre 1924.« Sein bibliophiles Herz schlug augenblicklich schneller. An der Stelle des Lesebändchens war ein Satz dick mit Textmarker angestrichen:

Heinrich! Mir graut's vor dir!

Pfarrer Winkler hieß Heinrich mit Vornamen. Irgendjemandem graute es also vor ihm. Hatten, da das Buch hinter das Bett gefallen war, die Münchner diesen Hinweis übersehen?

»Die Spurensicherung wird noch mal herkommen müssen, Georg.«

»Ich rufe Kommissar Luidolt gleich an. Wir treffen uns erst morgen mit ihm.«

Tom nutzte die Zeit, um alles Relevante festzuhalten. Erst fotografierte er das Zimmer aus verschiedenen Blickrichtungen. Das Buch positionierte er auf dem Nachttisch und fotografierte den Einband, das Impressum sowie die markierte Stelle.

»Es handelt sich um eine alte vollständige Ausgabe. Gehörte sie dem Pfarrer?«, fragte er Vera Singer, die aber nicht antwortete, sondern nur ihre Strickjacke zuknöpfte.

Akribisch durchforstete Tom die Bücherregale. Krimis, Vampirromane, Werke von Simmel und Konsalik, Reader's-Digest-Sammelbücher und jede Menge Perry-Rhodan-Heftromane. Das passte so gar nicht zu dem Buch im roten Ledereinband.

»Bitte berühren Sie das Buch nicht, die Spurensicherung wird noch einmal kommen, Frau Singer.«

Die Alte legte ihren Kopf schief und kniff die Augen zusammen. Sie schien wirklich niemandem zu trauen. Ihre dünnen, mit Krampfadern überzogenen Beine würden sie nicht mehr lange tragen. Tom seufzte und streckte ihr verständnisvoll die Hand hin. »Vielen Dank, Frau Singer, ich denke, wir haben Sie lange genug belästigt.«

Diesmal zögerte sie nicht, sondern legte ihre faltige Hand in seine. Die Haut fühlte sich an wie altes Pergamentpapier.

»Auf Wiedersehen«, sagte Georg, der wieder ins Zimmer gekommen war.

»Das hoffe ich nicht.« Doch in ihren Augen war ein Blitzen zu erkennen.

Auf dem Weg ins Hotel sprachen sie nicht viel. Tom schickte seiner Freundin Ilse eine SMS. Sicher war sie froh über seine vorzeitige Rückkehr. Kurz bevor er Ilse kennengelernt hatte, hatte er die Bewerbung als FBI-Hospitant geschrieben. Als die Zusage kam, hatte Ilse verstanden, wie wichtig es ihm war, und ihn nicht zurückgehalten. Eine junge Liebe war verletzlich, außer es war die große Liebe. Die hielt alles aus. Ilse war die Richtige für ihn. Sie war auch im Mensaklub der Hochbegabten. Zwei Jahre jünger zwar, aber schon Staatsmeisterin im Schach und Doktor der Sinologie. Er verstand zwar nicht, was sie mit diesem Studium vorhatte, aber da ihr Vater sehr vermögend war, musste sie nicht arbeiten. Die letzten drei Wochen waren ihre SMS, E-Mails und Anrufe seltener geworden, und seit fünf Tagen hatte er nichts mehr von ihr gehört. Vermutlich trainierte sie für die Schachweltmeisterschaft, die in zwei Monaten über die Bühne gehen würde. Von diesem Titel träumte sie schon lange. Später würde er sie anrufen.

»Ich muss unbedingt schlafen«, sagte er zu Georg im Lift des Hotels. »Im *Iwans* brauchen wir uns vor 22 Uhr nicht blicken zu lassen.«

»Du gehst besser allein hin.«

»Wieso? Zusammen können wir die Superschwulen mimen.«

»Wir würden aber keine Kontakte knüpfen.«

Das traf zu. Wenn sie zusammen an der Bar sitzen würden, dächten alle, sie wären ein Paar. Verdeckte Ermittlungen würden schwierig werden. Trotzdem erkundigte sich Tom: »Bist du sicher, dass du nicht an Homophobie leidest?«

»Mich würde sowieso niemand ansprechen.« Georg lächelte breit. »Aber du kommst sicher gut an.«

»Vielen Dank auch, Georgie.« Müde stieg Tom aus dem Lift.

Bevor sich die Türen wieder schlossen, rief ihm sein Kollege noch lachend nach: »Vergiss nicht, Kondome mitzunehmen.«

10. KAPITEL

München, Donnerstag, 21. April 2011, 20.30 Uhr

Das Klingeln des Telefons riss Tom aus einem leichten und traumlosen Schlaf. Die Sonne hatte es ständig geschafft, sich durch die Vorhangritzen zu zwängen, und der Jetlag tat sein Übriges. Ilses Nummer blinkte auf dem Display, und er war auf Anhieb wach. »Ich hab heute schon an dich gedacht.«

»Hast du?«

»Nicht, dass ich an den anderen Tagen nicht an dich gedacht hätte.« Er kicherte.

»Schon gut.« Normalerweise plapperte sie sofort drauflos und erzählte ihm sämtliche Details der letzten Stunden, was sie gegessen hatte inklusive.

»Ich bin heute in München gelandet. Muss hier noch eine Ermittlung abschließen, dann flieg ich sofort nach Wien.«

»Aha.«

Sein Instinkt trog ihn nicht. Hier stank etwas gewaltig. »Vielleicht bin ich morgen schon da. Ich ruf dich an, wenn ich lande.«

»Ist gut.«

Was war hier los? Zuerst meldete sie sich tagelang nicht, und dann redete sie in Silbensprache. »Wir haben uns fast eine Woche nicht gehört oder gelesen. Was hast du gemacht? Übst du Schach?«

Plötzlich begann sie zu weinen. Mit vielem hatte er gerechnet, aber nicht damit. Er fühlte eine Distanz, die jede Minute größer wurde, und ihr Weinen verschlimmerte die Situation zusätzlich.

»Es ist aus«, flüsterte sie.

Er schwieg. Was sollte er darauf auch sagen?

»Willst du nicht um mich kämpfen?«

Diese Aussage verwirrte ihn vollends. *Sie* beendete die Beziehung. Warum sollte *er* kämpfen? Wozu? Gegen wen? Was sollte das? Entweder wollte man zusammenbleiben oder eben nicht. Entweder war die Liebe groß genug oder nicht. Aber diese Spielchen mochte er nicht.

»Bin ich dir völlig egal?«, kam es aus dem Hörer.

»Hast *du* nicht gerade Schluss gemacht?«

»Als ich davon gesprochen habe, dass wir zusammenziehen wollen, bist du nach Amerika geflogen.«

Das durfte doch nicht wahr sein! Er hatte sie damals hundertmal gefragt, ob es ihr etwas ausmachen würde, wenn er diese Hospitanz annähme. »Das höre ich mir nicht an.«

»Du willst nicht wissen, warum ich Schluss mache?«

»Ist belanglos.«

»Ich hab dich betrogen, Thomas!«

»Sagte ich ja. Belanglos.« Er schluckte. Schwindel erfasste ihn. Was hatte er falsch gemacht? Zum Teufel!

»Tja, schon mal überlegt, warum alle deine Freundinnen bis jetzt fremdgegangen sind?«

Warum hatte er ihr bloß alles erzählt? »Du wirst es mir sicher gleich sagen.« Seine Gedärme zogen sich rhythmisch zusammen, gleich würde er sich übergeben.

»Du bringst es einfach nicht. Im Bett höflich und zuvorkommend zu sein, ist nicht sexy.«

Der Raum begann sich um ihn zu drehen. Ihr Lachen schallte von den Wänden wider, bohrte sich in sein Gehirn und vermischte sich mit den Stimmen seiner Ex-Freundinnen. Das passte nicht zusammen, warum war sie jetzt so wütend? *Sie* war fremdgegangen. *Sie* hatte Schluss gemacht.

»Willst du wissen, wer es ist?«

Nein! Er wollte, dass sie auflegte. Sofort!

»Ich verstehe das nicht. Du hast gesagt, ich bin die eine. Warum bist du dann so ruhig? Warum schreist du mich nicht an?«

»Es reicht, wenn einer schreit.« Sein Kopf dröhnte ohnehin schon genug.

»Wenn ich dir wirklich etwas bedeutet hätte, wärst du nicht nach Amerika gegangen.«

War sie das Opfer einer Gehirnwäsche geworden? »Die Bewerbung beim FBI habe ich Monate, bevor wir zusammengekommen sind, abgegeben.«

»Du hättest absagen können.«

So wie sich diese Diskussion hier entwickelte, war er froh, es nicht getan zu haben. Kurz hatte er es in Erwägung gezogen, aber die Hospitanz bei Lieutenant Mayer war eine einmalige Chance gewesen, auf die er seit Jahren hingearbeitet hatte. Schon in dieser kurzen Zeit hatte er so viel dazugelernt. »Ich bin drei Monate früher zurückgekommen«, versuchte er, sie zu beschwichtigen.

»Aber nicht meinetwegen«, flüsterte sie.

Ah, daher wehte der Wind. Wäre er die vollen sechs Monate in den Staaten geblieben, hätte sie ihn mit offenen Armen empfangen. Er war früher zurückgekehrt, aber seine Sehnsucht nach ihr war nicht der Grund gewesen. »Es war Not am Mann.«

»Nein, es war Not an Jutta.«

»Jutta?«

»In jedem unserer Gespräche erwähnst du sie.«

Wovon sprach sie da? Wenn er von seiner Arbeit erzählte, musste er zwangsweise über Jutta reden.

»Die Mail, die du mir geschickt hast. Du hast mit keiner Zeile erwähnt, dass du dich freust, nach Hause zu kommen und mich in die Arme zu schließen.«

Hatte er das nicht? Später musste er sich die Mail noch einmal durchlesen.

»Da ist es passiert. Jens war zu Hause, hat mich getröstet.«

»Dein schwuler Mitbewohner?«

»Ach, das hab ich dir nur erzählt, damit du nicht eifersüchtig wirst.«

»Jens ist nicht schwul?«

»Er ist mein Ex-Verlobter.«

»Der Schwimmstaatsmeister im Freestyle ist Jens?« Und sie wohnte mit ihrem Ex-Freund, dem Supersportler, immer noch zusammen. Diese falsche Schlange! Sie hatte ihn die ganze Zeit belogen. Jetzt war es an ihm, sauer zu werden. Doch bevor er etwas sagen konnte, knackte es in der Leitung.

Danach saß er eine Weile verloren auf dem Bettrand und kratzte sich am Kopf. Andere Männer würden sich jetzt die Eier kratzen, aber er fand diese Angewohnheit ekelhaft. Darum hatte er sich angewöhnt, sich am Kopf zu kratzen, wenn es in den Shorts juckte.

Ablenkung schien ihm das richtige Mittel, um das Telefonat zu vergessen. Das Geflimmer auf dem TV-Bildschirm beruhigte ihn nicht. Nur schwer widerstand er der Versuchung, Ilse zurückzurufen. Stattdessen schaltete er das Fernsehgerät aus und ging ins Bad. Anschließend wusch er sich die Hände mit seinem Duschbad. Wie üblich war der Seifenspender, der an der Wand des Hotelbadezimmers klebte, leer. Dann durchsuchte er seinen Koffer und fand ein rosa Hemd. Zusammen mit den Jeans würde es gehen. In der heutigen Zeit allerdings war die Farbe auch an heterosexuellen Männern nicht mehr unüblich. *Was soll's.*

Die Angestellte an der Hotelrezeption zeichnete ihm auf dem Stadtplan den Weg ein und wünschte ihm einen schönen Abend. Heute war definitiv nicht sein Tag. Wenigstens konnte er es als Arbeitszeit verrechnen.

Der Türsteher vor dem *Iwans* ließ ihn sofort durch. Mit Georg zusammen wäre es nicht so leicht gewesen, ihm hingegen sah man den Bullen nicht an. Obwohl es erst 21 Uhr war, platzte das *Iwans* bereits aus allen Nähten. Housemusic hämmerte aus den Boxen. In einer Ecke knutschte ein Paar. *Sie* trug eine blonde Perücke und klimperte mit falschen Wimpern. Ihre Beine steckten in Netzstrumpfhosen und schwindelerregenden High Heels; solche Art Schuhe, die normale Frauen niemals tragen würden. Eben eine klassische Tunte im lila Minifummel, die mit einem

Riesen knutschte. Auf dem Typen klebte ein Lackoverall. Wie viele Stunden dauerte es wohl, sich in so ein Ding hineinzuzwängen? Der Typ war sicher ganzkörperrasiert. Das Farbwechselspiel, das zum Klang der Musik auf seiner Glatze stattfand, war phänomenal.

Der Barkeeper beäugte Tom erwartungsvoll, als er ein Selters bestellte. »Kein Geld? Oder fängst du erst später an, auf den Putz zu hauen?«

»Ich trinke nicht. Außerdem ist das kein Privatvergnügen.«

Der Barkeeper stellte ihm das Glas auf die Theke. »Das kann sich aber noch ändern.«

Tom wühlte in seiner Lederjacke nach dem BlackBerry und zeigte dem Barkeeper das Foto von Heinrich Winkler. »Den Typen schon mal gesehen?«

»Dein Ex?« Der Barkeeper zwinkerte und legte den Kopf schief. »Stehst du auf so alte Kerle?«

»War er schon mal hier oder nicht?«

»Wenn, dann wäre er mir ganz bestimmt nicht aufgefallen. Zu alt und zu hässlich.« Er leckte sich die Lippen. »Dich allerdings würde ich so schnell nicht vergessen.«

Schweigend nippte Tom an seinem Selters. Hinter dem Barkeeper tauchte ein zweiter Kopf auf.

»Sag mir, wenn dich Jan belästigt, Süßer«, säuselte der Schnauzbärtige. »Er kann es einfach nicht lassen.« Dann gab er dem Barkeeper einen Klaps auf den Hintern. »Er liebt es, mich eifersüchtig zu machen.«

Der Barkeeper lachte laut. Mit einem Seitenblick zu Tom sagte er: »Aber ich hab einen Blick für attraktive Männer. Wusste ich doch, dass du nicht lange allein hier sitzen würdest.«

Tom sah in die Blickrichtung des Barkeepers. Ein Kerl – breite Schultern, dicke tätowierte Oberarme, Stiernacken,

Undercut – schritt auf die Bar zu und sprach ihn an. »Na, Schönling? Hab dik hier noch nie jesehen, bist wohl neu.« Tom fixierte nervös den Tresen. Der Muskelmann lehnte sich neben ihn und sprach unbeirrt weiter. »Bist wohl ein bisschen schüchtern, wat?«

Fieberhaft suchte Tom nach den richtigen Worten. Weshalb sprach der Typ nicht Bayrisch? Wo waren die waschechten Bayern? Hier in München jedenfalls nicht.

»Gerade erst dein Coming-out gehabt?« Mitfühlend sah ihn sein Gegenüber an. »Ik weß jenau, wie det is, Mann. Deine Mutter jammert wejen der Enkelkinder, die sie nie bekommen wird, und dein Vater …« Er nahm einen Schluck Bier. »Dein Vater enterbt dich. Später schämt er sich. Aber trotzdem. Alles im Eimer, Mann. Happy family is nich mehr.« Er leerte sein Glas in einem Zug und winkte den dämlich grinsenden Barmann heran. Dann wandte er sich wieder an Tom. »Ey, wie heißt du denn?«

»Thomas.«

»So, ein Heiliger, ey? Ich nenn dich Tom, Mann!«

Alle Welt nannte ihn Tom. Unweigerlich zuckten seine Mundwinkel.

»Jetzt sach mal. Bist dir vielleicht jar nich sicher? Bist nur enttäuscht von den Weibern, hä?« Ein gurgelndes Lachen folgte.

»Scheißweiber!«, antwortete Tom deprimiert.

Der Kerl lachte laut und prostete ihm zu. »Meine Rede, Mann! Willst ein Bier? Geht auf mich.«

Zu seiner eigenen Überraschung nickte Tom. Der Kerl winkte den Barmann heran und bestellte. »Ik bin übrijens der Ralf!« Er hielt ihm seine behaarte Pranke hin. Tom schlug ein, und wenige Sekunden später trank er seinen ersten Schluck Weißbier. Ralf nickte anerkennend. »Dann bist noch Jungfrau?«

»Sozusagen«, sagte Tom grinsend, meinte damit aber das Bier.

»Jetzt erzähl mal, was'n passiert, dass du im *Iwans* landest.«

Kurz war Tom versucht, inkognito zu bleiben und ihm von Ilse zu erzählen. Er entschied sich jedoch für die Wahrheit. Auch Ralf bekam das Foto von Heinrich Winkler zu sehen, konnte ihm jedoch nicht weiterhelfen. Er klickte weiter, und das Bild von Weihbischof Heuss erschien auf dem Display.

»Den kenn ich!« Ralfs Gesicht strahlte.

»Sicher?«

»Absolut. Hab noch nie ein Jesicht verjessen.«

»Lass mal sehen«, mischte sich Jan, der Barkeeper, ein. Tom reichte ihm den BlackBerry. »Mir kommt der auch bekannt vor.« Nachdenklich zwirbelte er seinen Schnauzer. »Dabei ist er gar nicht mein Typ.« Sein Freund stupste ihn an der Schulter. »Flirtest du schon wieder?« Sein Blick fiel dabei auf das Display. »Das ist doch dieser Bischof.«

»Sie kennen ihn auch?«

»Bitte nicht siezen. Klar, ich lese doch Zeitungen!«

Jan errötete. »Vermutlich habe ich das Foto auch in der Zeitung gesehen. Sorry.«

Das war wohl nichts. Die Barkeeper trollten sich wieder und bedienten Männer, die rechts vom Tresen standen und schon ungeduldig auf das Holz klopften. Nur Ralf kaute nachdenklich auf einem Fingernagel. »Ich hätte schwören können, dass ich ihn kenne.«

Tom klopfte ihm freundschaftlich auf die Schulter. »Man kann nicht immer Glück haben.«

»Jetzt fällt es mir wieder ein. Vier Jahre war ich mit einem Wiener Schauspieler zusammen. Muss ihn dort kennenjelernt haben.«

»Hast du noch Kontakt zur Szene in Wien?«

»Freilich.«

Tom reichte ihm seine Visitenkarte. »Könntest du dich umhören? Die Fotos schicke ich dir gleich via Bluetooth auf dein Handy.«

»Klaro, mach ich.« Er steckte die Visitenkarte ein, legte sein Handy auf den Tresen und zupfte an seiner Lederhose. »Bist ein netter Kerl. Nur leider nicht schwul. Oder irr ich mich da, Tom?«

»Ich würde sagen, du hast eine gute Menschenkenntnis.« Lachend stießen sie mit ihren Gläsern an.

11. KAPITEL

München, Freitag, 22. April 2011, 8:30 Uhr

Das Pochen wurde immer lauter. *Tom!*, schrie jemand. *Tom, wir haben einen Termin!* Was, zur Hölle, war das? Sogar im Schlaf kam ihm die Stimme bekannt vor. Georg. Georg? Kerzengerade setzte er sich im Bett auf. War das real? Es klopfte immer noch.

»Tom! Mach auf! Soll ich die Tür eintreten?«

Kopfschüttelnd wankte er zur Tür und öffnete sie. »Was soll das, Georg?«

»Du hast dich nicht gemeldet.«

»Das ist doch kein Grund, so einen Radau zu schlagen.« Tom suchte nach seiner Brille. Er fand sie schließlich auf dem Teppichboden neben dem Nachtschrank.

»Ach nein?« Georg knallte die Tür zu und stampfte mit dem Fuß auf. »Wir ermitteln in einem Serienmordfall. Du warst gestern weg. Alles Mögliche hätte mit dir passieren können.«

»Du schaust zu viele schlechte Filme.« Auch mit der Brille sah er Georgs Gesicht nur verschwommen. Mit einem Griff unters Kopfkissen förderte er ein zerknittertes Taschentuch zutage.

»Das sagt Jutta auch immer.« Irritiert nestelte Georg an einem seiner Hemdknöpfe. »Egal, du siehst schlimm aus.«

»Zu viel erwischt gestern im *Iwans*.«

»Wie kannst du zu viel Wasser erwischen?« Er lachte.

Tom zuckte mit den Schultern und wischte die Brillengläser mit dem Taschentuch sauber.

»Du hast getrunken?« Georg starrte ihn überrascht an.

»Ein Typ hat mich eingeladen. Dem hab ich anscheinend gut gefallen.« Er schob sich die Brille auf die Nase.

»Wenn du gestern ausgesehen hast wie jetzt, ist mir das allerdings ein Rätsel.«

»Ich hab noch nicht geduscht, bin eben erst eingepennt.«

»Du warst die ganze Nacht weg?«

»Voll abgefahren, der Schuppen. Die Leute sind nett.«

Georgs Pupillen weiteten sich. »Sag nichts mehr.«

Tom lachte. Es war ja auch zu komisch. »Ralf hat es zwar versucht, aber akzeptieren müssen, dass ich hetero bin.«

»Ralf also.« Der Chefinspektor schmunzelte.

»Lass mal, Georg.« Er fuhr sich durch die Haare. Sie fühlten sich fettig an. »Du hast gesagt, wir haben einen Termin?«

»Ein Gespräch unter sechs Augen mit Kommissar August Luidolt, und dann fliegen wir heim.«

Tom roch an seinen Achselhöhlen. Er stank gewaltig. »Ist noch eine Dusche drin?«

Georg rümpfte die Nase. »So wäre ich ohnehin nicht mit dir gefahren.« Mit einem Augenzwinkern fügte er hinzu: »In der Lobby gibt es übrigens erstklassigen Espresso.«

40 Minuten später saßen sie in weichen Ledersesseln im Büro des Münchner Kriminalkommissars August Luidolt. Tabakschwaden und ein fruchtiger Geruch hingen in der Luft. Vor ihnen lagen alle Tatortfotos auf dem Tisch, sogar vom Wiener Bischofsfall. Luidolt hielt den Zigarillo in seinem linken Mundwinkel eingeklemmt und redete mit dem anderen Mundwinkel.

»Alles so wie bei Weihbischof Heuss«, bestätigte Georg. Juttas Notizbuch zitterte in seiner Hand. »Wir haben es hier mit einem Doppel- oder sogar Serienmörder zu tun, ganz klar.«

August Luidolt nickte. »Genau. Die Frage ist: War's das, oder kommt noch mehr?«

»Wir müssen schnell eine Verbindung finden.«

Luidolt spuckte in den Papierkorb. »Vielleicht gibt es keine.«

»Die katholische Kirche als einzige Verbindung?«

Das war Tom zu schwammig. Ein Serienmörder hatte immer ein bestimmtes Ziel vor Augen: Liebe, Hass, Rache, Neid, Lust, Macht.

»Vielleicht hat es mit Ostern zu tun. Heute ist Karfreitag«, meinte Georg.

»Da könnte was dran sein.« Euphorisch sprang Tom vom Sessel hoch. »Beide Opfer wurden ausgepeitscht. 40 Hiebe hat man bei der Obduktion gezählt. Heuss wurde am Palmsonntag gefunden, Pfarrer Winkler allerdings erst einen Tag später … vielleicht war es vom Mörder anders geplant.«

»Ich weiß nicht so recht.« Der Kommissar drückte den Zigarillo im Aschenbecher aus. »Es könnte auch so eine Freimaurergeschichte sein.«

»Warum werden die Opfer grausam gefoltert? Es muss mit der Bibel zu tun haben.«

Wieder zuckte Luidolt mit den Schultern. »Wisst ihr, was ich denke?« Er lehnte sich über den Schreibtisch. »Ich glaube, sogar die Mörder haben eine Art internen Wettstreit. Schnell abknallen ist nicht mehr drin. Richtig grausig muss es sein. Lassen sich immer wieder neue Ferkeleien einfallen. Was man schon hundertmal im Fernsehen gesehen hat, macht diesen Psychopathen anscheinend keinen Spaß mehr.«

Mit dieser These konnte Tom sich nicht anfreunden. In allen Zeiten hatte es besonders grausame und einzigartige Fälle gegeben. Außerdem waren nur ein Bruchteil der Mörder reine Psychopathen, die ohne Grund Gewalt anwendeten. Er musste nur nach einer Verbindung zwischen den beiden Fällen suchen. War die Tatsache, dass es Geistliche waren, wirklich das Einzige, woran sie sich festhalten konnten? Dann würden die Ermittlungen mühsam werden, solange der Mörder keinen Fehler machte. Aber machten sie nicht alle irgendwann Fehler?

»Jutta hat gemeint, die Haushälterin des Bischofs und der Vikar wären ihr verdächtig vorgekommen.« Andächtig strich Georg über das Notizbuch.

»Diese Vera Singer ist auch nicht astrein, oder?« Kommissar Luidolt stand auf und öffnete das Fenster.

Tom nickte. »Sie hat zwölf Jahre für den Mann gearbeitet und weiß so gut wie nichts über ihn.«

»Und ich hatte gehofft, ihr würdet mehr aus ihr herausbekommen, wo sie doch Salzburgerin ist.«

Aha, deshalb sprach Vera Singer kein Bayrisch. Den Salzburger Dialekt hatte sie anscheinend verdrängt. Na, immerhin war Luidolt ein waschechter Bayer. »Wir kommen bei dem Fall nicht weiter. Georg, du hast am Telefon ein Bibelzitat erwähnt. Bei unserem Pfarrer haben wir nicht einmal eine Bibel gefunden.«

»War die Spurensicherung noch mal bei Heinrich Winkler?«

»Ja freilich. Nach Georgs Anruf gestern habe ich sie gleich hingeschickt. Die haben die Bude ordentlich auseinandergenommen, aber außer dem alten Buch haben sie nichts mehr gefunden.«

»Für viele Literaten ist dieses Buch hier wie eine Bibel.« Beinahe andächtig rief Tom die Fotos auf seinem Laptop auf.

Der Kommissar betrachtete sie. »Goethes Faust? Ich befürchte, mehr als die Hälfte aller Haushalte haben dieses Buch im Regal stehen. Mussten wir das nicht alle in der Schule lesen?«

Tom schüttelte den Kopf. »Schauen Sie sich das Impressum an. Ich bezweifle, dass wir in Europa noch ein zweites derartiges Exemplar finden.«

Der Kommissar las. »1924!« Anerkennend pfiff er durch die Zähne. »Sammelt der Pfarrer alte Bücher?«

»Eben nicht!« Tom klatschte in die Hände. »Ich habe kein weiteres antiquarisches Buch bei ihm gesehen, geschweige denn einen Klassiker. Der Pfarrer hat vorwiegend Simmel, Konsalik, Bestsellersammelbände, Heft- und Vampirromane gelesen.« Bei der Vorstellung schüttelte es ihn. Er war Literaturliebhaber.

Der Kommissar lachte. »So was wie Buffy? Meine Tochter hat alle Staffeln auf DVD.«

»Vielleicht war das eine Art Recherche für Exorzismusfälle.« Georgs seltsamer Humor hatte durchaus seine Berechtigung. Nach allem, was Tom erlebt hatte, wunderte ihn überhaupt nichts mehr. Vor Jahren hatten sie bei einem ermordeten Shaolinmönch Hardcore-Pornofilme gefunden. Dagegen waren die Vampirromane des Pfarrers harmlos. Er klickte zum Foto mit der markierten Textstelle im Buch.

Kommissar Luidolt las laut vor: »Heinrich! Mir graut's vor dir!« Er seufzte. »Ein magerer Hinweis.«

»Überlegen Sie! Es ekelt ihn vor Pfarrer Winkler.« Tom lief im Zimmer auf und ab. »Die Frage ist, warum. Wenn wir das herausfinden, haben wir auch den Täter.«

»Oder die Täter. Wenn es nur so einfach wäre.« Luidolt schob den Laptop zur Seite. »Meistens erfährt man das Warum erst vom Täter.«

»Da dieses Buch ein Anhaltspunkt ist, schlage ich vor, alle Antiquariate anzurufen …«, meinte Georg.

Ungeduldig unterbrach ihn Tom. »Das ist nicht nötig.« Mit einem Satz war er beim Schreibtisch und klickte auf das nächste Bild. Er zeigte auf einen schwarzen Klecks. Die Adresse war unleserlich, der Rest der Schrift verschwommen:

Antiquariat und Bücherflohmarkt, Prof. Sebastian Schuhmann, Berlin

»Antiquariate stempeln sehr oft ihre Bücher ab. Wir müssen nur das Geschäft von Professor Schuhmann finden.«

Kommissar Luidolt rieb sich am Ohrläppchen und sah sich die Seite genauer an. »Hier sind noch andere Einträge und ein Exlibris.«

»Man kann aber nach der Datumsangabe davon ausgehen, dass die erste Besitzerin des Buchs das Exlibris geschrieben hat. Die anderen Einträge sind älter und wurden mit Tinte geschrieben. Professor Schuhmanns Eintrag ist der einzige Firmenstempel. Deshalb sollten wir da anfangen.«

»Gut, ich werde meine Leute darauf ansetzen.«

Tom schnappte sich den Laptop und hielt ihn sich vor die Brust. »Nicht Ihre Leute haben das Buch gefunden. Das hier ist mein Schatz.« Seit er es entdeckt hatte, war seine Leidenschaft entfacht. Er wollte – nein, er musste – den Ursprung herausfinden.

»Das fällt nicht in euren Zuständigkeitsbereich. Georg, hättest du diesen Grünschnabel nicht zu Hause lassen können?«

Kunze stand auf und legte die Hand auf Toms Schulter. »Wenn der Grünschnabel, wie du ihn nennst, nicht hier wäre, dann würde das Buch hinter dem Bett des Pfarrers vergammeln. Wir müssen zusammenarbeiten.«

Aus der Holzkassette, die auf dem Schreibtisch stand, fischte August Luidolt drei Zigarillos. Mit der anderen Hand rieb er sich die Augen. Dann stand er auf und hielt ihnen zwei der Zigarillos hin. »Wie wär's mit einer Friedenspfeife?«

Tom lehnte dankend ab, während sein Partner beherzt zugriff.

Luidolt war gerade dabei, ein Zündholz anzureißen, als das Telefon läutete. Das Gespräch war kurz, und der Kommissar steckte den Zigarillo zurück in seine Brusttasche. »Sieht so aus, als müssten wir die Friedenspfeife später rauchen. Ich muss zu einem Mordfall.«

Georg stand auf. »Dann treffen wir uns später.«

»Eine Ordensschwester aus München«, sagte Luidolt bedrückt. »Warum kommt ihr nicht mit?«

»Eine Nonne?« Georg zappelte ungeduldig. »Der Tod dieser Frau hat bestimmt nichts mit unserem Fall zu tun.«

Tom nickte zustimmend. »Das passt nicht zusammen.«

»Ihre Homosexuellentheorie ist vielleicht falsch. Schon mal daran gedacht, Grünschnabel?«

Gedacht hatte er daran. Andererseits wies alles auf einen Sexualmord hin. Wozu steckte sonst ein Vibrator im Rektum der Opfer? Ob die Nonne auch so zugerichtet worden war?

»Wir nennen ihn immer Einstein«, klärte Georg seinen Freund August auf.

Tom verdrehte die Augen. Warum sahen normale Menschen Intelligenz als Fluch an oder rissen Witze darüber? Schon in der Schule hatten sie ihn gehänselt, nicht Kathi, die Walze, oder Dumpfbacke Tina. Sogar Brunhilde hätte sich aufgrund ihres Namens vorzüglich geeignet.

Georg hatte seinen Blick bemerkt und legte ihm beinahe väterlich die Hand auf die Schulter. »Im Grunde haben wir alle einfach nur Angst vor dir.«

Kommissar Luidolt stand schon an der offenen Tür, die Jacke über die Schulter geworfen und die Autoschlüssel in der Hand. »Dann wollen wir mal. Das Kommissariat ist bereit, die Spurensicherung und der Arzt kommen gleich mit.«

In Begleitung eines Streifenwagens fuhren sie nach Berg am Laim, wo bald ein architektonisch imposantes Ordenshaus vor ihnen auftauchte. Tom staunte. Mit den alten österreichischen Klöstern, die er kannte, hatte dieses moderne Gebäude kaum etwas gemein.

Zwei Ordensfrauen standen, sich gegenseitig stützend, vor dem Eingang. Was immer sie gesehen hatten, musste sie tief getroffen haben. Auf ihren dunklen Gewändern zeichneten sich Flecken ab. Beim Vorbeigehen stieg ein säuerlicher Geruch in Toms Nase. Die Nonnen hatten sich vollgekotzt. Eine dritte kam aus dem Haus gelaufen und fuchtelte wild mit den Armen, das Gesicht tränennass. Hinter ihnen erklang Sirenengeheul. Dass die Ambulanz länger gebraucht hatte als die Polizei, war nicht ungewöhnlich. Die völlig in Tränen aufgelöste Nonne schrie den Sanitätern zu: »Sie kommen zu spät! Zu spät!«

Im Schockzustand gaben viele Menschen irrationales Gefasel von sich. Klar kamen sie zu spät, trotzdem brauchte man einen Arzt, der den Tod feststellte, auch wenn die Leiche nur noch aus Haut, Maden und Knochen bestand, was hier sicher nicht der Fall war. Zu fünft gingen sie auf den Eingang zu. Die schreiende Nonne zeigte auf die Tür. »Da drin, im Speisesaal. Da drin!«

Luidolt ergriff das Wort. »Würden Sie uns bitte dorthin führen?«

Die Nonne schüttelte den Kopf, riss die Augen weit auf und flüsterte: »Ich geh nicht mehr hinein.«

Ihr Gesicht verzerrte sich, die Lider flatterten. Sie dachte ganz bestimmt an die Leiche, die sie gerade gesehen hatte, denn Sekunden später drehte sie sich um und würgte. Es blieb ihnen nichts anderes übrig, als den Tatort selbst zu finden. Die Kotzspuren auf dem Teppich wiesen ihnen den Weg.

»Immer der Nase nach, Jungs!« Der Kommissar hatte es erfasst.

Ein Gang, sieben Türen, zwei davon standen offen. Schon hinter der ersten fanden sie das Opfer. Die Nonne saß mit dem Rücken zu ihnen auf einem Stuhl. Die Füße waren an die Stuhlbeine gefesselt, die Arme hinter der Lehne zusammengebunden, der Kopf war nach vorn gefallen. Tom ging um den Stuhl herum. Georg, der Arzt, zwei Beamte von der Spurensicherung, August Luidolt und seine Kollegen traten auf die andere Seite. Auf dem Tisch stand ein Teller, in dem eine undefinierbare Masse schwamm. Das Gesicht der Nonne war damit verschmiert. Aus ihrer Nase tropfte eine Flüssigkeit. Die Augen waren hervorgetreten und voller geplatzter Äderchen. Der Mund stand offen, und es roch durchdringend nach Magensäure. War das hier das große Kotzen?

»Wer immer das getan hat«, ergriff Georg als Erster das Wort, »unser Mann ist es nicht.«

»Sieht ganz so aus.« Der Kommissar nickte. »Das hier ist jedenfalls kein Sexualmord. Die Nonne ist bekleidet. Ein ganz anderer Fall. Ist das Spinat auf dem Teller?«

Tom ließ die Ermittler reden und besah sich das Gesicht der Toten genauer. Um seine Geruchsnerven abzuhärten, atmete er zweimal tief ein. Ein Trick, der gut funktionierte und den Würgereiz verschwinden ließ. Der Arzt begann mit der Leichenbeschau und sprach dabei in sein Diktiergerät. Als er mit einem Spatel den Mundraum der Nonne untersuchte, zuckte er zusammen. Tom hockte sich neben ihn und sah ebenfalls hin.

»Georg!« Er winkte Kunze zu sich. »Das musst du dir ansehen.«

Der Chefinspektor beugte sich herab, und nach einem kurzen Blick in den Mund der Ordensschwester schnalzte er mit der Zunge. »Das ist ja ein Ding!«

Als Letzter beugte sich August Luidolt hinunter. Verdattert richtete er sich gleich wieder auf, nahm die Brille von der Nase, putzte die Brillengläser mit seinem Hemd sauber und setzte sie auf. Dann beugte er sich erneut über die Leiche und sah in den Mund der Nonne. Seine Augen weiteten sich.

12. KAPITEL

»Was zur Hölle ist mit der Zunge passiert?« Luidolt schüttelte den Kopf. Tom behielt seine Vermutung erst mal für sich. Das war schließlich das Terrain der Münchner.

»Ist weg«, meinte Georg.

»Diese kranken Hirne lassen sich immer wieder was Neues einfallen.« Luidolt machte dem Arzt Platz, der schon die ganze Zeit ungeduldig hinter ihnen gestanden hatte. Er untersuchte die Leiche weiter und ratterte dabei in sein Diktiergerät. Ein junger Beamter mit Bürstenschnitt, der einen Overall trug, schaufelte einen Teil der Masse auf dem Teller in eine Dose. Aus dem Trinkglas, das vor dem Teller stand, zog er eine Pipette auf. Ein anderer machte verschiedene Abstriche. Der dritte Mann untersuchte den Raum auf Fingerabdrücke. Tom blickte sich um. Dieser Fall sah anders aus, trotzdem wurde er das Gefühl nicht los, dass alle drei Fälle zusammenhingen.

»Wer ist die Tote?« Der Arzt sah Tom fragend an.

Er zuckte nur mit den Schultern. Woher sollte er das wissen?

Georg und August Luidolt verließen den Speisesaal. Die anderen Beamten blieben und fotografierten den Tatort. Tom schaute sich noch einmal um und ging dann ebenfalls hinaus. Draußen unterhielt sich der Kommissar bereits mit einer Ordensfrau. Georg stand rauchend unter einer Birke.

Die Nonne stellte sich als Generalvikarin Schwester Agatha Maria vor. Luidolt nickte Tom zu.

»Freut mich, Schwester Agatha.« Tom reichte ihr die Hand. Die Augen der Schwester spiegelten das Entsetzen wider über das, was hier im Hause Gottes vorgefallen war. Und das ausgerechnet am Karfreitag. Nervös trat sie von einem Bein auf das andere und zwirbelte mit den Fingern eine blonde Haarsträhne, die sich aus der Nonnenhaube gelöst hatte.

»Wer ist die Schwester im Speisesaal?«, fragte der Kommissar und zückte sein Notizbuch.

»Schwester Sarah Theresia, sie ist … war die Generaloberin des Hauses.«

»Wer ist jetzt für den Orden verantwortlich, nach ihrem Tod?«

»Ich«, sagte Schwester Agatha wie aus der Pistole geschossen und verstummte sogleich beschämt.

»Sie waren also ihre Stellvertreterin und übernehmen jetzt das Amt?«

»Ich bin Generalvikarin, also ihre jetzige Stellvertreterin. Allerdings rücke ich nicht automatisch nach. Die Generaloberin wird alle sechs Jahre gewählt. Sie sehen also, ich habe kein Motiv«, sagte sie und blickte anschließend sofort wieder betreten auf ihren Rocksaum.

»Wie lange war sie Generaloberin in diesem Haus?«

»Es war schon ihre dritte Amtszeit«, seufzte die Schwester. »Sie ist … war allseits sehr beliebt.«

»Anscheinend nicht bei jedem«, entgegnete Luidolt trocken. »Was macht eine Schwester den ganzen Tag? Beten?«

Die Nonne lachte gekünstelt. »Wir haben alle unsere Aufgaben. Die meisten sind tagsüber nicht im Haus. Ich arbeite zum Beispiel im Krankenhaus, da ich ausgebildete Krankenschwester bin.«

»Hat Schwester Sarah auch im Krankenhaus gearbeitet?«

»Sie hat im Altenheim Sankt Benno Obdachlose betreut.«

Tom tippte alles in seinen BlackBerry. Konnte ja nicht schaden, sich eigene Notizen zu machen.

»Schreiben Sie SMS, während Sie mit mir reden?« Die Nonne schien aufgebracht und stemmte die Arme in die Hüften.

»Ich schreibe Ihre Aussagen mit.« Tom lächelte.

»Das macht der Kommissar doch schon.«

»Doppelt hält besser.« Weil Luidolt ihn nicht abmahnte, brachte Tom sich ebenfalls ins Gespräch ein. »Wie lange war Schwester Sarah im Orden?«

»Schon seit den 70er Jahren. Sie hat mit 18 ihr Gelübde abgelegt.«

»Und wie lange sind Sie schon hier?«

»Erst seit den 90ern. Ist das von Belang?«

Kommissar Luidolt schien amüsiert zuzuhören, aber Tom ließ sich nicht ablenken. »Ich würde gern wissen, ob Schwester Sarah immer hier in München war.«

»Normalerweise bleibt man nicht am selben Ort. Besonders in jungen Jahren wechselt man. Manche gehen in die Dritte Welt. In Indien haben wir auch eine Ordensgemeinschaft. Ich war vier Jahre dort. Ein interessantes Land.«

Sie schien zwar bestürzt, aber von Trauer fand Tom keine Spur in ihrem Gesicht. Ihre Augen waren trocken und nicht gerötet. Hatte sie womöglich doch ein Motiv? »Gibt es Aufzeichnungen von den Auslandseinsätzen der Schwestern?«

»Wir haben Karteikästen, aber die führen wir erst seit 1986 gewissenhaft. Vor zehn Jahren haben wir alles in den Computer eingetragen. Die Papiere sind seitdem im Keller.«

»Bitte könnten Sie mir heute noch die Computerdateien von Schwester Sarah mailen?« Tom gab ihr seine Karte.

Luidolt tat es ihm gleich. »Bitte mir auch. Denn eigentlich sind ja wir von der Münchner Mordkommission für den Fall zuständig.« Er zwinkerte Tom zu.

Die Nonne sah verwirrt aus. »Wer sind Sie dann?«

»Doktor Thomas Neumann aus Wien von der Abteilung für Gewaltverbrechen.« Er zeigte auf den Chefinspektor, der mittlerweile ausgeraucht hatte und zu ihnen kam. »Und Georg Kunze, mein Chef.«

Die Nonne sah das Trio an und zog es vor, zu schweigen.

»Genug geredet!« Georg schnippte seine Zigarette in den Rinnstein. »Zeigen Sie uns bitte das Zimmer von Schwester Sarah.«

Die Generalvikarin nickte und ging ins Haus. Sie folgten ihr alle drei. Tom fand, dass hier eindeutig zu viele Ermittler am Werk waren. Wie ging noch mal das Sprichwort mit den Köchen? Galt das auch für Polizisten?

Im Schwesternzimmer fanden sie zu viert kaum Platz. Es war spartanisch eingerichtet: ein Bett, ein Schrank, ein Tisch, ein Stuhl. Ein schiefer Regalboden war über dem Bett angebracht und bog sich unter der Last der Bücher, die doppelt darauf gestapelt waren. Natürlich hing ein Kruzifix an der Wand über dem Türrahmen. Das Fenster war vergittert und ohne Gardinen. Tom öffnete den Schrank. Außer vier Garnituren Schwesterntracht, Unterwäsche, Strumpfhosen, Nachthemden, Schal, Handschuhe, Mantel und ein Paar Gesundheitsstiefel, wie sie alte Frauen trugen, war nichts zu finden. Auch sonst konnte er keine persönlichen Gegenstände ausmachen: keine Fotos, keine Bilder, keine Ziergegenstände, keine Briefe oder Nippes. Die Bücher auf dem Regal waren mit Zahlenklebern versehen – also Bibliothekseigentum. Luidolt hob Bettdecke und Kissen hoch, dann zog er einen Gegenstand hervor und ließ ihn vor Schwester Agatha Maria baumeln. »Was ist das?«

»Ein Rosenkranz. Sie hat zwei davon.«

»Der hier sieht aber seltsam aus«, meinte Luidolt.

Verunsichert hob Schwester Agatha die Arme.

»Als hätte ihn meine Nichte für ihre Puppen gebastelt«, ergänzte der Kommissar und reichte ihn an Georg weiter, der ihn Tom gab. Er besah sich den Rosenkranz genauer. Die schlichten Holzperlen waren in unterschiedlichen Abständen verknotet, mal zu viert, mal zu fünft, dann wieder zu acht hintereinander. Ein Rosenkranz bestand normalerweise aus Zehnerreihen, nach zehn Perlen kam jeweils ein Abstand, dann eine Perle, nach einem erneuten Abstand wieder eine Zehnerreihe. Bei diesem dilettantischen Rosenkranz war das nicht der Fall. Das Ding war bestenfalls eine Kinderkette, den Namen Rosenkranz hatte es nicht verdient.

»Sie hat noch einen zweiten, sagen Sie?« Luidolt nahm den Rosenkranz von Tom entgegen und steckte ihn in einen Beweisbeutel.

»Ja, der müsste in ihrem Kittel sein.« Die Schwester rieb sich die Augen. »Einen hat sie immer bei sich getragen.«

Wie auf Kommando ging der Kommissar zur Tür hinaus.

»Wissen Sie, woher sie diese … Kette hat?«, fragte Georg indessen.

»Nein, das weiß ich nicht. Sicher ist, dass sie die Rosenkränze immer bei sich trug. Einmal hat sie einen der beiden gesucht. Total hysterisch ist sie geworden, als sie ihn nicht finden konnte. Zwei Tage später tauchte der Rosenkranz wieder auf. Sie hatte ihn im Gewand vergessen, als sie es zur Wäsche gebracht hatte. Durch das Mitwaschen hatten sich Knoten aufgelöst. Sie verbrachte einen ganzen Nachmittag damit, den Rosenkranz wieder zu flicken.«

August Luidolt strahlte, als er zurückkam. »Na, was glaubt ihr, wo ich dieses Prachtstück gefunden habe. Na?«

In seiner Hand hielt er einen Rosenkranz. Georgs Augen wurden groß bei dem Anblick, auch Tom fiel es sofort auf. Schwester Agatha sah nur kurz auf die baumelnde Kette am Zeigefinger des Kommissars, dann sagte sie erstaunt: »Das ist nicht Schwester Sarah Theresias Rosenkranz!«

13. KAPITEL

Die Kette, die an Kommissar Luidolts Finger baumelte, war aus weißen Glassteinen gearbeitet, die in allen Regenbogenfarben schimmerten, wenn sich das Licht darin spiegelte. Die *Vaterunser-Perlen* hatten einen besonderen Facettenschliff, ähnlich einem Diamanten. Das Kreuz war aus Rosenquarz. Auf der Rückseite der metallenen Marienmedaille war der Kopf des Papstes eingraviert. Der Rosenkranz bestach durch filigrane Schönheit.

»Haben Sie den hier schon einmal gesehen?«, fragte Tom die Schwester.

Ehrfürchtig nahm die Nonne den Rosenkranz entgegen, hielt ihn ins Licht, spielte mit den Perlen, besah sich die Medaille und das Kreuz. Dann reichte sie ihn Tom. »Dieser Rosenkranz muss direkt aus Rom sein. Nur dort werden sie so aufwendig verarbeitet und mit dem Bild des Papstes versehen, manchmal auch mit seinem Namen, das kommt auf die Größe der Kette an. Da ist übrigens Papst Johannes Paul II. auf der Medaille.«

Tatsächlich. Johannes Paul II. lachte ihm unverkennbar von dem silberglänzenden Kleinod entgegen. Also ein älteres Modell. Warum war er in der Tasche der ermordeten Schwester gewesen? Ein Geschenk des Mörders?

»Vielleicht hat der Mörder den Rosenkranz ausgetauscht. Die Frage ist, warum?«, fragte Luidolt.

Tom lächelte ihn an. »Und wieder gilt: Wenn wir das Warum erfahren, finden wir auch heraus, wer der Mörder ist.«

»Lernt man das beim FBI?« Luidolt schnaubte.

»Nach dem Wie kommt das Warum. Es ist eine der wichtigsten Fragen, denen Ermittler auf den Grund gehen sollten.« Es ärgerte ihn, dass der Kommissar ihn mit zusammengekniffenen Augen fixierte, als sei er nicht ganz dicht. »Es gibt keinen Mord ohne Motiv.«

»Schön gesagt, Grünschnabel! Danke für die Aufklärung! Als wüssten wir das nicht. Georg und ich machen den Job schließlich schon ein paar Jahre.« Luidolt klopfte Kunze auf den Rücken und stapfte aus dem Raum.

Sein Chef sah ihn grübelnd an. »Du weißt, ich mag dich, Tom, und deine ehrliche Direktheit! Aber es gibt Menschen, die sich von dir sofort auf den Schlips getreten fühlen.«

»Er hätte doch gleich sehen müssen, dass der Rosenkranz nicht annähernd so aussieht wie der, den wir unter dem Kopfpolster gefunden haben.«

»Komm schon, du weißt, was ich meine.«

Tom zuckte mit den Schultern.

»August ist mein Freund.« Georg faltete die Hände vor der Brust. »Wir haben uns 1995 auf einem IPA-Treffen in San Marino kennengelernt. Da hast du noch bei Mami gewohnt.«

»Ist das schon wieder eine Art Diskriminierung? Muss ich den Mund halten, wenn ich es mit älteren Ermittlern zu tun habe?«

»Nur Respekt gegenüber den Kollegen solltest du dir angewöhnen.« Mit diesen Worten verschwand auch Georg.

Ratlos sah ihn Schwester Agatha an.

Tom kratzte sich am Kopf. »Ich möchte mir das Gebäude ansehen. Scheint neu zu sein.« Burgen, Schlösser und Klöster interessierten ihn sehr, außerdem wollte er sich ein Bild vom Gebäude machen, um festzustellen, wie es der Täter geschafft haben könnte, hier einzudringen, sein Werk zu vollbringen und unerkannt wieder zu gehen.

Schwester Agatha blühte förmlich auf. Ihre Wangen röteten sich wie bei einem Teenager, die ihrer ersten Liebe auf dem Schulhof gegenüberstand.

»In der Tat. Wir wohnen erst seit März 2007 hier in unserem neuen Mutterhaus. Ich zeige es Ihnen sehr gern. Was ist mit Ihren Kollegen?«

»Ich möchte es gern allein besichtigen, wenn Sie nichts dagegen haben. Es ist vielleicht nicht wichtig für die Ermittlungen, aber ich mache mir gern ein Gesamtbild.«

»Lernt man das beim FBI?«, äffte die Schwester den Kommissar nach.

Tom versuchte sich an einem Lächeln, aber am Gesicht der Schwester konnte er ablesen, dass es ihm nur halbherzig gelang. »Lassen Sie uns gehen.«

»Waren Sie wirklich beim FBI? Ich kenne das nur aus dem Fernsehen. Haben Sie schon mal *Criminal Minds* gesehen? Sehr spannend! Sie erinnern mich an einen der Ermittler ...«

Tom ließ sie weiterschwafeln. Anscheinend gab es in diesem Orden kein Schweigegelübde. Die Schwester redete wie ein Wasserfall. »In der Offenbarung des Johannes heißt es: Ich bin das Alpha und das Omega, der Erste und Letzte, der Anfang und das Ende.« Nach einer bedeutungsschweren Pause nickte sie bekräftigend.

Da Tom ein Büchernarr war, hatte er selbstverständlich auch das *Urbuch* – die Bibel – gelesen. Die Offenbarung des Johannes – eigentlich die *Offenbarung Jesu Christi*, aufgeschrieben vom Propheten Johannes – war eines der größten Mysterien darin. Im Mensaklub hatten sie des Öfteren darüber diskutiert. Selbst hochrangige Wissenschaftler waren sich nicht darüber einig, wer den Text verfasst hatte. Früher nahm man an, dass es sich dabei um den Apostel Johannes handelte, den Lieblingsjünger von Jesus, der ihm am Tag seines Todes auch seine Mutter anvertraut hatte. Dieser Johannes hatte auch das Johannesevangelium geschrieben, allerdings in einem völlig anderen Stil. Auch erwähnte er im Evangelium nie seinen Namen, in der Offenbarung hingegen dreimal. Weiters schrieb er darin, selbst in Verbannung auf Patmos vor Ephesus zu leben. Viele Wissenschaftler zählten Johannes von Patmos deshalb zur Gruppe der Propheten, da er im Text andere Propheten als seine *Brüder* bezeichnete. Einige christliche Religionen bezeichneten die Offenbarung als Fälschung und weigerten sich, sie als ein Buch der Bibel anzuerkennen. In allen Ostkirchen wurden entsprechende Stellen nicht in der Messe gelesen, und in der syrisch-orthodoxen Kirche wurde die Offenbarung gar nicht in der Bibel abgedruckt.

»Hier wären wir.« Die Schwester strahlte ihn an. Sie standen wieder beim Eingang.

»Sie können es nicht erkennen, wenn Sie hier stehen, aber der Grundriss unseres Mutterhauses ist ein Omega. Die unteren Querbalken bilden den Eingangstrakt. Eingang und Foyer liegen in der unteren Öffnung des Omega. Von dort gelangen wir in das Innere des Gebäudes.«

Er fragte sich, warum man ausgerechnet das Omega ausgesucht hatte. Warum sich mit dem Ende beschäftigen? Warum wohnten sie lieber *im Ende* als *im Anfang*? Ihm persönlich schien der Anfang erstrebenswerter. Eine Geburt war schöner als der Tod. Noch während er in Gedanken weiterphilosophierte, erklärte Schwester Agatha: »Die zentrale Position nimmt die integrierte Kapelle ein, die das Alpha bildet.«

Aha, das Alpha war also auch da. Warum baute man den Anfang in das Ende und nicht umgekehrt? Aber was wusste er schon von der geistlichen Welt? Im katholischen Glauben war das Ende wichtiger als der Anfang, schien es ihm. Am Karfreitag gedachte man Christus, der am Kreuz für die Menschen gelitten hatte, für Aller Seelenheil, am Samstag seiner Grabesruhe. Der Tod Jesu war also bedeutungsvoller als seine Geburt, denn die Katholiken glaubten an die Auferstehung. Das große Osterfest, das am Sonntag gefeiert wurde, besiegelte diesen Glauben. War der Tod wichtiger als das Leben?

»Die Auflösung in Dreiecksform symbolisiert die Heilige Dreifaltigkeit.« Das war die Sache mit dem Heiligen Geist. Die Schwester sah ihn auffordernd an.

Tom überlegte. »Wie groß ist das Grundstück?«

»11.000 Quadratmeter, die Nutzfläche der Gebäude ergibt 7.000 Quadratmeter. Das Haus ist übrigens voll unterkellert und verfügt auch über eine Tiefgarage.«

Zählte Stolz nicht zu den Todsünden? Trotzdem war Tom beeindruckt. In einem derart großen Gebäude würde ein *Gast* nicht weiter auffallen. Das war sein Stichwort. »Sagen Sie, Schwester, laden Sie Gäste ein?«

»Aber natürlich. Hier gehen ständig Menschen ein und aus. Wir halten Fortbildungsseminare ab. Zu Ostern haben wir einige Gäste. Schwestern aus allen Regionen kommen hierher. Für Gäste haben wir einen eigenen Bereich. Auch wird Urlaub im Kloster immer beliebter, vor allem bei gestressten Menschen. Manager, Spitzenpolitiker, Ärzte und Journalisten buchen häufig.«

Davon hatte Tom gelesen. Aber dieses Haus sah nicht wie ein typisches Kloster aus. Einsame Einkehrtage dürften sich schwierig gestalten. Schwester Agatha ging mit ihm die Treppe in den zweiten Stock hinauf. »Hier sind unsere Zimmer. Wollen Sie meines sehen?«

Die Nonne öffnete eine Tür. Der Anblick dahinter verwirrte Tom. Sicher, es war einfach eingerichtet, aber geschmackvoll. Die Möbel waren neu. Bilder hingen an den Wänden. Allerlei Schnickschnack wie Kerzen, Kreuze, Schneekugeln und Engelsfigürchen zierten die Regale. Der Raum war wunderbar lichtdurchflutet und warm, dafür sorgte die große Fensterfront. Tom schob den Voile zur Seite und sah, dass es hinter der Doppelglastür einen Balkon gab. »Darf ich?«

»Aber sicher.«

Erwartungsvoll öffnete er die Tür und stand Sekunden später in einem Rosenmeer. Der Duft betörte ihn. Bienen summten von Blüte zu Blüte. Bunte Schmetterlinge rundeten das frühlingshafte Gartenidyll ab.

»Das ist ein Salettl.«

»Besitzen alle Zimmer so einen Miniwintergarten?«

»Nein. Bloß die in den Obergeschossen.«

»Wohnen alle Schwestern hier oben?«

Die Nonne nickte, hielt inne und kniff die Lippen zusammen. Nach einer Weile flüsterte sie: »Bis auf die Generaloberin Sarah Theresia. Ihr Zimmer haben Sie bereits gesehen.« In der Tat, das hatte er. Langsam begann der Fall, Konturen zu gewinnen. War Schwester Sarah in das Zimmer unten versetzt worden? Hatte sie ein Gelübde gebrochen?

Schwester Agatha schien seine Gedanken zu lesen. »Die

Generaloberin wollte es so. Sie weigerte sich, eines dieser Zimmer zu beziehen.«

»Sie verzichtete also freiwillig auf diesen Komfort?« *Auf das Licht, die Sonne, die Blumen,* fügte er im Geiste hinzu.

»Ja.«

»Warum?« Da war sie wieder, die wichtigste aller Fragen.

»Das haben wir nie herausgefunden. Es war eine ihrer Macken.« Sie biss sich auf die Unterlippe.

»Wie die Sache mit dem Rosenkranz?«

Sie schaute zu Boden.

»Welche Macken hatte Schwester Sarah denn noch?«

»Nichts«, winkte sie ab. »Sie war vom alten Schlag. Es gibt sicher noch andere, die streng mit sich selbst sind.«

Streng mit sich selbst? Bei Tom schrillten die Alarmglocken. Er ging aus dem Zimmer und lief die Stiegen hinunter. Schwester Agatha kam ihm nach. Auf dem Weg fielen sie fast über Kunze und Luidolt. Tom rief ihnen entgegen: »Wurde die Leiche schon abgeholt?«

Georg sagte: »Der Leichenabholdienst kommt erst in einer Stunde.«

Tom begab sich in den Speisesaal. Die Beamten fotografierten immer noch. Der Arzt kniete vor der Nonne und sah unter den Rock.

Luidolt kam schnaufend angetrabt, Georg folgte ihm. »Was zum Teufel ist los?« Beiden standen Schweißperlen auf der Stirn. Schwester Agatha war die Letzte, die den Raum betrat. Ihre angsterfüllten Augen bestätigten seine Vermutung. Tom kniete sich neben den Arzt, der den Leichnam immer noch untersuchte und nun den Kopf hob. »Sieht nicht nach einem Sexualverbrechen aus.«

»Warum ziehen Sie das Opfer nicht aus?«

Die Wangen des Arztes bekamen einen roten Schimmer. »Hier?«

»Natürlich hier.«

Georg packte Tom am Oberarm. »Was hast du vor?« Der Druck war fest und schmerzte.

»Ausziehen!«, sagte Tom ungerührt.

Entsetzt blaffte Luidolt ihn an: »Sind Sie völlig wahnsinnig geworden? Lassen Sie den Arzt seine Arbeit machen!«

Tom hörte nicht auf ihn. Als niemand seiner Aufforderung nachkam, ging er um das Opfer herum und suchte nach Knöpfen oder einem Reißverschluss am Ordensgewand.

Schwester Agatha schluchzte und bekreuzigte sich mehrmals hintereinander: »Tun Sie's nicht. Ich bitte Sie.«

Jetzt erst recht, dachte er. Der schwere Kleiderstoff gab nicht nach. Luidolt versuchte, ihn von der Leiche wegzuzerren, doch Tom schüttelte ihn ab. Mittlerweile waren auch andere Ordensfrauen hinzugekommen und verfolgten das Schauspiel. Die weinenden Nonnen stützten sich gegenseitig, wie zuvor bei ihrer Ankunft.

»Schafft die Schwestern raus!«, rief Luidolt seinen Kollegen zu. Die Beamten begleiteten die Ordensfrauen nach draußen und schlossen die Tür.

Tom fummelte weiter an Schwester Sarahs Kleidung herum. Verflucht! Es musste doch zu schaffen sein. In seinen Erinnerungen tauchte ein Bild des Märchens von *Frau Holle* auf: Das Pechkleid ging nicht ab, sosehr die Mutter des Mädchens auch daran zerrte. Genau so kam es ihm jetzt vor. Der Arzt hielt ihm eine Schere hin. Nur kurz zögerte er, bevor er den Stoff aufschnitt und den Rücken der Nonne freilegte. Der Anblick, der sich ihnen bot, erschreckte ihn als Einzigen nicht, denn er hatte ihn erwartet.

Kunze sagte: »Das ist ja ein Ding.«

Entgeistert schüttelte Luidolt den Kopf, ohne den Blick vom Körper der Nonne abzuwenden. »Großer Gott!«

14. KAPITEL

»Fotografiert das«, sagte Tom kurz angebunden zu den Münchner Kollegen. Schnell knipste er ebenfalls mit seinem BlackBerry. Ohne ein Wort verließ er danach den Raum und lief die rosengesäumten Wege entlang. Im Innenhof fand er sie schließlich. Sie saß am Fuße des Brunnens und starrte geistesabwesend in das Loch. Er verlangsamte seinen Schritt und näherte sich ihr behutsam. Als er sich neben sie setzte, blickte sie nicht auf, sondern fing einfach zu sprechen an.

»Ich wollte ihr das ersparen.«

»Spätestens bei der Obduktion wäre es an den Tag gekommen.« Heimlich begann er, das Gespräch mit seinem BlackBerry aufzuzeichnen, der in der Brusttasche seines Hemds verstaut war, und hoffte, die Qualität würde nicht darunter leiden.

»Sie wussten also davon?«

Sie nickte.

»Waren Sie die Einzige?«

Sie legte ihre Arme um den Körper, als wäre ihr kalt.

»Erzählen Sie mir davon. Bitte.« Sanft legte er seine Hand auf ihren Oberarm. Eine Technik, die bei 90 Prozent der Menschheit funktionierte. Eine kleine Geste der Vertrautheit unter Fremden.

»Was wollen Sie hören?«

»Alles, was Sie wissen, könnte bei der Aufklärung behilflich sein. Sie wollen doch, dass wir den Mörder von Schwester Sarah finden?«

»Natürlich.«

»Ich wiederhole, alles könnte wichtig sein. War Schwester Sarah psychisch krank?«

»Ich bin keine Ärztin, nur Krankenschwester.«

Tom änderte seine Taktik und wartete ab. Hier wäre Jutta von Vorteil. Frauen öffneten sich eher gegenüber einer anderen Frau, und Jutta war Meisterin darin, Zeugen Details zu entlocken. Schon des Öfteren hatte er ihren Befragungen beigewohnt und dabei stets ihre stoische Ruhe bewundert, obwohl sie privat alles andere als ein ruhiger Mensch war.

»Ich habe sie manchmal verbunden.« Die Generalvikarin knetete ihre Finger. Jetzt durfte er sie nicht unterbrechen oder weitere unangenehme Fragen stellen.

»In der Klinik habe ich solche Fälle gesehen. Mädchen, die sich mit Rasierklingen ritzen oder sich die Haut mit den Fingernägeln so lange abkratzen, bis das Fleisch darunter sichtbar wird.« Ihr Körper begann zu zittern.

Tom legte beruhigend seine Hand auf ihr Knie und zuckte wieder zurück. War es unangebracht, einer Nonne die Hand aufs Knie zu legen? Konnte sie das als anzügliche Geste missverstehen, auch wenn sie doppelt so alt war wie er? Schwester Agatha war jedoch ganz in Gedanken versunken.

»Ich weiß es seit vier Jahren. Wir sind ein offenes Haus. Das bedeutet, wir verschließen niemals unsere Zimmertüren. Besonders für die Novizinnen und Postulantinnen ist das wichtig. Manche sind sich ihrer Berufung nicht sicher und wollen unter vier Augen mit uns sprechen. Das passiert meist abends nach dem Essen, wenn alle in ihre Zimmer gehen. Dann klopfen die Mädchen an und schütten einem das Herz aus.« Ihr Blick wurde glasig, als sie weitererzählte. Im Geist war sie wohl bei jenem Tag, an dem sie zum ersten Mal das wahre Ich ihrer Vorgesetzten gesehen hatte. »Ich hatte an dem Tag die Nachricht vom Tod meines Vaters erhalten. Er war Arzt und hatte immer gehofft, ich würde eines Tages seine Praxis übernehmen. Wissen Sie, ich habe sieben Semester Medizin studiert, bevor ich der Welt den Rücken gekehrt habe und ins Kloster gegangen bin. Entschuldigung, ich möchte Sie nicht mit meinen privaten Problemen langweilen.«

Ganz im Gegenteil. Tom fand es äußerst interessant. »Erzählen Sie ruhig weiter.« Er hatte sich schon immer gefragt, warum jemand allen weltlichen Freuden entsagte und in einen Orden eintrat.

»Jedenfalls war ich sehr aufgebracht. Meine Mutter hatte mich am Telefon beschimpft. Sie gab mir die Schuld an seinem Herzinfarkt. Deshalb ging ich zu Schwester Sarah. Wir standen uns sehr nahe, auch wenn Sie das jetzt vielleicht nicht glauben.« Die Schwester sah ins Leere. »Ich klopfte, aber sie antwortete nicht. Stattdessen war da dieses Geräusch. So ein Klatschen. Und ich hörte sie immer wieder stöhnen.« Sie brach ab, um sich mit dem Ärmel die Tränen von den Wangen zu wischen.

Tom reichte ihr ein Taschentuch. Sie putzte sich die Nase und fuhr mit ihrer Erzählung fort: »Es hätte ja sein können … egal. Ich wollte helfen, also ging ich hinein. Sie war allein. Dann hab ich es gesehen.« Sie schnäuzte sich abermals. »Exerzitien werden nach wie vor praktiziert. Was Schwester Sarah aber machte, kam einer Hinrichtung gleich – an ihrem eigenen Körper. Sie hielt eine Exerzitienpeitsche in der Hand, allerdings hatte sie an den Kordeln Reißzwecken befestigt.« Sie schlug die Hände vors Gesicht. »Nackt stand sie vor mir, und das Blut … das Blut rann über ihren Körper.« Mit Tränen in den Augen blickte sie ihn an. »Sie haben es ja gesehen.«

»Wissen Sie, warum Schwester Sarah das getan hat?«

»Das hat sie mir nie erzählt.« Bedauernd schüttelte sie den Kopf.

»Ihre Vergangenheit muss der Schlüssel sein«, überlegte Tom laut. »Ist es nicht immer so? Entweder in ihrer Kindheit oder später müssen Dinge passiert sein, die sie traumatisiert haben.«

»Das sehen Sie falsch. Zur Hälfte jedenfalls. Schwester Sarah hatte ganz sicher kein Borderlinesyndrom.«

»Warum verletzte sie sich dann selbst?«

»Ich weiß nur, dass sie psychisch vollkommen gesund war.«

»Das kann doch nicht Ihr Ernst sein! Nach allem, was Sie gesehen haben.«

»Eine Ihrer Vermutungen dürfte allerdings richtig sein: Schwester Sarahs Vergangenheit.«

»Was wissen Sie darüber?«

»Sie sagte mir nur, sie verdiene es, sich so zu behandeln. Ach ja, und noch was: Als ich vor der Tür stand, hörte ich sie zwischen dem Klatschen und dem Stöhnen flüstern.«

Warum kamen die meisten Zeugen immer erst am Schluss auf die wichtigen Dinge? »Und was hat sie geflüstert?«

»Es war ein Name. Nach jedem Schlag sagte sie wieder und wieder: *für Betsy* oder *Betty* oder so ähnlich. Ich bin mir nicht sicher.« Resigniert ließ sie die Arme sinken.

»Hat sie Ihnen erzählt, wer diese Betty oder Betsy ist?«

»Das ist alles, was ich weiß. Tut mir leid.«

Für heute würde er es gut sein lassen. Die Nonne hatte ihm schon weitergeholfen. Er musste herausfinden, was es mit dieser Betty auf sich hatte. War sie Schwester Sarahs Kind? War sie nicht keusch gewesen in ihrer Zeit im Kloster?

Tom dachte an die Tote: Ihre Haut war komplett vernarbt, dazwischen hoben sich frische Krusten ab, vermutlich Verletzungen, die sie sich erst kurz vor ihrem Tod zugefügt hatte. Er brauchte Jutta. Sie würde sich besser in die

Nonnen hineinversetzen können als er oder Georg, von diesem August ganz zu schweigen.

Schwester Agatha sah ihn fragend an. »Darf ich jetzt gehen?«

»Die Münchner Kollegen werden Sie sicher noch vernehmen wollen.« Er reichte ihr seine Karte. »Wenn Ihnen noch etwas einfällt …«

»… melde ich mich bei Ihnen«, beendete sie den Satz, holte die Karte, die er ihr zuvor schon gegeben hatte, aus ihrer Kleidertasche und schwenkte sie lächelnd vor seinem Gesicht. »Auf Wiedersehen, Herr Doktor Neumann, Gott segne Sie.« Schwester Agatha winkte ihm kurz, bevor sie zwischen den Rosenbeeten verschwand.

Vor dem Klostereingang standen Georg und August bereits beim Wagen und warteten. Der Leichenabholwagen war schon abgefahren. Die Menge hatte sich aufgelöst.

Georg klopfte ihm auf die Schulter. »Gute Arbeit, Einstein!«

»Ich weiß nicht so recht.« Ob es wirklich notwendig gewesen war, die Schwester in einem Gotteshaus auszuziehen?

»Hast du was aus der Nonne rausbekommen?«

»Ja und nein. Ich schicke Ihnen die Aufzeichnung als MP3-Datei«, sagte er zu August Luidolt.

Georg hustete. »Ich glaub nach wie vor, dass dieser Fall nichts mit unseren Klerikermorden zu tun hat.«

»Darum fliegt ihr jetzt nach Hause, Grünschnabel!«, mischte sich Luidolt ein.

Georg hatte den Glimmstängel bereits weggeworfen und wischte sich die Hände an seiner Hose ab. »Dann wollen wir mal. Wird Zeit, an unserem eigenen Fall weiterzuarbeiten.«

Es wurde eine schweigsame Fahrt. Tom war das recht, denn er musste nachdenken. Zu Hause würde er alles in den

Computer eingeben und sortieren. Stundenlang würde er auf seine Notizen starren und nach Verbindungen suchen, nach Kleinigkeiten, die er bis jetzt übersehen hatte. Nach Motiven. Dem Warum. Er würde Namen googeln und in der Vergangenheit der Opfer stochern. Jede Minute zählte. Bald würde es ein weiteres Opfer geben. Der Mörder dürfte unter Zeitdruck stehen. Wie viele Menschen hatte er noch in seinem Visier, wie lang war seine Liste? All das würden sie zuerst herausfinden müssen. Lange bevor sie den Namen des Mörders erfahren würden.

15. KAPITEL

Wien, Samstag, 23. April 2011, 17:20 Uhr

Beharrlich zwängte sich die Sonne durch die geschlossenen Jalousien. Hanna wälzte sich im Bett herum. Würden diese Schmerzen denn nie aufhören? Ihr Körper brannte, die Haut spannte und juckte.

Sie kratzte sich an ihrem fast kahlen Schädel, und an ihren Fingern blieb Blut kleben. Verdammt! Sie hatte es wieder übertrieben. Fahrig suchte sie in ihrer Nachtkommode nach einem Taschentuch und fand einen Tupfer. Fest drückte sie die Watte auf die Wunde an ihrem Kopf, während sie auf ihre Haare starrte, die auf der Frisierkommode auf einem Styroporkopf hingen wie ein Mahnmal. Es waren wirklich ihre Haare. Als sie mit der Chemotherapie beginnen musste, war sie sofort zum Friseur gelaufen, hatte sich die Haare abschneiden lassen und ihn beauftragt, eine Perücke daraus anzufertigen. Ihr hatte vor der Vorstellung, fremde Haare – oder noch schlimmer, Kunsthaar – zu tragen, gegraut. Ihre Kollegen hatten den Unterschied nie bemerkt. Bis die Perücke fertig war, hatte sie sich beurlauben lassen, auch für die Chemo. Niemand hatte erfahren sollen, wie krank sie war.

Die Ärzte hatten ihr maximal ein Jahr gegeben. Ein Drittel der Zeit war bereits um. Der Krebs war zu spät entdeckt worden. Trotzdem gaben die Mediziner nicht auf und pumpten sie mit Medikamenten voll. Teilweise hatte Hanna das Gefühl, diese Mittel würden sie erst richtig krankmachen. Lebensfreude empfand sie keine mehr. Ihre Libido war am Nullpunkt, aber das war sie vorher schon gewesen, oder nicht? Ihre Zähne wackelten, die Haut juckte und brannte, ihre Knochen schmerzten bei jeder Bewegung. Jeden Tag zwang sie sich, aufzustehen und sich anzuziehen. Vor nicht allzu langer Zeit war sie noch vor dem Frühstück eine Stunde joggen gewesen. Das schaffte sie nicht mehr. Nun ging sie täglich eine Runde durch den Park. Sie atmete die Luft ein und lauschte den Vögeln oder beobachtete die alte Traudel vom Haus gegenüber, wie sie auf dem wackeligen Bänkchen saß und die Tauben fütterte, tagein, tagaus, und über das Leben und die Menschen schimpfte. Aber was wusste die Alte schon über das Leben und die Menschen? Traudel war über neunzig Jahre alt, und sie, Hanna, würde dieses Alter nie erreichen. Aber sie wusste sehr wohl, dass es Traudel ziemlich gut ging.

Müde schielte sie auf das Display ihres Handys. Georg Kunze hatte zweimal angerufen. Vermutlich hatte er den Zeitungsbericht gelesen. Ob sie ihm schon die Hölle heißmachten? Die Haustür fiel ins Schloss, und zwei Minuten später öffnete sich die Schlafzimmertür. »Du bist wach, Liebling?«

Paul war der einzige Mensch auf dieser Welt, der sie wirklich kannte und trotz allem nicht verließ.

»Hab mich nur kurz hingelegt. Ich steh schon auf.« Ihre Knie gaben nach, und sie kam vornüber auf dem Teppich zu liegen. Paul half ihr hoch. Wie lange würde sie noch auf ihren Beinen stehen können? Niemals hätte sie gedacht, dass der Verfall des Körpers so schnell voranschreiten würde. Noch vor zwei Monaten hatte sie gesund ausgesehen. Als sie sich heute ungeschminkt vor den Spiegel gestellt hatte, war sie erschrocken zusammengezuckt: Gehörten diese eingefallenen Wangen, die rotgeränderten Augen und die aufgesprungenen Lippen wirklich zu ihr? Hanna seufzte. Wie lange würde es dauern, bis die Polizei den Bischofsfall aufgeklärt hatte? Sie hoffte, wenigstens diese Story beenden zu können.

»Bleib doch noch liegen, ich koch was für uns.«

»Ich muss noch einen Artikel schreiben.«

Paul half ihr auf den Stuhl. »Bist du sicher? Muss das heute sein? Warum meldest du dich nicht krank?«

»Solange ich meine Hände noch bewegen kann, werde ich schreiben.« Trotzig hob sie das Kinn und griff nach der Maus. Ihre Hand rutschte ab, und die Maus fiel mitsamt dem Mousepad vom Tisch.

Wortlos hob Paul die Sachen wieder auf und strich ihr sanft über den Kopf. »Ich bin in der Küche, wenn du mich brauchst.«

»Ich brauche niemanden.«

»Schon klar.« Er verließ den Raum.

Ein dicker Klumpen steckte in ihrem Hals. *Du wirst nicht weinen, hörst du,* schalt sie sich selbst. *Du wirst weitermachen! Du musst weitermachen!* Sie schloss die oberste

Schublade am Schreibtisch auf und suchte im Schein des Notebooks nach dem stärksten Mittel, das sie zu Hause hatte. Zwischen all den Schälchen, Röhrchen und Pappschachteln fand sie schließlich, was sie suchte. Eine Minute lang sammelte sie Speichel, entnahm der Verpackung drei Kapseln und schluckte sie. Das Zittern ihrer Finger verflüchtigte sich schnell. Auf dem Bildschirm erschien ein Foto von Schwester Sarah. Hanna erwiderte das Lächeln und begann zu tippen.

16. KAPITEL

Wien, Sonntag, 24. April 2011, 8:00 Uhr

Oberst Viktor Kretschmer lief am Ostersonntag in seinem Büro im Kreis und wedelte dabei mit der gestrigen Tageszeitung. »Diesmal finde ich den Mistkerl!«

Tom beobachtete ihn und wartete. Auch Georg schwieg und sah zum Fenster hinaus. Immer wieder hielt Kretschmer inne, sah auf das Blatt und schüttelte den Kopf. »Pah! Ich krieg dich!«

Tom hatte erstaunlich gut geschlafen, nachdem Ilse ihr Zeug aus seiner Wohnung geholt hatte.

Kretschmer beugte sich über den Schreibtisch. »Dieser Maulwurf!« Seine Augen funkelten, Speichel spritzte. An solchen Tagen fragte sich Tom immer, ob er wirklich der Neffe dieses Mannes war. Kretschmer hielt ihm die

Tageszeitung so dicht unter die Nase, dass er die Druckerschwärze riechen konnte.

»Ja, ich hab das gestern schon in der Internetausgabe gesehen.« Tom nahm die Zeitung und hielt sie weiter weg. Auf der Titelseite prangte ein großes Foto vom Haus des Bischofs. Man sah die Leute vom Leichenabholdienst einen überdimensionalen Zinksarg in einen Kastenwagen laden. Darüber stand in dicken Lettern:

Schon zwei Morde an Geistlichen. Wer ist der Nächste? Polizei tappt im Dunkeln.

»Und?«

»Diese Hanna Wagner hat den Artikel geschrieben! Woher weiß sie das alles?«

»Pressestelle«, sagte Tom gelassen. Bekamen diese Journalisten nicht sowieso immer alles raus? Warum regte sich sein Onkel derart auf?

»Diesmal werde ich den Maulwurf finden.«

Der Maulwurf also wieder. Vor drei Jahren hatte angeblich einer der Beamten nicht dichtgehalten. Damals war Hanna Wagner an alle möglichen Ermittlungsdetails herangekommen, die sogar die Polizeipressestelle unter Verschluss hielt. Sie hatten die undichte Stelle im System nie gefunden, und jetzt hatte dieser Typ anscheinend wieder ausgepackt. Bekam er von dieser Wagner Geld? Manche Männer wurden beim Anblick einer schönen Frau schwach, aber Toms Libido brauchte mehr als Äußerlichkeiten, um auf Touren zu kommen. Wenn intelligente Frauen nur nicht so schrecklich kompliziert wären. Georg starrte auf die Zeitung.

»Hey, Georgie, alles klar?« Tom klopfte ihm auf die Schulter.

»Ich versteh das nicht.« Der Chefinspektor schüttelte den Kopf und suchte seine Taschen nach einer Zigarette ab. Als er keine fand, sah er flehentlich zu Kretschmer.

»Geh nur, Georg. Kauf dir welche. In der Zwischenzeit lass ich mir von Tom erzählen, was ihr in München getrieben habt.«

Georg brummte etwas Unverständliches vor sich hin und ging. Sobald die Tür zugefallen war, umarmte Kretschmer Tom. »Na, mein Junge. Freut mich, dass du wieder hier bist.«

»Danke, Onkelchen.«

»Wie war's bei unseren amerikanischen Vorbildern?«

»Absolut irre. Du kannst dir nicht vorstellen, wie effizient die Arbeit dort gemacht wird. Lieutenant Mayer ist hochintelligent.«

»Im Gegensatz zu deinem Onkel, gell?«

Tom lächelte. »Sie haben ein ganz anderes Umfeld. Das kannst du mit der Kripo Wien nicht vergleichen.«

»Und dein Mädel freut sich sicher, dich wiederzuhaben. Wie heißt sie noch?«

»Ilse. Das ist seit gestern vorbei.«

»Schon wieder? Bei euch Jungen wird ganz schön gewechselt heutzutage. Du findest auch noch den passenden Deckel.«

Tom war nicht so sicher. War er zu anspruchsvoll? Vielleicht würde er mit einem blonden Püppchen seinen Spaß haben. Bei der Vorstellung, abends mit so einer Frau *Österreich sucht den Superstar* oder *Topmodel-WG* ansehen zu müssen anstatt seiner geliebten NBC-Dokumentationen, graute es ihm. Irgendwo da draußen musste es doch eine Frau geben, die sowohl Herz, Körper und Gehirn erfreuen würde.

Er berichtete Viktor von den Ermittlungsfortschritten in München und erzählte seinem Onkel von der ermordeten Nonne und dem Gespräch mit Schwester Agatha.

»Klingt nicht nach unserem Mörder.«

Die Tür ging auf, und Georg Kunze kam zurück, eine Tabakwolke hinter sich herziehend.

»Was meinst du, Tom?« Sofort setzte sein Onkel wieder das Vorgesetztengesicht auf. Niemand hier wusste, dass er Viktor Kretschmers Neffe war, auch Kunze und Jutta nicht. Tom wollte das so.

»Also, Viktor.« Er räusperte sich. »In ihrem Mund fehlte etwas.«

Georg nickte, und Kretschmer sah ihn fragend an.

»Die Zunge war nicht mehr ganz.«

»Rausgeschnitten?«

»Das wird die Obduktion zeigen, aber ich vermute, der Mundraum ist verätzt. Teile der Zunge haben sich quasi aufgelöst.«

»Wieder Säure?«

Tom nickte, denn es stand für ihn außer Frage. Zudem hatte es aus dem Mund der Nonne ätzend gerochen.

Und er dachte an den Teller mit Erbrochenem, der vor der Toten auf dem Tisch gestanden hatte.

»Nach allem, was ihr mir erzählt habt, tipp ich auf so was wie in diesem Film mit Brad Pitt. Wisst ihr noch?« Georg, der Fernsehjunkie, verglich alles und jeden mit Filmen oder Schauspielern. Seit seine Frau auf dem Friedhof lag, saß er abends allein vor der Flimmerkiste.

»Du meinst, *Seven?*«, wollte Tom wissen.

»*Sieben*. Ich hab ihn auf Deutsch gesehen«, sagte Georg mit einem schiefen Grinsen.

Tom hasste Übersetzungen, nicht nur bei Büchern, sondern auch bei Filmen. Er liebte Originale. Nachdem er zweisprachig aufgewachsen war, stellte das kein Problem für ihn dar. Georg konnte ihn daher selten dazu überreden, ihn in seinem *Heimkino* aufzusuchen, und mokierte sich ständig darüber.

»Ihr meint, die Sieben Todsünden haben damit zu tun?« Kretschmer knackte mit den Fingern.

»Zu banal«, meinte Tom.

»Nicht jeder denkt so komplex wie du. Manchmal frage ich mich, ob du schon als Baby deinen Brei analysiert hast.« Georg lachte über den eigenen Witz und klatschte sich mit der Rechten auf den Schenkel.

Tom verdrehte die Augen. Wenn er als Baby halbwegs klug gewesen war, hatte er hoffentlich diese Pampe in den Gläsern verschmäht. »Wenn wir die Nonne miteinbeziehen, haben wir drei Morde an Geistlichen in zwei verschiedenen Ländern. Wir müssen eine Verbindung finden.«

»Bisher ermitteln wir jedenfalls ins Leere.« Georg stand auf und kratzte sich am Bauch. »Die einzige konkrete Verbindung dürfte der Beruf sein.«

»Beide Haushälterinnen sind nicht gerade kooperativ und wissen vermutlich mehr, als sie zugeben.« Tom zuckte mit den Schultern. »Ist nur so eine Ahnung.«

»Mit Vermutungen und Ahnungen lassen sich Fälle nicht lösen. Ich will Fakten. Bringt mir Fakten, Verbindungen und Motive. Erforscht die Vergangenheit, und ein bisschen dalli. Wer weiß, wie viele Menschen der Mörder noch im Visier hat.« Sein Onkel stand auf und ging zur Tür. »Ihr bleibt dran an dem Fall. Macht Überstunden. Ihr habt ja Zeit. Ich verlass mich auf euch.« Dann verschwand er.

Tom schloss die Tür und schaute Georg ernst an. »Sag bloß, du bist wieder auf die Sirene reingefallen?«

»Ich weiß nicht, wovon du sprichst.«

»Von Hanna Wagner. Hast du dich wieder von ihr einwickeln lassen?« Tom deutete auf die Zeitung, die immer noch auf dem Schreibtisch seines Onkels lag.

»Der Artikel ist mir ein Rätsel.« Georg strich sich mit Daumen und Zeigefinger über die Stirn. »Ich habe ihr nichts erzählt. Fast nichts.«

Tom verzog seine Mundwinkel. »Glaubst du, wir decken dich jedes Mal, wenn du Details ausplauderst, bloß, weil die Wagner dir den Busen entgegenstreckt?«

»Hey! Ich bin nicht so blöd.«

»Wie war das damals?«

»Ich sagte, ich bin nicht *so* blöd. Ja, ich habe damals einen Fehler gemacht. Denkst du wirklich, dass mir das zweimal passiert?«

»Hast du sie getroffen, seit du an dem Fall arbeitest?«

»Ich hab einmal mit ihr gefrühstückt.«

Tom schnaubte. Klar war Georg dieser Tussi wieder verfallen.

Der riss ihn an den Schultern herum. »Hör mal! Ich weiß nicht, woher sie diese Details hat. Ich war es jedenfalls nicht.«

»Wer dann?«

»Vielleicht einer der Neuen? Ich hab zwei am Tatort gesehen, die noch ganz grün hinter den Ohren waren. Hanna könnte ihnen sicher den Kopf verdrehen.«

Jetzt beschuldigte er schon die Kollegen. Warum gab er es nicht einfach zu? Sie waren ganz allein im Raum. Vertraute er ihm nicht mehr?

»Du musst mir glauben!«

»Klar.« Tom seufzte. Den Teufel würde er tun. Diesmal würde er es seinem Onkel erzählen. Der konnte dann entscheiden, ob er Georg vor eine Disziplinarkonferenz stellte. »Lass uns gehen.«

»Wohin?«

»Ich möchte den ersten Tatort sehen.«

»Was soll das bringen? Jutta und ich waren dort, die Spurensicherung hat alles untersucht und festgehalten. Erste

Laborergebnisse sind bereits da, die restlichen Ergebnisse kommen Anfang der Woche.«

»Keine Ahnung, ich will mir ein eigenes Bild machen. Bei der Gelegenheit können wir die Haushälterin fragen, ob sie die Nonne kannte.«

»Da genügt ein Anruf.«

»Entweder kommst du mit oder nicht. Ich geh jedenfalls.«

»Du bist sauer. Ich schwör dir, ich habe mit dem Zeitungsartikel nichts zu tun.«

Georg blickte ihn so treuherzig an, dass er ihm fast glaubte.

»Wie auch immer. Die Pflicht ruft.«

»Okay.« Georg rieb sich das Kinn. »Aber ich fahre.«

17. KAPITEL

Die Haushälterin des Weihbischofs jätete gerade Unkraut in den Frühbeeten, die im Hinterhof des Pfarrhauses angelegt waren. Dazu trug sie eine grüne Kittelschürze, grüne Handschuhe und grüne Stiefel – alles aus Gummi. Ein grünes Kopftuch komplettierte das Ensemble. Eine weiße Haarsträhne fiel ihr über das schweißbedeckte Gesicht. Der Stiel der Harke in ihrer Hand war ebenfalls grün, als wollte sie sich zwischen all den Pflanzen verstecken. In ihre Arbeit versunken, atmete sie schwer. Schmetterlinge kreisten um Wildblumen, die von einer zarten Brise umweht wurden. Süßer Fliedergeruch stieg Tom in die Nase.

»Da haben Sie ja eine wahre Oase mitten in der Stadt geschaffen.«

Frau Baumann fuhr zusammen. »Haben Sie mich erschreckt, junger Mann.« Mühsam bog sie ihren Rücken gerade. »Ich habe nicht damit gerechnet, heute jemanden zu sehen«, ächzte sie. »Es ist schließlich Ostersonntag.«

»Entschuldigen Sie. Ich bin Bezirksinspektor Dr. Thomas Neumann von der Kriminalpolizei.«

»Schon wieder die Polizei?« Sie streifte die Gummihandschuhe ab und reichte ihm die Hand. »Gerda Baumann, aber das wissen Sie ja schon.«

Georg tauchte – Tabakschwaden hinter sich her ziehend – im Dickicht auf. Die Haushälterin blickte sich suchend um. »Dann fehlt nur noch das Fräulein.«

»Die Bezeichnung Fräulein existiert nicht mehr.«

»Bei euch G'studierten vielleicht nicht.« Spöttisch zog sie die Brauen hoch. »Wo ist sie denn?«

»Meine Partnerin ist im Krankenhaus«, erklärte Georg.

»Einen schönen Ersatz haben Sie bekommen, Herr Chefinspektor.« Sie steckte die Harke in den Boden und legte die Handschuhe über den Griff. Vergeblich versuchte sie, die Haarsträhne, die sich aus dem Kopftuch gelöst hatte, hinters Ohr zu klemmen.

»Wir haben noch Fragen an Sie. Außerdem wollte mein Kollege den Tatort besichtigen.«

»Langsam sollt ich Eintritt verlangen. Keinen Tag hab ich meine Ruh. Nicht einmal am Ostersonntag!«

»Bei der Polizei kennt man keine Wochenenden. Wir arbeiten auch sonn- und feiertags. Mein Kollege und ich haben keine Familie. Die Eiersuche fällt heuer also aus.«

Sie winkte ab. »Nun, setzen Sie sich«, sagte sie und verschwand im Haus.

Mitten im Rosenbeet stand eine Sitzgruppe aus Gusseisen. Vorsichtig bahnte sich Tom einen Weg um die Blüten herum. Georg trampelte indessen rücksichtslos auf die Pflanzen. Tom überflog seine Notizen im BlackBerry. Georgs Informationsquelle war das zerfledderte Notizbuch, in dem er schnell noch einmal blätterte. Das Rascheln der Seiten ging Tom auf die Nerven, aber da es sich um Juttas Notizbuch handelte, hielt er den Mund.

Gerda Baumann stellte einen Krug mit Wasser, in dem Zitronenscheiben schwammen, zusammen mit drei Gläsern auf den Tisch, bevor sie ins Haus zurücklief, um mit einem Teller, vollbeladen mit Keksen, zurückzukommen. »Bedienen Sie sich. Wir haben immer bescheiden gelebt. Cola oder Ähnliches habe ich nicht im Haus. Die Kekse habe ich selbst gebacken.«

Tom legte ein Diktiergerät auf den Tisch. »Es gibt noch eine Leiche«, sagte er vorsichtig.

»Ich weiß. Der Pfarrer aus München.«

»Wir wissen nicht, ob es einen Zusammenhang gibt«, fuhr er fort, ohne auf die Antwort der Haushälterin einzugehen. »Und es wurde zusätzlich eine Nonne ermordet. Auch in München.«

Neben ihm biss Georg krachend in ein Kekserl.

»Hat man sie auch, ich meine, war sie auch …«, stammelte Gerda Baumann.

»Nein, sie wurde anders aufgefunden.«

»Warum soll es mit dem Mord an Albin zu tun haben?«

»Wissen wir nicht.«

»Jetzt wollen Sie sicher wissen, ob mal eine Nonne auf Besuch war.«

Tom zuckte mit den Schultern.

»Wie heißt diese Schwester denn?«

»Schwester Sarah Theresia von den Barmherzigen Schwestern aus München.«

Gerda Baumann wurde bleich. Der Inhalt des Glases in ihrer Hand schwappte über. Touché! Tom wartete, bis sie sich gefasst hatte, bevor er nachhakte. »Sagt Ihnen der Name etwas?«

Neben ihm kaute Georg an den Keksen.

Sie schluckte. »Ich kannte Sarah.«

»Kannte der Weihbischof die Schwester auch?«

Gerda Baumann nickte.

»Wann haben Sie sie zum letzten Mal gesehen?«

»Das ist …«, sie räusperte sich, »… schon lange her.«

»Wie lange?«

»Sehr lange.« Sie sah Tom fest in die Augen. »Das dürfte noch vor Ihrer Geburt gewesen sein.«

Das fand er wiederum sehr interessant. Obwohl sie diese Nonne so lange nicht gesehen hatte, erinnerte sie sich sofort an sie. Sehr deutlich konnte er die Bestürzung über den Tod der Ordensfrau von ihrem Gesicht ablesen. »Denken Sie nach. Vielleicht können Sie wenigstens ein Jahr nennen.«

»Es muss in den 80er Jahren gewesen sein.«

»Warum haben Sie sich später nicht mehr getroffen?«

»Albin hielt es für das Beste. Außerdem ist Sarah Theresia nach Indien gegangen. Die Barmherzigen Schwestern haben dort ein Ordenshaus. Erst später fing sie in München an, da ist der Kontakt schon recht lose gewesen. Zu Weihnachten haben wir manchmal telefoniert.«

»Haben Sie irgendeine Vermutung, wer ein Interesse daran hätte, Schwester Sarah Theresia umzubringen?«

Gerda Baumann kaute an ihren Nägeln. Ihre Augen wanderten hin und her, als suche sie in den Tiefen ihrer Gehirnwindungen eine Erinnerung. Neben ihm krachte es wieder. Georg sollte sich endlich auf den Fall konzentrieren und das Essen sein lassen. Der Keksteller war fast leer. Weder er noch die Haushälterin hatten davon gegessen. Mit gesenktem Blick zupfte Gerda Baumann Nagelhaut von ihren Fingern. Was verheimlichte sie? Steckte sie womöglich selbst in der Sache drin?

»Frau Baumann?«

Ertappt blickte sie auf. In ihren Augen schimmerten Tränen.

»Es könnte sein, dass Schwester Sarah Theresias Mörder auch Albin Heuss auf dem Gewissen hat.«

»Ich weiß es nicht«, flüsterte sie mit erstickter Stimme. »O Gott! Ich weiß nichts.« Leise fing sie an zu weinen.

Als Georg nach dem letzten Keks griff, schlug ihm Tom das Gebäck aus der Hand. »Ich denke, es reicht«, fuhr er ihn an, »wir sind nicht zum Essen hier.«

Georg hob den Keks vom Rasen auf und biss krachend in das Gebäck. »Ich bin hier der Chef.«

»Was haben Sie mit Gerda gemacht?« Aufgrund der kleinen Keksdebatte hatten sie den Vikar nicht aus dem Haus kommen sehen, der nun bleich vor ihnen stand. »Hat sie nicht schon genug gelitten?«

»Ist schon gut, Kurt!«, versuchte Gerda Baumann, ihn zu beschwichtigen, und griff nach seiner Hand: eine Geste inniger Vertrautheit.

»Geh hinein, ich mach das schon.« Kurt Säger streichelte ihr über den Arm, und sie ging grußlos ins Haus. Dann wandte er sich an die Polizisten: »Sie haben fünf Minuten.«

»Schwester Sarah Theresia aus München wurde ermordet.« Um es kurz zu machen, musste Tom gleich mit der Tür ins Haus fallen.

Der Vikar sah entsetzt aus. »Wann?«

»Vorgestern.«

»Gibt es einen Zusammenhang mit Albins Tod?«

»Wir vermuten es. Nachdem Frau Baumann uns erzählt hat, dass sie sich kannten, wird es umso wahrscheinlicher.«

»Wir haben sie alle drei gekannt.«

»Frau Baumann kann sich nicht mehr erinnern, wann sie sich zuletzt gesehen haben. Vielleicht können Sie uns da weiterhelfen?«

Er schüttelte den Kopf, hielt den Blick aber gesenkt. »Leider keinen exakten Zeitpunkt, ich war noch ein Kind.«

»Haben Sie schon immer hier gelebt?«

»Klar.«

Seltsam. »Warum?«

»Findelkind«, murmelte Kurt Säger. »Albin hat mich aufgezogen, zusammen mit Gerda.«

Das würde die Vertrautheit erklären, die er zwischen der Baumann und dem Vikar gespürt hatte. Trotzdem hatte Tom das Gefühl, hier nur die halbe Wahrheit zu hören.

»Kannten Sie Pfarrer Heinrich Winkler aus München auch?«

Der Vikar schüttelte den Kopf. »Tut mir leid, der Name sagt mir nichts.«

»Das kann er auch nicht«, mischte sich Gerda Baumann ein, die wie aus dem Nichts erschienen war. »Ich muss Sie enttäuschen.«

»Also kannte er den Pfarrer nicht?«

»So lassen Sie mich doch ausreden, junger Mann. Ich bin eine alte Frau.«

Ungeduldig wippte Tom mit dem Bein. Musste man den Leuten denn alles aus der Nase ziehen?

»Albin kannte Heinrich Winkler.«

»Bravo«, rief Georg dazwischen.

Gerda Baumann bedachte ihn mit einem strafenden Blick. Tom tat es ihr gleich.

»Aber er konnte Heinrich nicht leiden. Niemand konnte das.« Gerda Baumann rieb sich die Schläfen, und ihre Augen funkelten. »Ich habe ihn auch gehasst. Er war ganz anders als Albin.«

»Anscheinend hasste jemand beide Männer.«

»Und Sarah Theresia«, warf Georg ein. Glaubte er jetzt auch an Toms Theorie, dass die Fälle zusammenhingen? Bei ihm selbst nahmen die Zweifel daran von Minute zu Minute ab. »Wieso kannten Sie sich alle?«

Säger umarmte die Haushälterin. »Wir haben Ihnen alles gesagt. Komm, Gerda, hast du wieder deine Migräne?«

»Hast recht, Kurt. Ich muss mich hinlegen, meine Herren.«

»Beantworten Sie mir nur noch eine Frage.« Tom ließ nicht locker. »Bitte.«

Die Haushälterin schüttelte den Kopf. »Ich wünsche Ihnen noch schöne Feiertage.«

»Sie können jetzt nicht gehen.« Tom lief ihr nach. »Vielleicht sind Sie ja die Nächste!«

»Reden Sie nicht so mit ihr!«, rief der Vikar zurück. »Lassen Sie sie in Ruhe.«

»Wie viele Menschen müssen noch sterben, bevor Sie auspacken?«

»Gott gibt, Gott nimmt«, sagte die Alte, bevor sie ins Haus ging.

Der Vikar deutete mit der Hand auf die Gartentür. »Dürfte ich Sie bitten, zu gehen?«

»Ich möchte noch den Tatort besichtigen.«

Der Vikar blieb eisern. »Heute nicht mehr. Heute ist das Osterfest.«

Trotzig schob Tom das Kinn vor und verschränkte die Arme vor der Brust.

»Kommen Sie an einem anderen Tag wieder.«

»Ich bin aber jetzt hier und will mir ein Bild machen.«

»Sie können sich die Fotos ansehen, die Ihre Kollegen geschossen haben.«

»Das reicht nicht.«

Wie sollte er Kurt Säger erklären, dass er den Tatort mit allen seinen fünf Sinnen erleben musste? Er brauchte den Geruch, musste Dinge berühren, die dem Opfer gehört hatten. Nur der dreidimensionale Blick auf den Tatort ließ seine Gehirnwellen optimal schwingen.

»Gehen Sie jetzt, sonst ruf ich die Polizei.«

Die Absurdität dieser Aussage war dem Vikar wohl bewusst, denn Tom sah das Flackern in seinen Augen. Er spürte einen leichten Druck auf seiner Schulter und gereizt schüttelte er die Hand des Chefinspektors ab. Sie waren so dicht dran, ein weiteres Puzzlestückchen zu finden. Er musste ins Haus, wenn nicht heute, dann eben morgen. Wenn man nur diesen Säger ablenken könnte. Ihm graute bei der Vorstellung, der Vikar würde ihm bei allen seinen Handlungen argwöhnisch über die Schulter schauen. Kurt Säger öffnete bereits die Gartentür. Georg fummelte in seinem Mantel nach einer Zigarette. Klar, er war erfreut über das Ende des Besuchs. Seufzend trabte Tom neben ihm zum Tor.

Er blickte dem Vikar noch mal tief in die Augen. »Ich komme wieder, verlassen Sie sich drauf.«

»Soll das eine Drohung sein? Die Barbapapas machen mir mehr Angst.«

»Das werden wir ja noch sehen. Wir wissen, dass Sie nicht in Rom waren, und werden auch Sie noch einmal vernehmen.«

Lachend schloss der Vikar das Gartentor hinter ihnen und ging kopfschüttelnd ins Haus zurück.

»Hat mich auch gefreut«, brummte Tom zerknirscht.

Georg blies bereits Rauchwölkchen in die Luft.

»Selbstmord auf Raten, oder wie?«, fuhr Tom ihn an.

Ein tiefer Zug aus der Zigarette war die Antwort. Langsam musste sich Tom beruhigen. Nur weil ihn dieser Säger verärgert hatte, brauchte er es nicht an seinem Chef auszulassen. »Die zwei verheimlichen etwas.«

»Hat Jutta auch gesagt. Damals waren wir nicht so weit wie heute. Vielleicht war's das schon mit Geheimnissen. Wenigstens haben wir eine Verbindung herstellen können. Kretschmer wird das sicher freuen.« Kunze schnippte den Stummel in den Gully vor ihnen und schloss den Wagen auf.

»Woher sie sich kannten, wissen wir immer noch nicht.« Tom stieg ein und schnallte sich an.

»Mich beschäftigt vielmehr die Frage: War's das, oder gehört noch jemand zu der Truppe?« Georg startete den Wagen. »Wer ist der oder die Nächste?«

18. KAPITEL

Wien, Sonntag, 24. April 2011, 16:30 Uhr

Georg stand vor dem Allgemeinen Krankenhaus der Stadt Wien und rauchte. Wieder einmal war Tom froh, lasterfrei zu sein. Seine einzige Droge – wenn man es so nennen konnte – waren Bücher. Und dieses Hobby war gesundheitlich unbedenklich. Natürlich konnte es ihn in den finanziellen Ruin treiben, aber solange er keine Familie ernähren musste, gab es keinen Grund, zu sparen. Mit einem Koffer voll Lesestoff war er aus Amerika zurückgekommen, das hatte ihn 30 Euro an Übergepäck extra gekostet. Aber die Aussicht, die neuesten Romane in Originalfassung lesen zu können, machte den Ärger wieder wett.

Kunze schnippte den Zigarettenstummel in einen Gully und zog ein zerknittertes, vermutlich schon mehrmals benutztes Taschentuch aus dem Mantel, der genauso aussah – zerknittert und schmutzig. Er schnäuzte sich lautstark. »Tut mir leid.«

»Schon gut, Georg. Ich versteh das.«

»Das ist nicht mein Mädchen.« Er ballte die Hände zu Fäusten und sah zur Klinik. »Diese dummen Tabletten.«

»Da bin ich deiner Meinung. Sie muss davon loskommen, und das wird sie.«

»Und ich hab nichts gemerkt, ich Trottel. Helfen hätte ich ihr müssen, nach Simons Beerdigung.«

Er fischte die Autoschlüssel aus der Manteltasche. Braune Krümel fielen zu Boden. Dem Chefinspektor fehlte auf jeden Fall eine Frau.

»Woher hättest du es denn wissen sollen? Jetzt sind wir im Bilde und müssen ihr beistehen. Es könnte ja auch immer einer von uns bei ihr übernachten und aufpassen, dass sie nicht rückfällig wird. Wir haben doch beide niemanden, der auf uns wartet, also warum sollen wir uns nicht …« Er brach ab, Georg verstand ihn auch so.

Die Kliniktür ging auf, und Jutta stand im Haupteingang des Krankenhauses – blass, ungeschminkt und ausgemergelt. Sie wirkte unschlüssig. Schlaff hingen ihre Arme herab. Ihr Mund verzog sich zu einem Lächeln, das eher gequält als echt wirkte. Tom lief auf sie zu, umarmte sie, nahm ihr die Tasche aus der Hand und geleitete sie zum Wagen.

Unsicher umarmte sie den Chefinspektor. »Tut mir leid, Georg, dass ich dich so erschreckt und im Stich gelassen hab.«

Kunze zuckte mit den Schultern. »Ich hätte früher merken müssen, was los ist. Gerade ich weiß doch, wie es ist, wenn man seinen Partner verliert. Na komm schon, rein mit dir.«

Während der Fahrt war es still im Wagen. Das war immer so, wenn man mit Georg fuhr. Ein großer Redner war er nie gewesen. Tom fand es angenehm, denn manche Kollegen gebärdeten sich wie Alleinunterhalter. Da hatte er sich schon manches Mal einen Schalter gewünscht, um diese Dampfplauderer abzudrehen.

Nach einer Weile unterbrach Jutta die Stille. »Ich hab Hunger.« Wie zum Beweis grummelte ihr Magen lautstark.

Tom lachte. »Was meinst du, Georg, ist noch ein Burger drin, bevor wir aufs Revier fahren?«

Georg linste in den Rückspiegel. »Aber sicher doch, müssen dich ja wieder aufpäppeln.«

»Außerdem will ich über den bisherigen Ermittlungsstand informiert werden.« Jutta blinzelte.

»Du wirst doch Urlaub nehmen.«

»Ich hab mich lange genug ausgeruht.« In ihrer Tasche kramte sie nach einem Haarband, das sie sich sofort über den Kopf zog, vermutlich, um den fettigen Ansatz zu überdecken. Dann tupfte sie etwas Lippenstift auf Wangen und Lippen und tuschte sich die Wimpern, als sie bei einer roten Ampel hielten. »Ich bin bereit.«

Weder Georg noch Tom trauten sich, ihr zu widersprechen.

Amüsiert beobachtete Tom sie wenige Minuten später beim Essen. Gierig biss Jutta in den Chickenburger,

Mayonnaise lief über ihre Finger und tropfte auf die Tischplatte. Genüsslich steckte sie sich die Finger in den Mund und leckte sie ab. Dann lächelte sie Tom an. »Hab dich vermisst, Mr. FBI.«

Tom lächelte zurück. »So sehr, dass du im Spital gelandet bist?«

Georg hob mahnend die Augenbrauen. »Mach keine Witze darüber, Einstein.«

Tom zuckte mit den Schultern. »Wenn ich da gewesen wäre, wäre vielleicht nichts von alledem passiert.«

»Willst du etwa behaupten, ich habe versagt?«

»Ich habe nicht nur Psychologie, sondern auch Verhalten und Körpersprache studiert, Georg. Ich hätte gewisse Anzeichen erkannt und richtig interpretiert und hätte rechtzeitig Hilfe für sie organisieren können.«

»Lehn dich nur nicht zu weit aus dem Fenster.« Georg kaute auf einem Pommes. »Sie hat sogar den Polizeipsychoheini an der Nase herumgeführt.«

Tom lehnte sich erwartungsvoll vor. »Du warst beim Polizeipsychologen?«

Jutta rutschte auf dem Sessel vor und zurück. »Einmal.« Ihre Stimme war kaum mehr als ein Flüstern. »Kretschmer hat darauf bestanden.«

»Da hatte er auch recht.« Tom stocherte mit der Plastikgabel im Cäsarsalat nach einer Kirschtomate. »Bloß hättest du öfter hingehen müssen.«

»Bringt der Psychoheini mir Simon zurück?« Ihre Stimme zitterte. »Ich seh ihn jede Nacht und kann ihn doch nicht berühren. Das ist nicht fair, das ist einfach nicht fair.«

Mit einem Ruck spießte Tom die Tomate auf, dann warf er die Gabel in die Schale und lehnte sich zurück. »Das Leben ist nicht fair. Wenn es jemand weiß, dann wir.«

»Simon ist tot, und dieser Jimmy läuft immer noch frei rum.« Jutta saugte geräuschvoll am Strohhalm.

»Wir werden ihn finden, und dann wird er dafür bezahlen.« Tom blinzelte, seine Augen brannten. Er hatte Simon nicht sonderlich gemocht, aber er konnte nicht mit ansehen, wie Jutta litt. Es bereitete ihm körperliche und seelische Schmerzen.

Sie schüttelte den Kopf. »Der ist doch längst über alle Berge.«

Georg schlug mit der Faust auf den Tisch. »Wir finden den messerstechenden Junkie, und wenn es das Letzte ist, was ich tu!«

Tom nickte. »Er ist ein drogensüchtiger Dealer ohne festen Wohnsitz, ohne Papiere. Der wird nicht weit kommen.«

»Er kennt bestimmt jemanden, der ihm eine neue Identität und Papiere beschafft. Diese Verbrecher sind gut vernetzt.«

Tom rieb sich die Augen. »Lasst uns das Thema wechseln.«

Jutta zerknüllte das Papier eines Cheeseburgers. »Gut, klärt mich auf, was gibt's Neues?«

Tom und Georg berichteten in Kurzfassung vom bisherigen Ermittlungsstand und von den Ereignissen in München.

»Also sind es jetzt schon drei.« Nachdenklich stapelte Jutta die leeren Verpackungen auf dem Tablett.

»Ich befürchte, dass diese Fälle zusammenhängen.«

»Dann wird es Zeit für eine SOKO.«

Plötzlich begann Juttas Mobiltelefon vibrierend über den Tisch zu wandern. Sie hob ab und verzog das Gesicht. »Was soll das heißen, du stehst vor der Klinik? … Ich hab dir doch gesagt, Tom und Georg holen mich ab … Nein, jetzt reg dich nicht so auf … Ich muss aufs Revier … Beruhig dich … Dann treffen wir uns meinetwegen in einer halben Stunde bei der Aida im Zehnten … aber nur kurz … Ach, meinst du? … Das würde er? … Wenn ich verdammt noch mal einen Vater hätt, dann müsste ich mich gar nicht mit dir rumschla-« Verdutzt beäugte Jutta das Telefon. »Hat einfach aufgelegt.«

Tom legte die Fingerkuppen aneinander. »Lass mich raten. Deine Mutter wollte dich abholen?«

Sie hob entschuldigend die Arme. »Hab ich ganz vergessen.«

»Vergisst du deine Mutter nicht grundsätzlich?«

»Ich häng einfach lieber mit euch rum.«

Georg stand auf. »Na gut, dann fahren Tom und ich schon mal vor.«

»Macht das, dauert sicher nicht lang.«

Tom zögerte. »Und du kommst klar? Oder sollen wir dich hinfahren?«

»Danke, bisschen Bewegung an der frischen Luft wird mir guttun.« Ein Blick in Juttas Augen sagte Tom, dass sie mehr brauchen würde als einen Spaziergang, um wieder fit zu werden. Aber das behielt er für sich und folgte stattdessen Georg nach draußen.

19. KAPITEL

Wien, Sonntag, 24. April 2011, 17:30 Uhr

Im Büro wartete bereits sein Onkel mit den neuesten Erkenntnissen. Er reichte ihnen einen Stapel Papier.

»Hier ist der Obduktionsbericht der Nonne. Schwefelsäurevergiftung. War im Spinat. Zusätzlich K.-o.-Tropfen im Blut und Ketamin. Habe es vor zwei Stunden gemailt bekommen. Bis auf Weiteres werden wir mit den Münchnern zusammenarbeiten.« Kretschmer ging wieder in sein Büro.

»Ich brauch erst mal einen Kaffee.« Georg setzte sich auf einen Stuhl, Tom knallte den Papierstapel auf seinen Schreibtisch und ging zur Kaffeemaschine. Klar, die Kanne war leer. Im Schrank suchte er nach Filtern und Pulver, befüllte die Maschine und brachte sie zum Gurgeln. Sein Magen produzierte ein ähnliches Geräusch. Er hätte im Fast-Food-Laden doch mehr als einen Salat essen sollen. Er zählte die Münzen in seiner Hosentasche ab und ging zum Automaten am Gang.

Gerade, als er mit einem Putensandwich bewaffnet ins Büro zurückkehren wollte, kam ihm eine Frau entgegen, die sich hektisch nach allen Seiten umblickte. Erleichtert atmete sie aus, als sie ihn entdeckte, und kam auf ihn zu.

»Frau Baumann. Was verschafft mir die Ehre?«

»Herr Doktor, ich muss mit Ihnen sprechen. Unter vier Augen bitte.« Das Gurgeln in seinem Magen wurde lauter.

»Setzen Sie sich bitte. Ich bin gleich wieder da.«

Gerda Baumann hielt ihn zurück. »Der Kurti weiß nicht, dass ich hier bin«, keuchte sie.

»Verstehe.« Sehnsüchtig schaute er auf das Sandwich in seiner Hand.

»Sie können das ja essen, während wir reden.« Das klang beinahe mütterlich.

»Ich hole mir noch einen Kaffee zum Runterspülen. Wollen Sie auch einen?«

»Mein Magen verträgt keinen Kaffee.«

»Wasser vielleicht?«

Diesmal bejahte Gerda Baumann. Tom gab Georg Bescheid und verschwand mit der Haushälterin und seiner Beute im Büro, das er sich normalerweise mit Jutta und Georg teilte.

Herzhaft biss er in das trockene Sandwich. Das Salatblatt war braun gerändert, der Schinken ebenso, die Tomatenscheibe saftlos und bestand nur noch aus Kernen und Haut. Trotzdem kaute er zufrieden. Die Haushälterin nippte an ihrem Wasser. Hatten sie nicht erst heute Morgen mit ihr und dem Vikar gesprochen?

»Wie kann ich Ihnen helfen?«

»Es muss unter uns bleiben.«

»Bedaure, wenn es für unseren Fall wichtig ist, dann kann ich es nicht unter Verschluss halten.«

»Ob es für den Fall wichtig ist, weiß ich nicht.«

»Warum kommen Sie dann hierher?«

»Versprechen Sie mir, dass Sie alles, was ich Ihnen jetzt sage, so lange wie möglich für sich behalten. Vielleicht für immer.« Sie schaute ihm tief in die Augen.

»Ich werde Ihr Geheimnis hüten, solange es keinen Grund gibt, es öffentlich zu machen.«

»Kurti weiß, wie gesagt, nicht, dass ich hier bin. Er glaubt, ich schlafe.«

»Wie lange schlafen Sie normalerweise tagsüber?«

»Wenn ich Migräne habe, vier bis sechs Stunden – oft

den ganzen Tag, aber dann kommt Kurti und schaut nach mir. Er ist ein braver Bub.«

»Verstehen Sie mich nicht falsch, aber den Eindruck habe ich ganz und gar nicht.«

»Ich hoffe immer noch, dass die Macht meiner Gene stärker ist als die seines Vaters.«

Tom hob die Augenbrauen und genehmigte sich einen kräftigen Schluck Kaffee, bevor er seinen BlackBerry zückte und auf den Tisch legte. »Erzählen Sie mir Ihr Geheimnis.«

»Albin wusste als Einziger Bescheid.«

Erwartungsvoll beugte er sich vor. Die Haushälterin flüsterte etwas.

»Tut mir leid, ich habe Sie nicht verstanden.«

Sie räusperte sich. »Kurti ist mein Bub.«

»Ihr Sohn?« Das war in der Tat ein wildes Geheimnis. Ob der Bischof …? Gerda Baumann schien seine Gedanken zu lesen. »Um es gleich vorweg zu sagen: Albin war nicht sein Vater.«

Gut, also war die Story zwar interessant, aber für den Fall belanglos. »Dafür kommen Sie extra her?«

»Ich bin noch nicht fertig. Bitte, das alles ist nicht leicht für mich. Es war eine schwere Zeit damals.«

»Tut mir leid. Fahren Sie fort.«

»Albin hat uns aufgenommen und sich um uns gekümmert. Er hat auch später die Findelkindgeschichte erzählt, die Kurti heute noch glaubt.«

»Warum darf er nicht wissen, dass Sie seine Mutter sind?«

»Weil er dann ganz sicher nach seinem Vater fragt. Ich will ihm nicht erzählen, unter welchen Umständen er gezeugt wurde.«

»Hat er nicht ein Recht darauf, es zu erfahren?«

»In diesem Fall nicht.«

»Hat Kurt Säger nie versucht, seine Eltern ausfindig zu machen?«

»Albin konnte es ihm ausreden. Danach hat er nie wieder nach ihnen gefragt.«

»Lebt sein Vater noch?«

»Ich hoffe, ich muss ihn nie wiedersehen.«

»Ich möchte Ihnen nicht zu nahe treten, aber was ist eigentlich passiert? Alleinerziehende und ledige Mütter sind alltäglich. Tausende Väter entziehen sich jährlich ihrer Verantwortung. Genug Kinder wachsen mit dem Wissen auf, ihren Vätern egal zu sein.«

»Hier ist es anders.« Die Hände der Haushälterin zitterten, und sie stellte das Glas ab. Ihre Lippen zuckten. »Kurts Zeugung war … nicht freiwillig.« Erleichtert atmete sie aus.

»Verstehe. Warum haben Sie den Mann nicht angezeigt?«

»Ich hatte Angst, hab mich geschämt. Damals war alles nicht so wie heute.«

»Könnte Kurt nicht von einem anderen Mann stammen?«

»Ich hatte keine anderen Männer zu dieser Zeit.« Sie schluckte. »Danach auch nie wieder.«

Was sollte er darauf sagen? Vor ihm saß eine Frau, die vergewaltigt und geschwängert worden war. Konnte er es ihr verdenken, nie wieder einen Mann berührt zu haben?

»Haben Sie sich deshalb um Arbeit im Haushalt eines Priesters beworben, weil Sie sich dort sicher fühlten?«

»Nein, so war das nicht.« Sie kaute auf ihrer Unterlippe.

»Ist auch egal, ich möchte Sie nicht länger behelligen. Ihr Sohn macht sich womöglich schon Sorgen.« Er schaltete den BlackBerry aus.

»Glauben Sie, ich bin nur deswegen gekommen?«

»Nicht?«

»Sie wollten wissen, woher wir Schwester Sarah Theresia kennen. Ist das richtig?«

Er nickte. Jetzt wurde es interessant. Tom schaltete den BlackBerry wieder ein und betrachtete neugierig die alte Frau, die zusammengesunken auf dem Stuhl saß.

»Wir haben alle für dieselbe Institution gearbeitet.«

»Sie waren Arbeitskollegen? Wollen Sie damit sagen, Sie waren Ordensschwester, als man Sie vergewaltigt und geschwängert hat?« In welche Mördergrube waren sie da geraten?

»Gott bewahre. Ich war nie Nonne.«

»Also haben Sie nicht in einem Orden gearbeitet?«

»Nicht direkt. Ich bin ausgebildete Köchin. Von 1971 bis 1979 habe ich in einem Stift gearbeitet.«

»Als Köchin? Und Schwester Sarah Theresia?«

»Sie war Erzieherin im Kinderheim, das dem Kloster angeschlossen war. Sie war damals noch Novizin.«

»Ihr Gelübde hatte sie also noch nicht abgelegt?«

»Sie war noch jung.«

»Wie kommt der Weihbischof hier ins Spiel?«

»Albin war Ausbilder im Priesterseminar. Das war in einem eigenen Gebäude auf dem Klostergelände untergebracht. Er hat auch die Kindermessen in unserer Heimkapelle abgehalten. Wir haben uns immer gut verstanden. Als ich vergewaltigt wurde, habe ich ihm davon erzählt. Er hat sich sofort um mich gekümmert und später hat er mich zusammen mit meinem Bub in seinen Haushalt geholt. Albin war ein guter Mensch.«

Aber wieso hatte er Gerda Baumann nicht zu einer Anzeige geraten? Verwundert tippte Tom in seinen BlackBerry. Die Verbindung war hergestellt. Auch wenn er momentan nichts damit anfangen konnte, so wusste er jetzt endlich, woher sich zwei der Opfer kannten, oder waren es vielleicht sogar alle drei?

»Heinrich Winkler?«

Gerda Baumann wich seinem Blick aus. Nach zwei tiefen Atemzügen antwortete sie schließlich leise: »Er war dort Seminarist.«

Eine eindeutige Verbindung zwischen allen Opfern, und sie lag in der Vergangenheit. Er hatte es geahnt.

»Ich habe Ihnen den Namen des Stifts aufgeschrieben und wo es sich befand. Die Leiterin hieß Schwester Barbara Markus.«

Tom nahm den Zettel entgegen. »Danke für Ihren Mut, sich mir anzuvertrauen.«

»Hoffentlich bin ich nicht zu spät gekommen.«

»Wie meinen Sie das?«

Sie winkte ab und schüttelte den Kopf.

Tom wollte die Frau nicht länger quälen. Es musste sie große Überwindung gekostet haben, hierherzukommen, um ihm diese Zusammenhänge zu erläutern. Schließlich handelte es sich um einen dunklen und schmerzhaften Punkt in ihrem Leben, einen Schmerz, der sie immer wieder von Neuem überrollen musste, wann immer sie ihren Sohn ansah. Ein Kind, das nicht der Liebe entsprungen, sondern mit Gewalt gezeugt worden war. Und trotzdem hatte Gerda Baumann dieses Kind nicht verstoßen. Im Gegenteil, sie hatte es aufgezogen, genährt, gewickelt, gewiegt, in den Schlaf gesungen und an seinem Bett gewacht, wenn es krank war. Wie viele Frauen wären dazu in der Lage?

Die Tasche schützend an ihre Brust gedrückt, stand die Haushälterin auf – ein Zeichen, dass sie sich immer noch schämte. Er hatte das dringende Bedürfnis, ihr zu helfen, befürchtete aber, dass diese Hilfe Jahre zu spät kam.

»Sie trifft keine Schuld.«

Ihre trüben Augen musterten ihn. Ohne ihm die Hand zu reichen, verabschiedete sie sich.

»Danke nochmals.«

Als hätte sie mit ihrer Enthüllung ihre gesamte Energie verbraucht, schlurfte sie zur Tür hinaus.

Nach einer Weile ordnete Tom seine Notizen. Ein Stift als Verbindung. Was war damals passiert? War einer der Seminaristen der Mörder oder womöglich eine Ordensschwester? Vielleicht handelte es sich nicht um einen Einzeltäter.

Er übertrug die Daten auf dem Zettel, den ihm die Haushälterin gegeben hatte, in den BlackBerry. Von dem Ort hatte er noch nie gehört, ebenso nicht vom besagten Stift. Vielleicht wusste Georg mehr. Tom wollte den Zettel schon in den Papierkorb werfen, als er es sich anders überlegte. Kunze arbeitete lieber mit Notizblöcken und Post-its. Ein letzter Schluck Kaffee, dann ging er in den Gemeinschaftsraum.

TEIL 3

KINDER UND ENGEL

Kinder und Engel unterscheiden sich nur durch die Flügel.
Engel sind in Gottes Himmel sicher.
Doch wer beschützt die Kinder vor den eigenen Eltern?
(J. B. W.)

REBECCA

20. KAPITEL

Oktober 1977
Rebecca

Bald würde mein Arm abfallen. Davon zeugten das Brennen in meiner rechten Schulter und die Taubheit der Finger. Aber Mutter hielt meine Hand fest umklammert, zog und zerrte daran – hinauf den steilen Hügel. Längst hatten sich Kieselsteine in die Schuhe verirrt und stachen bei jedem Schritt in meine Fußsohlen. Der Wind riss an meinen Haaren, meine Augen tränten. Immer weiter ging es den Hang hinauf.

»Komm schon!« Mutter schrie gegen den Wind. »Wir haben nicht den ganzen Tag Zeit!«

Auf ihren strumpflosen Beinen konnte ich die Gänsehaut sehen. Bei jedem Schritt blitzte ihr Höschen unter dem Minirock hervor. Gefährlich rutschten die Absätze ihrer Schuhe durch den Kies.

Wenn mein Arm abfiele – so stellte ich es mir vor –, würde Mutter einfach weiterlaufen. Weiter den Hügel hinauf, mit meinem Arm in der Hand. Sie würde den Arm einfach beim Tor abgeben und davonfahren. Kein Blick zurück, keine Suche nach der Tochter.

»Schwester Barbara Markus wartet schon am Eingang, siehst du?«, unterbrach sie den Film in meinem Kopf.

Auf dem Hügel stand ein Backsteingebäude. Farblich hob es sich kaum vom Gewitterhimmel ab. Zwischen den Ziegelsteinen wuchs gelbes Gras, welke Rosenbüsche flankierten den Eingang.

Dort stand eine schwarze Gestalt, mehr breit als hoch. Wie eine Trauerfahne flatterte die Kopfbedeckung, die das kalkweiße Gesicht umrahmte, im Wind. Ich wusste sofort, dass ich hier nicht bleiben wollte. Die Frau am Eingang lächelte, doch ihre Augen blieben kalt.

Mutter ließ meine Hand los. »Sag Schwester Barbara Guten Tag!«

Gehorsam legte ich meine tauben Finger in die fleischige Hand der Schwester.

»Wieso schaust du ständig auf den Boden? Mach den Mund auf! Begrüß die Schwester.« Wie immer war Mutter genervt. Wie sollte sie auch verstehen, dass ich die Luft anhalten musste, um nicht zu weinen? »Ich weiß nicht, warum sie das immer macht«, bemühte sie sich gegenüber der fremden Frau um eine Erklärung meines Verhaltens.

Schwester Barbara runzelte die Stirn. »Keine Sorge, wenn Sie wiederkommen, wird sich Ihre Tochter zu benehmen wissen. Kommen Sie herein.«

Wir folgten der Schwester in das Gebäude. Drinnen war es beinahe so kalt wie draußen. Auf dem Steinboden klackten Mutters Absätze, deren Echo von den grob verputzten Wänden widerhallte. Die Decke war ein weit entferntes Grau, der Gang viel zu lang. Meine Beine wurden immer schwerer.

»Hier ist der Speisesaal.«

Schwester Barbara zeigte in einen Raum, der mit Holztischen und Stühlen bestückt war, bevor sie festen Schritts weiterging. »Dort ist der Gemeinschafts- und Aufenthaltsraum.« Nervös blickte Mutter auf die Uhr, während ich vor der Tür stehen blieb. Kinder saßen stumm an den Tischen und bastelten.

Mutter zog mich am Ärmel weiter. »Komm schon, träum nicht rum!«

Vor der Treppe hob sie mich hoch und schnaufte dabei angewidert, als wäre ich ein Sack verfaulter Kartoffeln.

Missmutig verzog Schwester Barbara das Gesicht. »Kann das Mädchen Treppen nicht allein gehen?«

»Sie hat Angst vor Stiegen.« Beschämt senkte Mutter den Blick und blies sich die Haare aus dem Gesicht. Mit zusammengepressten Lippen erklomm sie Stufe um Stufe. Ich sah auf ihre wippenden Brüste, in deren Kuhle sich der Schweiß sammelte. Niemals durfte ich mich dort hineinlegen, einfach nur ihre Haut riechen und ihren Herzschlag hören. Und jetzt sah sie mich nicht einmal an.

Kindergeschrei übertönte das Knurren meines Magens. Wochenlang hatte es nur Polenta und Tütensuppen gegeben, bis zum Abwinken. Mutter war eine schwer beschäftigte Frau und hatte keine Zeit, zu kochen.

»Hier wirst du schlafen, Rebecca.« Schwester Barbara öffnete eine weitere Tür.

Schlafen, ja, ich wollte schlafen, aber nicht hier! Vor uns lag ein kahler Saal. Abwechselnd stand immer ein Bett neben einem Spind ohne Schlüsselloch. Hier waren bedeutend mehr Betten, als ich zählen konnte.

Schwester Barbara ging bis ans Ende der Bettenallee und zeigte auf die letzte Schlafstätte. »Das ist dein Bett und daneben dein Kasten. Du musst alles selbst ordentlich halten.«

Das würde mir nicht schwerfallen, besaß ich doch nur wenig, das zu ordnen war. Mutter sah wieder auf die Uhr. Bestimmt konnte sie es kaum erwarten, mich nicht mehr jeden Tag ansehen zu müssen. »Ich muss jetzt gehen. Ich komm dich bald besuchen, Becky.«

Ein flüchtiger Kuss auf die Wange, ohne mir in die Augen zu sehen, ein gequältes Lächeln, und ich war allein.

Durch die vergitterten Fenster konnte ich noch ein letztes Mal ihr Haar den Hügel hinabflattern sehen.

Kein Blick zurück.

21. KAPITEL

Wien, Sonntag, 24. April 2011, 18:30 Uhr

Im Büro seines Onkels schienen Georg und Kretschmer gerade zu streiten. Ging es wieder um die Pressegeschichte? Warum hatte sich Kunze erneut von Hanna Wagner weichkochen lassen? Er verstand das nicht. Aber was, wenn Georg die Wahrheit gesagt hatte? Woher wusste diese Journalistin dann Details, die der Polizeisprecher ihr nicht mitteilen durfte? Vorsichtig öffnete er die Tür.

»Komm rein.« Kretschmer hatte ihn sofort bemerkt.

»Gerda Baumann war gerade bei mir. Sie hat interessante Details berichtet«, verkündete er.

»Die Baumann? Aber wir waren doch heute erst bei ihr.« Georg lockerte seinen Gürtel.

»Sie konnte gewisse Dinge vor Kurt Säger nicht sagen.« *Weil er ihr Sohn ist,* schloss Tom in Gedanken den Satz ab. Noch gab es keinen Grund, diesen Umstand zu erwähnen.

»Setz dich, Thomas. Du auch.« Kretschmer funkelte Georg wütend an. »Also, was gibt es Neues?«

»Wir haben endlich eine Verbindung. Alle Opfer kannten sich von früher.«

»Gut gemacht.« Seines Onkels Stimmung verbesserte sich schlagartig, und er strahlte ihn an, als wäre es sein Verdienst. »Wie viel früher?«

»Weihbischof Heuss hat in einem Priesterseminar eines Stifts unterrichtet, Pfarrer Winkler war dort Seminarist, und Schwester Sarah Theresia, damals noch Novizin, arbeitete als Erzieherin im Kinderheim neben dem Kloster. Gerda Baumann war Köchin im Stift.«

»Das ist ja ein Ding.« Kunze steckte sich eine Zigarette in den Mund.

»Wunderbar.« Kretschmer strahlte weiter. »Wir brauchen eine Liste aller Seminaristen und Ordensschwestern, die dort gearbeitet haben.«

»Ich werde das recherchieren.«

»Wird ja auch Zeit. Habt ihr schon mit dem Antiquar aus Berlin gesprochen und Orchideenzüchter und Blumenverkäufer aufgesucht?«

Schuldbewusst schüttelte Tom den Kopf, und Georg blies den Rauch aus, während er aus dem Fenster sah, als ginge ihn das alles nichts an.

»Wenn die Stern wieder da ist, dann wird alles schneller gehen.« Sein Onkel seufzte. Klar, Frauen waren multitaskingfähig. Vermutlich konnte Jutta zur selben Zeit mit Berlin telefonieren, eine Nonne verhören, im Internet recherchieren und sich dabei noch seelenruhig die Fußnägel lackieren. Bei dieser Vorstellung musste Tom lächeln.

Viktor musterte ihn mit hochgezogenen Brauen. »Apropos Jutta. Wo ist sie? Wolltet ihr sie nicht vom AKH abholen?«

»Haben wir auch. Sie wurde aufgehalten und kommt nach.« Tom hatte keine Lust auf eine genauere Erklärung.

Viktors Bass dröhnte durch den Raum, und er klang wie ein alter Feldwebel, als er sagte: »Reißt euch zusammen, Männer!«

»Was, denkst du, machen wir den ganzen Tag?« Georg zerdrückte den Zigarettenstummel mit der Hand und warf ihn in den Aschenbecher auf Kretschmers Schreibtisch. Kretschmer drückte auf die Kippe, die immer noch glimmte. »Wir wissen nicht, ob der Mörder fertig ist, oder ob gerade der nächste Priester umgebracht wird. Drei Morde innerhalb einer Woche ist arg viel.«

»Irgendwas treibt ihn an«, meinte Tom.

»Treibt nicht jeden Mörder etwas an?« Georg schnaubte verächtlich.

»An die Arbeit. Ich will keine weitere Leiche sehen«, blaffte Kretschmer.

»Was ist mit einer Pressekonferenz?«, fragte Tom. Sie konnten jetzt von einem Serienmörder ausgehen, und eine Pressekonferenz wäre gut, um die Bevölkerung zu informieren.

»Wenn wir mehr Fakten haben.«

»Oder noch einen Toten.« Georg schüttelte den Kopf, verließ ohne ein weiteres Wort den Raum und knallte die Tür hinter sich zu.

»Sei nicht so hart zu ihm, Onkelchen.«

»Was ist mit der Stern, Thomas? Sieht sie wirklich so mitgenommen aus, wie Georg mir erzählt hat?«

Tom nickte.

»Denkst du, sie kann schon wieder arbeiten?«

»Ich finde es sogar wichtig, dass sie arbeitet.« Tom reichte seinem Onkel den Zettel, den die Haushälterin ihm gegeben hatte. »Kennst du das Stift?«

»Nie davon gehört. Ist ja auch nicht in Wien.« Als wäre das eine Entschuldigung. Tom würde die Einrichtung erst mal googeln.

»Den Antiquar konnte ich im Internet nicht finden. Kennst du jemanden in Berlin, den wir schicken könnten?«

»Warum fliegst du nicht selbst hoch?« Viktor gab ihm den Notizzettel zurück und zündete sich eine Zigarre an.

Tom hüstelte auffällig. »Ich geh dann. Ruf doch in München an und sag ihnen Bescheid. Vielleicht hat August Luidolt auch Neuigkeiten.« Er legte ihm den Zettel wieder auf den Schreibtisch.

»Brauchst du den nicht?«

Tom hielt seinen BlackBerry in die Höhe. »Ist schon alles da drin, Onkelchen.«

Wieder gab es keinen einzigen freien Computerarbeitsplatz. Zwei Beamte saßen gemeinsam vor einem Bildschirm und lachten. Tom linste ihnen betont auffällig über die Schulter.

»Was liegt an, Einstein?«, fragte Kollege Maier. Sein Bauch wippte im Takt dazu. Der Dünne neben ihm – wie hieß er noch gleich? – lachte.

»Ich müsste mal was recherchieren.«

»Eh kloar.« Der Dickbauchige boxte den Dünnen kumpelhaft in die Rippen. Toms Blick fiel auf die nackte Frau auf dem Bildschirm. Maier feixte: »Das solltest mal recherchieren, Kleiner. Mir san eh scho fertig.«

Der Dünne lachte wieder, obwohl er mindestens drei Jahre jünger und einen Kopf kleiner als Tom war und eine auffallend hässliche Hakennase im Gesicht trug. Jetzt fiel es ihm wieder ein. Andreas Haricht hieß er, aber alle nannten ihn Habicht. Die beiden Beamten standen auf und gingen lachend davon, aber nicht ohne ihm vorher noch einen schlüpfrigen Witz zu erzählen. Tom setzte sich auf den frei gewordenen Stuhl und klickte die Nackte weg.

Georg kam herein und warf sich auf den zweiten Sessel; er roch stark nach Tabak und Klospray. »Dann wollen wir mal, Einstein.«

Tom tippte die Angaben in den Computer, Georg drehte derweil an seinem Ehering, den er nie ablegte. Er musste seine Frau sehr geliebt haben. Würde Tom jemals eine Frau finden, die er so sehr lieben konnte, bis in den Tod und darüber hinaus? Oder brauchte man dafür eine gewisse Einfältigkeit und Naivität, die es einem möglich machte, trotz diverser Makel des Partners und Beziehungsprobleme stets das Gute in ihm zu sehen?

Es wurden keine mit Ihrer Suchanfrage übereinstimmenden Dokumente gefunden, blinkte es auf dem Bildschirm. Er versuchte es noch einmal. Nichts.

»Wann haben sie dort gearbeitet? In den 70ern?«

Tom nickte.

»Seit wann gibt es Google?«

»Seit dem 7. September 1998.« Zahlen hatte er sich schon als Kind leicht gemerkt.

»Was du nicht alles weißt, Einstein. Seit wann gibt's das Internet?«

»Internet wurde 1969 erfunden, 1982 wurde es adaptiert. Aber das, was du meinst, das öffentliche World Wide Web, gibt es erst seit 1993.«

»Na, dann kannst du ja nichts finden über die 70er.«

»Stimmt so nicht. Vieles wurde nachgetragen. Aber ich denke, wir können zumindest davon ausgehen, dass das Stift heute nicht mehr existiert. Jedenfalls nicht unter diesem Namen und in dieser Zusammensetzung.«

»Gib doch mal die Adresse ein.«

»Schon geschehen. Es kommt nichts Nennenswertes außer dem Routenplaner.«

»Mist.«

»Dann müssen wir wohl hinfahren.«

»Wäre uns sowieso nicht erspart geblieben.«

»Wo ist denn das Kaff?«

»In Niederösterreich, irgendwo an der Grenze zu Deutschland.«

»Vordermühldorf.« Georg schüttelte den Kopf. »Nie gehört.«

Tom stand auf und rief durch den Raum: »Kennt jemand Vordermühldorf?«

»Wenn du es nicht kennst, Einstein …« Maier lachte, der dünne Habicht gackerte mit.

Ratlos hob Tom die Schultern und klopfte Georg auf den Rücken. »Na dann mal los.«

Da stand ihnen plötzlich Kretschmer im Weg. »Wo wollt ihr hin?«

»Nach Hause, es ist schon 19 Uhr. Morgen wollen wir zur Adresse, die uns die Baumann gegeben hat. Im Internet konnten wir nichts finden.«

»Ihr müsst heute länger Dienst machen. Frohe Ostern!«

»Wieso wir? Such jemand anderen.«

»Vielleicht seid ihr vor Mitternacht schon fertig. Dafür streich ich euch die Überstunden morgen.« Sein Gesichtsausdruck verriet nichts Gutes.

»Was ist los?«

Toms Onkel schluckte. »Ein Exitus. Pater Malster.« Er hielt ihnen einen Notizzettel hin. »Fahrt hin. Das restliche Kommissariat wartet schon unten.«

»Verdammt!« Georg ballte die Hände zu Fäusten, bis die Fingerknöchel weiß hervortraten. »Wieso Malster?«

Kretschmer fuhr sich über die Glatze. »Du kennst ihn?«

Georg antwortete nicht und griff nach seinem Trenchcoat. Tom hatte Mühe, mit ihm Schritt zu halten. Als sie endlich im Wagen saßen, fragte auch er: »Du kennst ihn?«

Ein verhaltenes Nicken. »Er hat Simon und Jutta getraut. Wenn mich nicht alles täuscht, ist Jutta seit ihrer Firmung mit ihm befreundet.«

»Das ist ja ein Ding.«

»Meine Rede.«

22. KAPITEL

Wien, Sonntag, 24. April 2011, 18:45 Uhr

Jutta betrachtete die kleinen Handabdrücke auf der Fensterscheibe der Konditorei. Vermutlich hatten Kinder an diesem Platz gesessen. Sie stellte sich vor, wie sie ihre Näschen am Glas platt gedrückt hatten, um das Treiben auf der Straße zu verfolgen, und musste über dieses Bild lächeln.

»Schön, dass du dich freust, mich zu sehen.« Ihre Mutter Eva stellte die Handtasche auf das Fensterbrett und setzte sich ihr gegenüber. Ihr Haar klebte in Strähnen am Kopf. Auch das Gesicht wirkte verschwitzt und müde. »Wie geht's dir? Trinkst du auch einen Kaffee? Ich lad dich ein.«

Jutta bedankte sich und starrte aus dem Fenster, während ihre Mutter bestellte. »Hörst du mir überhaupt zu?«

Jutta fuhr zusammen und sah auf ihre Hände. »Ich hab mir gerade gedacht, wie froh ich bin, kein Kind zu haben, das ohne Vater aufwachsen muss.«

»War es so schlimm?« Beleidigt rührte Eva derart ungestüm im Kaffee, dass sich Jutta fragte, wann der Boden durchbrechen würde. Beschämt nippte sie an ihrem eigenen Tee.

All die Jahre hatte ihre Mutter ihr Bestes gegeben, um ihr eine schöne Kindheit zu ermöglichen. Ihren Traum, ins Ausland zu gehen und Kindern in der Dritten Welt zu helfen, hatte sie für Jutta aufgegeben. Und doch fragte sie sich immer wieder, wie es gewesen wäre, wenn sie in einer intakten Familie aufgewachsen wäre. Vater, Mutter und Kinder, das war es, wovon sie schon als kleines

Mädchen immer geträumt hatte und was sie mit Simon hatte verwirklichen wollen. »Warum hast du nie geheiratet, Mama?«

»Weil dein Vater meine große Liebe war.«

»Gibt es nur eine große Liebe im Leben?«, sinnierte Jutta.

»Keiner der Männer, die ich nach deinem Vater kennengelernt habe, konnte diese Gefühle in mir auslösen.«

»Vielleicht hast du es nur nicht zugelassen.«

Wortlos spießte Eva ein Kuchenstück auf. Seit Jahren hoffte Jutta schon, dass sie endlich ihr Schweigen brach. Warum durfte sie nicht erfahren, wer ihr Vater war und weshalb sich ihre Eltern getrennt hatten? All die Jahre waren sie zu zweit gewesen. Manchmal hatte es Männer gegeben, und es waren durchaus Exemplare dabei gewesen, bei denen Jutta sich gewünscht hatte, sie würden bleiben. Aber mit ihrer spröden Art hatte ihre Mutter alle vergrault. Gut, sie war eine angesehene und erfolgreiche Ärztin, hielt ständig Vorträge auf Kongressen über Tropenviren, trat in Fernsehshows auf und war sogar einmal zur *Frau des Jahres* gewählt worden. Die Statuette hatte sie nie abgeholt. Als ihr die Urkunde zugeschickt wurde, hatte sie sie im Kamin verbrannt. Wenn ihre Mutter Geheimnisse hatte, dann sicher nur zu ihrem Schutz. Aber Jutta war alt genug, um endlich der Wahrheit ins Gesicht zu sehen. »Wann wirst du endlich darüber reden, Mama?«

Statt einer Antwort stöckelte ihre Mutter Richtung Toilette. Das war wieder typisch! Als könnte sie vor der Wahrheit davonlaufen. Wahrscheinlich wollte sie das Geheimnis wirklich mit ins Grab nehmen. Jutta hatte schon die Schränke durchforstet, in der Hoffnung, private Unterlagen zu finden – ein Tagebuch oder einen Brief vielleicht –, aber nirgendwo hatte sie auch nur den kleinsten Hinweis entdeckt. In ihrer Geburtsurkunde prangte der Stempel: Vater unbekannt.

Fünf Minuten später kam Eva wieder an den Tisch zurück und griff nach ihrer Handtasche. »Ich werde nach Hause fahren. Ich bin nicht hergekommen, um mir von dir Vorwürfe machen zu lassen.«

Jutta sprang auf und hielt sie am Arm fest. »Das tu ich doch gar nicht, ich will nur endlich die Wahrheit wissen.«

Mit festem Blick sah ihre Mutter Jutta in die Augen. »Manchmal ist es besser, die Wahrheit nicht zu erfahren.«

»Es ist mein Beruf, die Wahrheit herauszufinden, und das werde ich auch.« Jutta setzte sich wieder. »Ich wollte dir nur vorher die Chance geben, es von dir zu hören.«

Ihre Mutter setzte sich ebenfalls. »Mir die Chance geben? Als hätte ich ein Verbrechen begangen? Bist du noch bei Trost? Die hätten dich noch nicht aus dem Spital entlassen sollen.« Eva verdrehte die Augen.

»Fein, dann wäre ja alles gesagt.« Jutta knallte einen 20-Euro-Schein auf den Tisch und rannte zur Tür hinaus.

Kaum war sie draußen, vibrierte es in ihrer Hosentasche. »Jutta, wo bist du?«, klang Toms Stimme aufgeregt durchs Telefon.

»Auf dem Weg ins Revier«, sagte sie wahrheitsgemäß.

»Lass das bleiben, du hast heute frei, und wir sind an einem Tatort.«

»Dann nehm ich mir ein Taxi und komm zu euch.«

»Nein, wir sind hier fertig.« Sie hörte im Hintergrund Georg etwas sagen, dann war wieder Tom am Apparat. »Treffen wir uns im Stüberl beim Keplerplatz. Du bist eh schon im Favoriten-Viertel.«

Jutta willigte ein und marschierte schnurstracks zum Stüberl.

23. KAPITEL

November 1977
Rebecca

Das Würgen wurde schlimmer. Unangenehm drückte der Speisebrei gegen meinen Kehlkopf.

Schlucken, befahl ich mir selbst. *Du musst schlucken.* Vor meinen Augen verschwamm die Tischplatte. Es gelang mir nicht, mich zurückzuhalten. Der saure Brei drückte gegen meinen Gaumen, ergoss sich als Schwall in meine Mundhöhle und rann über meine Lippen hinaus. Das Erbrochene auf meinem Teller sah fast so aus wie die eklige grüngelbe Masse, die vorher schon auf dem Teller geklebt hatte. Die Nonnen nannten es *Spinat.* Darin schwammen jedoch harte, knirschende Stücke, die das Würgen hervorriefen. Mit funkelnden Augen kam Schwester Barbara Markus auf mich zu. »Rebecca!«, rief sie durch den Saal. »Gottes Gaben erbricht man nicht!« Sie schaufelte den durchgekauten Brei auf den Löffel zurück und näherte sich damit meinem Gesicht. Mit zusammengepressten Lippen schüttelte ich den Kopf.

»Mach den Mund auf, Rebecca!« Ihr Tonfall wurde noch barscher, doch meine Lippen bewegten sich nicht.

Nicht weinen. Ich blinzelte die Tränen weg. *Nur nicht weinen.*

Ich wusste, was jetzt passieren würde, dennoch konnte ich mich nicht überwinden, den Mund zu öffnen. Ich blickte zu Novizin Sarah auf, aber sie schlug die Augen nieder, als sie ausführte, was Schwester Barbara Markus ihr auftrug.

Sarah fesselte meine Fußgelenke an die Stuhlbeine und hielt meine Arme hinter meinem Rücken fest. Schwester Barbara drückte mit einer Hand meine Wangen zusammen und löffelte mit der anderen den Spinatbrei in mich hinein, während ich weiterhin würgte. Niemand im Speisesaal wagte zu sprechen. Alle Kinder aßen so schnell wie möglich ihre Teller leer, ohne aufzublicken.

Ich kotzte und schluckte, wieder und wieder. Mein Hals brannte, meine Augen tränten. Zwischen meinen Beinen spürte ich eine vertraute Nässe. Unkontrolliertes Zittern schüttelte meinen Körper. Rotz rann aus meiner Nase, aber niemand schien sich darüber Gedanken zu machen. Mit geschlossenen Augen würgte und schluckte ich weiter. Das Ende des Martyriums kam an diesem Tag schneller als erwartet. Hastig wurde ich losgebunden, jemand hob mich hoch. Ich öffnete müde die Augen und blickte in Schwester Sarahs besorgtes Gesicht. Mein Kopf fiel über ihren Arm nach hinten, sodass ich einen letzten Blick auf meinen Teller erhaschen konnte. Der Brei darauf war dunkelrot.

24. KAPITEL

Wien, Sonntag, 24. April 2011, 19:20 Uhr

Jutta betrachtete eingehend die Maserung des Holztisches vor sich und knabberte akribisch an den Nägeln. Was sie die letzten zehn Minuten zu hören bekommen hatte, ergab einfach keinen Sinn. Tom log sie ganz bestimmt an, und Georg war sein Komplize. Pater Peter Malster konnte nicht tot sein. Warum? Sie kannte Peter über 20 Jahre. Sie hatte ihm vertraut. Natürlich war von Anfang an klar, dass nur er ihr das Jawort abnehmen konnte. Simon hatte nichts dagegen gehabt, dass er sie getraut hatte. Simon … sie vermisste ihn so schrecklich. Eine warme Hand legte sich auf ihren Arm. »Jutta?«

»Das kann nicht sein, Tom.«

»Ich war am Tatort. Es ist wahr.«

»Vielleicht hat Peter einen Doppelgänger.« Sie stellte die leeren Gläser pyramidenartig übereinander.

»Es war kein Doppelgänger, kein Zwilling, nichts dergleichen. Malster ist tot.«

»Das ergibt keinen Sinn.«

»Doch, tut es.«

»Ich versteh das nicht!« Mit voller Wucht wischte sie die Glaspyramide vom Tisch. »Ich versteh das nicht!« Es klirrte, Glassplitter stoben nach allen Seiten weg.

Die anderen Gäste sahen erschrocken auf, vertieften sich aber schnell wieder in ihre Tätigkeiten. Die Wirtin kam sogleich mit Besen und Schaufel angerannt, um die Misere zu beheben. Jutta nuschelte eine Entschuldigung. Stumm musterte Tom sie, und sie sah förmlich, wie er in seinem Superhirn nach Worten suchte. Doch sie wollte nichts mehr hören. Der Drang, sich zu bewegen, wurde unbändig. *Weg, ich muss weg von hier!* Sie lief aus der Gaststätte auf die Fußgängerzone hinaus. Georg rief ihr nach, doch sie hörte nicht auf ihn und sah nicht nach links oder rechts. Es zog sie förmlich weiter bis zum Keplerpark. Bei jedem Schritt knirschte der Kies unter ihren Sohlen. Gierig sogen ihre Lungen die frische Luft ein. Die Türme der Keplerkirche schimmerten durch die Bäume. Das Tor war nur angelehnt, sie öffnete es und lief hinein.

Vor dem Altar blieb sie stehen und drosch mit den Fäusten darauf ein. »Warum! Warum!« Ohne nachzudenken, hämmerte sie immer weiter und schrie dabei: »Was nimmst du mir als Nächstes? Was hab ich noch? Willst du meine Mutter auch noch?« Sie spuckte auf das Holzkreuz. »Okay! Weißt du was? Ich brauch dich nicht. Deinen Vater auch nicht! Dein Paradies kann mir gestohlen bleiben!«

Gemurmel im Hintergrund ließ sie herumfahren. Sie erkannte zwei Ministranten, die sie mit wachsamem Blick beobachteten. Zwischen ihnen stand Tom, das Haar vom Wind zerzaust, die Brille fleckig, Verwunderung im Blick. Zögernd stellte er ein Bein vor das andere, als hätte er einen Vogel vor sich, den er nicht aufscheuchen wollte.

»Warum schleichst du so?« Jutta verschränkte die Arme.

Er war jetzt bei ihr und sah ihr tief in die Augen. Was er wohl darin sah? Seine Mundwinkel zuckten. Lachte er sie aus? Über seine Schulter hinweg sah sie die Ministranten unbeholfen herumstehen. Mit ernsten Gesichtern verließen zwei Frauen die Kirche.

Tom deutete mit dem Kopf auf den Altar. »Dem hast du es aber gegeben.« In seinen Augen spiegelte sich der hölzerne Jesus.

Jutta kicherte als Erste. Binnen kürzester Zeit standen sie sich prustend und lachend gegenüber, bis ihnen die Tränen über die Wangen liefen. Es war befreiend, sich so gehenzulassen. Sie lachten und lachten. Irgendwann fand sich Jutta schließlich schluchzend in Toms Armen wieder. Er hielt sie einfach nur fest und strich ihr behutsam über den verschwitzten Rücken.

Die Kirchentür quietschte, Georg trat ein. Sie löste sich von Tom. »Jetzt geht es mir besser, danke.«

»Das ist gut. Du musst Trauer und Schmerz zulassen. Sie zu betäuben, bringt nichts.«

»Das hast du *wo* gelesen? In *Psychologie heute* oder in *Spektrum*?«

Er lächelte breit. »Irgendein Wissenschaftsmagazin wird es wohl gewesen sein.«

Sie setzten sich in eine Kirchenbank und seufzten beinahe zeitgleich. Was nun? Was sollte sie tun? Sie konnte weiter trauern, aber wie lange würde sie brauchen, bis der Schmerz aufhörte? Würde er überhaupt je vergehen?

Zu allem Überfluss hatte jetzt auch noch jemand ihren alten Freund und Vertrauten umgebracht. Die Frage nach dem Warum würde ihr der Jesus am Holzkreuz über dem Altar nicht beantworten können, aber vielleicht konnte sie die Antwort selbst herausfinden.

»Ich bin wieder dabei.« Ihre Stimme klang kratzig, leise und abgehackt, als wäre sie sich nicht sicher.

Sanft drückte Tom ihre Hand. »Das muss Kretschmer entscheiden. Denkst du, du bist schon so weit?«

»Peter war mein Freund! Ich muss den Mörder finden. Und später knöpfe ich mir auch noch Jimmy vor.«

»Du kannst nichts ungeschehen machen.«

»Aber es wird nicht ungesühnt bleiben, das schwöre ich dir.« Zum Beweis streckte sie die geballte Faust in die Luft.

»Allerdings würde ich dir zu einer Psychotherapie raten.«

»Ich komm schon klar.«

»In Anbetracht der Geschehnisse der letzten Tage finde ich es unabdingbar, dass du dir helfen lässt.« Kritik schwang in seiner Stimme mit.

»Glaub mir, diese Schweine in den Knast zu bringen, wird für mich die beste Aufarbeitung sein.« Ihre Beine zappelten. Da draußen tötete ein Wahnsinniger vielleicht schon in diesen Minuten wieder einen unschuldigen Gottesmann. Sie musste ihn finden. Und sie musste Jimmy finden.

»Bringt mich zum Revier, ich will heute noch mit Kretschmer reden.«

25. KAPITEL

Wien, Sonntag, 24. April 2011, 22:00 Uhr

Seit fünf Minuten stand Jutta Oberst Kretschmer gegenüber. Seine Blicke schienen sie zu röntgen.

»Nur, damit du mich nicht falsch verstehst. Ich freue mich, dass du wieder da bist. Ehrlich.«

»Das zeigst du aber nicht.« Jutta machte kehrt und wollte schon zur Tür hinaus.

Aber Viktor Kretschmer hielt sie zurück. »Setz dich.« Resolut drückte er sie in den Sessel.

Sie war zu müde, um sich zu widersetzen. Stattdessen versuchte sie, möglichst gelangweilt auszusehen, und verschränkte die Arme. Die Beine streckte sie unter Kretschmers Schreibtisch aus. Viktor ging zum Fenster und sah hinaus. »Vor ein paar Tagen warst du noch komplett durch den Wind.«

»Du hast mich gar nicht gesehen.«

»Mag sein, aber die Berichte von Georg und Thomas haben mir gereicht.« Er starrte immer noch durchs Fenster.

»Die übertreiben doch.« Sie begann damit, den Dreck unter den Fingernägeln herauszuholen.

»Es fällt mir einfach schwer zu glauben, dass du einsatzfähig bist, quasi über Nacht.« Viktor drehte sich zu ihr um. »Das wird dir jetzt nicht gefallen.«

»Machs kurz. Ich muss mir ein Einzelbett kaufen.« Der zynische Tonfall ihrer Stimme erschreckte sie selbst.

»Mach eine Psychotherapie.«

Sie sprang auf. »Jetzt fängst du auch damit an?«

»Ich halte es für das Beste.«

»Georg hast du nicht zum Psychoheini geschickt!«

»Georg hat fünf Jahre Zeit gehabt, sich von seiner Frau zu verabschieden. Erst Simon und jetzt auch noch Pater Malster. Es ist zu viel auf einmal. Nimm dir wenigstens zwei Wochen Urlaub.«

»Ich will das Schwein finden, Viktor!«

»Jimmy oder den Mörder von Malster?« Er hatte ihre Gedanken gelesen. Jimmy geisterte ständig in ihrem Kopf herum. Jimmy hatte ihr Leben in Stücke gerissen. Natürlich wollte sie ihn finden. »Ich will den Fall zurück.«

»Dein Ernst?«

»Absolut!«

»Gut.« Viktor nickte und setzte sich an den Schreibtisch.

Hatte sie richtig verstanden? Gab er ihr tatsächlich seinen Segen?

»Hier.« Er reichte ihr einen Zettel.

»Was soll ich damit? Ich dachte, ich hätte mich klar ausgedrückt.« Sie zerknüllte das Papier und warf es in den Papierkorb.

»Hör mir mal gut zu.« Viktor fischte es wieder heraus, strich es glatt und legte es vor sie auf den Schreibtischrand. »*Du* willst den Fall aufklären? *Ich* will ein einsatzbereites Team. Eine Schwachstelle kann ich mir nicht leisten. Zusammen mit dem Münchner Pfarrer haben wir bereits vier Morde. Die Presse rennt mir die Türen ein. Wir können uns keine Fehler erlauben.«

»Das ist mir klar. Hab ich dich jemals enttäuscht?«

»Nein. Und du wirst mich auch jetzt nicht enttäuschen.«

Sie nahm den Zettel und entfaltete ihn. »Ich soll also zu diesem Seelenklempner gehen.«

»Du willst den Job?«

Sie nickte.

»Dann geh zu Dr. Stefan Konrad, und ich lass dich weitermachen. Aber Thomas und Georg bleiben mit dir dran. Auf keinen Fall machst du etwas allein. Keine Zeugenbefragung, keine Fahrten, keine Recherchen, keine Tatortbesichtigungen. Einen von beiden nimmst du immer mit. Ist das klar?«

»Glasklar.« Fast hätte sie salutiert und ein *Sir* hinzugefügt, aber seine traurigen Augen hielten sie davon ab. Stattdessen ging sie zur Tür.

»Und – Jutta!«

Sie drehte sich noch einmal um.

»Herzlich willkommen zurück.«

Halbherzig erwiderte sie sein Lächeln. Noch war sie sich nicht sicher, ob sie das Richtige tat. Vor dem Büro warteten bereits Tom und Georg mit angespannten Gesichtern.

»Ich bin wieder dabei.«

»Tatsächlich?« Tom schien es kaum glauben zu können.

»Okay, okay«, gab sie kleinlaut zu. »Ich muss zu einem Psychotherapeuten.«

»Das ist gut.«

War ja klar, dass Tom das gut fand. Ein bisschen ärgerte sie sich darüber, dass alle glaubten, sie würde professionelle Hilfe benötigen.

»Wann darfst du denn wieder arbeiten?«

»Gleich.«

»Sofort? Das hätte ich nicht gedacht.«

»Eine Auflage hat mir Kretschmer noch gemacht. Ich darf nichts allein unternehmen.«

»Sehr klug.«

Hinter ihnen öffnete sich die Tür zu Kretschmers Büro. Viktor schaute heraus, musterte das Dreiergespann und sagte: »Ich meinte, Jutta sollte nicht allein sein.«

»Schon klar, Viktor. Ich arbeite ohnehin nicht gerne allein.«

»Ich meinte nicht nur die Arbeit. Jemand soll dich täglich nach Hause bringen und abholen. Du sollst jetzt auf keinen Fall allein sein. Auch nicht nachts.« Beide Männer nickten.

»Nachts? Bist du jetzt völlig übergeschnappt? Ich brauche keinen Babysitter!«

Viktor zuckte mit den Schultern. »Dann nicht.«

Er blickte kurz durch den Raum und schloss die Tür.

Georg war der Erste, der die Sprache wiederfand. »Ich halte die Idee für gut.«

Jutta sah ihn wütend an.

»Es ist alles noch nicht lange her«, sagte Tom.

»Ich habe vor meiner Eheschließung allein geschlafen, und ich werde es auch jetzt tun.«

»Es muss ja nicht einer von uns sein. Vielleicht könnte deine Mutter zu dir ziehen.«

»Oder du zu ihr«, fiel Georg ein.

Keine gute Idee. Ihre Mutter lebte nicht mal in Wien. Jutta bestrafte beide mit einem bösen Blick.

»Wie auch immer. Es reicht, wenn du morgen anfängst. Heute solltest du dich ausschlafen.« Tom reichte ihr die Jacke. »Ich bring dich heim. Oder zu deiner Mutter?«

»Nach Hause, bitte.«

Sie verabschiedeten sich von Georg, und während der Fahrt wiederholte Tom sämtliche Ereignisse der letzten

Tage. Gemeinsam fassten sie die wichtigsten Indizien zusammen und entwickelten einen Plan.

Gleich am nächsten Tag wollten sie einen Orchideenzüchter aufsuchen, den Tom bereits im Internet gefunden hatte. Danach mussten sie endlich dieses Stift ausfindig machen, in dem alle Opfer gearbeitet hatten.

»Das Antiquariat in Berlin gibt es anscheinend nicht mehr.« Tom hielt vor Juttas Haus und stellte den Motor ab.

»Dann muss jemand nach Berlin fliegen, um nachzusehen. Vielleicht wird es gerade umgebaut, oder sie können sich einen Internetauftritt einfach nicht leisten.«

»Dann hätte zumindest die Telefonauskunft weitergewusst.«

»Eigenartig. Auch die Sache mit dem Kloster.«

»Trotzdem tröstlich zu wissen, dass Google nicht alles weiß.« Lachend schnallte er sich ab.

Im Lift witzelten sie noch über Google, Facebook und Co., ehe Jutta die Tür aufschloss und gleich in die Küche ging.

»Trinkst du einen Tee mit?«, rief sie ihm zu. Jutta konnte es kaum erwarten, sich echten *Lady Grey Tea* mit Sahne einzuverleiben. Gerade wollte sie ins Wohnzimmer gehen, als Tom sie in der Küche aufhielt. Er blinzelte und deutete auf den Klapptisch in der Ecke, vor dem zwei Holzhocker vom Flohmarkt standen.

»Lass uns den Tee hier trinken.«

»Im Wohnzimmer ist es doch viel gemütlicher.«

»Warum enden Partys dann immer in der Küche?«

»Also in meiner Küche bestimmt nicht.« Jutta lachte und ging an ihm vorbei ins Wohnzimmer. Dann verharrte sie, stand sekundenlang auf der Schwelle und starrte ins Zimmer. Wie in Zeitlupe glitten die Teetassen vom Tablett und zerschellten auf dem Boden. Sie stand inmitten von Tee, Zucker und Milch und schluchzte, erst kaum hörbar, dann immer lauter. Tom lief zu ihr und hielt sie fest, während ihr Blick auf dem Chaos im Wohnzimmer ruhte. Auf der Couch lagen Simons Hemd und sein Sweatshirt. Jede Menge Kleidungsstücke ihres Mannes waren auf dem Couchtisch gestapelt, dazwischen lagen leere Chipstüten und Pizzakartons. Auf dem Tisch stand immer noch ein Paket, liebevoll verpackt in mintfarbenem Glanzpapier. Simon war an seinem Geburtstag gestorben, noch bevor sie ihm das Geschenk hatte überreichen können. Der Schmerz war kaum auszuhalten. Sie verkroch sich in Toms Armen.

»Es ist besser, du schläfst heute bei mir.« Der Vorschlag gefiel ihr. In dieser Wohnung würde sie kein Auge zutun.

»Und Ilse?«, schniefte sie in sein Hemd.

»Die ist Geschichte.«

»Ich dachte, sie war die Richtige?«

»Ich hab nun mal kein Glück bei den Frauen.«

Jutta schluchzte. Ja wo war das Glück nur hin?

26. KAPITEL

November 1977
Rebecca

Ein Flüstern ließ mich aufhorchen. Schwester Barbara sprach mit Schwester Elisabeth, die im Krankenzimmer ihren Dienst verrichtete. Tagelang lag ich schon hier und musste dreimal täglich eine weiße Paste schlucken, die mir die Schwester aus einem Beutel drückte. Zusätzlich tropfte langsam eine durchsichtige Lösung durch einen Plastikschlauch, der an einer Nadel endete, die wiederum in meinem Arm steckte. Das sollte mich aufpäppeln? Schwester Barbara Markus rüttelte an meinem Bein. »Steh auf, komm mit!«

Behutsam entfernte Schwester Elisabeth die Nadel aus meinem Arm. »Sollten wir nicht zuerst Blutdruck und Fieber messen?« Ihr Gesicht glich dem Porzellangesicht der Marienstatue in der Kapelle. Es war voller Liebe und Güte.

»Dafür haben wir keine Zeit.« Schwester Barbara Markus reichte mir den Morgenrock. »Das Kind simuliert ja nur.« Sie zog an meinem Arm. »Komm schon in die Patschen!«

Ich zwängte mich in die zu engen Hausschuhe und folgte ihr. Gemeinsam liefen wir den Gang entlang bis zum Aufenthaltsraum der Schwestern. Hinten in der Ecke stand ein Telefon – schwarz mit Wählscheibe –, der Hörer lag daneben. Schwester Barbara hob ihn hoch und streckte ihn mir entgegen. »Deine Mutter ist am Apparat, erzähl ihr ja nichts von deinen Eskapaden beim Essen.«

»Becky? Becky, wie geht's dir? Ich hab gehört, du bist krank«, kam es seltsam blechern aus dem Hörer. »Becky? Sag doch was, Kindchen.«

Ich räusperte mich. »Wann kommst du, Mama?« *Ich hab Angst, Mama, ich hab Schmerzen, Mama,* fügte ich in Gedanken hinzu.

»Bald, Becky, bald. Ich …«

Schwester Barbara riss mir den Hörer aus der Hand.

»Solange das Kind so krank ist, wäre es besser, wenn Sie nicht kämen. Ja, wir melden uns, wenn Rebecca wieder gesund ist … natürlich … Wir tun unser Bestes …

Ich muss jetzt die Messe vorbereiten … Auf Wiederhören, Frau Dinkel.«

Die letzten Worte nahm ich kaum mehr wahr. Nebel umhüllte mich. Als Schwester Barbara den Hörer auflegte, hatte ich mich längst umgedreht und schlurfte mit gesenktem Kopf aus dem Zimmer.

27. KAPITEL

Wien, Montag, 25. April 2011, 7:30 Uhr

Frischer Kaffeeduft weckte Jutta. Nebenan klapperte Tom in der Kitchenette. Sein Junggesellenappartement bestand aus zwei Räumen: einem 50 Quadratmeter großen Wohnzimmer mit Küchenzeile, Essplatz und Arbeitsbereich sowie einem Schlafzimmer mit Minibad. Die Toilette war vom Flur zu erreichen, der nicht größer war als der Toilettenraum. Auf dem Weg ins Bad stieß sich Jutta gleich mal den Ellbogen am Türrahmen. »Mist!« Sie war noch nicht richtig wach.

Im Badezimmer fiel ihr Blick auf das liebevoll hergerichtete Arrangement aus Becher, verpackter Zahnbürste und -pasta. Daneben lagen eine Duschbadminiatur, eine Probe Haarshampoo, wie man sie in Zeitschriften fand, und eine neue Cremetube. Sie lächelte. Tom wusste wirklich, wie man Gäste empfing. Das Badezimmer glänzte und roch hygienisch frisch. Seine Herrenprodukte standen penibel geordnet im Spiegelschrank, an dem sich nicht der kleinste

Wasserspritzer fand. Nach Farben sortierte Handtücher rundeten das Bild ab, das aus einer Wohnzeitschrift stammen könnte. Nach einer ausgiebigen Dusche setzte sie sich an den Frühstückstisch.

»Guten Morgen«, rief sie Tom zu, der immer noch in der Küchenzeile rumorte.

Er strahlte sie an, warf das Geschirrtuch auf die Ablage und setzte sich zu ihr. »Schön, dass du wach bist. Hast du alles gefunden?«

Sie nickte und griff nach einem Sonnenblumenlaibchen. Unglaublich! Es war warm und kross gebacken. Sie schnitt es auf und belegte es mit drei Scheiben Putenschinken, der auch frisch zu sein schien. »Warst du schon draußen?«

»Nur die Zeitung holen. Ist ja Feiertag heute. Das Gebäck hab ich selbst aufgebacken, alles andere hab ich nach der Landung in Wien im Supermarkt am Flughafen eingekauft.« Er deutete auf die Lebensmittel, unter denen sich der Tisch förmlich bog. »Ich hab einen Termin mit dem Orchideenexperten ausgemacht«, plauderte er munter weiter. »Und ich hab mit deiner Mutter telefoniert.«

»Mmpf.«

Das Essen war gut. Nach der Krankenhauskost fühlte sie sich nun wie in einem Fünfsternehotel. Sogar der Orangensaft war frisch gepresst. Wer hätte das gedacht? Sie war noch nie bei Tom gewesen. Er war auf jeden Fall der ordentlichste Junggeselle, den sie kannte. Trotzdem war es nicht ungemütlich oder steril. Im Gegenteil, sie fühlte sich sehr wohl in diesem Schmuckkästchen. Dennoch hatte sie das Gefühl, als würde etwas fehlen.

»Ich hab deine Mutter in die Wohnung geschickt, um endlich Simons Sachen wegzuräumen.«

Als sie schweigend weiterkaute, setzte er hinzu: »Ich hoffe, das ist in Ordnung.«

»Ja danke.« Ihr Blick fiel auf einen Haufen Fotos auf dem Tisch neben einem Stapel VHS-Kassetten. Jutta griff danach. »Was ist das?«

Tom zögerte, bevor er antwortete. »Das hab ich dir bis jetzt verschwiegen. Wie du weißt, haben wir bei Malster kein Buch gefunden oder ein Zitat. Dafür aber diese Polaroids.«

Sie sah den Stapel schnell durch und legte ihn angewidert weg. »Das gehört bestimmt nicht Peter.«

Tom atmete hörbar aus. »Vielleicht nicht, aber wir haben auch diese Videokassetten gefunden, und sein Computer war voll mit speziellen Dateien zu dem Thema.«

»Willst du damit sagen, Peter Malster war pädophil?«

»Sieht so aus.«

Entrüstet schüttelte Jutta den Kopf. »Das glaub ich nicht. Vielleicht war er jemandem auf der Spur. Oder es hat ihm jemand alles anvertraut, bei ihm gebeichtet, wollte sich ändern und hat das Zeug bei Peter gebunkert.« Sie biss in ihr Brötchen. »Darüber will ich gar nicht nachdenken.«

Tom wechselte das Thema. »Um zehn Uhr treffen wir Herrn Webermann in seinem Shop. Er hat an Ostern eigentlich zu, empfängt uns aber trotzdem.«

»Wo müssen wir hin?«

»Nach Sieghartskirchen. Das klappt prima, wenn wir in zehn Minuten losfahren.«

»Hast du einen Haartrockner?«

15 Minuten später waren sie auf dem Weg nach Sieghartskirchen. Während der Fahrt berichtete er ihr von Ilse. Jutta konnte nur den Kopf schütteln über seine Erzählung. »Und dann hast du dich tatsächlich von einem Schwulen zu einem Glas Bier überreden lassen? Du, der Asket schlechthin?«

»Es war gerade *Happy Hour*.«

Sein trockener Humor hatte ihr immer schon gefallen. Lachend zückte sie den Notizblock, den ihr Georg zurückgegeben hatte. Er hatte penibel Ergänzungen nachgetragen, auch die Ermittlungen der Münchner.

Sie versuchte, sich einen Überblick zu verschaffen. Wann immer ihr Details unklar waren, hakte sie bei Tom nach, der ohnehin ein wandelndes Lexikon war. Sein Gedächtnis war unglaublich leistungsfähig. Er erinnerte sich noch Tage später an Details, die anderen entgangen waren, und die Jutta nur deshalb rekonstruieren konnte, weil sie Buch führte. Sicher, Tom tippte stets in seinen BlackBerry, aber er sah nur selten nach, was er notiert hatte. Es war fast so, als würde das Eintippen in das Gerät alles direkt in sein Gehirn abspeichern, seine eigentliche Festplatte.

Sie fanden Horst Webermann in einem Gewächshaus. Jutta war überwältigt von der Schönheit der Pflanzen, die hier wuchsen. Viele davon in Beeten, Töpfen und Gläsern, teilweise baumelten auch Blumen von der Decke oder waren an einen Ast gebunden. Die Wurzeln ragten dabei ringsherum in die Luft.

»Guten Tag, Herr Webermann. Das ist meine Vorgesetzte, Abteilungsinspektorin Jutta Stern. Ich bin Dr. Thomas Neumann von der Kripo. Wir haben heute Morgen miteinander telefoniert. Danke, dass Sie sich trotz des Feiertags Zeit für uns nehmen.«

Horst Webermann zog die Gartenhandschuhe aus und reichte ihnen die Hand. »Keine Ursache. Ich muss ohnehin jeden Tag nach den Pflanzen sehen. Meine Kinder sind erwachsen, und meine Frau hat ihren Kleintierzüchterverein. Haben Sie gleich hergefunden?«

»Ich hab ein Navi.« Dass sich das Navi in seinem Kopf befand, fügte er nicht hinzu. Tom musste sich nur einmal eine Strecke auf dem Routenplaner ansehen, und schon fand er hin. Wieder einmal hatte Jutta sein Gedächtnis bewundert.

»Nun, was kann ich für Sie tun?«

»Wir suchen alles über eine gewisse Paphiopedilum sanderianum.« Tom sprach das Wort aus, als würde er den ganzen Tag Latein reden.

»Sie lieben das Besondere.« Horst Webermann zeigte seine Zähne. »Kommen Sie mit.«

Sie folgten dem Mann in ein angeschlossenes Gewächshaus. Die Blumen, die dort wuchsen, hatte Jutta noch nie gesehen.

»Ich hab verschiedene Paphiopedilumhybriden. Diese hier kosten alle um die 40 Euro das Stück.«

»40 Euro? Im Supermarkt gibt's welche um neun Euro.«

»Ja, das sind die üblichen Phalaenopsen und Dendrobien. Die lassen sich sehr leicht züchten und vermehren. Sie wachsen auch an verschiedenen Standorten. Die Pflege ist einfach. Nicht zu vergleichen mit diesen Schönheiten hier.«

Aus den Blüten, die wie Kelche geformt waren, hingen lange, spiralförmige Blütenblätter. Sie sahen aus wie Geschenkbänder.

»Was sind das für Blätter?«, fragte Jutta den Experten.

»Das sind die Petalen. Eine absolute Einzigartigkeit in der Natur. Nur bei den Paphiopedilumarten sind die Kronblätter derart geformt. Es sind die inneren Blütenblätter, die über einen Meter lang werden können, allerdings nur bei der reinrassigen Form. Wie gesagt, das hier sind Hybriden.«

»Mischungen?«

Webermann nickte. »In der Botanik spricht man von Kreuzungen. Wir haben die schönsten Kreuzungen. Hier ist Lady Isabel, oder hier zum Beispiel sehen Sie eine Paphiopedilum stonei philippinese sanderianum. Die Petalen sind 30 Zentimeter lang, was schon sehr beachtlich ist.« Stolz präsentierte Webermann seine Schützlinge.

»Haben Sie auch eine reine Sanderianum?«, fragte Jutta und ließ ihren Blick über die Pflanzen schweifen.

Statt einer Antwort lachte Horst Webermann und schüttelte heftig den Kopf.

»Hab ich das falsch ausgesprochen?«

»Nein. Allerdings habe ich schon lange keine reine Sanderianum gesehen. Außer in Büchern und im Internet. Dort kann man auch welche kaufen, ich zweifle allerdings an ihrer Qualität und Echtheit.«

»Wo wächst diese Sorte?«

»Es gibt nur ein einziges Habitat auf der Erde. Das liegt in den Kalksteinhügeln Borneos. Aber wenn die Abholzung so weitergeht, wird diese Rasse aussterben, wie die Paphiopedilum-rothschildianum-Populationen vor Jahren ausgelöscht wurden. Die fanden sich im selben Kalksteingebirge Borneos.«

Eine Fliege setzte sich summend auf eines der langen spiralförmigen Blütenblätter, und Webermann schaute aufmerksam hin. »Sehen Sie sich das an. Nun werden Sie Zeuge, wozu diese Blätter da sind.«

Die Fliege kroch hoch, verschwand schlussendlich im Kelch der Pflanze und kam nicht mehr heraus. Jutta berührte das Blütenblatt. Es war klebrig. »Ein natürlicher Fliegenfänger«, hauchte sie ehrfürchtig angesichts des Naturwunders.

»Richtig. Zusätzlich wird die Pflanze dadurch noch bestäubt«, erklärte Webermann weiter. »Warum interessieren Sie sich für diese Art?«

»Ein Teil – genauer gesagt, eine Luftwurzel – dieser Orchideenart wurde bei einem Mordopfer gefunden.«

Schockiert sah Horst Webermann auf seine Blumen. Dass diese Schönheiten mit etwas so Hässlichem wie Mord in einem Satz genannt werden konnten, war wohl starker Tobak für ihn.

»Wir hatten gehofft, einen Anhaltspunkt zu finden.«

»Klappern Sie alle Züchter und Gärtnereien ab?« Webermann hob erstaunt die Augenbrauen.

»Sie haben gesagt, es wäre unwahrscheinlich, dass jemand in Österreich diese Art gekauft hat.«

»Wenn, dann illegal oder eben im Internet.«

»Wäre es möglich, diese Pflanze aus Borneo zu schmuggeln?«, fragte Jutta.

»Man kann alles Mögliche schmuggeln, warum nicht eine Orchidee?« Webermann rieb sich nachdenklich das Kinn. »Es ist denkbar. Es hat schon Fälle gegeben.«

Jutta nickte und notierte sich seine Aussagen auf ihrem Block. Tom tippte wie immer in seinen BlackBerry.

»Danke, dass Sie sich für uns Zeit genommen haben.« Tom verstaute das Gerät in der Hemdtasche.

»Keine Ursache.«

Jutta reichte ihm ihre Karte. »Wenn Ihnen noch etwas einfällt, dann rufen Sie mich an. Auch nachts.«

Webermann steckte die Karte in die Tasche seiner Gartenschürze und nickte. »Ich wünschte, ich könnte mehr für Sie tun.«

»Das können Sie.« Jutta lächelte ihn breit an, während sie Tom dabei beobachtete, wie er sanft über die Blätter einer Orchidee strich. Schlagartig wusste sie, was in seiner Wohnung fehlte. Mit ihrem Kopf deutete sie auf die Pflanze. »Packen Sie diese Orchidee ein, bitte.«

Ein Strahlen huschte über Webermanns Gesicht. »Aber gern.«

Behutsam hob er die Pflanze hoch und trug sie zum Packtisch, wo er sie vorsichtig in Seidenpapier hüllte. Dort erklärte er ihnen noch, wie man sie zu pflegen hatte, und schenkte ihnen eine kleine Flasche Orchideendünger dazu. Mit dem Hinweis, jederzeit anrufen zu können, verabschiedete er sich.

»Fängst du jetzt eine Orchideenzucht an?«, fragte Tom belustigt. Jutta öffnete die Autotür und überreichte ihm das Bündel. »Nicht ich. Du.«

28. KAPITEL

Dezember 1977
Rebecca

Das Paket auf meinem Schoß fühlte sich hart an. Kalt und steif lagen meine Finger darauf und versuchten, es festzuhalten. Wir saßen auf der Bank vor dem asphaltierten Viereck, das sich Spielplatz nannte. Mutter und ich.

Das Paket war ein Geschenk zu meinem Geburtstag. Der war schon im November gewesen. Mutter saß neben mir, lachte und erzählte fröhlich Dinge aus einer anderen Welt – nicht meiner Welt. Es musste das Schlaraffenland sein. Sie erzählte von Erdbeercreme, Vanilleeis, Nougatknödeln und wundersamen Dingen wie einem Pool. Das Wort hatte ich zum ersten Mal gehört. Man könne darin schwimmen, erklärte Mutter. Niemand hatte mir jemals Schwimmen beigebracht.

Sie erzählte auch von einem Urlaub am Meer, auf dem Schiffe fuhren. Am Meer gab es Sand, und im Wasser schwammen bunte Fische. Die Sonne schien dort jetzt noch, und das Meerwasser war warm und salzig. Mutter roch nach Creme und Parfum. Von der Sonne war sie ganz braun im Gesicht. Mehr sah ich nicht von ihrer Haut, aber vermutlich war sie unter all den Kleidungsschichten auch braun. Warum war sie dort gewesen und ich hier? Statt einer Erklärung fragte sie mich immer wieder, wie es mir ginge. Was sollte ich ihr erzählen? Was erwartete sie von mir?

Ich starrte auf das Paket auf meinem Schoß und hoffte, dass alles bald vorbeiging: die Kälte, der Wind, die Fragen meiner Mutter. Schwester Barbara hatte mir in allen Einzelheiten mitgeteilt, was ich nicht sagen durfte, und es blieb nichts übrig, das ich erzählen konnte. Zur Sicherheit stand die Schwester an der Kiefer neben der Bank und beobachtete uns. Mein Herz pochte, eingeschlossen in einer Box, verschnürt und zugenäht. Ich hatte keine Gefühle mehr. Mutter wurde böse. »Sprich mit mir, Becky!«

Ich räusperte mich, öffnete den Mund und schloss ihn wieder. Nein, auch das durfte ich nicht sagen. Dass ich nach Hause wollte, weg von hier. Egal wohin, alles war besser, als in diesem Backsteinungetüm zu leben.

Kein Kinderlachen war erlaubt in diesem Haus. Wir mussten beten, lernen, essen, schlafen und wieder beten.

Immer wieder hatte ich diese Schmerzen in der Nacht, manchmal auch tagsüber. Deshalb mussten wir hier draußen sitzen. Mutter durfte die Striemen und Flecken auf meinem Körper nicht sehen. Ich wusste jetzt, dass Gott böse sein musste, denn sonst hätte er das nicht zugelassen. Hier waren so viele Kinder, so viel Leid. Aber vielleicht schlief er auch nur.

Gestern hat Sybille gefehlt. Beim Abendessen war ihr Platz leer geblieben. Ich wollte sie im Krankenzimmer besuchen, aber sie war nicht dort. Jemand hätte sie abgeholt, hieß es, aber ich habe niemanden gesehen. Vor zwei Wochen waren es Lars und Ilse, die plötzlich weg waren. Irgendwas stimmte hier nicht.

»Rebecca, das hat keinen Sinn! Da nehm ich mir extra frei, fahr den weiten Weg, und jetzt sprichst du nicht mit mir. Da brauch ich gar nicht mehr zu kommen!« Mutter stand auf. Diesmal würde es keine Tränen geben. Ich hatte aufgehört, zu hoffen, zu sehnen, zu wünschen. Ja sogar zu denken.

»Mach wenigstens dein Packerl auf«, sagte sie nun sanfter. Aber das war verboten. Geschenke durften wir nicht behalten. Alle wurden von den Schwestern eingesammelt. Wenn das Paket Schokolade oder Naschzeug enthielt, dann wurde es nach dem Mittagessen aufgeteilt. Wenn es gut ausging, bekam der Beschenkte auch ein Stück. Meistens jedoch nicht. *Geben ist seliger denn nehmen,* sagten die Schwestern dann.

Waren Spielsachen in den Paketen, wurden sie in eine Kiste gepackt und nach Afrika geschickt. Ich verstand nicht, warum. Schwester Barbara erklärte uns einmal, dass es diesen Kindern in Afrika nicht so gut gehen würde wie uns. Damals bin ich furchtbar erschrocken. Es gab Kinder, denen es noch schlechter ging? Wie grausam war dieser Mann, den sie Gott nannten, und zu dem wir dreimal täglich beten mussten, wirklich?

Wenn Schwester Barbara uns nicht bewacht hätte, wäre ich vielleicht imstande gewesen, Mutter zu erzählen, was hier passierte. Was beinahe jeden Tag geschah, seit sie mich hierhergebracht hatte, und immer wieder geschehen würde – solange Gott schlief.

29. KAPITEL

Wien, Montag, 25. April 2011, 11:00 Uhr

Auf der Rückfahrt ins Büro rief Jutta noch einmal im Labor an.

»Und, gibt's was Neues?«, fragte Tom, als sie aufgelegt hatte.

»Keine weiteren verwertbaren Spuren. Nichts, was wir nicht schon wissen. Sie sind sich übrigens sicher, dass es sich bei der gefundenen Wurzel um eine reine Sanderianum handelt. Keine Kreuzung.«

»Verflixt.«

»Bleiben die Buchzitate und das Stift.« Jutta blätterte in ihren Notizen. »Im Internet habe ich, wie gesagt, nichts gefunden. Laut Inlandsauskunft hat an diesem Ort auch nie ein Kinderheim existiert. Irgendetwas stimmt hier nicht.«

Die Kirche war Meisterin im Vertuschen von Skandalen. Weshalb allerdings auch die Behörden hier dichtgemacht hatten, verstand Jutta nicht.

»Denkst du, die Behörden vertuschen etwas?«

Tom blinzelte. Vermutlich war seine Brille wieder einmal nicht geputzt. »Die Frage ist nur, wieso?« Angestrengt starrte er auf die Fahrbahn.

»Wir könnten gleich zu der angegebenen Adresse fahren, wenn du willst. Ich wüsste zu gerne, was sich dort wirklich befindet.«

Aber ein Blick auf die Uhr am Armaturenbrett zeigte ihr, dass das zeitlich nicht mehr klappen würde.

»Mist! Vergiss es. Mein Termin ist in einer Stunde.«

»Der Psychotherapeut? An Ostern?«

»Was soll ich machen?« Jutta war geknickt. »Kretschmer lässt mich sonst beurlauben.« Sie biss wieder an ihren Nägeln herum. »Danach muss ich zu Mutter. Morgen könnten wir dann zum Kloster fahren.«

»Ich könnte das auch mit Georg erledigen.«

»Typisch. Gerade, wenn es spannend wird.«

»Okay, okay, wir machen das zusammen. Alle drei.«

Als sie im Büro ankamen, wartete Oberst Kretschmer schon auf sie.

»Da bist du ja endlich, Jutta. Ich habe Herrn Konrad schon gesagt, dass du nicht gerade zu den Pünktlichsten gehörst«, witzelte er.

»Ich verstehe nicht.« Jutta entfernte das Magazin und entlud die Waffe an der Entladestelle.

Kretschmer rieb sich die Hände. »Für die erste Sitzung wollte er es dir so angenehm wie möglich machen.«

»Ach ja?« Sie legte die Waffe in den Spind, steckte die Patrone in das Magazin zurück, warf es in die Holzbox daneben und schloss ab. Wenigstens im Dienst war sie ordentlich.

»Lässt er mir ein Bad ein?« Sie stemmte die Hände in die Hüften. Der dicke Maier, der wie immer lauschte, lachte und stieß seinen Kumpel Habicht in die Rippen.

»Wassertherapie.« Habicht kicherte blöde.

»Er kommt hierher und wird die erste Sitzung in deinem Büro abhalten.«

»Sag mal, spinnst du?«

Peinlich berührt, hüstelte Viktor Kretschmer. »Wir haben gedacht, das ist unverfänglicher.«

Maier furzte, und Habicht lachte. Jutta zeigte auf das Zweiergespann. »Vielleicht solltest du lieber für die beiden eine Sitzung buchen.« Sie nahm ihre Tasche vom Sessel und stopfte Kugelschreiber und Notizblöcke hinein.

»Manchmal versteh ich dich wirklich nicht. Ist das der Dank für alles?«

»Du erwartest Dank dafür, dass du mich von den wirklich wichtigen Dingen abhältst? Ich lasse diese Peinlichkeiten nicht hier über mich ergehen.«

»Es hätte unter uns bleiben sollen«, gab Kretschmer zerknirscht zu und lief ihr über den Gang nach.

»Darum verschwinde ich, bevor der Schleimbeutel das Haus betritt!« Sie riss die Tür auf und blickte geradewegs in zwei stahlblaue Augen.

»Bekommt der Schleimbeutel wenigstens eine Chance, sich zu rechtfertigen?«, fragte der Neuankömmling.

Jutta schluckte. Vor ihr stand ein makelloses Exemplar der Gattung Mann, mit einem umwerfenden Zahnpastareklamelächeln und einem Body, der nach endlosen Massagesitzungen schrie.

»Ist es zu viel verlangt, wenn ich Sie bitte, mich hereinzulassen?« Sein samtener Bariton jagte wohlige Schauer über ihren Körper. »Falls Sie es nicht bemerkt haben, es regnet, und ich bin völlig schutz- und schirmlos.«

Angesichts von Juttas Sprachlosigkeit ergriff Kretschmer das Wort. »Aber natürlich, Herr Doktor Konrad. So ein Hundewetter ist das. Kommen Sie schnell herein.«

»Wenn mir die junge Dame den Weg frei macht. Wollten Sie nicht gerade gehen? Schade, ich hätt mich zu gern von Ihrem weiblichen Charme einwickeln lassen. Einer Kostprobe konnte ich ja unfreiwillig beiwohnen.«

Sehr witzig. Was dachte dieser Typ eigentlich, wer er war? Seelenklempner? Lachhaft! Jutta trat einen Schritt zur Seite, und Stefan Konrad ging so knapp an ihr vorbei, dass sie sein Parfum riechen konnte. Eine Edelmarke, das erkannte sie sofort.

»Das ist Abteilungsinspektorin Jutta Stern«, stellte sie Kretschmer vor, was ihr recht albern vorkam.

»Stefan Wilhelm Konrad mein Name. Ich bin sehr erfreut, Sie kennenzulernen.« Das fand sie jetzt noch alberner, denn schließlich waren sie hier nicht beim Opernball.

»Ebenfalls.« Sie reichte ihm die Hand und stellte sich auf die Zehenspitzen. »Ich möchte doch lieber in Ihrer Praxis verhört werden«, flüsterte sie in sein Ohr.

»Für *Verhöre* sind Sie zuständig. Ich *höre* Ihnen bloß *zu.*« Schelmisch zwinkerte er ihr zu.

»Und wenn ich Ihnen nichts erzählen will?«

»Dann auch.«

30. KAPITEL

Wien, Donnerstag, 28. April 2011, 8:30 Uhr

Ehrfürchtig betrachtete Tom die alten Buchseiten der Faust-Ausgabe auf dem Bildschirm seines Laptops. Wenn wirklich der Mörder das Buch hinterlassen hatte, dann hatte er zumindest einen guten Geschmack, oder er war einfach bibliophil – wie Tom. Wieder studierte er die erste Seite. Da war dieses Exlibris von einer gewissen Linda Berg, der Stempel des Antiquariats und natürlich das Impressum des Verlags, des Askanischen Verlags Carl Albert Kindle in

Berlin. Die Ausgabe war von 1924, eine Erstausgabe, wie Tom bereits herausgefunden hatte. Die Zahl 214 wies auf die Buchnummer hin. Von diesem Exemplar waren nur 1000 Stück hergestellt worden, ein Ganzpergamentband auf sechs Bünden.

Auf eBay hatte er einen Anbieter gefunden, der die Nummer 270 anbot. Sofort hatte er ihn per E-Mail gefragt, ob er die Nummer 214 auch angeboten hatte. Wenn es doch so einfach gewesen wäre. Natürlich hatte der Verkäufer nur einen Band vorzuweisen. Blieb immer noch das Antiquariat, das, genau wie der Verlag, seinen Sitz in Berlin hatte. Konnte es sein, dass diese Ausgabe all die Jahre immer in Berlin geblieben war? Vielleicht hatte der Mörder ja noch mehr Bücher gekauft.

Was ihn wieder darauf brachte, dass sie bei Malster kein Buch auf dem Nachttisch gefunden hatten. Tom konnte sich nicht erklären, warum bei ihm und der Nonne keine gefunden wurden. Ein Serientäter wich normalerweise nicht von seinem Grundmuster ab. Weshalb hatte er es doch getan? Sollten die Polaroids bei Malster und der gläserne Rosenkranz bei der Nonne die Bücher als Hinweise ersetzen? Die Nonne war anders aufgefunden worden als die männlichen Kleriker. Auch hier eine Abweichung des Musters. Was konnte der Grund dafür sein? Womöglich hatten sie es doch nicht nur mit einem Täter zu tun, sondern mit einer Organisation …

Linda Berg, von der das Exlibris stammte, war bereits verstorben. Ihre Enkelin hatte das Buch vor 20 Jahren ins Antiquariat Schuhmann gebracht und umgerechnet 230 Euro dafür erhalten. Exakt konnte sie sich nicht mehr erinnern, da der Nachlass ihrer Großmutter zwei Dutzend antiquarische Bücher umfasste. Das Antiquariat Schuhmann hingegen konnte Tom nicht ausfindig machen.

Es war wie verhext: vier Leichen und so gut wie keine Anhaltspunkte oder Spuren. So kamen sie nicht weiter. Ständig lagen neue Steine im Weg. Und die wenigen Zeugen hatten allesamt Geheimnisse.

Tom buchte online einen Flug nach Berlin. Er würde zu der angegebenen Adresse fahren. Vielleicht war der Laden von jemandem übernommen worden. Sicher, es wäre auch möglich, die Berliner Kollegen darauf anzusetzen, aber er flog gern dorthin, und vielleicht konnte er ein Schnäppchen für seine Bibliothek erstehen.

»Ich hab Schwester Barbara Markus gefunden, von der die Baumann berichtet hat.« Jutta stürmte ins Büro, setzte sich auf Toms Schreibtisch und stahl ihm ein Grissini. »Wir können heute noch hinfahren. Der kleine Orden ist ganz in der Nähe.« Krachend biss sie in das Sesamstangerl und hinterließ Brösel auf dem Aktenstapel.

Tom wischte sofort darüber. »Ist das notwendig?«

»Klar, schließlich ist sie eine Zeugin.«

Seufzend leerte Tom die Brösel in den Mülleimer, dann wusch er sich die Hände und ging zum Schreibtisch zurück.

»Gut siehst du aus«, sagte er.

»Danke, aber das musst du nicht sagen. Gehen wir, oder gehen wir?« Wie ein kleines Mädchen, das zum Rummel wollte, zog sie an seinem Hemd.

»Ich sag Viktor noch Bescheid.«

Aus den Augenwinkeln sah Jutta, wie die beiden sich umarmten und gegenseitig auf die Schultern klopften. Manchmal wirkten sie wie Vater und Sohn und nicht wie Chef und Mitarbeiter.

»Okay, alles abgesegnet von oben. Lass uns fahren.«

Tom griff nach seiner Jacke. Jutta schnappte sich die Grissinitüte und lief ihm nach.

Den Orden zu finden, war dann doch nicht so leicht. Eine halbe Stunde lang mussten sie sich durchfragen und erregten sofort großes Aufsehen innerhalb der kleinen Gemeinde in der Nähe von Wien. Schließlich fanden sie das kleine Backsteinhaus in der Einöde.

Die Frauen des Ordens begrüßten sie freundlich; sie waren nur zu sechst. Eine der jüngeren Schwestern brachte Tee. Nachdem sie sich vorgestellt hatten, nahm die Oberin das Gespräch auf. Sie wirkte zerbrechlich, und ihre Haut sah aus, als hätte sie zu lange im Wasser gelegen.

»Nun, was verschafft uns die Ehre Ihres Besuchs?«

»Wir wollten Schwester Barbara Markus sprechen, bitte.«

»Das wird nicht möglich sein.« Die Oberin sprach so leise, als fürchte sie, jemanden aufzuwecken.

»Ist sie nicht mehr Mitglied in Ihrem Orden?«

»Schwester Barbara Markus ist noch bei uns, aber vermutlich nicht mehr lange.«

»Tritt sie aus?«

»Schwester Barbara Markus liebt unseren Orden.«

»Dann verstehe ich nicht, warum sie nicht mehr lange bleibt.«

»Schwester Barbara Markus ist schwer krank«, ergriff die zweite Schwester das Wort. Auch sie flüsterte. »Seit Jahren zerfrisst sie der Krebs.«

»Ist sie in einem Krankenhaus?«, fragte Tom.

Die Mutter Oberin schüttelte den Kopf und legte die Hände in den Schoß. »Nach der ersten Operation im Februar 1998 und der anschließenden Chemotherapie hat sie gesagt, sollte der Krebs wiederkommen, wäre es Gottes Wille, und sie würde sich ihm fügen.«

»Und nun ist der Krebs zurück«, warf die jüngere Schwester mit sorgenvollem Blick ein. »Sie wird sterben.«

»Wir alle wissen das. Schwester Barbara weiß es auch. Die Metastasen haben sich in ihrem ganzen Körper ausgebreitet. Nahezu jedes Organ ist befallen.«

»Sie leidet unerträgliche Schmerzen, verweigert allerdings jedes Medikament.«

»Warum das?«

»Sie glaubt, für irgendwelche Sünden büßen zu müssen. Niemand von uns weiß, welche Sünden sie meint.«

Da hatten sie es wieder. Noch eine büßende Nonne. Jutta fing Toms wissenden Blick auf. Sie hatten wieder ein Puzzleteil gefunden, allerdings ohne zu wissen, welches Bild das Puzzle am Ende zeigen würde. Hoffentlich das Gesicht des Mörders.

»Erzählen Sie uns, was Sie über die Schwester wissen.«

Die arthritischen Finger der Oberin spielten unbeholfen mit dem Kreuzanhänger ihrer Kette, die um ihren Hals baumelte.

»Schwester Barbara Markus kam 1961 zu uns. Damals waren wir dreimal so viele Schwestern und hatten unsere Aufnahmekapazitäten längst überschritten. Sie hatte uns von ihrer Berufung überzeugen können. Sie war noch Jungfrau, hatte ein ruhiges und in sich gekehrtes Wesen und schien perfekt für unser Leben geeignet. Für ihre Eltern war Barbara kein normales Kind. Sie wirkten froh, sie los zu sein, und überließen uns eine gute Mitgift. Barbara stellte eine Bereicherung für den Orden dar. Nachdem sie ihr Gelübde abgelegt hatte, ging sie acht Jahre nach Indien, dann in den Kongo. Zurück in Österreich arbeitete sie neun Jahre lang in einem Kinderheim. Als sie zurückkam, hatte sie sich verändert, aber sie war auch älter geworden. Bis zum Ausbruch ihrer Krankheit leitete sie unsere Novizinnenschule mit großem Engagement.«

Jutta zwickte Tom ins Bein, aber der tippte bereits eifrig in seinen BlackBerry. Sie verzichtete darauf, Notizen zu machen, denn Toms Aufzeichnungen bestachen durch ihre Lückenlosigkeit.

»Können wir mit ihr sprechen?«, fragte sie vorsichtig.

»Kommen Sie wieder, wenn eine Besserung eingetreten ist.«

»Aber es wird nicht besser. Haben Sie das nicht gesagt? Sie wird sterben, und wir brauchen dringend Informationen, die nur sie uns liefern kann.«

»Schwester Barbara Markus hat ein Recht darauf, ihre letzten Tage in Ruhe und Frieden zu verbringen.«

»Hören Sie, das Heim, in dem sie gearbeitet hat, ist nicht registriert. Nur Schwester Barbara Markus weiß, was sich dort abgespielt hat und warum es vielleicht geschlossen wurde. Es geht um Menschenleben. Ist es nicht Ihre Hauptaufgabe, Menschenleben zu retten?«

»Wir retten Seelen, keine Leben, meine Liebe. Nur die Seele ist wichtig für uns und den Herrn.«

»Lassen Sie sie doch selbst entscheiden, ob sie mit uns reden will. Bitte, nur fünf Minuten.« Toms Stimme war ruhig, und trotzdem schwang eine Nuance mit, die bei den Nonnen den richtigen Nerv zu treffen schien.

Die Schwestern sahen sich betreten an und schwiegen. Die Oberin blickte eine gefühlte Ewigkeit auf ihre runzeligen Hände. »Wenn es so wichtig ist, dann lasse ich Sie zu ihr. Aber seien Sie behutsam und regen Sie sie nicht auf.«

Also folgten sie den beiden Ordensfrauen. Schweigend schritten die Nonnen, die Hände in den Ärmeln der Tracht versteckt, über einen Flur. Bei der Begegnung mit einer Mitschwester nickten sie nur kurz und senkten anschließend sofort wieder den Blick.

Das Krankenzimmer am Ende des Flurs war spärlich eingerichtet. Ein schmaler Kasten, der an einen Militärspind erinnerte, stand an der Wand. In eine Ecke war eine Waschgelegenheit ohne Spiegel montiert. Auf dem Beckenrand lagen eine Haarbürste, ein Stück Seife, ein Nagelknipser und eine blaue Cremedose mit weißer Aufschrift. Neben dem Bett stand ein Rolltisch, wie Jutta ihn aus dem Krankenhaus kannte. Er fungierte als Nachtkästchen, Esstisch und Ablagefläche gleichermaßen. Verschiedene Bücher lagen darauf, unter anderem eine Bibel und ein *Gotteslob* im Schutzeinband. Oberhalb des Bettes hing ein schlichtes Kruzifix. In der Kammer stank es nach Urin, Schweiß und Desinfektionsmitteln. Der Geruch des Todes hing in der Luft. Die Vorhänge waren zugezogen.

Vom Bett hörten sie schweres Atmen und Stöhnen. Darin lag eine hagere, bleiche Gestalt mit eingefallenen Wangen und milchig wässrigen Augen. Der zerbrechliche Körper zeichnete sich kaum durch den Stoff der Bettdecke ab. Ein Schlauch, der in einen Sack mit gelber Flüssigkeit mündete, hing aus dem Bett heraus. Aus dem rechten Nasenloch der Alten hing ebenfalls ein Schlauch, der wiederum in einen Sack mit einer braunen Flüssigkeit mündete. »Wir müssen sie mittels Magensonde ernähren«, erklärte ihnen die Oberin. »Manchmal versucht sie, sogar das zu verweigern.«

Das verstand Jutta nur zu gut. Durch die künstliche Ernährung wurde sie länger am Leben erhalten, aber war das noch ein Leben? Das Röcheln der Gestalt im Bett wurde durch einen kurzen Schmerzenslaut unterbrochen. Alle im Raum zuckten zusammen. Es klang wie das Quieken eines sterbenden Schweins beim Schlachter.

»Wir lassen Sie jetzt allein mit ihr.«

Die Ordensfrauen schwebten hinaus und schlossen die Tür. An der Wand neben dem Fenster stand ein Stuhl. Jutta zog ihn zum Bettrand und setzte sich. Sollte sie der sterbenden Frau von den Morden erzählen? War es überhaupt wichtig, sie davon zu unterrichten? Tom wirkte noch hilfloser. Die Hände in den Hosentaschen, stand er am Fenster und schien mit der Übelkeit zu kämpfen. Eisern hielt er sich an Kretschmers Regel, Jutta nicht allein zu lassen.

»Grüß Gott, Schwester Barbara Markus.« Jutta erschrak über den Klang ihrer eigenen Stimme. Die Gestalt im Bett rührte sich nicht. »Können Sie mich hören?«, fragte sie nachdrücklicher und lauter. »Mein Name ist Jutta Stern, und das hier ist mein Kollege Dr. Thomas Neumann.«

»Ich brauche keinen Arzt, Schwester«, krächzte die Nonne.

»Wir sind von der Kriminalpolizei. Verstehen Sie mich?«

Schwester Barbara Markus nickte und versuchte, sich aufzurichten. Jutta half ihr. Es fühlte sich an, als würde sie ein Blatt Papier hochheben.

»Haben Sie die Zeitung gelesen, Schwester?«

Kopfschütteln. Ebenso auf die Frage nach den Fernsehnachrichten.

»Wir haben Fragen an Sie. Fühlen Sie sich gut genug, um uns zu antworten?« Ein zögerndes Nicken folgte. »Wir haben eine Reihe von Mordfällen an Geistlichen aufzuklären.«

»Wer?« Ein einziges Wort, doch es machte Jutta Angst.

»Bischof Albin Heuss, Pfarrer Heinrich Winkler, Schwester Sarah Theresia und …«

Mit jedem Namen wurde das Gesicht der Schwester bleicher, sofern das noch möglich war. Erschrocken riss sie die Augen auf und begann zu husten. Zitternd griff sie nach einem der Taschentücher, die auf dem Rolltisch lagen.

»Und?«, fragte sie mit schwerem Atem.

»Pater Peter Malster.«

Die wässrigen Augen der Nonne blickten an Jutta vorbei ins Leere. Lange schwieg sie. Dann begann Schwester

Barbara Markus, ihre Lippen zu bewegen. Zuerst konnte Jutta nichts verstehen. Sie beugte sich näher heran und erkannte den Wortlaut. Es war das *Vaterunser.*

Jutta wartete, bis das Gebet zu Ende war. »Sie kannten die Opfer?«

»Selbst-ver-ständlich.«

»Alle?«

Sie nickte.

»Aus dem Stift, in dem Sie beschäftigt waren?«

Die Nonne hustete wieder.

Jutta musste es zu Ende bringen. »Das Kloster ist nicht registriert, die Behörden führen es auf keiner Liste. Es ist, als hätte es nie existiert. Wissen Sie, warum?«

Die Schwester röchelte und hustete immer noch. Ihre Augen tränten, ein Zittern schüttelte den schmächtigen Körper.

»Was ist dort passiert? Weshalb mussten diese Menschen sterben, Schwester? Bitte helfen Sie uns.«

Bevor die Nonne antworten konnte, bekam sie einen erneuten Hustenkrampf und spuckte Blut. Dazwischen erkannte Jutta die Worte eines anderen Gebets. Erst jetzt fiel ihr auf, dass die Schwester einen Rosenkranz in der Hand hielt.

Jutta rückte vom Bett weg und sah zu Tom. »Sie betet den Rosenkranz.«

Er trat näher heran, fasste das Handgelenk der Frau und entwand ihr den Rosenkranz.

»Was tust du da?« Entsetzt beobachtete Jutta ihn.

Schwester Barbara Markus quiekte: »Geben Sie mir das zurück.«

»Wer hat das gemacht? Woher haben Sie das?«

»Geben Sie her!«, kreischte die Nonne eine Tonlage höher.

Tom starrte auf die Holzkette in seiner Hand. Dann umfasste er wieder das Handgelenk der Nonne. »Woher haben Sie diesen Rosenkranz?«

Schwester Barbara Markus' Gesicht verzerrte sich. Schmerz und Angst waren in ihren Augen zu sehen, aber auch etwas anderes: Schuld.

»Die Kinder«, flüsterte sie, »die Kinder haben sie gebastelt. Jeden Donnerstag.« Ermattet sank sie in die Kissen. Im selben Moment platzte die Oberin ins Zimmer.

»Ich habe Schwester Barbara Markus schreien hören. Hatten wir nicht abgesprochen, behutsam vorzugehen?« Sie lief zum Bett und sah auf das blutbespritzte Betttuch.

»Eine Frage haben wir noch.«

»Keine Fragen mehr.« Verärgert zog die Oberin die Bettdecke ab. Eine andere Nonne schob Jutta zur Tür hinaus.

»Schwester Barbara Markus?«, fragte Tom sanft. »Steht das Kloster noch?«

Die sterbende Nonne schlug die Augen nieder.

Die Oberschwester ging dazwischen. »Ich habe mich deutlich ausgedrückt. Gehen Sie jetzt!«

Aus dem Bett rief Schwester Barbara Markus ihnen nach: »Wir waren von Dämonen besessen! Wir waren von Dämonen besessen!«

31. KAPITEL

Von Dämonen besessen? Der letzte Satz aus dem Mund der Nonne hallte noch lange in Juttas Kopf nach.

»Lass uns zu der Adresse fahren, die du von Frau Baumann erhalten hast. Irgendwas werden wir dort schon finden.«

»Das wollte ich schon lange.« Die Reifen quietschten, als Tom mit der Handbremse die Hinterreifen blockierte und den Wagen rasch wendete.

Das Dorf Vordermühldorf war nicht so schwer zu finden, wie erwartet. Alles war gut beschildert, und so schafften sie es binnen 40 Minuten, dort zu sein. Toms Navi führte sie diesmal allerdings in eine falsche Straße. Mit Blick auf die Mülldeponie, die vor ihnen lag, sagte Jutta amüsiert: »Die Haufen da sind sicher von etwas Grausigem besessen.«

Tom lachte. »Im Dorf habe ich eine Gaststätte gesehen. Fragen wir dort nach.«

Juttas Magen knurrte zustimmend. »Du gehörst also zu den raren Männern, die es wagen, nach dem Weg zu fragen.«

Tom lachte abermals auf und fuhr zurück in den Ort.

Rund um den Springbrunnen des Hauptplatzes fanden sich in buntbemalten Häusern die wichtigsten Einrichtungen: das Rathaus, ein Gasthof, eine Trafik und ein Greißler. Tom parkte neben der Gaststätte.

»Hörst du? Die haben einen Kegelklub.« Aus dem Kellerfenster des Gasthauses drangen Geschepper und Männergrölen. Vermutlich waren alle unten beim Kegeln, denn das Restaurant war leer. Sie setzten sich an einen Tisch beim Fenster. Auf der Karte wurde typische Hausmannskost angeboten. Jutta bestellte faschierten Braten und einen gespritzten Apfelsaft. Tom begnügte sich mit einem klassischen Wiener Schnitzel. Da sie die einzigen Gäste waren, mussten sie nicht lange auf das Essen warten. Jutta stopfte den Braten in sich hinein, als wolle sie ein Wettessen gewinnen. Der Wirt sah ihr zufrieden dabei zu. »Na, Sie haben anscheinend lang ned mehr so was Guats auf'n Tisch g'habt, oder?«

Jutta spülte den Bissen mit einem Schluck gespritzten Apfelsaft hinunter.

»Auf der Durchreis', oder?« Der Wirt war ein neugieriger Kerl.

Jutta schluckte. »Nein, hier ist Endstation.«

»Sie sind aus Wien?« Er wirkte überrascht.

»Woher wissen Sie das?«

»Ihr Autokennzeichen hat's mir g'steckt.« Er lächelte breit. »Und was wollen S' bei uns? Hier gibt's doch nix zu sehen, oder?«

»Ich bin Abteilungsinspektorin Jutta Stern von der Wiener Kripo.« Sie streckte dem Wirt die Hand entgegen. »Das ist mein Kollege Doktor Thomas Neumann.«

Erstaunt runzelte der Mann die Stirn. »In der Zeitung ist aber heut nix g'standen, oder? Ist was passiert?«

»Ich kann Ihnen leider keine Einzelheiten verraten.«

»Eh kloar, ist alles streng geheim bei euch. Gell? Na, i bin ned neugierig. Suchen S' was Bestimmtes? Oder a Person vielleicht? Ist wer vermisst?«

Nein, von Neugier konnte wirklich keine Rede sein.

»Wir suchen ein Gebäude.«

»A Haus? Des is aber ned so interessant.«

»Für uns schon. Im Grunde existiert es nämlich nicht.«

»A Haus, das es ned gibt? Hä?«

Jutta sah Toms Mundwinkel verräterisch zucken und trat ihm unter dem Tisch gegen das Schienbein.

Eine Matrone mit fleckiger Schürze kam aus der Küche und baute sich neben dem Wirt auf. »Vinzenz, wos mochst do? Da Kegelklub drunten wart scho aufs Bier!«

»Jo, Mama.« Mit einem Blick zu Jutta fügte er hinzu: »Vielleicht kennt die Mama des Haus.«

»Wos für a Haus?«

»Eins, das es ned gibt.«

»Hast deine Tabletten g'nommen, Vinzenz? Geh, mach die Kuchl sauber!« Die Alte stemmte die Hände in die Hüften.

»Glaub, was d' willst, Mama. Aber i bin do ned der Irre. Heit ned!«

Was er damit meinte, darüber konnte Jutta nur spekulieren. Der Sohn rannte mit hochrotem Gesicht davon, und die Matrone trat neben Jutta.

»Also? Was suchen Sie?«

»Wir suchen ein ehemaliges Stift.«

»Haben wir nicht.« Die Matrone bemühte sich, dialektfrei zu sprechen, wich aber Juttas Blick aus.

»Früher vielleicht? Wir haben eine Adresse von einer Ordensschwester, die hier gearbeitet haben soll.« Jutta zückte den Zettel, strich ihn glatt und reichte ihn der Alten.

Die blickte nur kurz auf das Blatt Papier, ohne es entgegenzunehmen. »Hier gibt es kein Kloster. Dürfte ich nun kassieren?«

»Aber das kann nicht sein. Kennen Sie Schwester Barbara Markus? Sie hat das Kinderheim des Stifts geführt.«

»Zahlen Sie und dann gehen Sie bitte.« Die Alte klang gereizt, aber noch etwas anderes schwang in ihrem Tonfall mit. War es Angst? Immer noch wich sie Juttas Blick aus.

Tom legte einen Schein auf den Tisch. Ohne den Blick zu heben, kramte die Wirtin nach dem Wechselgeld.

Jutta blieb sitzen und fragte noch einmal nach.

»Was wollen Sie von mir?«, meinte die Alte wütend. »Ich kann Leute wie Sie nicht ausstehen.«

»Leute wie uns?«

»Haben Sie keinen anderen Beruf gefunden? Lieben Sie es, in anderer Leute Leben herumzuschnüffeln?«

Jutta schnappte nach Luft, ehe sie zum Gegenschlag ausholte. »Ich schnüffle nicht in Ihrem Leben herum, sondern in dem von Opfern und Tätern.«

»Wenn man eure Hilfe braucht, seid ihr ohnehin nicht da.«

»Sie müssen mir helfen, bevor noch mehr unschuldige Kirchenmänner sterben.«

»Was macht Sie so sicher, dass die unschuldig waren?«

Jutta schwieg.

»In der Kirche treiben genug schwarze Schafe ihr Unwesen.«

Jutta senkte ihre Stimme. »Ich hoffe immer, dass meine Opfer unschuldig waren, aber das steht jetzt nicht zur Debatte.«

Die Alte setzte sich auf einen freien Stuhl. »So? Was steht denn zur Debatte?« Die Frau sah müde aus. Sie schien Tom gar nicht zu bemerken, als er zur Toilette schlich. Er gab Jutta ein Zeichen, und sie nickte kaum merklich.

Als sie allein mit der Wirtin war, reichte sie ihr die Hand. »Lassen Sie uns von vorn anfangen. Ich bin Jutta Stern vom Landeskriminalamt Wien.«

»Mathilde Gföhler.« Die Alte legte ihre knochige Hand in ihre.

»Ich suche ein ehemaliges Stift. Alle Opfer haben in den 70er Jahren dort gearbeitet. Angeblich stand das Haus in diesem Ort. Bei den Behörden taucht das Kloster nicht auf, die Auskunft und das Internet konnten uns auch nicht weiterhelfen. Es sieht aus, als hätte es nie existiert. Das Navigationsgerät hat uns heute zu einem Müllabladeplatz gebracht. Wenn Sie etwas darüber wissen, dann bitte ich Sie, es mir zu sagen. Ich kann Sie nicht dazu zwingen, nur bitten.« Ungeduldig wackelte Jutta mit den Beinen unter dem Tisch.

Die Alte wiegte den Kopf hin und her, als würde sie abwägen und nachdenken. Dabei stieß sie kleine Seufzer aus. Nach einer gefühlten Ewigkeit begann sie mit leiser Stimme zu erzählen. »Vor langer Zeit hat es ein Kloster gegeben.« Mathilde Gföhler pausierte und sah aus dem Fenster, als wäre es ein Fernseher in die Vergangenheit. »Es ist über 30 Jahre her. Vinzenz war dort im integrierten Kinderheim. Leider. Ich musste Geld verdienen. Ich hatte keine Zeit, mich um ihn zu kümmern. Ich dachte, er wird dort gut versorgt … ich konnte ja nicht wissen … aber das ist vorbei. Die Institution gibt es nicht mehr, und damit bin ich zufrieden.« Sie stand auf. »Auf Wiedersehen.«

Unsanft packte Jutta sie beim Arm. »Erzählen Sie mir mehr! Bitte.«

»Ich hab schon genug gesagt. Meinem Sohn zuliebe werde ich nichts mehr sagen, denn sonst holt ihn die Vergangenheit wieder ein, und das will ich ihm nicht zumuten. Diese Jahre haben ihm schwer zugesetzt. Er hasst mich schon viel zu sehr für das, was ich ihm angetan habe.« Ihre Lider flatterten.

Jutta ließ ihren Arm los. »Sagen Sie mir wenigstens, ob das Gebäude noch steht.«

Die Wirtin rieb sich den Arm. »Ihr Navi hat Sie schon richtig geführt. Hinter der Mülldeponie geht ein Kiesweg den Berg hinauf. Das geht nur zu Fuß. An der Kirche vorbei müssen Sie weitergehen. Es ist ein schönes Stück Weg, bis Sie an die Lichtung kommen. Viel Glück.«

32. KAPITEL

Zum dritten Mal ging Jutta um das Gebäude herum. Es handelte sich um ein altes Backsteingebäude, das komplett mit Efeu, Wildem Wein und Kletterrosen bewachsen war. Auch violette und weiße Clematis rankten sich bis zu den vergitterten Fenstern hoch. Im unteren Drittel waren die Backsteine mit Moos überzogen. Muffiger Geruch stieg aus einem Kellerfenster, dessen Glas zerbrochen war.

Der Garten war verwildert und zugewachsen, und Jutta konnte nicht sagen, wofür er verwendet worden war – vielleicht als Gemüse- und Obstgarten. Sie konnte weit und breit keinen Spielplatz erkennen – oder zumindest die Ruinen eines einstigen Spielplatzes, nicht einmal eine Sandkiste, nur ein gepflastertes Rechteck, auf dem eine Eisenbank stand. Dahinter erhoben sich eine stolze Eiche und zwei Kiefern. Tom schoss Fotos.

Jutta versuchte, durch eines der Fenster zu sehen, die jedoch zu hoch angebracht waren. Das Eisentor ließ sich nicht öffnen. Auf ihm war ein verrostetes Schild angebracht:

Bis auf Widerruf geschlossen – Gendarmerie Vordermühldorf

Darunter klebte ein vergilbtes Blatt Papier mit der Aufschrift:

Dieses Gebäude wird am 23. 11. 2003 abgerissen.
Der Bürgermeister

Darunter war ein anderer Zettel angenagelt:

Dieses Gebäude steht unter Denkmalschutz
Die österreichische Denkmalschutzbehörde

»Das hier hat doch echt mal Atmosphäre.« Tom fotografierte Jutta vor dem Tor.

»Ich finde es gruselig hier.« Sie schloss die Knöpfe ihrer Jacke.

»Das meinte ich doch.«

Jutta lachte. »Deinen Humor versteht nicht jeder.«

Die Vorstellung, als Kind in diesem Bunker hausen zu müssen, ließ sie erschaudern. »Denkst du, der Bürgermeister hat einen Schlüssel?«

»Fragen wir ihn.«

»Bist du fertig mit dem Einfangen der Atmosphäre?«

Statt einer Antwort verstaute Tom die Digitalkamera und zog Jutta an ihrer Jacke zum Kiesweg. Sie lauschte dem Vogelgezwitscher, das sich mit dem Knirschen des Kieses unter ihren Füßen zu einer Art Symphonie verband. Tom pflückte Erdbeeren, die den Weg säumten, und steckte sie ihr in den Mund. Die Süße der Früchte passte so gar nicht zu dem dumpfen Gefühl, dass sie sich hier an einem Ort befanden, an dem schlimme Dinge passiert sein mussten.

Und sie würden herausfinden, welche *Dämonen* hier ihr Unwesen getrieben hatten.

Eine halbe Stunde später standen sie im Sekretariat des Rathauses. »Morgen erst?«

»Tut mir leid, junge Dame, aber da ist nichts zu machen.« Die Gemeindebedienstete schob sich ihre Brille zurecht und blätterte in einem altmodischen Kalender. Der Computer war wohl nur ein Ziergegenstand. »Der Bürgermeister ist erst morgen wieder zu sprechen.«

»Geben Sie uns bitte für morgen einen Termin.«

Die Beamtin kaute auf dem Bleistiftende. »Morgen um 10.30 Uhr wäre ein Termin frei.«

»Früher wäre mir lieber, aber wenn es nicht anders geht …«

»Das ist der einzige offene Termin. Sie haben nur eine Viertelstunde Zeit. Um 10.50 Uhr muss der Herr Bürgermeister bereits zu einer wichtigen Sitzung.«

»Wir nehmen den Termin.«

»Wen darf ich eintragen?«

»Jutta Stern und Doktor Thomas Neumann.«

»In welcher Angelegenheit?«

»Darüber möchten wir mit dem Bürgermeister persönlich sprechen.«

Die Beamtin nickte und trug den Termin im Kalender ein.

Jutta hatte keine Lust, wieder nach Wien zu fahren, und wandte sich an Tom. »Lass uns hier übernachten.«

»In diesem Kaff?«

»Wir ersparen uns zwei lange Fahrten.«

»Wo sollen wir schlafen? Im Auto?«

»Frau Gföhler vermietet Zimmer«, mischte sich die Beamtin ein. »Sie hat bestimmt was frei.«

»Die Wirtin am Hauptplatz?«

Tom schien Juttas Gedanken zu lesen. »Ist das die einzige Möglichkeit hier im Ort?«

Die Beamtin blinzelte. Verwirrte sie die Frage oder gefiel ihr Tom etwa? »Die Zimmer sind sehr schön. Sie wurden erst renoviert.«

Dann würden sie also Frau Gföhler noch einen Besuch abstatten. Das konnte ja heiter werden.

Tom rückte seine Brille gerade und lächelte die Beamtin an. Die errötete. Nonchalant beugte er sich über den Tresen und reichte ihr seine Karte.

»Meine Nummer für Notfälle. Vielen Dank, Frau Meisel. Bis morgen.«

Wo hatte er denn jetzt wieder ihren Namen her? Auf dem Tresen stand kein Schild, es gab auch keines an der Bluse der Beamtin. Kopfschüttelnd verließ Jutta den Raum. Tom kam Minuten später herausgeschlendert und grinste.

Jutta boxte ihm spielerisch in die Seite. »Du lässt nichts anbrennen.«

»Warum sollte ich?« Lässig steckte er sich einen Kaugummi in den Mund und lief die Treppe hinunter.

Jutta folgte ihm über den Hauptplatz. »Und woher wusstest du ihren Namen?«

»Das Schild.«

»Welches Schild?«

»Links neben der Tür des Rathauses. Da stand: *Bürgermeister Jürgen Konrad und Magistra Elisabeth Meisel sind für Sie da.*« Das hatte sie gar nicht bemerkt. Und wenn, spätestens oben hätte sie den Namen sicher wieder vergessen gehabt. »Sagtest du gerade Konrad?«

»Der Bürgermeister heißt Jürgen Konrad, wieso?«

»Mein Seelenklempner heißt auch Konrad mit Nachnamen.«

»Ein ausgefallener Name ist das nicht.«

Jutta kam trotzdem ins Grübeln. »Es gibt einen Menschen namens Konrad, der bald alles über mich weiß, ich weiß aber gar nichts über ihn.«

»Ich weiß auch nichts über meinen Zahnarzt.«

»Dein Zahnarzt kennt nur dein Gebiss. Stefan Konrad kennt meine Seele, bei jeder Sitzung dringt er tiefer in mich ein.«

»So weit seid ihr also schon.«

»Ach, hör doch auf, das ist kein Spaß.«

»Dann ist er wohl der Falsche.«

Sie zuckte mit den Schultern und seufzte. In den Augenwinkeln sah sie, dass Tom sie ernst musterte. Zögernd kam er auf sie zu und umarmte sie. »Genau das versuche ich, mit meinen Witzen zu verhindern.«

»Ich weiß«, schniefte sie in sein Hemd.

Lautes Johlen, Glasgeschepper und Musik empfingen sie, als sie die Tür des Gasthofs öffneten. An der Bar standen zwei Mitarbeiter, die sie am Mittag nicht gesehen hatten. In einer Ecke spielten drei Männer in karierten Hemden Darts. Am größten Tisch mit dem Schild *Stammtisch* spielten vier Männer in blauen Latzhosen Karten. Es roch penetrant nach Bier und Essen. Rauchschwaden hingen in der Luft. Eine Nichtraucherecke gab es nicht. An der Theke fragten sie nach zwei Zimmern. Ein langer Dünner verschwand in der Küche, nach zwei Minuten kam er wieder heraus, gefolgt von Mathilde Gföhler. »Was wollen Sie denn noch hier?«

»Wir haben den Bürgermeister verpasst. Damit wir uns den langen Weg nach Wien und wieder zurück ersparen, wollten wir hier übernachten.«

»Morgen sind wir wieder weg«, fügte Tom hinzu.

Die Alte wackelte mit dem Kopf und schien nachzudenken. Dabei sah sie immer wieder abwechselnd von Jutta zu Tom. »Ein Zimmer?«, fragte sie schließlich.

Peinlich berührt schüttelte Jutta den Kopf. »Bitte zwei Zimmer.«

»Mit Bad«, ergänzte Tom.

Die Alte nickte und fischte aus einer Lade hinter dem Tresen zwei Schlüssel, an denen dicke Holzkugeln baumelten.

»Die Zimmer sind im zweiten Stock, ganz hinten im Gang. Da haben Sie es ruhiger. Die Leute da bleiben oft lang.« Sie zeigte auf den Stammtisch.

Jutta und Tom bedankten sich und nahmen die Schlüssel entgegen. »25 Euro kostet eine Nacht mit Frühstück. Das gibt es bis neun Uhr. Wir haben kein Büfett. Sind nur vier Gäste mit Ihnen, da lohnt es sich nicht. Bitte kreuzen Sie mir an, was Sie haben wollen.« Sie reichte ihnen ein Blatt Papier mit aufgedruckten Speisen und Getränken und einen Kugelschreiber. »Abendessen ist in einer halben Stunde.«

Sie bedankten sich und gingen die Treppe hinauf zu den Zimmern.

33. KAPITEL

Vordermühldorf, Freitag, 29. April 2011, 10:20 Uhr

Der Bürgermeister hatte eine untersetzte Figur inklusive stattlichem Bierbauch. Das Gesicht war rund, die Nase von feinen Äderchen überzogen. Ein Vollbart verdeckte seine Lippen. Jutta fragte sich, ob an der These, dass Männer mit Halbglatze einen Bart trugen, um den Haarverlust am Kopf zu kompensieren, etwas Wahres dran war. In seinem Büro sah sie ein Foto von Stefan Konrad. Ihr wurde schlagartig unbehaglich. Ihr Psychotherapeut war doch tatsächlich …

»Ihr Sohn?«, fragte sie.

»Ja.« Der Bürgermeister strich sich stolz über den Bauch, als hätte er ihn selbst geboren. »Er ist Psychologe mit eigener Praxis.«

Jutta zwinkerte Tom zu, der verdrehte nur gelangweilt die Augen. Sie hingegen fand diese Verbindung äußerst bemerkenswert. Schließlich war das hier ein Kaff. An solchen Zufällen konnte man sehen, wie klein doch die Welt war.

»Also, was führt Sie zu mir, Frau …« Er blätterte in seinem Kalender. »Ah ja, Stern. Schöner Name übrigens. Erinnert mich an ein Lied von …?«

Dieser DJ Ötzi war Jutta schon länger ein Dorn im Auge. Seit er mit diesem Lied, das er nicht einmal selbst komponiert hatte, in die Charts gehüpft war, brachte man ihren Namen immer wieder damit in Verbindung. Es hatte eine Zeit gegeben, da war sie damit im Dezernat laut grölend begrüßt worden. Sie ignorierte deshalb die Bemerkung des Bürgermeisters. »Es tut mir leid, dass wir zu früh gekommen sind.«

»Besser zu früh als zu spät, ist meine Devise.« Lachend klopfte er sich auf den dicken Bauch. »Setzen Sie sich.« Er deutete auf zwei Stühle, die vor seinem Schreibtisch standen. Jürgen Konrad setzte sich gegenüber auf einen Drehstuhl, der bei jeder seiner Bewegungen quietschte. »Also was kann ich für Sie tun?«

Jutta zückte die Kokarde. »Ich bin vom LKA Wien. Das ist mein Kollege Doktor Thomas Neumann, übrigens Kollege Ihres Sohnes.«

»Psychologe? Wunderbar.«

»Ich habe Psychologie studiert, aber ich arbeite als Kriminalbeamter.«

»Was für eine Verschwendung! Ihre armen Eltern!« Bedauernd hob der Bürgermeister die Hände.

»Ich habe das Studium selbst bezahlt.« Das war Tom immer wichtig gewesen.

»Darum geht es gar nicht.«

»Richtig, darum geht es nicht«, mischte Jutta sich ein. »Mein Kollege und ich ermitteln in delikaten Mordfällen. Deshalb müssen wir das Gebäude auf dem Hügel besichtigen.«

»Den alten Schuppen?«

»Bunker trifft es wohl eher.« Jutta hatte das Haus vor Augen. In der Nacht hatte sie sogar davon geträumt, und es war ihr vorgekommen, als hätte sie Kinderweinen aus dem Keller des Gebäudes gehört.

»Wäre es nach mir gegangen, würde das Gebäude längst nicht mehr stehen.« Er rieb sich die Nase und beugte sich vor. »Was hoffen Sie, darin zu finden? Leichen?« Er lachte wieder, als hätte er einen besonders guten Witz gemacht. Als Provinzbürgermeister war er es wohl gewohnt, im Mittelpunkt zu stehen. »Das Gebäude wird schon lange nicht mehr benutzt.«

»Wir hoffen trotzdem, Hinweise darin zu finden.«

»Die Atmosphäre einzufangen, könnte uns auch weiterhelfen«, ergänzte Tom.

Der Bürgermeister sah ihn irritiert an. »Ich muss Sie enttäuschen. Das Gebäude gehört nicht unserer Gemeinde.«

»Aber es steht doch hier.«

»Ja, aber es gehört der Kirche. Sie sind doch auf dem Weg da hoch an unserer Gemeindekirche vorbeigekommen. Jetzt sind beide stillgelegt, und Pfarrer haben wir momentan auch keinen.«

»Wer liest dann die Messe?«

»Einmal im Monat kommt der Pfarrer aus dem Nachbarort. Der hat vier Gemeinden. Der Priestermangel ist vor allem auf dem Land zu spüren. Vielen Gemeinden geht es ähnlich.«

Warum sich die katholische Kirche weigerte, Frauen oder verheiratete Männer zur Priesterweihe zuzulassen, war Jutta ein Rätsel. »Wer hat den Schlüssel zum Haus?«

»Ich habe einen Schlüssel.« Der Bürgermeister kratzte sich wieder an der Nase. »Für Notfälle.«

Es kam ihr so vor, als sei ihm das Ganze sehr unangenehm. »Dann lassen Sie uns hinein?«

Jürgen Konrad schüttelte den Kopf und bohrte mit dem kleinen Finger in seinem Ohr. Musste der Typ ständig mit den Händen herumfummeln? Das machte Jutta ganz hibbelig.

»Muss ich erst mit einem Durchsuchungsbefehl wiederkommen?«, fragte sie sichtlich genervt.

»Ginge das?« Neugierig blickte er von Jutta zu Tom und wieder zurück.

»Hören Sie zu.« Jetzt war Tom anscheinend der Geduldsfaden gerissen. »Wir haben schon vier Leichen. Wir wissen nicht, wie viele Menschen der Mörder noch auf seiner Liste hat. Die Zeit drängt.«

Der Bürgermeister räusperte sich und wühlte in einer Schublade. »Ich muss das Bistum Sankt Pölten fragen.«

»Wie lange dauert das? Rufen Sie doch an!« Jutta legte ihre Hand auf Toms Arm, um ihn zu beruhigen, obwohl auch ihr Blut in Wallung geriet angesichts der behäbigen

Bewegungen des Bürgermeisters. Tom hatte recht, die Zeit lief ihnen davon. Falls der Mörder noch jemanden auf seiner Liste hatte, dann konnte er jederzeit zuschlagen. Schneller, als ihnen lieb war. Vielleicht war er sogar gerade dabei.

»Ich hab einen Termin, meine Sekretärin hat Ihnen das doch sicher mitgeteilt.«

Und ob, dachte Jutta, aber was könnte wichtiger sein, als einem Mörder das Handwerk zu legen?

Umständlich hievte sich der Bürgermeister aus dem Sessel und zog sich seine Jacke an. »Es tut mir leid, Sie unverrichteter Dinge wieder wegschicken zu müssen. Ich muss zu einer Wahlveranstaltung. Ich kandidiere heuer für den Landtag.«

»Wann kontaktieren Sie das Bistum?«

»Heute Nachmittag.«

Jutta reichte ihm ihre Karte. »Bitte rufen Sie mich sofort danach an.«

»In Ordnung. Auf Wiedersehen, Frau Stern.«

Noch ehe Jutta etwas erwidern konnte, war er auch schon weg. »Mist!« Das konnte man gar nicht oft genug sagen. Da hatten sie extra hier übernachtet und mussten ergebnislos zurück nach Wien. Sie sah Tom in den BlackBerry tippen. »Wen rufst du an?«

»Ich beantrage jetzt einen Durchsuchungsbefehl. Bei allem, was wir bisher gehört haben, kann ich mir kaum vorstellen, dass das Bistum uns freiwillig ins Haus lässt. Besser, wir sind vorbereitet.«

Ihr kluger Kollege war stets einen Schritt voraus. Trotzdem würde heute nichts mehr daraus werden.

»Geht klar«, riss Tom sie aus ihren Gedanken. »Spätestens am Montag haben wir den Wisch.«

Jutta suchte in ihrer Handtasche nach einem Kaugummi. »Igitt!« Einer klebte am Futterstoff der Handtasche fest.

»Mist!« Sie konnte sich gar nicht oft genug wiederholen. Aber da war ein Bonbon in der Außentasche. Heureka!

»Heute ist wirklich nicht unser Tag.« Tom stand auf.

»Nicht unser Tag? In den letzten zwei Wochen war nicht ein einziger Tag mein Tag!«

»Ach Jutta, das weiß ich doch.« Er streckte ihr die Hände entgegen. »Komm, lass uns fahren.«

Sie ließ sich von ihm hochziehen und folgte ihm zum Wagen.

34. KAPITEL

Wien, Sonntag, 1. Mai 2011, 16:00 Uhr

Jutta schniefte und blickte peinlich berührt auf die Dutzende zerknüllten Taschentücher, als es an der Haustür klingelte. Sonntags konnte es sich kaum um den Postboten handeln. Sie schlurfte zur Tür und öffnete sie einen Spalt.

»Mensch, Jutta.« Mit sorgenvoller Miene blickte Tom ihr in die Augen, und sie ließ sich hemmungslos in seine Arme fallen. Das tat gut. Er war der einzige Mensch, bei dem es ihr gelang, Schwäche zu zeigen. Nicht einmal bei Simon war ihr das geglückt – gerade bei Simon nicht. Wer so ein Topexemplar eines Mannes sein Eigen nennen konnte, durfte sich keine Ausrutscher erlauben. Von Tom in Jogginghosen, mit verheultem Gesicht und in einer völlig chaotischen Wohnung vorgefunden zu werden, machte ihr hingegen nichts aus. Nachdem sie sich ausgeheult hatte, fing er an, die Wohnung zu putzen. Von der Couch aus beobachtete sie ihn. Als er das gröbste Chaos beseitigt hatte, stellte er sich in die Küche, um zu kochen.

»Am Montag schauen wir uns das Stift genau an.« Seine Stimme wurde von Geschirrklappern untermalt. Es roch fantastisch. In jeder Hand einen Teller, kam er aus der Küche. »Am Dienstag fliege ich nach Berlin, und du ruhst dich derweil aus.« Er stellte die Teller auf dem Tisch ab.

»Was machst du in Berlin?«

»Ich muss den Antiquar finden, bei dem die Faust-Ausgabe gekauft wurde.«

Jutta setzte sich zu ihm an den Tisch. Ihr Magen grummelte. Das Essen sah nicht nur gut aus, es roch auch unwiderstehlich.

»Nachdem ich hier alle Möglichkeiten ausgeschöpft habe, bleibt mir nur noch die Recherche vor Ort.« Tom schnitt sich ein Stück vom Steak ab. »Die Münchner sind keinen Schritt weitergekommen. Außerdem ist Berlin immer eine Reise wert.«

»Also suchst du nur nach einem Vorwand?«

»Hey, war das ein Lächeln?« Er schnalzte mit der Zunge.

»Ich kann mich nicht erinnern, Steaks gekauft zu haben.«

»Hab ich mitgebracht. Dachte mir, dass du nichts zu Hause hast.« Woher kannte er sie so gut? Das hatte sie sicher seinem psychologischen Feingefühl zu verdanken. Seine Sensibilität, mit der er sogar ganz feine Schwingungen spürte, war im LKA bekannt. Nicht umsonst war Kretschmer froh, dass er aus Amerika zurückgekommen war, um bei den Ermittlungen zu helfen. Bei einem Serienmörder, der derart rasant vorging, brauchten sie alles an Knowhow, was sie kriegen konnten.

»Schmeckt unglaublich. Gibt's eigentlich irgendwas, was du nicht kannst?«

»Ich versteh die Frauen nicht.« Er nahm einen Schluck Wasser.

»Ist nicht wahr. Mich verstehst du ausgezeichnet.«

Mit großen Augen sah er sie an. »Tja, warum schaffe ich es dann nie, eine Frau länger zu halten?«

»Vielleicht machst du ihnen Angst.« Jutta lächelte und steckte sich das letzte Stück Steak in den Mund.

»Ich hab doch kaum Muskeln«, feixte er zurück.

»Denkst du, nur so kann man einer Frau Angst einjagen?«

»Mit Klavierspielen und Logicalslösen sicher nicht.« Er wischte sich mit der Serviette über den Mund.

Jutta musste lächeln. Tom war noch so jung, das vergaß sie manchmal, weil er über die Weisheit eines 50-Jährigen zu verfügen schien.

»Deine Intelligenz kann bei einer Frau deines Alters sicher Ängste auslösen. Es kann dir doch keine das Wasser reichen. Guck mal, du hast nicht nur einen Doktortitel, nein, zu allem Überfluss kochst du prima, bist ein Putzmeister und bügelst deine Hemden selbst. Dazu bist du sensibel, spielst perfekt Klavier und sprichst fünf Sprachen.«

»Sechs«, korrigierte er.

»Siehst du?«

Schweigend sammelte er die Teller ein und räumte sie in die Geschirrspülmaschine. Danach wischte er den Esstisch sauber. Tja, einfach zu perfekt, der Mann.

Vor ihren Augen wedelte er mit einer DVD herum, genauer gesagt, mit einer ganzen Plastikbox. Sie war rot, und Jutta wusste, was sie enthielt.

»Lust auf Spock und Pille?«

»Aye, aye, Captain.« Sie liebte die Verbalgefechte, die sich Spock und Pille aus *Raumschiff Enterprise* lieferten. Das war eine der Gemeinsamkeiten mit Tom. Beide waren sie Science-Fiction-Fans, hatten vor einem Jahr gemeinsam die Star Trek Convention besucht und dabei jede Menge Spaß gehabt. Simon hatte sich nicht dafür interessiert.

Jetzt hatte Tom Popcorn gemacht und die erste DVD der Staffel eingelegt. Den Pilotfilm übersprangen sie immer, da gab es schließlich Kirk noch nicht.

»Bist du bereit?« Tom hielt die Fernbedienung wie einen Phaser in die Höhe und grinste.

»Beam me up, Scotty!«

35. KAPITEL

Vordermühldorf, Montag, 2. Mai 2011, 10:00 Uhr

Trug der Bürgermeister tatsächlich das gleiche Hemd, oder besaß er nur blaukarierte?

Ihre Kollegen Maier, Habicht und Kunze saßen draußen in einem eigenen Dienstwagen. Tom und Jutta wollten dem Bürgermeister die Gelegenheit geben, sie ins Gebäude zu führen. Erst wenn er sich weigern sollte, würde Tom den Durchsuchungsbefehl aus der Tasche ziehen. Die Gemeindebedienstete schmachtete ihn an, als sie hereinkamen. Täuschte Jutta sich, oder hatte die Beamtin sich extra zurechtgemacht? Ihr Haar schimmerte, und auf ihren

Lidern glitzerte es. Dazu trug sie ein blitzblaues Leinenkostüm, in dem sie ihre perfekte Figur zur Schau stellte. Von der grauen Maus, die am Freitag hier gesessen hatte, war weit und breit nichts mehr zu sehen. Schon zum zweiten Mal musste Jutta Tom einen Stüber mit dem Ellbogen verpassen, damit er aufhörte, von einem Ohr zum anderen zu grinsen.

Der Bürgermeister strich sich über den Bart. »Die Eigentümer möchten keine Besichtigungen.«

»Das ist keine Sightseeingtour!« Jutta wusste, dass sie barsch klang.

»Ich versteh Sie, aber die Eigentümer möchten die Vergangenheit gern ruhen lassen.« Der Bürgermeister legte seine Fingerspitzen aneinander und die Zeigefinger ans Kinn.

»Herr Konrad, uns tut es auch leid, denn es bleibt Ihnen leider keine andere Möglichkeit, als uns in das Gebäude zu lassen.« Noch länger wollte sie diese Farce nicht mitspielen. »Ansonsten sehen wir uns gezwungen, das Schloss aufzubrechen.«

»Das dürfen Sie nicht. Das Gebäude ist Eigentum der Kirche.« Jürgen Konrad war sichtlich empört. Sein Gesicht lief rot an, und die Augen quollen ihm aus dem Kopf.

»Völlig egal!« Tom nahm den Durchsuchungsbefehl aus seiner Hosentasche, entfaltete ihn und reichte das Dokument dem Bürgermeister. »Das ist ein Durchsuchungsbefehl. Wie Sie sehen, haben wir unsere Hausaufgaben gemacht.«

Verwirrt rieb sich der Bürgermeister die Nase und studierte das Blatt. »Ich dachte, Sie warten ab, was das Bistum dazu sagt?«

»Das haben wir lange genug getan«, sagte Jutta und stand auf. »Unsere Kollegen warten unten. Sie können mitkommen und uns freiwillig einlassen, oder wir brechen die Tür auf. Die Entscheidung liegt bei Ihnen.«

»So, wie ich das sehe, habe ich keine Wahl.«

»Ist mir doch glatt nicht aufgefallen.« Zynisch lächelte sie ihn an.

Der Bürgermeister wühlte in seiner Schreibtischschublade. Währenddessen nahm Tom den Durchsuchungsbefehl wieder an sich. Nur fünf Sekunden später hielt Konrad einen Schlüsselbund in der Hand und bedeutete ihnen, vorauszugehen. Er meldete sich bei der Sekretärin ab mit dem Hinweis, auf dem Handy erreichbar zu sein, und fuhr mit ihnen im Wagen mit. Bis sie beim Stift angelangt waren, sprachen sie kein Wort miteinander. An der Müllhalde ließen sie ihren Wagen stehen. Ihre Kollegen parkten ebenfalls ein, und gemeinsam erklommen sie den steilen Weg hinauf zum Kloster.

Missmutig schloss der Bürgermeister das Tor auf. Modriger Geruch schlug Jutta entgegen. Drinnen war es düster, was sicher auch daran lag, dass die Fenster seit über drei Jahrzehnten nicht mehr geputzt worden waren. Aber sehr viel heller dürfte es auch bei gereinigten Scheiben nicht gewesen sein. Sie betätigte den Lichtschalter, was nutzlos war. Deshalb zückte sie ihre Taschenlampe und leuchtete auf den Boden. Mit einem Aufschrei zuckte sie zusammen. Nagetiere und Schaben ergriffen im Lichtstrahl die Flucht. Der Steinboden war von einer dicken Staubschicht überzogen, Spinnweben hingen in den Ecken und an den Lampen. Der Verputz war schadhaft und mit Schimmelflecken bedeckt. Jutta leuchtete voraus in einen langen, dunklen Gang. Die Türen links und rechts waren drei Meter hoch, doppelflügelig, aus Vollholz und wurmstichig, auf dem Boden sammelte sich Holzstaub. Jutta legte ihr Ohr an die erste Tür und vernahm leises Klopfen im Holz.

»Was wird'n das?«, fragte Maier.

»Hörst du einen Zug kommen?«, gackerte Habicht.

»Idioten«, flüsterte Jutta.

Dann ging sie weiter. Nach und nach besichtigten sie alle Räume des Klosters, danach gingen sie durch eine Tür zum angrenzenden Kinderheim. Hier gab es vier Schlafsäle verschiedener Größe. Im größten standen 20 Stahlrohrbetten, dicht an dicht, jeweils nur durch einen Metallspind getrennt.

Das einzige Fenster des Raums war vergittert. Jutta versuchte, sich vorzustellen, wie die 20 Kinder in den Betten gelegen hatten. Hatten sie Angst, lächelten sie oder weinten sie sich in den Schlaf? Träumten sie von den Eltern, die sie nie hatten? Erzählten sie sich gegenseitig Geschichten oder schliefen sie vielleicht manchmal zu zweit in einem Bett, um das Gefühl der Einsamkeit zu verdrängen?

Sie sah Tom von Bett zu Bett gehen. Wie immer sog er die Atmosphäre auf, versuchte, nachzuspüren und zu fühlen, was sich in diesem Raum abgespielt haben könnte. Habicht und Maier gingen weniger sensibel vor. Sie drehten die Matratzen um, leuchteten in jede Ecke, öffneten lautstark alle Spinde und ließen sie offen stehen.

»Heureka«, rief Maier, der sich gerade in einen Spind beugte. Georg lief zu ihm und wurde bleich im Gesicht.

»Das ist ja ein Ding.«

Er nahm den Fund in die Hand und brachte ihn zu Tom, der die Stirn runzelte. »Du hast recht.«

»Könnt ihr mich bitte aufklären?«, forderte Jutta.

Tom und Georg kamen zu ihr. An Georgs Finger baumelte eine Kette.

»Wir haben so einen Rosenkranz schon zweimal gesehen«, kam Tom zur Sache. »In München, bei der ermordeten Nonne und …«

»…bei Schwester Barbara Markus«, fügte Jutta hinzu.

»Von ihr wissen wir, dass die Kinder diese Rosenkränze herstellten«

»Was, wenn sie dazu gezwungen wurden?«, überlegte Tom laut.

»Rosenkränze zu basteln?« Als ob man kleine Kinder zu so einer Bastelei zwingen könnte.

»Und wenn ein Rosenkranz mal nicht so schön war, bekamen die Kinder Angst. Deshalb versteckte dieses Kind den fehlgeschlagenen Versuch vor den Erzieherinnen.«

Das klang plausibel. Aber wenn die Kinder schon Angst hatten, für eine missglückte Bastelarbeit bestraft zu werden, wovor mussten sie sich dann noch gefürchtet haben?

»Bäh.« Habicht stand am letzten Bett der rechten Seite, direkt beim Fenster, und starrte auf die Matratze.

Georg schnüffelte daran, Tom legte seine Hand darauf und seufzte. »Dieses Kind hier hatte besonders viel Angst.« Er schüttelte den Kopf und wandte sich ab. Die Matratze wies verschiedene Flecken auf. Die meisten waren Urinspuren. Hier hatte also ein Kind geschlafen, das häufig einnässte. Was Jutta aber mehr beunruhigte, waren die eingedunkelten Flecken.

»Blut«, sagte sie ernst.

Tom nickte. »Sieht ganz so aus.«

»Periodenblut?«

»Keine Ahnung. Wie alt waren die Kinder, die hier untergebracht waren?«

Jutta wusste es nicht. Der Bürgermeister schüttelte ebenfalls den Kopf. Wenn hier keine pubertierenden Mädchen untergebracht waren, was war dann passiert?

Tom fotografierte alle Einzelheiten und tippte in seinen BlackBerry.

Zusammen mit Georg ging Jutta weiter voraus. Sie kamen an einer Großküche vorbei und an zwei Waschsälen mit je 20 Waschtischen und zehn Duschen. Die Duschen waren nicht abgetrennt, die Kinder hatten keinerlei Privatsphäre. Wannen gab es keine. Über den Waschtischen hingen keine Spiegel. Eitelkeit schien verpönt gewesen zu sein. Selbst beim Toilettengang hatten die Kinder keine Privatsphäre gehabt. Fünf Kloschüsseln standen in einem Raum nebeneinander.

»Gruselig«, sagte Tom. »Kein Wunder, dass die Kinder lieber ins Bett pinkelten.«

Jutta zuckte mit den Schultern. »Vielleicht ist es anders, wenn du keine Wahl hast.«

Dagegen muteten die Betreuerzimmer beinahe luxuriös an: Jedes Zimmer verfügte über eine eigene Waschgelegenheit und Toilette. Die Möbel waren vom Feinsten gewesen, bevor sich der Holzbock durchgefressen hatte.

Nach über zwei Stunden war der Bürgermeister genervt. »Ich würde jetzt gern meinen Tagesgeschäften nachgehen.«

Jutta bemühte sich, ruhig zu bleiben. »Wir sind noch nicht fertig.«

»Wollen Sie auch auf das Dach klettern?«

»Keine schlechte Idee.« Zu gern hätte sie ihn hinaufgejagt. Oben würde er wirken wie Humpty Dumpty auf der Mauer, wenn er es überhaupt schaffte, die Balance zu halten.

»Wir dachten eher an den Keller.« Tom zeigte auf eine der Türen vor sich.

»Den Keller?« Der Bürgermeister sah irritiert auf die Tür, zog daran und schüttelte den Kopf. »Da müssen wir außenrum. Die Tür klemmt.«

»Bitte gehen Sie voraus.« Als sich Konrad behäbig in Bewegung setzte, konnte es sich Jutta nicht verkneifen, noch einen Satz hinzuzufügen. »Und je schneller wir da sind, umso schneller können Sie wieder in Ihr Büro.«

36. KAPITEL

Dezember 1977
Rebecca

Ich erwachte zu spät. Zwischen meinen Schenkeln spürte ich bereits die warme Flüssigkeit. Schon wieder! Ich kniff meine Beine zusammen, aber meine Muskeln gehorchten mir nicht. Unfähig, etwas dagegen zu tun, pinkelte ich weiter und versuchte, mich nicht zu bewegen, aber der Urin bahnte sich wie immer seinen Weg. Ich spürte die warme Nässe, die durch das leichte Nachthemd drang, an meinem Po. Es war warm und vertraut. Im nassen Bett liegend, hoffte ich, die anderen Mädchen würden nicht aufwachen. Ich drehte meinen Kopf auf die Seite und öffnete die Augen. Der Raum war leer. Ich war die Einzige, die noch im Bett lag.

In der Nacht hatte mich die Schwester wieder öfter aufgeweckt und auf den Nachttopf gesetzt, darum war ich immer noch müde. Was würde geschehen, wenn Schwester Barbara mein Bett zu sehen bekam?

Weiter kam ich nicht mit meinen Gedanken, denn die Tür ging auf, und der Schlüssel wurde von innen umgedreht. Vertraute Schritte näherten sich. Ich kannte ihn. Er war schon öfter hier gewesen. Vor ihm hatte ich keine Angst, denn im Grunde genommen tat er mir nicht weh. Wenn er hier gewesen war und sein Ding abgezogen hatte, legte er danach bei den Schwestern immer ein freundliches Wort für mich ein. Ich wusste, was ich zu tun hatte. Also schloss ich die Augen und tat, als ob ich schliefe.

»Na, meine Kleine? Hast du heute was für mich?«

Zaghaft glitt seine Hand unter meine Decke. Er stöhnte auf. »Es ist noch frisch. O ja, du weißt, was ich brauche.«

Er klappte die Decke zurück und rieb sein Gesicht in der Nässe. Ich hörte seine Hose zu Boden fallen. Eine forschende Hand berührte mein nasses Höschen und rieb daran, sein Stöhnen wurde lauter und heftiger. Ich wusste, was er da tat. Einmal hatte ich es gewagt zu blinzeln und ihn dabei beobachtet, wie er das Ding in seiner Hand rieb. An seinem Stöhnen, das immer schneller wurde, konnte ich abschätzen, dass es diesmal lange dauern würde. Also blieb ich liegen und wartete.

»Du böses Mädchen, das machst du nur für mich, stimmt's?«

Obwohl es wie eine Frage klang, schien er darauf keine Antwort zu erwarten. Auf einmal ging ein Zucken durch die Hand, die auf meinem Höschen lag, und er krächzte heiser. »Jahaa, du versautes Gör.« Er drückte seinen Kopf tiefer in die Matratze, die sein letztes Aufstöhnen dämpfte. Nach einer Weile hörte ich, wie er seine Hose schloss. »Steh auf und wasch dich!« Sein Tonfall klang streng, während er mit meiner Decke über den Steinboden wischte. Vor dem Geruch, der dabei aufstieg, ekelte ich mich.

Steif blieb ich liegen und wartete, bis er aus dem Zimmer gegangen war. Dann erst übergab ich mich.

37. KAPITEL

Vordermühldorf, Montag, 2. Mai 2011, 11:15 Uhr

Der Bürgermeister lotste Jutta und Tom durch den verwilderten Garten um das Haus herum. Dort führte eine Treppe zu einer Eisentür hinab. Jede zweite Stufe gab nach, sobald Jutta ihren Fuß aufsetzte. Einmal brach ein Stück unter ihr weg.

»Wenn das Gebäude unter Denkmalschutz steht, sollten dann nicht Wartungsarbeiten durchgeführt werden?«

Grimmig ging der Bürgermeister weiter, ohne zu antworten. Unten angekommen schloss er die Kellertür auf. Jutta hörte ein Fiepen und schüttelte sich. »Kann jemand zuerst die Mistviecher ausleuchten?«

Tom hüpfte an ihr vorbei. Nach einer Weile steckte er lächelnd den Kopf aus der Tür. »Die Luft ist rein.«

»Was dagegen, wenn ich trotzdem draußen warte?«, fragte der Bürgermeister.

»Genau genommen brauchen wir nur das hier.« Mit einem Ruck entriss Tom ihm den Schlüsselbund und verschwand wieder im Keller.

Jutta lief ihm nach. »Hey! War das notwendig?«

»Möchtest du hier drin eingeschlossen werden?«

»Warum sollte er das tun?« Konnte es sein, dass Tom zu viele Krimis las? Außerdem waren Habicht, Maier und Kunze auf dem Gelände.

»Ich trau dem Typen einfach nicht. Punkt.«

Es handelte sich um einen Erdkeller. Mäuse und andere Nager hatten ungestörten Zugang zu den Räumlichkeiten, aber auch Nässe hatte sich ihren Weg gebahnt. Heutzutage gab es solche Keller kaum noch, denn sie boten zu wenig Schutz. Außerdem wurden Kellerräumlichkeiten heutzutage nicht mehr dazu genutzt, Kohlen oder Kartoffeln zu lagern, sondern dienten als private Wellnesscenter. Sauna, Fitnessraum und Bar, das stand in den Kellern der Einfamilienhäuser, die sie kannte.

Die Kellerräume des Heims waren jedoch nicht leer. Ein Raum war immer noch halb gefüllt mit Kohlen und Holz. In einem anderen fanden sie Regale mit Marmeladegläsern, eingelegtem Gemüse und Kompott. Die Deckel waren bereits aufgebläht, eines der Gläser war zerborsten. Die Obstteile lagen verdorrt und mit Schimmel überzogen im Regal. Selbst das Ungeziefer schien diese Delikatessen zu verschmähen.

»Hunger?« Tom deutete auf eines der Gläser.

»Das kann man nicht essen.«

»Wenn wir hier unten eingeschlossen wären, würden wir das hier essen, glaub mir.«

»Du bist makaber. Hier schließt man doch keine Menschen ein.« Bei dem Gedanken daran stellten sich die Härchen auf ihren Unterarmen unweigerlich auf. Trotzdem konnte sie sich nicht vorstellen, das verdorbene Gemüse zu essen. Nein, da würde sie lieber verhungern. Tom leuchtete weiter voran. Ganz hinten lagen drei fensterlose Räume. In einem sahen sie eine Art Lattenrost, auf dem eine Matratze lag. Über einem Eimer kreiste eine Fleischfliege. Jutta ging hinein und beugte sich über den Eimer, dessen Boden mit Staub bedeckt war, aber ansonsten keine sichtbaren Spuren aufwies. Die Taschenlampe eng an sich gedrückt, inspizierte sie den Raum näher: die eigenartige Holzkonstruktion, auf der die Matratze lag, den Eimer. Mehr war nicht zu sehen. Doch, da! In der Ecke! Sie leuchtete mit der Taschenlampe dorthin und trat näher.

Das Ding bewegte sich nicht. Vorsichtig griff sie danach. Es fühlte sich an wie ein Stück Stoff, und sie hob den löchrigen Lappen hoch. Eine Wäschemarke war zwar angebissen – vermutlich von Mäusen oder Ratten –, aber man konnte noch deutlich die Schrift lesen: *Größe 110.*

Jutta ließ den Stoff fallen und rannte aus dem Keller, hinaus an die frische Luft. Aber das nützte nichts mehr. Tom kam gerade um die Ecke, als sie sich über das Geländer beugte und kotzte.

Er nahm sie in die Arme. »Hast du was entdeckt?«

Sie nickte und wischte sich über das Gesicht.

»Kinder …«

»Bitte Jutta, da waren keine Kinder. Komm, jetzt beruhige dich erst mal.«

Sie schüttelte den Kopf und versuchte es erneut. »Ein Kindernachthemd.«

»Okay. Ich ruf das LKA Niederösterreich an, und die Tatortgruppe könnten wir auch gebrauchen.«

»Gott, Tom, was haben die hier mit den Kindern gemacht?«

»Ich weiß es nicht, vielleicht gibt es eine ganz einfache Erklärung, du darfst nicht immer das Schlimmste denken.«

Er reichte ihr ein Taschentuch, in das sie sich sogleich lautstark schnäuzte.

Georg kam um die Ecke. »Habicht und Maier sperren das Gelände ab. Das LKA-NÖ und die Spurensicherung brauchen noch Zeit. Der Staatsanwalt kommt gleich mit ihnen mit. Schaffst du es, nochmals hineinzugehen?«

»Ich schaff das. Da sind noch zwei andere Räume.«

»Ich komm mit«, sagte Georg wild entschlossen.

In einem der Räume bot sich ein ähnliches Bild: ein Eimer, eine Matratze, diesmal nur auf den Boden gelegt, ein kleines vergittertes Fenster in etwa zwei Metern Höhe. Der andere Raum war komplett leer. Tom schoss ein Foto nach dem anderen. Als sie wieder in den ersten Raum zurückgingen, zeigte Jutta auf das Nachthemdchen in der Ecke.

Tom nahm es nicht in die Hand. Er schluckte. »Schweine.«

»Das kannst du laut sagen«, meinte Georg.

Jutta ging im Gang vor dem Zimmer auf und ab. »Ich versteh das nicht.«

»Vielleicht war es ein geistig behindertes Kind«, überlegte Tom laut.

»Das ist doch kein Grund.«

»Das weiß ich. Aber wir hatten so einen Fall.«

»Du meinst die Bauern, die ihren Sohn in den Keller gesperrt hatten?«, fragte Georg.

Jetzt fiel es Jutta wieder ein. »Der war autistisch.«

»Ich bin mir immer noch nicht sicher, ob er nicht erst durch diese menschenunwürdige Behandlung autistisch geworden ist.« Tom fotografierte den Eimer.

»Dort waren es aber einfältige Bauersleute. Hier haben ausgebildete Erzieher gearbeitet.«

»Vor 40 Jahren gab es noch andere Erziehungsgrundsätze als heutzutage.«

»Das hier wäre keine Strafe, das wäre einfach …« Ihr fehlten die Worte. Sie konnte nicht beschreiben, was sie empfand. Größe 110 trugen gewöhnlich vier- bis fünfjährige Kinder.

»Jutta, wir warten am besten auf die Tatortsicherung.« Tom fasste sie am Oberarm und führte sie hinaus, wo sie sich auf die desolaten Steinstufen setzten und ins Leere schauten. Schweigend saßen sie dort beieinander, bis die Spurensicherung eintraf.

Mit blassem Gesicht stand der Bürgermeister am Treppengeländer und beobachtete das Treiben.

»Sie können in Ihr Büro zurück, Herr Konrad. Das hier wird dauern.«

»Was ist denn passiert?«

»Fahren Sie einfach. Wir brauchen Sie heute nicht mehr.«

Jürgen Konrad wirkte unentschlossen. »Und die Schlüssel?«, fragte er.

»Die behalten wir.«

Dann erklärten sie den Kollegen vom LKA Niederösterreich, warum sie überhaupt hier waren, und zeigten ihnen, was sie gefunden hatten. Die Spurensicherung begann sofort mit der Arbeit. Aus dem Eimer entnahmen sie Proben, das Hemdchen legten sie in einen Beweisbeutel. Die Türen wurden abgepinselt, um etwaige Fingerabdrücke abzunehmen, auch wenn alles sehr lange her war. Staatsanwalt Paulitsch ließ sich eben von ihnen in den Fall einweisen, als sie unterbrochen wurden.

»Doktor Neumann? Frau Stern?« Ein Mann im Overall stand mit ernstem Gesicht vor ihnen. »Das müssen Sie sich ansehen.«

Im Kellerraum war alles hell ausgeleuchtet. Der Mann schloss die Tür. Auf ihrer Rückseite befanden sich Hunderte Kratzer und dunkle Flecken.

»Die Kinder wollten raus«, meinte Tom mit belegter Stimme.

»Das sehe ich auch so. Wir haben jede Menge Blutspuren gefunden.« Der Kollege zeigte auf die Matratze, aus der ein anderer bereits Stoffstücke herausschnitt.

»Im großen Schlafsaal müssen Sie auch unbedingt Proben nehmen, besonders von der Matratze des letzten Betts beim Fenster«, fügte Jutta hinzu.

Der Mann von der Tatortgruppe nickte und ging weiter. Zwei Spurensicherungsmitarbeiter standen schwitzend im

Kohlenkeller. Sie hatten das Holz beiseitegeräumt, dahinter fand sich eine weitere Tür.

»Aufbrechen!«, orderte der Kollege.

Die morsche Holztür gab sofort nach, und Jutta und Tom spähten als Erste hinein.

»O Gott.« Gerade hatten sie gedacht, dass es nicht mehr schlimmer kommen könnte, aber sie wurden eines Besseren belehrt. Georg sagte diesmal gar nichts, sondern schüttelte nur noch den Kopf. Jutta leuchtete mit der Taschenlampe über die glatten kleinen Schädel und Knochen. Dann nickte sie. »Kinderskelette.«

38. KAPITEL

Dezember 1977
Rebecca

Meine Hände rutschten zum wiederholten Male von der Wand ab. Ich pochte gegen die Tür, die sich Sekunden vorher geschlossen hatte. Ich wollte schreien: *Lasst mich heraus!* Das Übliche geschah: Mein Mund öffnete sich zwar, aber aus meiner Kehle kam kein Laut. Der Gestank nach Urin und Kot war mir vertraut. Hier war ich schon einmal gewesen. Neben mir wimmerte jemand. Sybille?

»Geht weg«, wisperte es neben mir. Etwas fiepte, schnupperte, scharrte und knabberte an meinem Zeh.

Langsam gewöhnten sich meine Augen an die Dunkelheit. Ratten!

Sanftes Licht fiel durch ein kleines Fenster. Zusammengekauert saß Lissi im Eck des Kellerlochs und zuckte. Mit den dünnen Ärmchen umschlang sie ihre nackten Schenkel. »Er wird kommen«, wisperte sie und schlug den Hinterkopf rhythmisch gegen die Wand. »Er wird kommen.«

Ich kniete mich vor sie und berührte ihre Beine. Sie zuckte zusammen und starrte mich an – nein, durch mich hindurch. Ihr Blick war völlig leer. Ihre Schenkel waren blutverschmiert, das dünne Hemdchen stank nach Kotze.

»Er wird kommen.« Immer das Gleiche.

Wer wird kommen?, hätte ich sie gern gefragt. *Wann wird er kommen und warum?*

Lissi begann zu weinen. »War er schon bei dir?«

Ich schüttelte den Kopf. Den Pinkelmann, der immer an mein Bett kam, konnte sie nicht meinen.

»Lauf weg! Lauf weg! Lauf weg!« Ja, aber wohin?

Lissi begann zu stöhnen, hielt sich den Bauch, drehte sich um und rieb ihr Gesicht an der Wand. Die Bewegung lockerte ihre Beine, und ich erschrak. Zwischen ihren Schenkeln klaffte eine Wunde. Aus dem zerfetzten Loch sickerte Blut. Lissi kicherte hysterisch.

»Ich fick dich tot, Schlampe. Fick dich tot.«

Ihr Körper zuckte vor Lachen. Das war nicht mehr Lissi. Was bedeuteten diese Worte? Ficken und Schlampe. Ich war mir sicher, dass auch Lissi es nicht wusste. Aber was *tot* hieß, wusste ich. Mein Opa war tot. War das mit Sybille, Lars und Ilse geschehen? Sind sie gestorben? Ein heller Lichtstrahl durchdrang den Raum. Jemand stand in der geöffneten Tür. Lissi hörte schlagartig auf zu lachen und blinzelte. Dann wisperte sie: »Er ist da.«

Eine Männerstimme sagte: »Lissi, komm, steh auf. Zeit für die Beichte.«

Auf allen vieren rutschte sie Richtung Tür. Dort packte sie der Mann, schleifte sie an den Haaren auf den Gang und schloss mit einem lauten Krachen die Tür.

Und ich war wieder allein – mit den Ratten.

39. KAPITEL

Vordermühldorf, Montag, 2. Mai 2011, 17:30 Uhr

Der Bürgermeister zupfte an seinen Barthaaren.

Jutta war höchst angespannt. »Es ist wichtig, uns sämtliche Unterlagen, die das Heim betreffen, auszuhändigen.«

»Das ist alles, was ich habe. Das sagte ich doch schon.« Er zeigte auf den dürftigen Stapel Papier, den Jutta in der Hand hielt.

»Es muss doch Listen über ehemalige Mitarbeiter geben. Die Namen der Kinder müssten auch verzeichnet sein. Wann sie kamen, wann sie das Heim verließen. Wer im Heim war, als es geschlossen wurde, und weshalb es geschlossen wurde.«

»Ich habe Ihnen alles gesagt, was ich weiß.«

Aber das bezweifelte sie. Er musste weitere Einzelheiten kennen.

»Sie haben so gut wie gar nichts gesagt!« Tom war ebenfalls wütend.

»Was wollen Sie von mir?«

»Sind Sie in dem Keller gewesen?«

»Nein.« Der Bürgermeister kratzte sich an der Nase. Jutta hatte in einem Wissensmagazin gelesen, dass die Nase bei einer Lüge besonders stark durchblutet wurde. Deshalb kratzten oder rieben Lügner sie häufig.

»Diese Aufzeichnungen sind unvollständig. Die Jahre 1975 bis 1979 fehlen.«

»Vielleicht finden sich im Archiv des Bistums noch Akten aus der Zeit.«

»Aber warum haben Sie diese Aufzeichnungen überhaupt hier? Wieso ist nicht alles beim Bistum oder alles bei Ihnen?«

»Da bin ich überfragt, wirklich.« Die Nase des Bürgermeisters rötete sich bereits von der Kratzerei.

Jutta glaubte ihm nicht. Die Frage war nur, warum er die Aufzeichnungen nicht herausrückte? »Vier ganze Jahre können nicht einfach verschwinden.«

»Wollen Sie mich jetzt verhaften? Wie lange dauert dieses Verhör noch?« Wieder einer, der zu viele schlechte Fernsehkrimis gesehen hatte.

»Herr Konrad, das ist kein Verhör, sondern eine Befragung.« Sie seufzte. Verhaften konnte sie ihn nicht, denn es lag nichts gegen ihn vor.

»Dann möchte ich niemals einem echten Verhör beiwohnen.«

»Das kann ich Ihnen leider nicht versprechen.« Sie packte die Papiere in die Tasche. »Machen Sie es uns leichter. Geben Sie uns die Nummer des Bistums. Wer ist der Ansprechpartner?«

Mit seinen Wurstfingern schrieb er einen Namen und eine Telefonnummer auf einen Notizzettel, den er ihr aushändigte.

»Vielen Dank.« Jutta faltete den Zettel und steckte ihn in die Tasche. »Und wenn Ihnen doch etwas einfallen sollte, meine Nummer haben Sie ja.«

»Ich habe Ihnen doch gesagt …« Er brach ab und sank auf den Drehsessel.

Das letzte Wort war in diesem Fall noch nicht gesprochen. Jutta ließ es vorerst gut sein. Erst einmal sehen, was der Bischof wusste, oder ob sich die restlichen Aufzeichnungen wirklich im Bistum versteckten. Der Fall wurde immer mysteriöser. Seit Ostern hatte der Mörder nicht mehr zugeschlagen. Hatte er seine Liste bereits abgearbeitet? So wenig sie an einer erneuten Leiche interessiert war, es würde schwierig werden, den Täter zu fassen, wenn er seine Mordserie abgeschlossen hatte. Bisher hatten sie kaum einen Anhaltspunkt. Sie arbeiteten im Dunkeln, so dunkel wie der Keller des Kinderheims.

Sie saß schon im Wagen, als ihr eine Idee kam. »Tom, warte hier. Ich geh noch einmal zu Frau Gföhler.«

Er nickte und blieb im Wagen sitzen. Es hatte angefangen zu nieseln.

Die Wirtin stand hinter der Schank und redete mit einem Gast. Jutta wartete geduldig, bis sie fertig war, der Gast bezahlte und das Wirtshaus verließ.

»Was wollen Sie denn schon wieder hier?« Erfreut schien sie nicht zu sein.

»Wir werden wohl noch öfter herkommen müssen.«

»Was meinen Sie damit?«

»Darüber darf ich noch nicht sprechen. Aber Sie könnten mir helfen.«

»Ich dachte, ich hätte mich klar ausgedrückt, dass ich mit der Vergangenheit nichts zu tun haben möchte. Ich habe damit abgeschlossen.«

»Aber die Vergangenheit ist noch nicht abgeschlossen.«

Mathilde Gföhlers Teint wurde fahl. Mit einem Mal sah sie 20 Jahre älter aus. Sie ließ den Topflappen auf die Theke fallen und kam hinter dem Tresen hervor. Dann setzte sie sich an den Stammtisch, ließ den Kopf in ihre Hände sinken und wiegte sich seufzend hin und her.

»Warum hört das nicht auf? Ich hab für meinen Fehler genug gebüßt.«

Jutta setzte sich zu ihr und wartete eine Weile, bis die Frau sich wieder gefasst hatte. Dann erst sprach sie mit leiser Stimme. »Frau Gföhler, was immer hier passiert oder passiert ist, ist nicht Ihre Schuld.«

Doch die Alte schüttelte den Kopf. »Ich bin seine Mutter, ich hätte ihn nie weggeben sollen. Niemals!«

»Hat Ihnen Vinzenz erzählt, was vorgefallen ist?«

»Ja, ich wusste damals aber nicht, ob er die Wahrheit sagt. Ich konnte mir einfach nicht vorstellen, dass die Erzieherinnen solche … solche Bestien waren.«

»Was hat er Ihnen erzählt?«

»Wenn er ins Bett gemacht hat, haben sie ihn stundenlang unter den kalten Wasserstrahl der Dusche gestellt. Dann war er jedes Mal krank. Ich hab mich immer gewundert, warum er so oft krank war. Wenn er im Krankenzimmer lag, durfte ich ihn nicht besuchen. Das war eine der dubiosen Regeln in diesem Heim. Grad ein krankes Kind braucht seine Mutter!«

Da musste Jutta ihr zustimmen. Den Krankenbesuch zu verweigern, war herzlos.

Frau Gföhler fuhr mit ihrer Erzählung fort. »Vinzenz verträgt keine Milch. Er hat Laktose-Intoleranz, so heißt das doch?«

Jutta nickte.

»Gut, damals jedenfalls wusste man nichts davon. Milch ist gut für Kinder, hieß es, das stärkt die Knochen und macht die Zähne stark. Jedenfalls bekamen die Kinder in der Früh und am Abend ein Glas Milch. Vinzenz hat die Milch immer wieder erbrochen. Doch die Nonnen ließen nicht locker. Immer wieder gaben sie ihm Milch zu trinken. Und dann passierte es. Ich hab ihm das kaum glauben können.«

Mathilde Gföhler brach ab und fing an zu schluchzen. Geduldig wartete Jutta auf das Ende der Geschichte, obwohl sie ahnte, dass das sicher noch nicht das Schlimmste war, was den Kindern zugestoßen war.

»Er musste … ich kann es kaum aussprechen.«

Jutta legte ihre Hand auf die der Wirtin, um sie zu bestärken.

»Er musste seine ausgekotzte Milch aufessen.« Dann brach sie endgültig zusammen.

In diesem Moment kam Vinzenz Gföhler aus der Küche. Er sah sich kurz um und stürzte nach vorn. »Was haben Sie mit da Mama g'macht?«

»Ist schon gut, Bub.« Seine Mutter versuchte, ihn sogleich zu beruhigen. »Du weißt, du darfst di ned aufregen.«

Vinzenz nickte. »I hab meine Tabletten eh g'nommen, Mama.«

»Bist a braver Bub. Geh, sei lieb, geh wieder in die Kuchl.« Gehorsam trollte sich der Sohn.

»Er ist in Behandlung. Damals, als ich ihn aus dem Heim geholt habe, konnte man schon merken, dass etwas mit ihm nicht stimmt.« Es war überraschend, wie schnell die Wirtin vom Dialekt ins Hochdeutsch zu wechseln vermochte.

»Was hat er denn?«

»Vinzenz ist schizophren. Paranoide Schizophrenie hat der Arzt gesagt, zusätzlich ritzt er sich.«

»Er verletzt sich selbst?«

Die Alte nickte. »Das hat gleich nachher angefangen. Ich hab's nicht gleich bemerkt. Er hat lange Leiberln getragen, auch im Sommer. Irgendwann wollt ich schwimmen gehen mit ihm. Dann hab ich am Leiberl gezogen, und da hab ich es gesehen. Ich wusste erst gar nicht, was da los ist. Beide Arme waren voller Einschnitte und Narben. Ich hab zuerst geglaubt, er nimmt Drogen. Ich kenn mich ja nicht aus.« Sie lachte bitter. »Später hat er dann mit dem leeren Sessel geredet. Richtig gestritten hat er mit jemandem, den nur er gesehen hat. Da hab ich ihn zum ersten Mal zum Arzt gebracht. Der hat ihn dann eingewiesen. Ein halbes Jahr war er in Steinhof. Aber heilen konnten sie ihn nicht.«

»Muss er jetzt sein Leben lang Tabletten nehmen? Bekommt er auch eine alternative Therapie?«

»Hat er gehabt: Maltherapie, Gesprächstherapie, Verhaltenstherapie, aber wenn er die Medikamente absetzt, fällt er jedes Mal in seine alten Verhaltensweisen zurück. Jetzt leben wir schon 30 Jahr' damit. Ich hab nur Angst, was sein wird, wenn ich sterbe. Wer kümmert sich dann um den Buben? Ich will nicht, dass er je wieder in ein Heim oder eine Anstalt muss. Er soll nie wieder eingesperrt werden. Aber eine Frau wird er auch nicht kriegen. Schlimm ist das.«

Mit jedem Satz begann Jutta, die Wirtin besser zu verstehen. All diese Schicksalsschläge hatten sie hart gemacht. Sie musste stark sein für ihren Sohn. Offensichtlich gab sie sich die Schuld an seiner Krankheit. Hätte sie ihn bei sich behalten, hätte sie diese Wirtschaft nicht aufbauen können, aber dafür wäre ihr Sohn noch gesund. Vielleicht. Vielleicht auch nicht. Niemand konnte voraussehen, wie sich ein Leben entwickelte. Ob diese Krankheit nicht ohnehin in ihm geschlummert hatte und irgendwann ausgebrochen wäre? Niemand konnte die

Zeit zurückdrehen und das Leben neu beginnen. Das ging nicht, so schmerzvoll es war. Auch Jutta konnte nicht mehr zurück und den letzten Tag mit Simon ändern. Wenn sie nicht zur Arbeit gegangen wäre, würde er dann wirklich noch leben?

Mathilde Gföhler konnte von ihrer Schuld nicht loslassen, und Jutta war überzeugt davon, dass sie ihre eigene Vergangenheit loslassen musste. Irgendwann würde sie – nein, musste sie – dazu in der Lage sein. Irgendwann.

40. KAPITEL

Berlin, Dienstag, 3. Mai 2011, 13:25 Uhr

Das Frühstück im Café ImNu war gut und reichhaltig wie immer gewesen. Jetzt bog Tom pfeifend in die Kastanienallee ein. Er kannte Berlin, besonders die Gegend um den Prenzlauer Berg, wie seine Westentasche, hatte er doch hier seine Jugendjahre verbracht. Eine zarte Brise wehte durch die Straße, die er besonders liebte, und der Geruch von chinesischem Essen vermischte sich mit dem Duft von Kaffee und feinstem Gebäck. Graffiti zierten viele Hausfassaden und Innenhöfe. Designerboutiquen wechselten sich mit Restaurants und kleinen Geschäften ab. Immer wieder wagte er einen Blick in einen der Hinterhöfe, in denen meist Künstler ihre Werke schufen. Überrascht spähte er in die Schaufenster einer Secondhand-Boutique. Seit Vintage in Mode und Wohnwelt wieder modern war, erfreuten sich diese Geschäfte regen Zulaufs. Vorbei war es mit dem staubigen Ambiente und dem Geruch nach Mottenkugeln. Und sogar vor der sogenannten Casting-Allee hatte der Trend nicht haltgemacht.

An der angegebenen Adresse des Antiquariats Schuhmann befand sich ein Schuhgeschäft. Er überlegte kurz und trat ein.

Im Laden erwarteten ihn Dolce und Gabbana – jedenfalls sahen sie wie deren Zwillinge aus. Sie beschwatzten gerade eine Dame in Knallpink, die einen Pekinesen im Arm hielt. Mit Paris Hilton hatte sie, außer dem wasserstoffgebleichten Haar, aber nichts gemeinsam, sondern glich eher einer Mischung aus Miss Piggy und Roseanne Barr, die zu oft beim Schönheitschirurgen gewesen war. Ihr Gesicht wirkte seltsam verrutscht.

Tom sah sich um. Das Schuhgeschäft war zwar Vintage, aber auch stylish. Neben den typischen Blockabsatzpumps der 50er standen Louboutins und Jimmy Choos sowie 60er-Jahre-Tanzschuhe. Eine wahre Fundgrube für Schuhfreaks. Auch die Herrenabteilung konnte sich sehen lassen. Allerdings hatte Tom nichts für Schuhe übrig.

Dolce – oder war's Gabbana? – kam auf ihn zu. »Na, Süßer? Was steht an? Ein Date? Ein Clubbing? Wir haben für jedes Event den passenden Schuh.«

»Ich suche eine Buchhandlung.«

»Pah! Bücher.« Der Schuhverkäufer warf ein Ende seines Seidenschals über die Schulter. »Süßer, deine Füße haben dich hier hereingetragen, und wenn ich sie so ansehe, kann ich mir denken, warum.« Mit gespitzten Lippen sah er auf Toms Füße.

»Ich bin mit meinen Schuhen sehr zufrieden. Und eigentlich habe *ich* meinen Füßen befohlen, einzutreten.«

»Das denkst du, mein Lieber.« Der Verkäufer schien nicht überzeugt. »Unser Unterbewusstsein ist stärker, als wir glauben. Deine Aura verlangt geradezu nach einer Veränderung.«

Da könnte Dolce oder Gabbana recht haben. Ob neue Schuhe zu dieser Veränderung führen konnten? Daran zweifelte er doch sehr.

»Überleg es dir, Süßer. Ich bin der Thorsten, und da drüben ist David, mein Partner.« Das Wort *Partner* betonte er übermäßig stark. Als Tom nichts erwiderte, zog Thorsten einen Flunsch.

»Ich meinte Partnerpartner.« Er kicherte. »Doppelpartner. Wir machen alles gemeinsam, seit Jahren. Geschäft, Freunde, Bett, alles wird redlich geteilt.«

Warum erzählte er ihm das? Tom war das Privatleben eines Schuhverkäufers herzlich egal. Es wurde Zeit, zur Sache zu kommen.

»Vielleicht könnten Sie mir weiterhelfen, oder Ihr Partner.«

»Partnerpartner.« Er kicherte wieder, als ob er eine besonders tolle Wortkreation erfunden hätte.

»Wie auch immer. Ich bin Doktor Thomas Neumann, Kripo Wien. Ich habe gehofft, an dieser Adresse ein Antiquariat namens Schuhmann zu finden.«

Der Verkäufer stemmte die Hände in die Hüften und blickte an die Decke. Dann schnalzte er mit der Zunge. »Schätzele? Wie hieß der Alte, dem wir diese staubige Hütte abgekauft haben?«

»Wie irgendeen Komponist. Schubert oder so«, sagte der Partner gleichgültig in schönstem Berlinerisch.

»Na, Schätzele, denk mal nach. Könnt es denn Schuhmann gewesen sein?«

Der andere zuckte mit den Schultern. »Keene Ahnung mehr. Wer will denn det wissen?«

»Der Süße hier von der Kripo.« Der Verkäufer blinzelte Tom an und bewegte lasziv seine Hüften.

Jetzt wurde der Berliner hellhörig und kam zu ihnen herüber. Mit eifersüchtigem Blick musterte er Tom. »Kripo? Hä? Wat willste denn?«

»Ich suche ein Antiquariat Schuhmann. Die Adresse, die ich aus einem alten Buch habe, war die Ihres Geschäfts.«

»Bücher hat es hier jede Menge gegeben. Stimmt's, David?«

»War alles alt und verstaubt hier. Keene müde Mark hat der mit sein Laden mehr jemacht.«

»Und das bei der optimalen Lage, das muss man sich mal vorstellen! Wir haben alles weggerissen, tüchtig renoviert und den alten Laden in dieses Schmuckkästchen verwandelt.«

»Hat jede Menge Kohle verschluckt, der Laden, hey.«

»Ja, Schätzele, aber es hat sich doch gelohnt.« Die Verkäufer lächelten sich verliebt an. Dann wandte sich der Berliner an Tom. »Hinten hab ik noch die Adresse von dem Alten. Ik bin jleich wieder da.«

»Danke schön.« Tom hoffte nur, dass der alte Mann noch lebte.

Thorsten sah ihn von der Seite an und spitzte die Lippen. »Und du bist sicher, dass du keine Schuhe brauchst?«

Tom lachte. Ja, er war sicher, dass seine maßgefertigten italienischen Schuhe ihre Aufgabe noch jahrelang erfüllen würden. Qualität blieb eben Qualität. Er ließ sich alle fünf Jahre drei Paar genagelte Schnürschuhe vom Meister machen und war stets zufrieden gewesen.

Der Verkäufer seufzte. »Du weißt ja jetzt, wo du uns findest, Süßer. Nur falls du doch mal Lust auf Ausgefalleneres bekommen solltest.« Dann wandte er sich einer Kundin zu, die gerade in den Laden stöckelte.

Während Tom wartete, sah er seine E-Mails durch und las seine Notizen noch einmal. Dann tauchte der andere Verkäufer namens David wieder auf.

»Hab's nicht jleich jefunden. Hier, ik wees aber ned, ob die noch stimmt.«

Tom nahm die Karte dankend entgegen.

»Na dann, viel Glück!«

»Tschüssie, Süßer, und komm mal wieder vorbei.« Thorsten winkte ihm zu, dann kicherte er wieder mit seiner Kundin um die Wette.

Tom verabschiedete sich von dem ungleichen Paar, das sich trotzdem ausgezeichnet zu ergänzen schien, und ging wieder auf die Straße hinaus. Die angegebene Adresse lag gleich um die Ecke. Das musste praktisch für den Antiquar gewesen sein.

Das Haus aus der Jahrhundertwende besaß keinen Lift. Tom musste drei Stockwerke zu Fuß hochsteigen, was ihn aber nicht sonderlich störte. Als er zur angegebenen Wohnung kam, konnte er einen Jubelschrei kaum unterdrücken. *Sebastian Schuhmann* stand auf dem altmodischen Klingelschild aus Bronze. Aber auch nach fünfmaligem Klingeln öffnete niemand die Tür. Tom wollte schon gehen, als jemand die Treppen hinaufkam. Das dumpfe Klopfen eines Stocks hallte durch den Gang. Das Erste, was Tom zu sehen bekam, war ein karierter Stetson. Das Gesicht des Mannes unter dem Hut wirkte überrascht. Schnaufend erklomm er die letzten Stufen zum dritten Stock. Tom nahm ihm wortlos die Einkaufstasche ab, als der Alte nach seinen Schlüsseln kramte. »Nun denn, junger Mann. Ich weiß zwar nicht, wer Sie sind oder was Sie hier wollen, aber kommen Sie erst mal herein.«

Das ließ sich Tom natürlich nicht zweimal sagen. »Danke vielmals.«

Er folgte dem Alten schweigend in das Innere der Wohnung und stellte die Einkaufstasche in der Küche ab.

»Tee?« Der Mann schob einen Wasserkessel auf den Herd und zündete die Gasflamme an. Es übte eine beruhigende, fast meditative Wirkung auf Tom aus.

»Gern.«

»Tragen Sie die Tassen hinein, junger Mann. Ich komm dann gleich nach mit dem Tee.« Er deutete auf eine Tür neben der Küche. Tom nahm die Tassen aus dem offenen Regal über dem Herd und ging in das Wohnzimmer. Dort stockte ihm der Atem. Das Zimmer war vollgestopft mit Büchern und Zeitschriften. Was nicht in die Regale passte, die bis zur Decke ragten, stapelte sich auf dem Boden unter den Fenstern, zwischen Sofa und Couchtisch, unter dem Esstisch, neben der Bar. Trotzdem sah es nicht ungemütlich oder gar schlampig aus. Der Raum war trotz der Bücherstapel ordentlich aufgeräumt und sauber.

»Nun, junger Mann, setzen Sie sich doch.« Mit der Teekanne in der Hand wackelte der Alte ins Zimmer. Tom setzte sich auf das Sofa, der andere setzte sich ihm gegenüber in den Ohrensessel. Tom nahm ihm die Kanne aus der Hand und schenkte ein.

»Nun erzählen Sie schon. Ich bekomme nicht oft Besuch und wohne schon länger allein.«

»Ich bin Doktor Thomas Neumann aus Wien.«

Der Alte war sichtlich überrascht. »Nun, Sie hören sich aber nicht wie ein Wiener an.«

Tom nickte. »Ich bin in England geboren, meine Eltern sind viel herumgereist. Mein Vater ist aus Frankfurt. Meine Mutter ist Amerikanerin.«

»Was führt Sie jetzt nach Berlin?« Der Alte führte die Teetasse an den Mund, nippte und beobachtete Tom dabei.

»Der Tee schmeckt ausgezeichnet. Was ist das für eine Marke?«

Jetzt strahlte der alte Mann über das ganze Gesicht. »Selbst gemischt, nach eigenem Rezept. Tee ist meine Passion. Ich hatte früher einen Teesalon.«

Jetzt war es an Tom, überrascht zu sein. »Einen Teesalon?«

»Ja, ich weiß, ich sehe nicht so aus, aber ich war vermutlich der erste Deutsche, der einen Teesalon eröffnet hat.« Er lachte herzlich.

»Ich meinte nur, wie hat sich das mit dem Antiquariat vertragen?«

Der Alte legte die Stirn in Falten. »Welches Antiquariat?«

Tom wunderte sich, aber alte Menschen waren schon mal verwirrt. Er legte den Laptop auf seinen Schoß, öffnete die Fotogalerie, zeigte auf den Stempel im Buch. Der Alte nahm eine Brille aus der Hemdtasche, putzte sie mit einem Stoffzipfel seines Hemds und setzte sie auf die Nase, um sich das Bild genauer anzusehen.

»Jaja. Sie wollten also gar nicht zu mir.«

»Sind Sie denn nicht Herr Schuhmann?«

Über den Brillenrand hinweg sah der Alte ihn an. »Nein. Sebastian ist vor einem Jahr gestorben. Ich wohne jetzt allein hier.«

Als er Toms verwirrten Blick auffing, lächelte er und erzählte weiter. »Es ist nicht so, wie Sie denken, junger Mann.« Er streckte ihm die Hand entgegen. »Nun stelle ich mich mal vor. Mein Name ist Markus Birkhof. Ich war Teestubenbesitzer, wie gesagt.«

Tom schlug ein. »Doktor Thomas Neumann, Kripo Wien.«

»Ach, dass Sie von der Kripo sind, hatten Sie vorhin nicht erwähnt. Nun denn. Sebastians Frau ist früh von ihm gegangen. Zeit seines Lebens hat er nicht mehr geheiratet. Als meine gute Uschi dann der Krebs endgültig zerfressen hatte, bin ich zu ihm gezogen.« Der Alte nahm die Brille ab und rieb sich die Augen. »Und da meint man, die Frauen leben länger, was?«

Tom nickte, etwas anderes fiel ihm dazu nicht ein. Birkhof bekam einen glasigen Blick. Vermutlich dachte er an seine Frau oder an seinen Freund. Wie mochte das sein, wenn man wusste, dass man am Ende seines Lebens angelangt war? Wenn alle, die man liebte, nicht mehr da waren, wurde der Tod dann nicht mit jedem Tag greifbarer? Kam einem jeder Geburtstag, den man feiern durfte, wie ein kleines Wunder vor oder eher wie eine Last?

Birkhof fuhr fort: »Ich war also hier Untermieter. Das Klingelschild draußen haben wir nie ausgewechselt. Und jetzt nach seinem Tod werde ich es wohl auch nicht mehr tun.« Er machte eine ausholende Bewegung mit dem rechten Arm. »Die Bücher hier gehörten ihm. Das ist alles, was von seinem Geschäft geblieben ist, Junge. Ich weiß nicht, was ich jetzt damit machen werde.«

»Sie könnten sie bei eBay verkaufen.«

»Nun, eBay ist nichts für einen alten Mann wie mich. Ich hab keinen Computer.« Aber immerhin wusste er, was eBay war.

»Es tut mir sehr leid um Ihre Frau und Ihren Freund. Tja, dann bin ich wohl umsonst gekommen.« Tom nahm einen dicken Lederband vom Bücherstapel neben dem Sofa und betrachtete ihn.

»Nichts ist umsonst. Alles im Leben passiert aus einem Grund. Sie lieben Bücher.«

»Wie kommen Sie darauf?«

»Ich merke das an der Art, wie Sie das Buch in Ihrer Hand halten. Wie Sie über die Seiten streichen und es liebevoll betrachten. Ich kenne diesen Blick.« Sein Tonfall wurde noch sanfter. »Zeit seines Lebens hat Sebastian seine Bücher so behandelt. Wie Kinder, die ihm genauso wenig vergönnt waren wie mir.«

Tom erkannte einen leisen Schmerz im Gesicht des Mannes. Dann hellte sich sein Blick plötzlich wieder auf. »Darf ich Ihnen diese Bücher schenken?«

Meinte er das ernst? Toms Herz begann zu stolpern beim Anblick all der Schätze in diesem Raum. Markus Birkhof wertete sein Schweigen allerdings falsch.

»Ach, vergessen Sie es.« Mit zittrigen Händen schenkte er sich Tee nach. »Verzeihen Sie einem alten Mann.«

»Nein, nein. Ich bin nur überwältigt.«

Der Alte lehnte sich zufrieden zurück und seufzte. »Nun, dann erzählen Sie mir mal, warum die Kripo so großes Interesse an diesem Buch hat.« Birkhof betrachtete die Fotos auf dem Laptop. »Ich kann nichts Ungewöhnliches daran entdecken.«

Tom klickte zum Foto mit der markierten Stelle.

Birkhof setzte die Brille wieder auf und las. »*Heinrich! Mir graut's vor dir.* Nun, das gehört mal zu Faust. Gretchen sagt es zum Schluss, als er sich ihr nähern will. Nur ist Gretchen da schon nicht mehr bei Sinnen. Sie lässt sich nicht mehr von ihm berühren.«

»Wir haben das Buch bei einem Mordopfer gefunden. Sein Vorname ist Heinrich. Wir nehmen an, es handelt sich um eine Botschaft des Mörders.«

»Was hat Heinrich ihm angetan?«

»Das wissen wir nicht. Aber vielleicht haben Sie mir gerade weitergeholfen.«

Hatte Pfarrer Winkler sich dem Mörder auf eine Art und Weise genähert, die bei ihm Ekelgefühle auslöste?

Birkhof war mit seinen Gedanken schon einen Schritt weiter. »Ich denke, Sie sollten Gretchen finden.«

»Sie meinen, es handelt sich um eine *Mörderin*?«

»Nun, nicht unbedingt. Gretchen kann durchaus männlich sein. Er hat sich vielleicht nur einmal wie ein Mädchen gefühlt. Schwach und …« Er brach ab. Tom erkannte in seinen Augen, woran Birkhof dachte. Das konnte doch nicht sein, oder?

»Aber dieser Heinrich, von dem ich gesprochen habe, ist ein Pfarrer«, sagte er und wusste, wie dumm sich das anhörte.

Doch Birkhof zuckte nicht einmal mit der Wimper. »Das Böse wohnt in jedem von uns. Viele Menschen stellen die Geistlichen auf eine Stufe mit Gott, aber auch ein Pfarrer ist nur ein Mensch.«

Tom wusste, dass er recht hatte. Wenn diese These stimmte, dann hätten sie jetzt ein Motiv. Jemand wollte Rache üben für Taten, die vielleicht schon vor vielen Jahren geschehen waren. Aber wie passten Bischof Heuss, Pater Malster und die Nonne da hinein? Egal, er und Jutta würden es hoffentlich bald herausfinden. Wie war das Zitat noch mal, das Jutta in der Bibel des Weihbischofs gefunden hatte?

»Und wenn jemand sündigt, dass er die Stimme der Verfluchung hört, und er war Zeuge, sei es, dass er es gesehen oder gekannt hat – wenn er es nicht meldet, dann soll er seine Schuld tragen.«

»Ist das aus der Bibel?«

»Das Zitat fanden wir bei einem anderen Opfer, einem Weihbischof. Aus dem Buch Mose. Was halten Sie davon?«

Der Alte bat Tom, das Zitat noch einmal zu wiederholen. Sein Kopf wackelte hin und her, als er nachdachte.

»Nun, junger Mann. Ich würde sagen, da wurde jemand Zeuge eines Verbrechens. Vielleicht ist er sogar dabeigestanden und hat dem Opfer nicht geholfen, oder er hat davon gewusst und es trotzdem nicht gemeldet. Hängen diese Fälle zusammen?«

Tom nickte.

»Dann würde ich sagen: Der Bischof wusste von den Untaten. Deshalb musste er sterben. Vielleicht hat der Bischof sogar dabei geholfen, ein Verbrechen zu vertuschen. Ich denke, dass der Pfarrer – wie sagt man so schön? – Dreck am Stecken hatte, und der Weihbischof hat versucht, diesen Dreck abzukratzen. Wie auch immer. Schmutz ist hartnäckig. Du kannst ihn tausendmal unter den Teppich oder das Sofa kehren, irgendwann kommt er wieder hervor und ist schlimmer denn je.« Birkhof stand auf und rieb sich abermals die Augen. »Nun, junger Mann, haben Sie schon ein Hotelzimmer?«

Darum hatte Tom sich nicht gekümmert, weil er gedacht hatte, er würde noch am selben Tag nach Wien zurückfliegen, doch er spürte, dass er hier noch nicht fertig war.

»Wenn Sie wollen, können Sie in Sebastians Zimmer schlafen.«

»Danke für Ihr Angebot, aber ich suche mir lieber ein Hotel.« Fast tat ihm diese Antwort leid, aber er konnte sich mit dem Gedanken, im Zimmer eines Verstorbenen zu schlafen, nicht anfreunden. Außerdem war er hier in einem gänzlich fremden Haus mit einem fremden Mann. Es gehörte sich nicht, so ein Angebot anzunehmen.

»Ich muss mich jetzt hinlegen. Das Alter, mein Junge. Kommen Sie morgen wieder? Wegen der Bücher?«

»Haben Sie sonst noch was von Ihrem Freund? Aus dem ehemaligen Geschäft? Hat er Aufzeichnungen gemacht?«

»Sie meinen, eine Bestandsliste?« Markus Birkhof gähnte herzhaft.

»Vielleicht auch eine Liste, wer wann was gekauft oder verkauft hat?«

»Wir können gern morgen in Sebastians Kisten nachsehen, wenn Sie möchten.«

»Das wäre toll.« Tom stand auf und folgte Birkhof in den Flur. »Dann sehen wir uns morgen früh wieder. Ich bin ab sechs Uhr wach.«

»Schlafen Sie gut, und danke für alles bisher.«

»Alles Gute, junger Mann.«

41. KAPITEL

Wien, Dienstag, 3. Mai 2011, 14:00 Uhr

Jutta legte den Hörer auf die Gabel. Überrascht war sie nicht von der Nachricht über Schwester Barbara Markus' Tod, sie empfand lediglich eine Art Enttäuschung. Gut, sie hatte die Schwester nicht gekannt, aber die Szene im Kloster hatte sich tief in ihr Gedächtnis eingebrannt. *Wir waren von Dämonen besessen!* Der Satz wollte ihr nicht aus dem Kopf gehen. Nach allem, was sie von Frau Gföhler gehört und im ehemaligen Kinderheim gesehen hatte, schien dieser Ausspruch durchaus seine Berechtigung zu haben. Aber Dämonen gab es nicht. Das Böse ruhte im Menschen, und man brauchte Stärke und unerschütterlichen Willen, um dagegen zu kämpfen. Jeden Tag, wieder und immer wieder.

Die Oberin des Klosters hatte ihr versprochen, dass sie den Nachlass von Schwester Barbara Markus begutachten durfte. Es waren vor allem Bücher und Papierstapel, die von Interesse sein könnten, hatte die Schwester angemerkt. Darunter waren private Aufzeichnungen, auf die sie neugierig war.

Vorerst wandte sie sich jedoch Toms Post zu. Da er noch einen Tag in Berlin verbringen würde, hatte er ihr den Auftrag gegeben, seine berufliche Post durchzusehen. Die Ablage enthielt interne Akten, die von einer Stelle zur anderen transferiert wurden, Protokolle, Einladungen zu diversen Festen, eine Mitgliedschaftsbestätigung im Polizeiklub und die monatliche Mitarbeiterzeitung. Gelangweilt legte sie die Zeitschrift zur Seite. Ein dickes Kartonkuvert mit Münchner Poststempel erregte hingegen ihre Aufmerksamkeit. Es war in einer kurvigen Schönschrift beschrieben, die eindeutig weibliche Züge aufwies. Neugierig riss sie am perforierten Streifen der Verpackung, und heraus fielen fünf Hefter, ein Notizbuch und ein Taschenbuch. Zuoberst lag ein Brief.

Sehr geehrter Herr Dr. Neumann,

ich hoffe, Sie erinnern sich an mich.

Mit diesen Zeilen schicke ich Ihnen Schwester Sarah Theresias Schätze. Das rote Notizbuch dürfte ein Tagebuch sein. Mein Glaube verbietet mir, diese Aufzeichnungen zu lesen. Ich weiß nicht, ob sie Ihnen weiterhelfen werden, aber Sie benötigen dieses Büchlein dringender als wir.

Die Heftmappen enthalten Aufzeichnungen von ihren Missionarseinsätzen und allem anderen, das mit den Stationen ihres Ordenslebens zu tun hatte.

Falls Sie sich über das Taschenbuch wundern: Es handelt sich um Schwester Sarah Theresias Lieblingsbuch, denke ich. Ich fand es in ihrem Nachttisch, gleich neben der Bibel.

Vielleicht liefert es Ihnen brauchbare Hinweise, einen Versuch könnte es wert sein.

Ich bete jeden Tag für unsere Schwester und schließe Pfarrer Winkler und Ihren Wiener Weihbischof mit ins Gebet ein.

Ich habe auch von Pater Malsters Tod gehört und bin zutiefst betroffen. Ich hoffe, Sie finden den Mörder bald.

Wenn alles vorbei ist, würde ich mich freuen, wenn Sie uns im Kloster besuchen kämen. Gästezimmer stehen bereit, wie Sie wissen.

Gott segne und beschütze Sie
Schwester Agatha Maria

Jutta legte den Brief auf den Heftmappenstapel. Dann las sie den Titel des Taschenbuchs:

»Denn im Dunkeln spricht man nicht«
Von Rebecca Dinkel

Die Kohlezeichnung auf dem Cover zeigte die schemenhafte Darstellung eines Mädchens, das in einer dunklen Zimmerecke am Boden hockte. Seine Arme hatte es um die angezogenen Beine geschlungen. Die Augen waren vor Schreck geweitet, und dem Mädchengesicht fehlte der Mund.

Jutta drehte das Buch um und las den Klappentext:

Rebecca ist fünf Jahre alt, als ihre Mutter sie ins Kinderheim bringt. Schon nach wenigen Wochen hört sie auf zu sprechen, denn was sie dort erlebt, ist zu grausam, um es jemals zu erzählen.

Ein erschütterndes Buch über eine schmerzhafte Kindheit.

Voller Neugier klappte Jutta das Buch auf und las:

Oktober 1977
Bald würde mein Arm abfallen, da war ich mir sicher ...

42. KAPITEL

Jänner 1978
Rebecca

Meine Haut brannte und rötete sich bereits. Kalt und hart prasselte es auf mich herab. Seit einer Ewigkeit stand ich unter dem Wasserstrahl. Auf einem Plastikstuhl vor der Dusche saß Schwester Barbara Markus und beobachtete mich unentwegt. Zwischendurch befahl sie mir, stillzustehen. Meine Zähne klapperten, in meinen Ohren rauschte es. Ich war mir nicht sicher, ob es das Wasser war oder ein anderes Geräusch.

Meine Handflächen fühlten sich runzelig an. Meine Blase drückte, und das kalte Wasser verstärkte den Harndrang. Aber vor der Schwester konnte ich jetzt auf keinen Fall lospinkeln. Denn deshalb stand ich ja hier.

Ich hatte wieder ins Bett gemacht. Der Pinkelmann war heute nicht gekommen. Also wurde ich bestraft. Normalerweise ließen sie sich jedes Mal neue Strafen einfallen. Ob ihnen die Ideen ausgegangen waren? Oder lag ein anderer Grund vor, warum ich wieder unter der Dusche stand?

Ich nieste und hustete. Bestimmt wurde ich wieder krank. Ich wagte nicht zu fragen, wie lange ich noch hier stehen bleiben musste. Schwester Barbara Markus betete und befahl mir mitzubeten. In meinem Kopf formten sich die Worte des *Vaterunsers*, aber sie blieben mir im Hals stecken.

»Bereust du es? Wirst du dich bessern, Rebecca?«

Was sollte ich darauf antworten? Mein Körper gehorchte mir doch nicht. Mir wäre es auch lieber, wenn ich in einem trockenen Bett schlafen könnte. Der Pinkelmann müsste sich woanders sein Gesicht reiben und diese ekligen Sachen machen.

»Rebecca, antworte mir! Willst du wieder in den Keller?«

Ich guckte auf den Boden und meinte, Ratten zu sehen. Es roch nach Kot und Schweiß. Dunkelheit legte sich über mich. Nein, ich wollte nicht wieder in den Keller! Lissi war nicht wiedergekommen damals. Ich habe sie erst einen Tag darauf im Speisesaal gesehen. Sie lebte jetzt auf der Krankenstation. Die Schwestern hatten uns erzählt, Lissi sei verrückt geworden. Ich bekam Angst.

In das Wasser, das von meinem Körper auf die weißen Fliesen klatschte, mischte sich ein helles Gelb. Heiß floss es an meinen Beinen hinab. Jetzt hatte es auch die Schwester gesehen und zerrte mich an den Haaren aus der Dusche. »Du wagst es, dich während des Gebets zu entleeren? Zürnst du so dem Herrn?«

Ich rutschte aus und fiel auf den Fliesenboden. Unbarmherzig schleifte sie mich an den Haaren über den Boden. Ich versuchte, mich schwer und klein zu machen. Sie warf ein Handtuch über mich, es fühlte sich kratzig an und stank. Die Schwester rieb mich trocken; rieb und rieb und hörte nicht mehr auf. Auf einmal kreischte ich, es war der erste

Laut seit Langem, den ich von mir gab: ein gellender, langgezogener Schrei. Es fühlte sich toll an.

»Hör auf!«

Wieder gehorchte mein Körper nicht. Er wollte weiterschreien.

Die Schwester zog sich einen Schuh aus und schlug damit auf mich ein. »Hör auf! Hör auf!«

Ich zog die Beine dicht an meinen Körper, legte den Kopf auf die Knie und die Arme darüber. So eingeigelt schrie ich die Fliesen an. Die Schwester prügelte weiter, dann trat sie mit dem noch beschuhten Fuß nach mir.

Zwei Hände fassten mich und rissen meine Arme hoch. Andere Hände drückten mit festem Griff meine Beine auf den Fliesenboden, und Schwester Barbara Markus setzte sich auf meinen Bauch. Ich sah noch, wie Schwester Elisabeth sich über mich beugte und mit sanfter Stimme auf mich einredete.

»Ruhig, Becky, gleich geht es dir besser.«

Ein kurzer Stich in der Armbeuge war alles, was ich spürte, bevor es schwarz vor meinen Augen wurde.

43. KAPITEL

Wien, Dienstag, 3. Mai 2011, 17:25 Uhr

Jutta hatte vorerst genug gelesen. Vermutlich war diese Rebecca Dinkel, die das Buch geschrieben hatte, in dem

Kinderheim gewesen. Alles ergab Sinn: die Kammer im Keller mit der Matratze und dem Eimer, die fleckige Matratze oben im Schlafsaal des ersten Stocks.

Offensichtlich war die verstorbene Schwester Barbara Markus identisch mit der gewalttätigen Schwester im Buch. Jetzt war klar, warum die Nonne meinte, sie wäre von Dämonen besessen gewesen. War das ihre Erklärung dafür? Fühlte sie sich besser, als wenn sie sich eingestehen müsste, dass sie ein böser Mensch war?

Sie stellte das Buch neben ihren Computermonitor und widmete sich den Notizbüchern, die ebenfalls im Umschlag gesteckt hatten. Schon auf der ersten Seite war klar, dass es sich hier um ein Tagebuch handelte. Prinzipiell war die Schrift gut leserlich, beim schnellen Durchblättern stachen Jutta jedoch verschwommene Textteile ins Auge. Es schien, als ob Wassertropfen auf die Tinte gefallen wären. Sie versuchte, die Stellen zu entziffern:

Ich kann nicht mehr. O Herr, warum tu ich …ndern das an? Geht es nicht auch ohne St…r, Einsperren und kalte Du…? Ich will hier weg. Aber ich trage doch die Verantwortung für …us. Lissi hat Verletzungen, von denen ich nicht weiß, wie sie dahin gekommen sind. Hat sie sich das selbst angetan? Womit?

Jutta legte das Tagebuch zur Seite. Das Geschriebene ließ großen Leidensdruck erkennen, obwohl Schwester Sarah Theresia kein Opfer, sondern eine Mittäterin gewesen war.

Sie brauchte mehr als diese Aufzeichnungen. Wer war Lissi? Lebte das Mädchen noch? Wenn ja, konnte man sie befragen? Was sie brauchte, war eine vollständige Liste der Heimkinder und deren Betreuer. Wieder ärgerte sie sich über das Benehmen des Bürgermeisters. Da fiel ihr die Telefonnummer des St. Pöltener Bistums ein.

Umständlich kramte sie in ihrer Tasche und fand den mehrfach gefalteten Zettel zwischen den Münzen in der Geldbörse. Schon nach zweimaligem Läuten meldete sich eine männliche Stimme. »Bistum Sankt Pölten. Rupert Urban am Apparat.«

»Guten Tag, Herr Urban. Jutta Stern hier vom LKA Wien. Ich habe Ihre Nummer von Jürgen Konrad erhalten.«

»Ach, wie geht es dem Herrn Bürgermeister?«

»In Anbetracht der momentanen Lage wohl eher nicht so gut.« Juttas Tonfall wurde ernst. »Ich hoffe, Sie können mir weiterhelfen.«

In der Leitung rauschte und knackte es. »Geht es um das Stift?«

»Natürlich. Herr Konrad hat ja bereits mit Ihnen telefoniert.«

»Äh … nein, das hat er nicht.« Die Stimme in der Leitung klang ratlos. »Wie kommen Sie darauf?«

»Er hat Sie doch angerufen, um die Erlaubnis einzuholen, das Kloster aufzusperren, damit wir es uns ansehen können.«

»Also mir ist nichts davon bekannt. Soweit ich weiß, hatten Sie ja einen Durchsuchungsbefehl.«

Jetzt war Jutta ratlos. Warum hatte der Bürgermeister gelogen? »Ja, das ist richtig. Aber Herr Konrad wollte uns das ersparen und bei Ihnen anrufen. Allerdings wollten Sie die Einwilligung nicht erteilen.«

»Warum hätte ich mich dagegen sträuben sollen?«

Na wegen der Leichen im Keller!

»Nach allem, was wir gefunden haben, hätten Sie schon Gründe dafür gehabt.«

»Frau Stern, kommen Sie doch bitte zum Punkt.« Sein Tonfall klang gehetzt. »Ich muss zum Abendgebet.«

»Ich brauchte die Liste mit den Namen der ehemaligen Heimzöglinge und deren Betreuer. Auch andere Aufzeichnungen könnten mir dienlich sein.«

»Von welchen Jahren sprechen wir?«

»1973 bis 1979.«

»Gut, ich muss los, Frau Stern. Schönen Abend noch. Ähm … ich melde mich bei Ihnen.« Ein Klicken in der Leitung beendete das Gespräch abrupt.

Ein Schritt vor, zwei Schritte zurück. Hoffentlich fand Tom wenigstens sachdienliche Hinweise in Berlin.

Georg, der am Schreibtisch gegenüber alte Akten sortierte, schenkte ihr einen aufmunternden Blick. »Es ist ein vertrackter Fall, was?«

»Ja. Ich hoffe nur, der Mörder hat nicht schon längst sein nächstes Opfer im Visier.«

»Das hat er, Jutta. Bestimmt.«

Aber warum ließ er diesmal so viel Zeit verstreichen?

»Denkst du, er plant wieder zwei oder drei Morde hintereinander?«

Georg zuckte mit den Achseln. »Was weiß ich, was in dem kranken Hirn vorgeht.«

»Warum verschweigt uns der Bürgermeister Fakten?«

»Wie kommst du darauf?«

»Weil er uns grundsätzlich anlügt.«

Georg hob fragend die Augenbrauen, was Jutta dazu veranlasste, ihm vom Telefongespräch mit Rupert Urban zu berichten. Nach einer Weile nickte der Chefinspektor und stand auf. »Da ist auf jeden Fall was faul. Stellen wir ihn persönlich zur Rede!«

»Mir wäre ein Durchsuchungsbefehl lieber.«

»Vielleicht keine schlechte Idee. Wenn er bis jetzt geschwiegen hat, wird er wohl weiterhin abstreiten, mehr zu wissen.«

»Fragst du oder soll ich?«

Mit Blick auf Juttas Schreibtischchaos sagte er: »Lass nur, ich mach das. Übrigens, Tom hat angerufen. Er fliegt heute Abend wieder zurück.«

»Irgendwelche Neuigkeiten?«

»Keine Ahnung, er hat nur was von megageilen neuen Schuhen gefaselt.« Er zuckte mit den Schultern, und sie musste kichern.

»Er wird doch nicht das Ufer gewechselt haben? In Berlin ist alles möglich.«

Nachdenklich rieb sich Georg das Kinn. »Die Nacht im *Iwans* wird für ihn schon nicht so einschneidend gewesen sein.«

Natürlich wusste Jutta von Toms Streifzug. »Mir egal, ich hab doch schon zwei schwule Freunde, auf einen mehr oder weniger kommt es da nicht an.«

Auf einmal stand Kretschmer hinter ihnen. Er schien einen Teil der Unterhaltung mitbekommen zu haben.

»Wenn du schon schwule Freunde hast, kannst du die einspannen«, schlug er vor.

»Weshalb?«

»Die Spermaspuren, die beim Bischof gefunden wurden, sind nicht identisch mit seiner eigenen DNA.«

Georg schnaubte. »Na da haben wir's.«

»Irgendeine andere Übereinstimmung?«, fragte Jutta und kritzelte in ihren Notizblock.

»Leider nein, niemand aus unseren Datenbanken passt auf das Profil. Auch die anderen Opfer scheiden aus.« Kretschmer warf die Akte auf Juttas ohnehin schon überfüllten Schreibtisch und rauschte davon.

»Na toll, alles wieder auf Anfang.«

»Dann fassen wir das zusammen, was wir bis jetzt haben.«

»Ich hoffe, Tom kann noch einen Batzen drauflegen, wenn er zurückkommt. Was wir bisher haben, ist weniger als nichts.«

Durch den Mord an der Nonne hatten sie gedacht, die Homosexuellenszene ausklammern zu können. Anscheinend hatten sie falsch gedacht. Oder? Jutta kam ein Verdacht.

»Vielleicht haben die Spermaspuren nichts mit dem eigentlichen Delikt zu tun.«

»Wie meinst du das?«

»Wie alt die Spuren auf dem Laken waren, wissen wir nicht. Was, wenn der Bischof Tage zuvor ein Techtelmechtel hatte?«

»Derjenige könnte aber trotzdem der Mörder sein. Vielleicht hat er so eine Anmachmasche.«

»Bleibt immer noch Schwester Sarah Theresia. Wie passt sie da rein?«

»Ich hoffe, wir finden das rechtzeitig heraus.« Er spuckte in die Hände und rieb sie anschließend aneinander. »Na, dann lass uns mal gemeinsam Ordnung in das Chaos bringen. So kann man nicht arbeiten. Wenn Tom morgen zurückkommt, geht's rund.« Er zeigte auf ihren Schreibtisch.

»Weiß gar nicht, was du meinst«, entgegnete sie.

44. KAPITEL

Berlin, Mittwoch, 4. Mai 2011, 10:45 Uhr

»Nun, Junge, wo wollen wir anfangen?« Markus Birkhof kratzte sich am Kopf. Tom tat es ihm gleich. Gemeinsam standen sie in Sebastian Schuhmanns Zimmer und versuchten, in diesem Verpackungschaos die Unterlagen des ehemaligen Antiquariats zu finden.

»Wie hat sich Herr Schuhmann hier bloß orientiert?«

»Er klagte schon ab und an über unzureichenden Stauraum«, scherzte der Alte.

»Die Schachteln sind nicht beschriftet.« Sie würden Tage brauchen, diese Unmengen an Umzugskartons, Schuhschachteln und Plastiksäcken zu durchstöbern.

Birkhof zuckte mit den Achseln. »Sebastian hatte sein eigenes System.«

»Und das wäre?«

»Keine Ahnung.« Ein gnomenhaftes Lachen erklang.

Der Alte wurde Tom jede Minute sympathischer. »Ich schlage vor, sie schrittweise abzuarbeiten.«

»Was immer du sagst, Junge.«

Tom blies den Staub von einem großen Karton und öffnete ihn. »Bücher.« Er trug eine Schicht ab, darunter lagen wieder Bücher. Er legte sie in den Karton zurück und schloss ihn. »Ich brauche einen Marker zum Abzeichnen der bereits gesichteten Kartons.«

Birkhof wackelte hinaus und kam mit einem roten Stift wieder. Tom bedankte sich, zeichnete ein X auf die Schachtel, stellte sie zur Seite und öffnete die nächste.

»Bücher.« Wenn die Mehrzahl der Kartons Bücher enthielt, wären sie rasch fertig.

Markus Birkhof öffnete gerade einen anderen Karton. »Bücher.« Das war wenig überraschend. »Ich habe mich oft gefragt, ob Sebastian wirklich alle gelesen hat.«

»Das ließe sich ausrechnen. Wir müssten nur wissen, wie viele Seiten er in der Stunde geschafft hat.«

»Willst du mich jetzt auf den Arm nehmen, Junge?«

»In vereinfachter Form könnte man es folgendermaßen machen: Wenn man es schafft, ein Buch pro Tag zu lesen, wären das 365 Bücher im Jahr. Wir gehen davon aus, dass Sebastian mit sechs Jahren lesen gelernt hat, also konnte er mit acht oder neun Jahren schon ein ganzes Buch lesen. Jetzt müsste ich nur noch wissen, wie alt er geworden ist.«

»78.«

»Wir ziehen acht Jahre ab, bleiben 70. Das macht 25.550 Bücher.«

»Das ist doch verrückt.«

»Ja, denn man muss davon ausgehen, dass er monatelang oder vielleicht jahrelang kein Buch gelesen hat oder eben nur weniger. Ich wollte mit der Kalkulation nur aufzeigen, dass es zu schaffen ist, Tausende Bücher im Leben zu lesen.«

Der Alte wackelte mit dem Kopf und half ihm, Kiste für Kiste zu öffnen. Bis zum Mittagessen hatten sie nichts Nennenswertes gefunden. Birkhof kochte einen mexikanischen Eintopf, den sie zusammen mit knusprigen Brötchen verspeisten. Nach dem Essen gönnte sich der Alte ein Nickerchen, ließ Tom aber weiterarbeiten. Er öffnete einen Karton nach dem anderen. Die meisten enthielten Bücher, in manchen fand er Fotoalben oder Nippes, die der alte Schuhmann im Laufe seines Lebens zusammengetragen hatte: Reisemitbringsel und diverse Figürchen aus Porzellan, die vermutlich seiner Frau gehört hatten.

Es war schon lange nach 15 Uhr, als er endlich auf eine Aufbewahrungstruhe aus Klarplastik stieß, die mit einem Deckel verschlossen war. Tom öffnete die Box, die wohl aus dem schwedischen Einrichtungshaus stammte. Ein ganzer Schwung ledergebundene Notizbücher mit zum Teil vergilbten Seiten lag darin. Beim Aufklappen fiel ihm gleich die verschnörkelte Schönschrift auf.

Verkauf und Zukauf stand auf jedem Blatt ganz oben. Darunter waren Datum und Namen des Kunden eingetragen sowie der Artikel, um den es ging. Die Bücher waren nach Datum sortiert. Es gab keine Bestandslisten, also würde es womöglich Wochen dauern, um zu finden, was er suchte. Schließlich wusste er nicht, wann Schuhmann die Faust-Ausgabe gekauft und wieder verkauft hatte. Es würde ihm nichts anderes übrigbleiben, als alle Einträge durchzusehen.

»Nun, was gefunden?« Markus Birkhof stand im Türrahmen und sah neugierig auf die Notizbücher in Toms Händen.

»Ich muss diese Bücher mit nach Wien nehmen. Ist das in Ordnung? Es wird mich Tage kosten, die Aufzeichnungen zu studieren.«

»Kein Problem, ich benötige die Sachen nicht mehr. Sebastian hätte sicher nichts dagegen, wenn sie bei der Aufklärung dieser Morde helfen.«

»Das wird sich zeigen.«

Birkhof verschwand und kam mit einer Reisetasche wieder. »Hier, Junge, pack ein, und dann komm auf einen Abschiedstrunk ins Wohnzimmer.«

»Gern, einen Moment noch.«

Er musste unbedingt einen Flug nach Wien buchen. Obwohl er den kauzigen alten Mann vermissen würde. Er zückte den BlackBerry und tippte die Nummer der Airline ein. Von draußen hörte er Markus Birkhof ungeduldig rufen: »Nun komm schon, Junge. Der Tee wird kalt. Außerdem kann ich den Kuchen nicht allein aufessen.«

45. KAPITEL

Februar 1978
Rebecca

»Rebecca, steh auf. Es ist Zeit für die Beichte.«

Wo hatte ich diesen Satz schon einmal gehört? Ein Schatten stand im Türrahmen, der mir bekannt vorkam. Durch den Windhauch, der von dort herüberwehte, bildete sich Gänsehaut auf meinen Unterarmen. Ungläubig betrachtete ich sie. Warum spürte ich die Kälte nicht? Meine Haut war bereits getrocknet, und ich hatte ein Nachthemd an. Wie war ich hierhergekommen? Das Letzte, woran ich mich erinnern konnte, war Schwester Elisabeths Gesicht, ihre sanfte Stimme und das Piksen im Arm. Im Keller war ich wieder aufgewacht. Es war ein anderer Raum als beim letzten Mal. Hier stand ein Bett mit Matratze und einer kratzigen Wolldecke darauf. Der Eimer in der Ecke sah hingegen gleich aus. Der Geruch im Raum war ebenfalls ähnlich.

Jetzt stand ein Mann im Türrahmen und wartete auf mich. Siedend heiß fiel es mir wieder ein: Lissi! Der Mann hatte sie damals geholt und nicht zurückgebracht. *Er wird kommen! Er wird kommen!*, hallte es durch meinen Kopf. Ich hielt mir die Ohren zu. *Er ist da! Er ist da!* Lissis Stimme schrie gnadenlos weiter. Es half auch nicht, mich ganz in die Ecke zu drücken.

Der Mann im Türrahmen wurde ungeduldig. »Komm schon. Alle warten auf dich.«

Wer? Wollte er mich womöglich nur in den Speisesaal bringen? Die Bedrohung, die ich fühlte, konnte ein Produkt meiner Fantasie sein.

Ich rutschte von der Matratze herunter, um aufzustehen. Der Raum drehte sich um mich, die Ratten am Boden tanzten. Meine Beine gaben nach. Kraftlos sank ich auf die Matratze zurück. Was war bloß los mit mir? Meine Lider schlossen sich ohne mein Zutun.

»Jetzt wird nicht geschlafen!«

Müde hob ich den Kopf. Ich wollte nichts als schlafen. Zum Beichten war morgen genug Zeit. Vom Beichten, dem Beten und dem ewigen Bibelgefasel hatte ich ohnehin die Nase voll. Es waren genug Kinder im Haus, sollte er doch ein anderes zur Beichte bringen. Müde zog ich die Beine an, um mich wieder hinzulegen.

Der Mann riss mich an den Haaren hoch und drosch meinen Kopf gegen die Wand. Schlagartig war ich hellwach und starrte meinem Gegenüber ins Gesicht. Nein! Das konnte nicht sein.

»Du dumme Gans! Jetzt blutest du. Warum tust du nicht, was ich sage?«

Ich starrte auf seinen Mund, den ich kaum erkennen konnte unter all dem Haar. Vor Bärten ekelte ich mich. Heutzutage gab es doch diese Apparate, mit denen man die Haare wegmachen konnte. Es gab keinen Grund mehr, mit Haaren im Gesicht herumzulaufen.

»Stehst du auf? Oder muss ich grob werden?«

Er war doch schon grob geworden. War es sinnvoll, jetzt noch aufzustehen? Gab es überhaupt einen Sinn in alldem? Ich fasste mir an den Hinterkopf. Meine Finger blieben an einer warmen Flüssigkeit kleben. Ja, er hatte gesagt, dass ich blutete. Würde ich jetzt sterben? Davor hatte ich keine Angst. Sterben war besser. Eigentlich konnte ich es gar nicht mehr erwarten, endlich dieses weiße Licht zu sehen, von dem Vinzenz erzählt hatte. Er hat es angeblich schon einmal gesehen, das Paradies.

Ich stellte mir eine Blumenwiese vor, auf der alle Kinder herumtollen durften, wie sie wollten. Bei diesem Gedanken musste ich lächeln.

Der Bärtige wurde nun richtig wütend. »Du lachst mich aus? Was fällt dir ein?«

Wie? Ich hatte ihn doch gar nicht ausgelacht. Ich war nur gerade woanders gewesen. Auf der Wiese mit den Kindern. Mein schmerzender Körper holte mich in die Realität zurück. Der Bärtige riss an meinem Nachthemd.

»Wie du willst. Wir machen es gleich hier. So, wie du aussiehst, können wir die Fotos sowieso vergessen.«

Er wollte mich nur holen, um Fotos zu machen? Wie dumm war ich eigentlich? Eine seiner Hände riss am Nachthemd, mit der anderen drückte er meinen Körper auf die Matratze zurück. Durfte ich jetzt doch schlafen?

»Hab schon gehört, dass du anders bist.« Er leckte sich mit der Zunge über die Oberlippe. Spuckebläschen blieben dabei in seinem Bart hängen. Angewidert schlug ich die Augen nieder. Eine Hand schob sich in mein Höschen. Das war falsch, ganz falsch! Mein Slip war nicht nass. Ich hatte den Eimer benutzt. Außerdem war er nicht der Pinkelmann. Ich starrte in die glasigen Augen des Mannes, dessen Namen ich vergessen hatte und der gerade mein Höschen zerriss. Ein stechender Schmerz ließ mich zusammenzucken. Was passierte hier? Sein Finger bohrte sich in mich, vor und zurück. Der Bärtige stöhnte, wie ich es vom Pinkelmann gewohnt war. Sein Mund presste sich auf meinen, und ich wagte nicht zu atmen.

»Mach den Mund auf!«, schrie er, während er weiter in mir herumbohrte. Zwischen meinen Beinen brannte es. Er hockte sich auf das Bett, und ich starrte auf einen knochigen Hintern, vorne baumelte sein seltsames Körperteil, das plötzlich wuchs.

»Nimm ihn in den Mund, schnell!« Übelkeit stieg in mir hoch. Das Ding drückte gegen meinen Mund und rieb daran. Fest presste ich meine Lippen zusammen. Ich versuchte, mich zur Seite zu drehen, doch mein Kopf war zwischen seinen Knien eingezwängt wie in einem Schraubstock.

»Komm schon! Nimm ihn in den Mund, schnell!«

Niemals! Niemals! Das Bohren hörte auf, stattdessen schmatzte der Bärtige zwischen meinen Beinen und stöhnte. Das Ding drückte härter gegen meine Lippen. Ich kniff die Augen zusammen.

Ich liege auf einer Blumenwiese und sehe den Schmetterlingen nach. Neben mir steht ein Apfelbaum im Grün. Die Blätter tänzeln im Wind. Einer der Äpfel fällt mir auf den Kopf, ich hebe ihn auf.

»Nimm ihn in den Mund«, sagt jemand mit lieblicher Stimme. Der Apfel liegt rot und glänzend in meiner Hand und verströmt einen süßlichen Geruch. Mein Magen knurrt. Meine Zungenspitze leckt über die glatte Apfelhaut. Ich öffne meinen Mund, um ein Stück abzubeißen.

Ich bekam keine Luft mehr. Das Ding steckte tief in meinem Schlund.

»Endlich, ja«, stöhnte der Bärtige zwischen meinen Beinen und saugte sich fest. Das Ding in meinem Mund begann zu zucken, plötzlich verklebte eine zähe Flüssigkeit meinen Rachen. Ich würgte. Der Bärtige drückte das Ding noch einmal tiefer hinein. Noch ein Schwall spritzte in meinen Mund. Dann rollte der dürre Körper von mir herunter.

»Es ist wahr, du bist wirklich ein besonderes Mädchen.« Beinahe zärtlich strich er mir eine Haarsträhne aus der Stirn und lächelte mich an. Schlagartig wusste ich wieder, wer er war. Jeden Sonntag las er unsere Kindermesse. Unfähig, mich zu bewegen oder ein Wort zu sagen, betrachtete ich sein immer noch lächelndes Gesicht. Der Pfarrer war jetzt sehr freundlich.

»Ich werde Schwester Barbara bitten, dich wieder in die Gemeinschaft aufzunehmen und dir zu essen zu geben.«

Aufs Essen konnte ich verzichten. Der Appetit war mir vergangen. Noch immer verklebte der stinkende Schleim meinen Rachen.

»Bis morgen, mein braves Kind.« Er drückte mir einen feuchten Kuss auf die Wange.

Bis morgen? Was meinte er damit? Ich schüttelte den Kopf. *Nein, Herr Pfarrer, nein!* Ich musste es laut ausgesprochen haben, denn er runzelte die Stirn, stand auf und strich sich seinen Talar glatt.

Mit seinen feucht-klebrigen Fingern tätschelte er meinen Arm. »Nicht doch. Du darfst mich Heinrich nennen.«

46. KAPITEL

Wien, Donnerstag, 5. Mai 2011, 9:15 Uhr

Das vergilbte Blatt Papier zitterte in Juttas Hand, und sie wischte sich den Schweiß von der Stirn. Das konnte doch nicht sein. Sie müsste es wissen, wenn diese Aufzeichnungen von Schwester Sarah Theresia stimmen würden. All die Jahre hatte sie mit Mutter unter einem Dach gelebt, und kein einziges Mal war die Sprache auf Indien gekommen.

Nie, niemals! Warum fand sich dann der Name ihrer Mutter in den Aufzeichnungen der Ordensfrau?

Die Buchstaben vor ihren Augen verschwammen zu einer grauen Masse. Sie legte das Blatt Papier auf den Stapel und stand auf. Jetzt brauchte sie einen starken Kaffee und ein Stück Kuchen. Einfacher wäre es, Mutters Nummer zu wählen und sie zur Rede zu stellen, warum sie ihr all die Jahre nie von ihrem Aufenthalt in Indien erzählt hatte. Aber Jutta war momentan zu aufgewühlt. Wie viele Geheimnisse gab es noch? All die Jahre hatte sie gedacht, sie und Mutter wären eine Einheit. Wie konnte ein Mensch einen anderen so furchtbar täuschen?

Die Münzen klimperten in den Automaten. Schnell drückte sie die Vier, und sogleich fiel eine Packung Mannerschnitten in die Ausgabelade. Fahrig riss sie das Papier auf und schob sich zwei Waffeln in den Mund. Dann holte sie sich einen Kaffee, setzte sich an ihren Schreibtisch und betrachtete die Seite noch einmal.

Zweifellos stand hier: *Dr. Eva Foster*. Im Tagebuch der Nonne war ebenfalls immer wieder von einer Eva die Rede. An einer Stelle kam auch eine Tochter vor:

Eva wird wieder nach Österreich gehen. Ihre Kleine wurde schon zum fünften Mal krank. Sie ist ein schwaches Mäuschen und sehr schreckhaft. Eva hat Angst, ihre Tochter zu verlieren, wenn sie hier in der Kolonie weiterleben muss. Ich werde sie vermissen …

Juttas Hände kribbelten. Sie dachte an ihren immer wiederkehrenden Albtraum von den entstellten Menschen, die unaufhaltsam auf sie zukamen. War es vielleicht kein Traum, sondern eine Erinnerung, die ihr Unterbewusstsein im Schlaf hervorholte? Es blieb ihr nichts anderes übrig, als alle Aufzeichnungen durchzusehen und das Tagebuch zu Ende zu lesen. Aufgeregt blätterte sie durch den Stapel. Ihr Blick fiel auf maschinengeschriebene Namenslisten. Auf einer der Listen fand sie den Namen ihrer Mutter.

Leprakolonie Madras Missionshaus stand darüber.

Mit Mullbinden verbundene Menschen mit entstellten Gesichtern schienen sie anzugrinsen, liefen auf sie zu und betatschten sie. *Endlich weißt du, wer wir sind,* schienen sie ihr zuzurufen.

Jutta zog sich ihre Jacke über. War sie als Kind in einer Leprakolonie gewesen? War das die Erklärung ihrer Albträume? Warum hatte ihre Mutter nie davon erzählt, selbst dann nicht, als sie ihr von den Träumen berichtet hatte?

Neben dem Namen ihrer Mutter stand: *Doktor med. von Ärzte ohne Grenzen. Schwerpunkt Tropenmedizin.*

Aber von einer Tochter stand hier nichts. Als Datum war der 4. Jänner 1971 angeführt. Im Oktober 1971 war Jutta geboren worden. Sogleich suchte sie die Stelle aus dem Tagebuch heraus, wo davon die Rede war, dass Eva das Land verlassen musste. Das Datum war der 6. Februar 1974. Demnach müsste sie zu diesem Zeitpunkt zwei Jahre und 4 Monate alt gewesen sein. Zu jung, um sich alles bewusst zu merken, aber alt genug, um sich an gewisse Dinge zu erinnern, wenn auch nur im Traum. Wenn ihre Mutter bereits ein Jahr vor ihrer Geburt in Indien gewesen und erst 1974 wieder nach Österreich zurückgegangen war, wo war Jutta dann gezeugt worden? War Eva zwischenzeitlich nach Österreich geflogen?

Jutta sprang auf und lief zu den Waschräumen. Ihr Herz stolperte, und ihr Hals fühlte sich an wie zugeschnürt. Mit ihren Armen stützte sie sich am Waschbecken ab und sah in den Spiegel. Grüne Augen umgeben von blasser Haut blickten ihr entgegen. Sommersprossen zierten ihre

Wangen. Ihr Haar klebte in dünnen mausbraunen Strähnen am Kopf. Nichts deutete darauf hin, einen indischen Vorfahren zu haben. Was sollte sie jetzt tun? Konnte sie ihre Mutter mit den Aufzeichnungen konfrontieren? Was war nur los mit ihrem Leben? Vor Monaten war sie unbeschreiblich glücklich gewesen, und jetzt fiel ihre ganze Welt auseinander. Energisch wischte sie die Tränen ab, atmete noch einmal tief durch und verließ die Toilette. Auf dem Gang stieß sie mit Tom zusammen, der einen unausgeschlafenen Eindruck machte und eine Reisetasche schleppte.

»Du bist zurück.«

»Yes, Ma'am, und du siehst … irgendwie … verheult aus.«

Jutta riss sich zusammen und winkte ab. »Nur der übliche Weltschmerz. Erzähl mir lieber, wie es in Berlin war.« Sie taxierte ihn von oben bis unten. »Tolle Schuhe.«

»Gell?« Tom lächelte. »Schlangenlederschuhe braucht der Mann von heute.«

Jutta konnte sich ein Lachen nicht verkneifen. »Du warst nicht zufällig im falschen Geschäft?«

Demonstrativ stemmte er einen Arm in die Hüften, schritt den Gang auf und ab, mit der freien Hand schwenkte er einen imaginären Schal. »It's drama, Baby.«

Gelächter folgte. Jetzt ging es Jutta schon besser. »Mann, wie hab ich dich vermisst.«

Statt einer Antwort umarmte er sie. »Ich hab dir ein Geschenk mitgebracht«, flüsterte er ihr ins Ohr.

»Schuhe?«

»Keine Sorge, ich weiß, dass du keine Fashion-Queen bist.«

»Georg wartet auf dich.«

»Für den hab ich auch ein Geschenk.«

Georg und Tom begrüßten sich, als hätten sie sich wochenlang nicht gesehen. Maier und Habicht kicherten, als Tom ihnen zwei Biergläser mit dem Berliner Bärenemblem überreichte. Georg erhielt eine alte Fotografie Marlene Dietrichs mit Originalunterschrift.

»Ich übernehme aber keine Gewähr für die Echtheit. Hab ich im Nachlass des alten Schuhmann gefunden.«

Jutta begutachtete den Inhalt des Päckchens in ihrer Hand. In der Schachtel lagen ein Buch mit dem Titel *Träume deuten* und ein Ring aus Wolle mit Federn daran.

»Das ist ein Traumfänger«, erklärte Tom. »Als du bei mir geschlafen hast, hast du öfter geschrien. Da dachte ich, du leidest vielleicht unter Albträumen.«

Vor ihm konnte sie nichts verheimlichen.

»Ins Fenster gehängt, soll er die schlechten Träume abfangen, bevor sie in die Nähe des Bettes kommen«, fuhr er fort.

Was für eine schöne Idee. »Danke. Das ist sehr nett. Hoffentlich wirkt es.« Jutta war gerührt. »Warst du noch gar nicht zu Hause?«, fragte sie mit Blick auf die Reisetasche zu seinen Füßen.

»Das hier sind Unterlagen, die ich durchackern werde. Einer von euch könnte mir dabei helfen.« Er öffnete die Tasche, in der sich braune Ledermappen befanden.

Sie zeigte auf ihren Schreibtisch. »Ich bin gerade anderweitig beschäftigt.«

»Ich mach's.« Georg packte die Reisetasche und trug sie zu seinem Tisch. Jutta zeigte Tom die Unterlagen der ermordeten Nonne und was sie darin bereits gefunden hatte.

»Das Buch ist besonders interessant. Ist im Eigenverlag erschienen. Schwester Barbara Markus kommt darin vor, Schwester Sarah Theresia und unser Heinrich Winkler, glaube ich. Jedenfalls ist von einem Heinrich die Rede. Und ich weiß jetzt, warum ihn niemand leiden konnte.«

»Steht das drin?«

»Lies es selbst, aber ich sag dir eines: Das ist starker Tobak.«

»Das glaube ich dir aufs Wort.«

»Es wirkt alles sehr echt, aber es kann sein, dass manches davon Fiktion ist. Am Ende bringt die Erzählerin sich um, diese Passage ist auch im Präsens geschrieben, was ich aber bloß für ein Stilmittel halte, damit es sich von den anderen Kapiteln abhebt.«

»Wenn sie wirklich tot wäre, hätte sie's kaum im Eigenverlag herausbringen können«, merkte Tom an.

Jutta nickte und wechselte das Thema. »Wie war es in Berlin?«

»Ich habe nette Leute kennengelernt.«

»Schuhverkäufer?«

»Auch. Aber hauptsächlich habe ich mich mit Markus Birkhof unterhalten.«

»Wer ist Markus Birkhof?«

»Der Freund von Schuhmann, dem Antiquar.«

»War Schuhmann auch da?«

Tom schüttelte den Kopf.

»Oh.« An seinem Blick konnte sie erkennen, dass der Mann verstorben war.

»Und dieser Birkhof, wie bist du zu dem gekommen?«

»Er wohnte mit Sebastian Schuhmann zusammen. Jetzt lebt er allein in der Wohnung mit all dem Zeug. Er hat mir die Bücher geschenkt. Ich muss sie nur einmal alle holen, beziehungsweise verpacken und an mich selbst schicken. Jedenfalls hatte ich mit Markus sehr gute Gespräche. Seiner Meinung nach müssen wir Gretchen finden.«

»Gretchen?«

»Faust, erster Teil.«

»Also suchen wir jetzt eine Mörderin namens Gretchen?«

»Ist nur eine Metapher. Das Buchzitat bei Heinrich Winkler lautete: *Heinrich! Mir graut's vor dir*. Das sagt Gretchen.«

»Also dem Mörder oder der Mörderin graute vor Heinrich Winkler. Müsste es nicht umgekehrt sein?«, mischte sich Georg ein, der mitgehört hatte.

»Wenn es um diesen Heinrich in Rebecca Dinkels Buch geht, war er wirklich ein grauenhafter Mann.« Sie blies sich eine Haarsträhne aus dem Gesicht und hielt ihnen das Buch vor die Nase. »Kapitel 45, lesen!«

»Ist das ein Befehl?« Tom lächelte.

»Für mich eine Drohung, ich mag keine Bücher.« Georg verschränkte die Arme. Jutta lachte und hielt Tom das Buch hin.

Der spitzte die Lippen zu einem Kuss. »Merci, bien sûr.« Mit dem Buch in der Hand schlenderte er auf seinen Platz.

Georg sortierte weiter die Mappen des Antiquars, und Jutta widmete sich wieder den beunruhigenden Aufzeichnungen der Nonne. In den Berichten aus Indien kamen ansonsten keine bekannten oder ermittlungstechnisch relevanten Personen vor. Keine Spuren von Heinrich Winkler und den anderen Opfern. Sie fand keine weiteren Aufzeichnungen über die Zeit im Kinderheim. Das Tagebuch führte die Schwester erst Jahre später fort, und da hieß es:

12. März 1997
Liebes Tagebuch

Die Vergangenheit holt mich ein. Jahrelanges Fliehen vor der Wahrheit nach Indien, Nepal, Afrika und Südamerika hat mir nicht geholfen. Wie dumm von mir. Gott vergisst unsere

Sünden nicht. Er wartet schon viel zu lange auf meine Buße. Dass ich bereue, weiß er. Oft genug habe ich die Kinder in mein Gebet eingeschlossen. Habe mich gefragt, was aus ihnen geworden ist. Konnten sie vergessen? Vergeben? Darf man überhaupt Vergebung verlangen? Kleine geschundene Körper, weinende Augen und Schmerzensschreie begleiten mich in den Schlaf und suchen mich in meinen Träumen heim. Eines der Kinder hat das Schweigen gebrochen. Heute habe ich Beckys Buch gelesen. Meine Hände zittern. Ich musste das Buch mehrmals zur Seite legen. Seit Stunden ist mir übel. Becky schreibt über Dinge, von denen ich nichts wusste. Dinge, die schlimmer waren als alles, was ich gesehen habe und bei dem ich nicht eingegriffen habe. Nein, sogar mitgeholfen. Aber was hätte ich denn tun sollen? Mit meinen 17 Jahren war alles neu für mich. Und sind wir nicht auch geschlagen und gedemütigt worden? Ich kannte es nicht anders. Doch wusste ich, nein, fühlte ich jeden Tag, dass hier etwas falsch läuft. Aber was Becky beschreibt … Ich glaube, ich muss mich übergeben …

Jutta wusste, wie sich die Schwester beim Lesen von Rebeccas Buch gefühlt hatte. Ihr ging es nicht anders. Wie viele Menschen hatten das Buch gelesen? Soweit sie feststellen konnte, war es im Eigenverlag erschienen. Der Einzige, der mehr zu wissen schien, war der Bürgermeister. Es wurde Zeit, ihn noch einmal zu befragen. Zur Sicherheit beantragte sie einen Durchsuchungsbefehl seines Büros und seiner Wohnung, bevor sie sich wieder den Unterlagen zuwandte.

Der Staatsanwalt war diesmal schnell. Keine zwei Stunden später lief der Durchsuchungsbefehl durch das Faxgerät. Jutta gab Tom und Georg Bescheid. Als Chefinspektor wollte Georg die Stellung im Büro halten, also beschloss Tom, mitzukommen.

47. KAPITEL

Vordermühldorf, Donnerstag, 5. Mai 2011, 12:30 Uhr

Die Sekretärin des Bürgermeisters war höchst erfreut, Tom zu sehen, bedachte ihn mit hingebungsvollen Blicken und bewirtete sie mit Kaffee und Gebäck. Der Bürgermeister war nicht anwesend. »Hier im Büro ist nur Gemeindepapierkram, Wahlzettel, Werbematerial und so Zeug«, stellte Tom fest.

»Egal, wir müssen alles durchsehen. Mein Bauch sagt, der Mann hat Geheimnisse.«

»Und dein Bauch hat immer recht?«

»Meistens.«

»Was sagt dein Bauch? Büro oder Haus?«

Jutta rieb sich stöhnend den Rücken.

»Ich glaube, das Büro ist sauber«, sagte Tom schließlich und schloss den letzten Aktenschrank. »Ich hab nichts gefunden. Du?«

Jutta schüttelte den Kopf. Vielleicht hatte der Bürgermeister ein schlechtes Gedächtnis und vergessen, das Bistum anzurufen. Oder log Rupert Urban vom Bistum? Jutta sah auf die Uhr. »Lass uns zu Konrad nach Hause fahren.«

Die Tippse schmollte, als sie sich an ihr vorbeizwängten. »Sind Sie schon fertig?«

Vermutlich überlegte sie, wie sie Tom hier festhalten konnte. Sie waren schon fast bei der Tür, als sie ihnen nachlief. »Ich weiß nicht, ob es Ihnen weiterhilft, aber Jürgen hat gestern etwas Eigenartiges gesagt.«

Jutta schloss die Tür. Tom lächelte. »Machen Sie sich keine Sorgen, wir werden Herrn Konrad nicht erzählen, was Sie uns zu sagen haben.«

Elisabeth Meisel nickte erleichtert. »Also er sagte: ›Ich werde nicht zusehen, wie die Bullen meinen Sohn in den Dreck ziehen.‹«

»Seinen Sohn? Was hat sein Sohn damit zu tun?«, fragte Jutta.

»Das weiß ich nicht.«

»Was hat er sonst noch gesagt? Hat er seinen Sohn angerufen?«

»Danach hat er die Tür geschlossen. Tut mir leid.« Eine zarte Röte überzog das Gesicht von Elisabeth Meisel.

»Ich danke Ihnen, Sie haben uns weitergeholfen. Wenn Sie noch einen Tipp haben, rufen Sie mich an.«

Das würde diese Frau sicher machen, dachte Jutta bei sich.

Nur mit einem Bademantel bekleidet und sichtlich verärgert, empfing sie Jürgen Konrad an der Haustür. Der Bürgermeister wollte es sich also eben gemütlich machen. Das hatten sie ihm gründlich verdorben. Mürrisch las er den Durchsuchungsbefehl.

»Darf ich mich wenigstens anziehen?« Er zog wütend an seinem Bademantel, der aufklaffte und die Sicht freigab.

»Nur zu.« Jutta ließ sich von dieser Geste und dem halbnackten Bürgermeister nicht irritieren. »Wir fangen schon mal an.«

Fluchend stapfte Konrad die Treppe hinauf, während Jutta ins Wohnzimmer ging, wo Tom bereits vor dem Fernsehgerät stand.

»Sieh mal an, ein Lesbenporno«, bemerkte Jutta.

»Männer macht so was an.« Tom grinste breit.

»Frauen auch!« Sie stemmte ihre Arme in die Hüften und sah ihn herausfordernd an.

Er hob amüsiert die Augenbrauen. »So?«

»Ästhetischer als ein Heteroporno ist es allemal.« Sie zeigte auf zwei wohlgeformte Brüste, die wie aufgeblasene Luftballons herumhüpften. »Auch wenn die hier nicht echt sind.«

Tom fixierte den Bildschirm. »Ehrlich?«

Männer ließen sich so leicht täuschen! Jutta schüttelte den Kopf und betätigte den Ausschaltknopf am Gerät. »Schluss jetzt. Wir sind zum Arbeiten hier.«

Mit dem Zeigefinger schob Tom seine Brille hoch. »Tja, wo fangen wir an?«

Er durchforstete gerade die Bücherregale, als der Bürgermeister zurückkam. »Was zum Teufel suchen Sie eigentlich?«, fragte er und zwirbelte die Enden seines Schnurrbarts zwischen Daumen und Zeigefinger.

Tom machte sich nicht einmal die Mühe, ihn anzusehen. »Das wissen wir erst, wenn wir es gefunden haben.«

Jutta nickte bestätigend. »Aber ich hätte eine Frage.«

»Haben wir nicht schon alles durchdiskutiert?«

Jutta hob fragend die Augenbrauen. »Ach, haben wir das?«

»Worauf wollen Sie hinaus?«

»Ich hatte ein aufschlussreiches Gespräch mit Herrn Urban vom Bistum Sankt Pölten.«

Der Bürgermeister biss sich auf die Lippe und ließ sich seufzend aufs Sofa fallen. Sie sah Tom aus dem Zimmer gehen und hörte die Treppe knarren. Hoffentlich fand er im Obergeschoss etwas.

»Tja«, sagte der Bürgermeister. »Wollen Sie mich nicht endlich einweihen?«

»Warum ich? Sie sind es doch, der Geheimnisse hat.«

»Hat nicht jeder Mensch Geheimnisse?«

Jutta war unangenehm berührt. Sie dachte wieder an ihre Mutter und an Indien. »Nicht jeder Mensch versucht, Ermittlungen zu blockieren.«

»Wer sagt, ich hätte die Ermittlungen blockiert? Was hätte ich denn davon?«

»Vielleicht wollen Sie jemanden aus Ihrer Gemeinde schützen? Freunde? Verwandte? Warum haben Sie uns sonst belogen? Laut Herrn Urban haben Sie das Bistum nicht angerufen.« Jutta gönnte sich eine Atempause, bevor sie ihren letzten Trumpf aus dem Ärmel zog. »Vielleicht decken Sie Ihren Sohn.«

Sichtlich empört sprang der Bürgermeister auf. »Lassen Sie meinen Sohn aus dem Spiel!«

»Was, wenn das nicht geht, weil er zu diesem Spiel gehört?«, sagte Tom, der plötzlich im Türrahmen auftauchte. In der Hand hielt er eine Heftmappe.

Jürgen Konrad war mit einem Satz bei ihrem Partner und versuchte, ihm das Bündel zu entreißen. Jutta sprang hinzu und drehte ihm mit Schwung die Arme auf den Rücken. »Was zum Teufel …?« Sie schob ihn zur Couch zurück.

»Setzen Sie sich.« Sie pflanzte sich daneben und hielt ihn fest.

»So können Sie mit mir nicht umspringen. Sie werden von meinem Anwalt hören.«

Tom betrachtete die Heftmappe. »Meinen Sie Dr. Ewald Kraus?« Ein amüsiertes Zucken umspielte seine Mundwinkel. »Scheint ein Meister seines Fachs zu sein. Und so diskret.«

»Ach hören Sie doch auf. Haben Sie Kinder?«

Tom schüttelte den Kopf.

»Dachte ich mir. Sonst wüssten Sie, dass man alles für seine Kinder tut.«

Juttas Magen verkrampfte sich.

»Haben Sie das? Haben Sie alles für Ihren Sohn getan?« Toms Stimme klang jetzt härter.

»Niemand ist perfekt.« Konrad sah jetzt müde aus.

»Sie nicht und Ihr Sohn auch nicht«, entgegnete Tom und trat an die Couch heran. »Herr Konrad, decken Sie Ihren Sohn Stefan?«

»Mein Sohn ist kein Mörder!«

»Dann sagen Sie uns, was hier gespielt wird. Warum hat das Bistum Sankt Pölten Ihnen 280.000 Schilling überwiesen, umgerechnet fast 21.000 Euro? 1981 war das viel Geld!«

»Langsam sollten Sie mit der Sprache herausrücken. Warum haben Sie so viel Geld erhalten?«, fragte Jutta.

»Das ist nicht wichtig, glauben Sie mir.«

»Wollen Sie mich verarschen?« So wütend hatte Jutta Tom selten erlebt. Und dieser derbe Ausdruck passte so gar nicht zu ihm.

»Es hat nichts mit den Morden zu tun!«

»Was macht Sie da so sicher?«

»Die Sache war privat.«

»Haben Sie das Bistum erpresst? Waren die 280.000 Schilling Schweigegeld?«

Als er weiterhin schwieg, blaffte Tom ihn an: »Wussten Sie von den Misshandlungen?«

Ungeduldig versuchte sich Jürgen Konrad aus Juttas Griff zu befreien. »Wie lange wollen Sie mich noch festhalten?«

»Bis Sie den Mund aufmachen!«, schrie ihn Jutta an. »Antworten Sie auf unsere Fragen.«

»Ohne Anwalt sag ich gar nichts!«

»Gut, ich rufe Dr. Kraus auf der Stelle an, und Ihren Sohn auch.«

Wenn Tom bluffte, dann gut, dachte Jutta. Mit ernstem Blick tippte er in seinen BlackBerry.

»Lassen Sie das!« Konrad sprang auf. »Nehmen Sie das Ding weg, und ich sage Ihnen alles, was ich weiß.«

»Und das soll ich Ihnen glauben?« Tom ließ sich nicht beirren und hielt seinen BlackBerry ans Ohr.

»Hören Sie auf mit dem Theater! Es ist sowieso schon egal. Es kommt doch alles ans Licht, oder? Sie wissen schon von den Misshandlungen? Woher?«

»Nicht Sie stellen hier die Fragen, sondern wir«, mischte Jutta sich ein. »Setzen Sie sich sofort wieder.«

Ächzend ließ sich der Bürgermeister wieder auf das Sofa fallen. Sein penetranter Schweißgeruch veranlasste Jutta dazu, flacher zu atmen. Tom senkte die Hand mit dem Mobiltelefon und setzte sich auf den Ohrensessel gegenüber. Auf dem Tisch stand eine Schale mit Nüssen. Beherzt griff er hinein und warf sich die Knabberei aus der Faust in den Mund. Genüsslich kauend, blätterte er im Hefter auf seinem Schoß, schluckte und spitzte die Lippen. Dann knallte er den Hefter auf den Tisch. Jutta nahm ihn an sich und blätterte ihn auf.

»Also der Reihe nach«, fing Tom an. »Warum überwies das Bistum Ihnen diese große Summe?«

»Die Anwälte hatten sich geeinigt. Sie wollten einen Prozess vermeiden.«

»Warum hätte es einen Prozess geben sollen?«, erkundigte sich Jutta. Es stand alles in den Unterlagen, die Tom gefunden hatte, aber sie wollte es aus dem Mund des Bürgermeisters hören.

»Ich habe geklagt.«

»Weiter. Wir sind ganz Ohr.«

»Es fällt mir schwer, nach all den Jahren darüber zu sprechen.«

»Das haben wir schon bemerkt.«

»Stefan …« Er brach ab. »Diese Schweine! Ich hätte niemals lockerlassen sollen.« Seine Hände ballten sich zu Fäusten. »Es waren nur fünf Monate. Meine zweite Frau hat mich dazu gedrängt. Als ich erfahren habe, wie es dort zugeht, habe ich ihn sofort herausgenommen!«

»Es ist doch egal, wie lange ein Kind in so einer Hölle verbringt. Kinder vergessen nicht einen einzigen schrecklichen Tag.«

»Frau Stern, was soll ich Ihnen erzählen? Alles, was in meiner Macht gestanden hat, habe ich getan. Sie glauben gar nicht, wie lange es gedauert hat, das Heim zu schließen. Über acht Jahre! Allerdings musste ich unterschreiben, niemals den wahren Grund der Schließung anzugeben, und ja, es war vermutlich eine Art Schweigegeld! Die Gföhler wollte das Heim auch anzeigen. Ich hab es ihr ausgeredet und ihr einen Teil gegeben. Sie hat mir vertraut und mit dem Geld die Gaststätte renoviert.«

Der Bürgermeister persönlich hatte also bei der Vertuschung mitgeholfen. »Geben Sie mir die Liste mit den Namen der Heimkinder. Sie haben sie doch!«, forderte Jutta.

»Wenn Sie mir versprechen, Stefan nichts davon zu sagen!«

»Das geht vielleicht nicht.«

Zu dritt gingen sie ins Arbeitszimmer des Bürgermeisters, wo er missmutig die Liste ausdruckte. Neben den unzähligen Namen der Kinder standen jeweils Geburtsdatum, Eintrittsdatum und Entlassungsdatum. Jutta überflog die Liste, es waren eindeutig mehr Mädchen im Heim gewesen als Jungen.

»Übrigens, zwei der Jungen wohnen noch hier«, erklärte der Bürgermeister nun eifrig. »Kurt Drechsler, er ist 39 Jahre alt, Mechaniker, verheiratet und hat vier Kinder, sehr liebe Familie. Er hat trotz allem viel aus sich gemacht. Der zweite ist Vinzenz Gföhler, lebt noch bei seiner Mutter. Er ist 43 Jahre alt und psychisch krank. Seine Mutter besitzt die Wirtschaft am Hauptplatz. Er ist völlig von ihr abhängig.«

»Ich weiß, wen Sie meinen, allerdings wusste er nichts von dem Heim. Er musste zuerst seine Mutter fragen, und die wollte gar nicht mit mir sprechen.«

Der Bürgermeister seufzte. »Ja, so ist die Alte. Der Sohn hat jegliche Erinnerung an die Zeit verdrängt. Er war schließlich über sieben Jahre im Heim, da müsste er sich normalerweise erinnern können.«

Jutta dachte an das Gespräch mit der alten Gföhler und fragte: »Glauben Sie, er ist fähig, Menschen zu töten?«

»Er ist eindeutig psychisch gestört! Dreimal hat er seine Mutter mit dem Messer bedroht.«

Wenn jeder psychisch Kranke morden würde, wäre die Menschheit schon ausgerottet. Aber mit einem Mann wie Jürgen Konrad würde sie keine Diskussion darüber anfangen.

Stattdessen kramte sie in ihrer Tasche. »Ich möchte Ihnen Bilder zeigen.« Sie hielt ihm eines der Polaroids hin, die sie bei Pater Malster gefunden hatten.

Konrad nahm es entgegen und betrachtete es entgeistert. Dann legte sie Rebecca Dinkels Buch auf den Tisch, und der Bürgermeister überflog den Klappentext. »Furchtbar. Davon habe ich nichts gewusst!«

Jutta war irritiert. »Haben Sie das Heim nicht deshalb geschlossen?«

Nachdrücklich schüttelte er den Kopf. »Aber nein, doch nicht deshalb. Hätte ich das gewusst, wäre die Schließung sicher schneller vorangegangen!«

Jetzt verstand Jutta gar nichts mehr. »Warum dann?«

Der Bürgermeister räusperte sich und bat um ein Glas Wasser. Tom holte es ihm, während Jutta sich mit Konrad zurück auf die Couch setzte. Dankbar nahm er das Glas entgegen und leerte es in einem Zug.

»Meine Frau konnte mir nicht verbieten, meinen Sohn zu sehen. Man musste aber vorher anrufen. Sehr oft haben sie mich abgewiesen und mir erzählt, ich könne ihn nicht besuchen. Die Gründe dafür waren verschiedener Natur.« Kopfschüttelnd betrachtete er noch einmal das Polaroid. »Jedenfalls platzte mir irgendwann der Kragen; als ich ihn schon über drei Monate nicht gesehen hatte und sie mir telefonisch mitteilten, es ginge wieder nicht, fuhr ich einfach hin. Man ließ mich natürlich nicht hinein, weil ich nicht angemeldet war. Kinder standen im Garten herum und spielten mit Steinen. Ich fragte einen der Jungen, wo Stefan sei. Er erzählte mir, Stefan dürfe drei Wochen lang nicht spielen. Ich fragte ihn, warum, aber er zuckte nur mit den Achseln und meinte, er hätte sich schlecht benommen. Ich konnte mir das aber nicht vorstellen. Stefan war immer ein sehr ruhiges, in sich gekehrtes Kind gewesen, niemals aufmüpfig. Er war ja noch so klein.« Er brach ab und legte das Foto verdeckt wieder auf den Tisch zurück. »Irgendwie schaffte ich es, ins Haus und in Stefans Zimmer zu gelangen. Ich werde den Anblick nie vergessen.« Seine Augen füllten sich mit Tränen. »Mein Sohn war stark abgemagert. Er kauerte mit hochgezogenen Knien in einer Ecke des Schlafsaals und wiegte sich vor und zurück wie ein Autist. Als ich näherkam, zuckte er zusammen. Ich berührte ihn nur leicht am Rücken, und er schrie vor Schmerzen. Ich war völlig verstört. Schließlich schaffte ich es, sein T-Shirt hochzuschieben.« Konrad brach ab und putzte sich die Nase. »Frau Stern, Sie können sich nicht vorstellen, wie schlimm es für mich war, meinen Sohn so zu sehen. Sein ganzer Körper war mit blauen Flecken übersät. Seine Knie waren zerschunden und eitrig. Kein Kind hat eine solche Behandlung verdient.«

Jutta und Tom nickten unisono.

»Ich begann zu verstehen, warum ich ihn nicht besuchen durfte. Weil ich ihn so nicht sehen sollte. Ich habe sofort seine Sachen gepackt und ihn mitgenommen. Meine Frau hat sich das nie verziehen. Auch Stefan kann ihr bis heute nicht vergeben. Er versteht nicht, warum ich noch immer mit Lara verheiratet bin. Für ihn ist es eine Art Verrat, aber ich liebe meine Frau.« Er wischte mit seiner Hand über einen imaginären Fleck auf dem Couchtisch. »Verstehen Sie jetzt, warum es mir ein Anliegen war, all die Kinder zu retten? Stefan war nicht der einzige Junge, der geschlagen wurde.«

»Seine Seele hat sicher sehr darunter gelitten, Herr Konrad«, warf Jutta ein.

Der Bürgermeister seufzte. »Ich glaube, er hat sich unter Kontrolle. Schließlich hat er Psychologie studiert.«

Vielleicht gerade deshalb.

Tom wechselte das Thema. »Eine Bitte hätte ich noch. Können Sie mir eine Liste der Mitarbeiter des Heims ausdrucken? Es wäre wichtig zu wissen, wer das nächste Opfer sein könnte.«

»Natürlich, aber es gibt nicht mehr viele, die Sie beschützen müssen. Die meisten sind schon gestorben. Es waren nur zehn Betreuer während der ganzen Zeit.«

Trotzdem ließ sich Jutta die Namensliste geben und studierte sie umgehend. Sie hakte Schwester Barbara Markus, Schwester Sarah Theresia, Bischof Heuss und Pater Malster ab. Von den restlichen Namen konnte sie auf Anweisung des Bürgermeisters vier abhaken, sie waren verstorben. Selbstverständlich würde sie das später prüfen. Es blieben also noch zwei Namen: Schwester Elisabeth Maria Hallinger und Pater August Christopherus Brandner. Schwester Elisabeth Maria war nach Geretsried verzogen, und Pater August Christopherus wohnte in Kehlheim an der Donau.

Konrad konnte Jutta sogar die Adressen aufschreiben. Aber wieso stand Heinrich Winkler nicht auf der Liste?

»Ich denke, es ist klar, dass Sie das Land nicht verlassen, da wir Sie noch einmal brauchen könnten. Und wie immer: Wenn Ihnen noch etwas einfällt, rufen Sie uns bitte an.«

»Ich glaube, das war's«, sagte Konrad.

Da schoss ihr ein Gedanke durch den Kopf. »Wollte in all den Jahren nie jemand in das Gebäude?«

Jürgen Konrad schüttelte den Kopf, aber kurz darauf erhellte sich sein Gesicht, als hätte er einen Geistesblitz. »Doch, jetzt fällt es mir wieder ein. Eine Frau war einmal bei mir und hat um die Schlüssel gebeten.«

»Wissen Sie den Namen noch?«

»Bedaure, fällt mir nicht ein.«

»Besondere Kennzeichen? Alter? Aussehen? Haben Sie ihr Einlass gewährt?«

»Sie war recht jung, sehr hübsch, blonder Pagenkopf. Ich hab ihr die Schlüssel nicht gegeben.«

»Warum wollte sie in das Heim?«

»Hat sie nicht gesagt.«

»Haben Sie jemals wieder von ihr gehört?«

»Nein.«

Jutta und Tom bedankten und verabschiedeten sich.

Draußen strich sich Tom durch die Haare, während Jutta angestrengt ihre Fingernägel fixierte. Eine Maniküre wäre mal wieder angebracht. »Wie sollen wir diese Besucherin finden? Konrad weiß nicht mal mehr, wann das war. An einen Namen kann er sich auch nicht erinnern.«

Tom lächelte. »Es wird Zeit für meinen Joker.«

»Du meinst die Meisel?« Ob sich die Tippse des Bürgermeisters an den Namen erinnern konnte?

»Einen Versuch ist es wert.«

»Aber pass auf, die will dir doch bloß an die Wäsche.«

Jutta boxte ihn spielerisch in die Seite, und Tom lachte laut auf. Im selben Moment klingelte sein Telefon.

»Hey, Ralf! Was gibt's?«, rief er.

Nachdem er eine Weile gesprochen und das Mobiltelefon wieder in die Tasche zurückgesteckt hatte, sah er Jutta an und lächelte.

»Ralf – der Kerl aus dem Schwulenlokal in München – ist in Wien wegen der Life-Ball-Organisation. Er will mir etwas mitteilen. Ich treffe ihn später im U4«, sagte er mit einem geheimnisvollen Augenzwinkern.

»Ziehst du die neuen Schuhe an, Süßer?«

Lachend hielt Tom ihr die Autotür auf.

48. KAPITEL

August 1978
Rebecca

Eine Perle nach der anderen glitt durch meine Finger. Stumm formten meine Lippen das *Vaterunser.* 20 Schnüre lagen vor mir. So viele Rosenkränze musste ich noch herstellen. Nicht immer gehorchten meine kleinen Finger. Mit den Knoten zwischen den Perlen tat ich mich besonders schwer.

Wieder schimpfte die Schwester. Ich sollte die Knoten fester ziehen und enger an die Perlen knüpfen. Auf meinen Fingerkuppen hatte sich bereits eine Hornhaut gebildet, die fast so hart war wie die an meinen Fußsohlen.

Ich sah aus dem vergitterten Fenster und seufzte. Draußen war der Himmel blau, die Sonne strahlte herab, doch ich durfte nicht hinaus. Die Schale mit den Holzperlen auf dem Tisch schien sich nie zu leeren. Was mit den Rosenkränzen geschah, die wir hier knüpften, wusste ich nicht. Es war mir auch egal, so wie vieles in den letzten Monaten bedeutungslos geworden war. Ich bestand nur noch aus einer leeren, funktionierenden Hülle. Denken war schmerzhaft, Fühlen gefährlich, Reden unnötig, denn es hörte niemand zu.

Schritte näherten sich, das bekannte melodische Klappern von Stöckelschuhen auf dem Steinboden. Meine Hände begannen zu zittern. Nervös fuhr ich mir durchs Haar und strich den Rock glatt. Der halbfertige Rosenkranz entglitt mir, als die Tür mit einem hohlen Knarzen aufsprang.

Sogleich ertönte die strenge Stimme von Schwester Barbara Markus: »Rebecca!«

Ich wagte nicht, mich zu bewegen.

»Rebecca!«, schrie die Schwester ein zweites Mal. Mit gesenktem Blick sah ich über meine Schulter, blinzelte und musterte die Leute, die ins Zimmer gekommen waren. Neben Schwester Barbara Markus stand Mutter und lächelte seltsam. Anstatt ihrer langen Haare trug sie nun kurze Locken auf dem Kopf. Ihr Gesicht glänzte fettig, die Wangen waren gerötet. Unter dem geblümten Minikleid wölbte sich ihr Bauch. Und wo waren ihre normalerweise schlanken Beine hin? Die Füße quollen links und rechts aus den Schuhen, die Waden waren dick angeschwollen. Aber noch ein anderer Umstand fesselte meine Aufmerksamkeit: Neben Mutter stand ein Mann, den ich noch nie gesehen hatte. Indessen verlor Schwester Barbara Markus ihre Geduld.

»Rebecca! Steh auf!«, herrschte sie mich an, aber mein Hintern klebte am Sessel fest.

»Sag doch mal Hallo«, säuselte Mutter. Der Mann hob eine Hand zum Gruß. Mir kam diese Szene unwirklich vor. Müde rieb ich mir die Augen und blinzelte wieder. Unverändert standen die drei vor mir. Nur Schwester Barbara Markus kniff die Augen zusammen, ihre Lippen formten sich zu einem engen Schlitz. »Geh in dein Zimmer und pack deine Sachen. Deine Eltern nehmen dich heute mit.«

Überrascht sah ich auf Schwester Barbaras Lippen. Hatte ich sie richtig verstanden? Mit diesem Satz hatte sie mich komplett verwirrt. Meine Eltern? Den Mann kannte ich doch gar nicht.

»Rebecca!« Mit entschuldigendem Blick sagte sie zu meiner Mutter: »Vielleicht sollten Sie das Kind erst mal zum Ohrenarzt bringen.« Dann kam sie auf mich zu, nahm mich bei der Hand und riss mich mit sich. Ihr Händedruck war fest und feucht, aber ich war viel zu beschäftigt mit dem Gedanken an *meine Eltern*. Musste ich alles packen, oder machten sie nur einen Ausflug mit mir? Ich verstand immer noch nicht, was das alles zu bedeuten hatte. Erst als Schwester Barbara Markus meine Habseligkeiten aus dem Spind räumte und fein säuberlich auf meinem Bett ausbreitete und kontrollierte, begriff ich, dass ich dieses Haus tatsächlich verlassen sollte.

Mein Herz schlug heftig, als ich die Kleidung in den Koffer legte. Eine Mischung aus Freude, Aufregung und Angst machte sich in mir breit. Wohin würden wir gehen? Würde der Mann bei uns wohnen? Warum war Mutter so dick geworden und freute sich scheinbar darüber? War sie am Ende nicht mehr so eitel wie früher?

Eifrig holte ich meine Zahnbürste und das restliche Waschzeug aus dem Gemeinschaftsbad. Einmal noch fiel mein Blick auf die Dusche. Als ich zurückkam, schnupperte Schwester Barbara Markus an mir. Vor lauter Aufregung hatte ich es nicht bemerkt, aber meine Strumpfhose war nass.

Die Schwester wechselte mir unsanft die Kleidung und warf die uringetränkten Sachen in einen Plastiksack, den sie verknotete und in einer Ecke des Koffers verstaute. Rasch schloss sie den Zippverschluss, stellte den Koffer auf den Boden und reichte mir meine Jacke. Ich schlüpfte in meine Schuhe und nahm die Jacke entgegen.

Vorsichtig folgte ich ihr die Treppe hinunter. Immer wieder blickte ich zurück, als wollte ich mich verabschieden. Oder fürchtete ich mich sogar davor, das Bekannte zu verlassen, so schlimm es auch war?

Mutter erwartete uns, immer noch seltsam lächelnd. Ständig strich sie sich über den Bauch, als hätte sie Hunger. Der Mann neben ihr legte auch immer wieder die Hand dorthin. Ich konnte mir keinen Reim darauf machen.

Schwester Barbara Markus drückte mir tatsächlich einen Kuss auf die Stirn. »Ich wünsche dir alles Gute für deine Zukunft, Rebecca.« Und zu Mutter sagte sie: »Ich denke, Rebecca hat hier bei uns viel gelernt. Leider schafft sie es immer noch nicht, ihre Ausscheidungen zu kontrollieren. Da hilft nur eine harte Hand und diszipliniertes Verhalten.«

Mutter nickte betreten, offensichtlich schämte sie sich. Der Mann lächelte sie aufmunternd an und drückte ihre Hand. Zu dritt gingen wir den Flur entlang. Am Eingang umarmten mich Schwester Sarah und Schwester Elisabeth. Schwester Elisabeth war die Einzige, die ich vermissen würde. Einmal drehte ich mich noch um. Die anderen Kinder drückten sich die Nasen an der Fensterscheibe platt, als ich mit den beiden Erwachsenen, die von nun an meine

Familie sein würden, den Kiesweg entlangging. So hatte ich es selbst öfter gemacht, wenn eines der Kinder abgeholt wurde. Scheu winkte ich, dann kehrte ich dem Heim für immer den Rücken. Ich freute mich, doch diese Freude währte nur kurz. Weiter unten stand ein Auto. Bevor wir einstiegen, verfinsterte sich das Gesicht des Mannes. Im selben Moment klatschte er mir mit der flachen Hand ins Gesicht. »Das nächste Mal begrüßt du deine Mutter ordentlich.«

Als wir später meinen Koffer auspackten, fiel meiner Mutter der Sack mit meiner nassen Wäsche in die Hände. Sie rieb sie mir ins Gesicht, schimpfte und rief nach dem Mann. Er rümpfte die Nase und begann, auf mich einzuprügeln. Da begriff ich, dass die Hölle aus vielen Zimmern bestand. Und ich war nur von einem in das andere gegangen.

49. KAPITEL

Wien, Freitag, 6. Mai 2011, 9:25 Uhr

Sie hielt es in dieser Wohnung keine Sekunde länger aus. Jutta lief auf den winzigen Balkon und schnappte gierig nach Luft. Es war schon der achte Haushalt, den sie zusammen mit Georg besuchte. Die noch abzuarbeitende Liste schien ihr unendlich lang zu sein, obwohl Tom bereits Vorarbeit geleistet hatte. Dank ihm konnten sie acht Namen abhaken. Die Bilanz war erschütternd: Fünf ehemalige Heimkinder waren verstorben, vier Unfällen zum Opfer gefallen. Sieben Personen von der Liste waren ins Ausland verzogen. Drei saßen im Gefängnis, und neun befanden sich in psychiatrischer Behandlung. Tom war gerade mit Habicht und Maier unterwegs, um diese Personen zu überprüfen. Alle anderen ehemaligen Heimkinder, die anscheinend ein normales Leben führten, hatten Jutta und Georg übernommen.

Momentan befanden sie sich in einer Zweizimmerwohnung in Wien-Ottakring. Bewohnt wurde sie von einer fünfköpfigen Familie, drei Katzen, zwei Meerschweinchen, fünf weißen Ratten, einer Boa und zwei großen Kampfhunden. Die Küchenzeile im Wohnzimmer war ein einziges Chaos, die Kinder sahen verwahrlost und schmutzig aus. Apathisch lagen sie auf dem Teppich. Der kleinste der drei Jungs nagte an seinen Zehen. Die Ratten liefen über die Kinderkörper und hinterließen überall ihre Köttel.

Vier zum Bersten volle Müllsäcke lagen im Flur, daneben stapelten sich leere Pizzakartons beinahe bis zur Decke. Der Gestank war kaum auszuhalten. Im Wohnzimmer neben der Küchenzeile stand ein Tisch, dem ein Bein fehlte. Stattdessen lehnte die Tischecke auf einem Stapel Zeitschriften. Fünf verschiedene Sessel rundeten das Bild, das einer Milieustudie entsprungen sein könnte, ab. Der Familienvater lümmelte, nur mit Boxershorts bekleidet, auf der Couch, trank Bier und starrte auf einen Plasmafernseher.

Noch einmal holte Jutta tief Luft und ging wieder in das beengte Wohnzimmer zurück. Georg hatte sich nicht von der Stelle bewegt. Ihm gegenüber saß Sabrina Leitner, eines der ehemaligen Heimkinder. Sie arbeitete bei einem Schokoladenfabrikanten am Fließband und ernährte so die ganze Familie samt Tieren. Sabrina Leitner war eine zarte Person, die unter anderen Lebensumständen sicher eine schöne Frau gewesen wäre. Jetzt sah sie müde und verbraucht aus. Sie war ungeschminkt und leger angezogen. Ihr naturrotes Haar trug sie zurückgebunden, eine schlichte Spange zierte den Pferdeschwanz. Sie sprach leise und abgehackt. Nach jedem Satz wurde sie von ihrem Mann oder einem der Kinder unterbrochen, was es unmöglich machte, in diesem Zimmer eine anständige Befragung durchzuführen. Jutta fragte den Familienvater, ob er mit den Kindern hinausgehen könnte.

»Wie stellen Sie sich das vor, hä? Es sind 30 Grad im Schatten!«

Das war völlig übertrieben. Sie appellierte an seinen Vaterinstinkt.

»Das sind ned meine Fratzen! Sollen sich die anderen Typen drum kümmern. Die Sabrina hat arg rumgebumst. Gö? Aber i hab mir noch ka Gfrast anhängen lassen.«

Sabrina Leitner wurde rot und senkte ihren Blick. Mit einem Seitenblick zu ihrem Mann sagte sie: »Ich kann froh sein, wenn der Heinzi bei mir bleibt.«

»Na da hammas.« Lautes Rülpsen folgte.

Wieder so eine Frau, die meinte, nichts Besseres verdient zu haben als das Schwein, das auf der Couch saß. Das war die dritte bedauernswerte Frau ohne jegliches Selbstbewusstsein. Wenigstens wurde Sabrina Leitner nicht geschlagen, jedenfalls konnte Jutta keine Hinweise auf häusliche Gewalt feststellen. Bei Nina Hurt und Claudia Felber hingegen, die sie vorher besucht hatten, hätte man schon blind sein müssen, um die Zeichen zu übersehen.

»Ich bin halt immer an die falschen Männer geraten«, verteidigte sich Sabrina Leitner.

»Geh was, herumg'hurt hast. Sag den Kiwara doch die Wahrheit!«

»Dürfte ich Sie ersuchen, den Mund zu halten oder das Zimmer zu verlassen?«, sagte Jutta verärgert.

»Das is mei Wohnung, da gehen Sie, ned i!«

Gute Idee. Sie konnte es kaum erwarten, dieser Geruchshölle zu entkommen.

»Würden Sie mit uns einen Spaziergang machen?«

Sabrina Leitner nickte. »In den Hof könnten wir gehen, da ist um diese Zeit nichts los.«

»Du willst mi wieder mit die Gfraster allanig lassen?«

»Was heißt wieder? Wenn ich sonst gehe, dann, weil ich das Geld für uns erwirtschaften muss. Hättest du Arbeit, würde ich zu Hause bleiben. Das weißt du!« Sabrina Leitner strich dem Kleinsten über den Mund. Gierig schnappte er nach dem Finger.

»Denkst, ich geh arbeiten, um fremden Fratzen das Essen zu bezahlen?«, tönte es von der Couch.

»Ich muss den Kevin mitnehmen. Er hat Hunger.«

Sie hob das Baby auf und schnallte ihn mit einem Tuch um die Hüfte. Zusammen mit Georg verließen sie die Wohnung. Im Hof angekommen, setzte sich Sabrina Leitner auf eine Bank und knöpfte sich die Bluse auf. Der Kleine umschlang sofort die Brustwarze mit seinen Lippen und saugte hungrig daran.

»Das ist eine gute Idee gewesen.« Sie lächelte kurz, dann wurde ihr Gesicht wieder ernst. »Heinzi hat recht. Vor den Kindern mag ich es nicht sagen, jetzt kann ich Ihnen die Wahrheit erzählen. Der Kleine versteht ja noch nichts.«

»Was meinen Sie?« Jutta musste schlucken. Diese Innigkeit zwischen Mutter und Kind beim Stillen faszinierte sie. Der kleine Bub war mittlerweile eingeschlafen und hielt die Brustwarze weiter fest zwischen den Lippen.

Leise fuhr Sabrina Leitner fort: »Ich bin auf den Strich gegangen. Es ist schon länger her, aber der Max und der Robin sind damals passiert. Beim Robin weiß ich sogar, wer es war. Ein Stammkunde.« Tränen schimmerten in ihren Augen. »Er hat immer gesagt, er holt mich raus aus dem Milieu. Er wollt es am liebsten ohne Gummi. Ich war so verliebt.«

»Sie hätten dabei krank werden können.« Jutta verstand nicht, wie man aus Liebe so unvorsichtig sein konnte. Aber sie war auch anders aufgewachsen, schalt sie sich selbst.

Sabrina Leitner nickte. »Als ich schwanger wurde, hat er mich verlassen. Bei einer Routineuntersuchung wurde Syphilis entdeckt.«

»Syphilis?«, fragte Georg nach. »Das hatte doch dieser Schubert, der Komponist. Gibt es das heutzutage noch?«

»Ich war auch völlig verstört. Aber Gott sei Dank kann man es im ersten Stadium leicht behandeln. Wäre ich nicht schwanger geworden, hätte ich es vielleicht übersehen.«

»Also haben Sie die Schwangerschaft positiv gesehen.«

»Natürlich, aber ich hatte eben auch schon den Max. Wissen Sie, es gibt sehr viele Kunden, die es ohne Gummi machen wollen. Der Markt ist heiß umkämpft, und die Mädels aus dem Osten machen es billiger, da muss man ab und zu ein Auge zudrücken, sonst war's das.«

Davon hatte Jutta oft genug gehört.

»Der Juri, mein Zuhälter, war fuchsteufelswild, weil ich den Kevin nicht abtreiben hab wollen, und hat mich auf die Straße gesetzt.«

Die arme Frau, dachte Jutta. Wenn sie davon ausging, dass Sabrina Leitner auch im Heim misshandelt und missbraucht worden war, hatte sie ein schweres Leben gehabt, und es war noch nicht vorbei. Was sich oben in der Zweizimmerwohnung abspielte, konnte man kaum Leben nennen.

»Auf der Straße hab ich dann den Rudi kennengelernt. Zusammen haben wir es in ein Obdachlosenheim geschafft. Aber der Rudi hat getrunken, und später hat er uns geschlagen. Da bin ich zur Heimleiterin, und die hat mir geholfen, eine Wohnung zu finden.« Sie blickte zum Fenster im vierten Stock hinauf. Das war also ihre Endstation.

»Rudi ist Kevins Vater?«

Tiefe Traurigkeit stand in Sabrinas Gesicht. »Nein, Kevins Vater war Johannes, der Bruder vom Heinzi.«

»Das müssen Sie mir näher erklären.«

»Ich weiß, es klingt verwirrend. Johannes war meine große Liebe. Er hat im Supermarkt gearbeitet, wo ich mit den Kindern einkaufen war. Max hat ein Regal kaputtgemacht, aber Johannes war total nett zu ihm; später auch zu mir.«

»Wo ist Johannes jetzt?«

Sabrina Leitner blickte in die Wolken. »Er hatte eine große Leidenschaft … neben mir.« Ein flüchtiges Lächeln ließ ihr Gesicht erstrahlen. »Sein Motorrad. Von einer Tour in Portugal mit seinen Freunden kam er nicht mehr zurück. Eine Kurve auf einer Steilklippe wurde ihm zum Verhängnis.«

Jutta bekam eine Gänsehaut. Hatte diese Frau nicht schon genug mitgemacht? Weshalb hatte Gott es ihr verwehrt, mit Johannes glücklich zu werden? Wieder bekam sie starke Zweifel, ob Gott wirklich existierte.

Sabrina Leitner nestelte an ihrer Bluse. Kevin hatte endlich losgelassen und schnarchte zufrieden mit offenem Mund. »Heinzi ist ein guter Mann. Er hat sich sofort um uns gekümmert. Er hat immer gesagt, das wäre er seinem Bruder schuldig. So viel trinkt er nicht. Es ist erst ein Jahr her. Ich muss ihm Zeit geben, dann wird er auch wieder Arbeit finden.«

Kein Zweifel, Sabrina Leitner war eine starke Frau, die nur auf den ersten Blick schwach und klein wirkte. Georg nickte Jutta zu, und sie räusperte sich.

»Kommen wir zum eigentlichen Grund, warum wir hier sind. Wir ermitteln in vier Mordfällen.«

»Sie meinen, Heinzi hat was damit zu tun? Ich glaub das nicht, er hat mal geklaut, aber Mord?«

»Nein, nein, es geht hier nicht um Heinz Leitner. Es geht um Sie.«

»Ich verstehe nicht?«

Jutta entfaltete das Blatt Papier, eine lange Namensliste, zwölf bereits durchgestrichen, andere mit Häkchen und Symbolen versehen. »Sie stehen auf unserer Liste.«

»Auf welcher Liste? Darf ich mal sehen?«

Jutta reichte ihr den Computerausdruck. Sabrina Leitner wurde blass, ihre Augen weiteten sich. Mit zitternden Händen flüsterte sie Namen für Namen.

»Sehen Sie keine Nachrichten?«, fragte Georg.

»Ich hab keine Zeit dazu.« Sie flüsterte immer noch. »Ich arbeite im Schichtdienst, und danach versorge ich die Kinder und die Tiere.« Die Frau konnte einem wirklich leidtun. Warum versorgte dieser Heinzi nicht den Saustall?

»Sie kennen die Personen auf der Liste?«

»Die meisten davon, ja. Sie waren mit mir im Kinderheim.«

Jutta beugte sich zu ihr herüber. »Drei ehemalige Betreuer wurden ermordet. Nach allem, was wir bis jetzt herausgefunden haben, denken wir, dass der Mörder auf dieser Liste steht.«

»Aber ich steh da auch drauf.« Sie wedelte mit dem Blatt Papier vor Juttas Gesicht herum. »Ich glaube nicht, dass irgendeine Person auf dieser Liste infrage kommt.«

»Wieso?«

»Sie haben alle genug mitgemacht. Die meisten jedenfalls. Wiebke hat sich …« Sie brach ab.

Jutta reichte ihr ein Taschentuch. »Meinen Sie Wiebke Ruff?« Dieser Name war bereits durchgestrichen.

Sabrina Leitner schnäuzte sich lautstark. »Wiebke war meine beste Freundin. Ging auch auf den Strich.«

»Sie haben das Heim zur selben Zeit besucht.« Das war keine Frage, sondern eine Feststellung; auf der Liste war alles vermerkt.

Sabrina Leitner nickte. »Sie war auf Speed und so und hat immer vom Sterben geredet. Einmal konnte ich sie retten. Wir haben uns ja lange ein Zimmer geteilt. Sie hat Schlafmittel genommen. Ich kam gerade von einem Freier, da hab ich sie da liegen sehen. Ich war rechtzeitig da.«

Plötzlich hielt Jutta das Bündel im Arm. Kevin schlief ruhig und fest. Sabrina Leitner hatte ihn ihr einfach in die Arme gedrückt und kramte in ihrer Geldbörse.

»Aber die Todessehnsucht konnten Sie ihr nicht nehmen?«, fragte Jutta und ignorierte den strengen Geruch des Babys.

»Wir alle hatten diese Todessehnsucht.« In ihrer Hand hielt sie eine Fotografie, die schon starke Gebrauchsspuren aufwies. Darauf waren vier halbwüchsige Mädchen zu sehen. »Hier. Das bin ich, die Dünne da ist Wiebke und das mollige Mädel Lotte.«

»Lotte Krenn?«

Sabrina nickte. »Sie wissen es also?«

Lotte Krenn saß seit fünf Jahren im Frauengefängnis. Zwei Jahre lang war sie im Mutter-Kind-Trakt untergebracht gewesen, danach kam das Kind zu einer Pflegefamilie, während Lotte den Rest ihrer Haftzeit absitzen musste. Zehn Jahre standen ihr noch bevor.

»Ich verstehe nicht, warum der Richter ihr so eine schwere Haft gegeben hat.«

Meinte sie das wirklich so? »Sie hat schließlich ihre Mutter ermordet«, sagte Jutta ernst, als müsste sie Sabrina Leitner an Wesentliches erinnern.

»Das war doch keine Mutter, die hat sich nie um sie gekümmert. Warum sonst war sie im Heim? Ihre Mutter hat sie später zu den Drogen gebracht und an Männer in der Nachbarschaft für Sex verkauft. Für manch geilen Kerl haben sie es sogar zusammen gemacht. Dann sagen Sie mir mal, ob die das nicht verdient hat.«

Übelkeit stieg in Jutta hoch. In was für einen Sumpf führte dieser Fall sie bloß? Welche Abgründe taten sich hier auf? Jedes Schicksal schien noch schlimmer zu sein als das vorige. Bald würde sie die Nase endgültig voll haben von diesem Job. Wie viele derart vom Schicksal gebeutelte Menschen waren noch da draußen?

Das vierte Mädchen auf dem Foto fesselte Juttas Aufmerksamkeit. Mit gesenktem Blick stand es am Rand der Viererbande und hielt sich einen Stoffmond vor den Mund.

»Wer ist das?«

»Das ist die Fischi.« Sabrina Leitner lachte über Juttas verdutzten Gesichtsausdruck. »Das war ihr Spitzname.«

»Hat sie schlecht gerochen?«

»Nein, nein, sie war immer sauber. Sehr sauber sogar. Sie litt unter einer Art Waschzwang. Fischi hieß sie, weil sie nicht gesprochen hat, also stumm wie ein Fisch war.«

»War sie auch taub?«

»Angeblich hat sie erst im Heim aufgehört, zu sprechen, weil sie es unnötig fand. Später, als sie 21 war, ist etwas Schreckliches geschehen. Da hat sie zu sprechen begonnen. Das war ein richtiger Schock, ich kannte sie nur stumm.«

»Was ist passiert?«

»Drei Studenten haben sie im Stadtpark vergewaltigt.«

Jetzt fiel es ihr wie Schuppen von den Augen. Der Lebensweg kam ihr bekannt vor, weil sie davon gelesen hatte. »Frau Leitner, ist das Rebecca Dinkel?«

»Ja, das ist Becky.«

»Ich hab ihr Buch zufällig in die Hände bekommen und gelesen.«

»Ich hab auch ein Exemplar. Ich frage mich, ob sie es geschafft hat.«

»Ich hatte gehofft, Sie könnten mir ihre Adresse geben oder eine Telefonnummer.«

»Tut mir leid, wir haben seit Jahren nichts mehr von ihr gehört. Nach dem missglückten Prozess ist sie abgehauen.«

»Welcher Prozess?«

»Sie hat die Studenten verklagt. Nach der Vergewaltigung war sie plötzlich ganz anders. So aggressiv und laut. Immer wieder sagte sie uns, dass sie alle Schweine in den Knast bringen wird.«

Das schüchterne stumme Mädchen hatte sich in eine aggressive, hasserfüllte junge Frau verwandelt. Jutta würde es eher abnormal finden, wenn man sich nach einer Vergewaltigung nicht verändern würde. Selbstverständlich wollte sie die Peiniger im Gefängnis sehen. »Sie meinte die drei Studenten?«

»Wir waren uns nicht sicher. Sie kam uns gesplittet vor, als wäre sie zwei Mädchen, Fischi und Rebecca. Sie redete oft wirres Zeug. Dann hat sie sich jeden Abend vor die Schreibmaschine gesetzt, an diesem Buch geschrieben und gesagt: *Die Welt muss endlich die Wahrheit erfahren.* Aus Enttäuschung darüber, weil das Buch keinen Verlag gefunden hat, hat sie es selbst verlegt, war aber kein großer Erfolg. Dabei war das nicht überraschend, die großen

Verlage gehören ja teilweise der Kirche, und die wollten bestimmt nicht, dass die Wahrheit ans Licht kommt.«

»Und der Prozess gegen die Studenten?«, warf Georg ein, der ungeduldig von einem Bein auf das andere trat. Jutta konnte sich denken, warum. Wenn Georg Hunger hatte, dann wurde er zappelig.

»Wurde eingestellt mangels Beweisen. Aber ich sage Ihnen, das war eine ganz linke Tour. Zwei von denen waren Jusstudenten und hatten Väter, die in den größten Anwaltskanzleien Österreichs arbeiteten. Wenn Sie mich fragen, hatte Becky von Anfang an keine Chance.«

»Hat ihr niemand geholfen?«

»Doch, diese Sozialarbeiterin, Frau Moser, hat ihr dazu geraten, die Typen anzuzeigen.«

»Wissen Sie den Vornamen?«

»Nein, tut mir leid, es ist einfach schon zu lange her. Becky hat sich dann auch immer weiter von uns entfernt. Sie war in einer ganz eigenen Welt. So wie viele von uns Ehemaligen. Aber Becky war ganz speziell. Sie wollte vor sich selbst fliehen.«

Georg hob fragend die Augenbrauen. »Ist ihr das gelungen?«

»Ich würde es ihr wünschen. Aber kann man wirklich vor seinem Leben fliehen? Sehen Sie mich an, ich hab immer wieder versucht, ein neues, besseres Leben anzufangen. Doch die Vergangenheit holt mich doch wieder ein. Wiebke hat das gewusst. Die Erlösung gibt es erst nach dem Tod.« Sie nahm das Baby wieder an sich und bat um das Foto, das sie sorgfältig wieder in ihrer Tasche verstaute. »Kevin muss gewickelt werden.« Noch einmal lächelte ihnen Sabrina Leitner zu, bevor sie mit dem stinkenden Bündel im Haus verschwand – in ihrer eigenen privaten Hölle.

50. KAPITEL

Wien, Freitag, 6. Mai 2011, 10:45 Uhr

Tom befand sich auf der Baumgartner Höhe, in der sieben ehemalige Heimkinder behandelt worden waren oder noch immer behandelt wurden.

Ein unsympathischer Weißkittel saß ihm gegenüber. Zuerst hatte er herausgefunden, dass sich Michaela Bürger, Walpurga Adler und Moritz Schuster in Langzeitbehandlung befanden. Das bedeutete, sie verließen die Anstalt so gut wie nie. Christine Schreier, Rainer Kurz, Annemarie Lehner und Vinzenz Gföhler waren eingestellt, das hieß, sie bekamen Tabletten, Spritzen und Therapien. Alle zwei Wochen mussten sie beim Arzt vorstellig werden, dann wurden sie wieder nach Hause entlassen. Wobei nur Rainer Kurz und Annemarie Lehner in einer eigenen Wohnung ohne Beaufsichtigung lebten. Vinzenz Gföhler wohnte bei seiner Mutter in Vordermühldorf und Christine Schreier in einer betreuten Wohngemeinschaft in Wien.

»Nun, die Schweigepflicht gilt hier wohl nicht?«, sagte der Arzt.

»Vier Menschen wurden ermordet, und einer Ihrer Schützlinge könnte der Mörder oder die Mörderin sein. Sehen Sie es da nicht als Ihre Pflicht, mir zu helfen?«

»Ich sehe nur nicht ein, warum psychisch Kranke sofort als Verdächtige gesehen werden. Dagegen wehre ich mich. Ständig versuchen wir, die Patienten wieder in die Gesellschaft zu integrieren. Leute wie Sie machen uns das sehr schwer.«

»Sie sehen das falsch. Nicht nur Ihre Patienten sind verdächtig. Es gibt noch eine Reihe anderer Personen, die auf unserer Liste stehen. Aber wir müssen eben auch Ihre Patienten einkalkulieren.«

»Mathilde Gföhler hat mich angerufen. Sie haben sie schon verhört. Vinzenz dürften Sie dabei auch kennengelernt haben.« Er sagte das in einem analytischen Tonfall.

»Ja, das haben wir, und Frau Gföhler wurde nur befragt. Sie konnte uns auch weiterhelfen. Ein Verhör sieht anders aus. Vinzenz haben wir bisher nicht befragt, aber wir werden nicht drum herumkommen.«

Der Weißkittel rieb sich am Ohrläppchen, schon zum dritten Mal in den wenigen Minuten, die Tom hier war. Dann schlug er einen der Ordner auf, die auf dem Tisch vor ihm lagen. »Gut, ich werde Ihnen die Eckdaten verraten, wie wir sie behandeln, was Sie unbedingt für die Ermittlungen wissen müssen, aber nichts Persönliches aus unseren Einzeltherapiegesprächen. Sind Sie damit einverstanden?«

Tom nickte, seufzte aber dabei. »Sollten wir mehr Informationen benötigen, kann ich den Staatsanwalt dazu veranlassen, Sie und Ihre Mitarbeiter von der Schweigepflicht zu entbinden, das wissen Sie.«

Der Arzt nickte und fuhr fort: »Christine Schreier, 46 Jahre alt, Waisenkind, Zwangsneurotikerin, vor allem Waschzwang, Ordnungszwang, erträgt nur klare Linien und Formen. Isst keine Bananen, Gurken, Karotten, Melanzani, Zucchini …«

Tom unterbrach. »Also Gemüse und Obst in Phallusform?«

»Das ist richtig. Trinkt keine milchigen Flüssigkeiten. Besteht darauf, in einem Pyjama zu schlafen, trägt grundsätzlich Hosen. Angst vor der Dunkelheit, Angst vor engen Räumen wie Toiletten, Autos und Duschkabinen. Behandlung mit Psychopharmaka, Gesprächstherapie, Ergotherapie, Maltherapie. Lebt seit 2001 in einer betreuten Wohngemeinschaft.« Er klappte die Mappe zu. »Ich denke nicht, dass sie eine Mörderin ist. Außer ihren Zwängen und Ängsten ist sie ein umgänglicher und liebenswerter Mensch. Die Betreuer in der WG haben keine Probleme mit ihr.»

Tom zeichnete das Gespräch auf und tippte zusätzlich in den BlackBerry, während der Arzt die nächste Akte öffnete.

»Rainer Kurz, 48, Beamter, postpartale Depression …«

»Das ist interessant. Im Studium haben wir darüber zwar gehört, aber bei Vätern soll es sehr selten sein. «

»Ganz im Gegenteil, nach neuesten Erkenntnissen leiden viele Väter nach der Geburt eines Kindes, meist des Erstgeborenen, an einer postpartalen Depression. Leider wurde es früher meist nicht oder zu spät erkannt. Viele Beziehungen wären zu retten, wenn die Depression behandelt würde, aber das erfordert großes Fachwissen. Depressive Männer reagieren nämlich anders als depressive Frauen. Sie werden aggressiv, arbeiten mehr oder gehen fremd, sie kommen also nicht gern nach Hause, einfach weil sie es nicht ertragen, ihr eigenes Kind ansehen zu müssen und festzustellen, dass sie es nicht lieben können.«

Tom beugte sich interessiert vor. »Bei Müttern gibt es immer einen Auslöser. Gab es im Fall von Rainer Kurz auch einen bestimmten Trigger?«

»Das Übliche: Schwere Geburt, der Kleine kam mit Spina bifida auf die Welt, also einem offenen Rücken. Seine Frau hatte auch Kindbettdepressionen. Rainer Kurz hat den starken Mann gespielt, bis er selbst nicht mehr konnte. Das Kind ist mittlerweile gestorben. Seine Frau ist wieder schwanger. Sieht gut aus im Moment.« Er klappte die Mappe wieder zu und nahm sich den nächsten Hefter vor.

»Annemarie Lehner, 39 Jahre alt, Phobikerin. Diese Frau hat fast alle Ängste, die man sich vorstellen kann. Also meiner Meinung nach Angst vor dem Leben überhaupt. Am glücklichsten ist sie in ihrer Wohnung. Hinaus geht sie kaum, darum wird sie von uns auch in ihrem Zuhause behandelt. Wir haben mittlerweile die Hoffnung aufgegeben, dass sie es jemals schaffen wird. Kaum besiegt sie eine Angst, taucht eine neue auf.«

Annemarie Lehner kam also auch nicht als Mörderin infrage. Mit Phobien kannte er sich bestens aus. »Darüber habe ich meine Diplomarbeit geschrieben.«

»Worüber denn genau?«

»Phobien am Arbeitsplatz, wie beeinflussen sie Leistungsfähigkeit und Karriere der Betroffenen.«

»Also hatten Sie Arbeits- und Organisationspsychologie als Schwerpunkt.«

»Genau.«

»Und Ihre Doktorarbeit?«

»Die hatte Mediation und Konfliktbewältigung am Arbeitsplatz zum Thema. Aber machen Sie bitte weiter.«

Wie sollten sie je den Richtigen finden in diesem Personenlabyrinth?

»Vinzenz Gföhler brauch ich Ihnen nicht mehr zu beschreiben, paranoide Schizophrenie, wird mit Neuroleptika und Therapien behandelt.«

Der Arzt betrachtete ihn eine Weile, dann holte er drei dicke Mappen vom Regal und knallte sie auf den Tisch zu den Heftern. »Und jetzt zu unseren lebenslangen Fällen. Wobei man natürlich immer auf eine Spontanheilung hofft. Ab und zu gelingt es jemandem, den Kreislauf zu durchbrechen, aber diese drei gelten quasi als unheilbar.«

Tom las die ihm schon bekannten Namen auf den Mappen: *Michaela Bürger*, *Walpurga Adler* und *Moritz Schuster* stand in großen Lettern auf den Bene-Ordnern.

»Walpurga Adler und Michaela Bürger leiden an dissoziativen Identitätsstörungen, man nennt es umgangssprachlich multiple Persönlichkeitsstörung, Moritz Schuster hat das Borderlinesyndrom und ist magersüchtig. Der wird's nicht mehr lange machen, fürchte ich.« Der Arzt fingerte eine Fotografie aus der Mappe. Der Mann auf dem Foto war nur mit einer Unterhose bekleidet. Die Knochen und Rippen stießen hervor, sein Gesicht glich einem Totenschädel, seine Arme waren mit zahlreichen, teilweise verheilten Schnitten und Verbrennungen überzogen.

»Dürfte auch nicht Ihr Mann sein, oder? Moritz Schuster wiegt 43 Kilogramm bei einer Größe von 1,77. Ich würde sagen, zu schwach, um einen Mord zu begehen. Der kann sich kaum noch auf den Beinen halten, außerdem hat er unsere Anstalt seit drei Jahren nicht mehr verlassen und ist leider komplett therapieresistent.«

Blieben Walpurga Adler und Michaela Bürger. »Was ist mit den beiden Frauen? Klinische Psychologie hab ich im Studium zwar angerissen, aber viel zu wenig darüber gelernt. Mein Schwerpunkt lag wie Sie wissen, in Arbeits- und Organisationspsychologie und somit habe ich nur das Mindestpensum in anderen Bereichen absolviert.« Tom hatte sich zwar immer wieder vorgenommen, sich eingehender mit Psychosen und Persönlichkeitsstörungen zu beschäftigen, aber aus Zeitmangel war es nie dazu gekommen. Die Ausbildung zum Psychiater war nicht umsonst sehr viel umfangreicher als die des Psychologen oder Therapeuten.

»Bei Menschen mit einer dissoziativen Identitätsstörung muss man vorsichtig sein«, fuhr der Arzt fort. »Man kann nie wissen, was in den Kranken vorgeht. Aber sie werden beide überwacht, ich kann mir kaum vorstellen, wie sie die Morde begangen haben sollen. War nicht ein Fall sogar in München?«

Keine der Personen machte sich übermäßig verdächtig. Das einzige Indiz, das sie alle gemeinsam hatten, war ihr Aufenthalt im Kinderheim. Das war zu wenig. Was Tom zusätzlich verzweifeln ließ, war die Tatsache, dass der Mörder anscheinend aufgegeben hatte oder fertig war mit seinen Taten. Seit Tagen herrschte Funkstille. Nachdem sie vom Bürgermeister die Listen erhalten hatten, hatten sie sofort Personenschutz für die verbliebenen Betreuer Schwester Elisabeth Maria Hallinger und Pater August Christopherus Brandner angefordert. Beide beteuerten allerdings, keinen Schutz zu brauchen, da sie stets die Zehn Gebote befolgt und niemandem etwas zuleide getan hatten. Schwester Elisabeth Maria hatte zu weinen angefangen, als Jutta ihr von den Vorkommnissen im Heim erzählt hatte, und behauptet, nichts davon gewusst zu haben. Auch Pater August Christopherus hatte sich tief erschüttert gezeigt und nicht aufgehört, seine Unschuld zu beteuern. Er hatte auch bestätigt, dass Pfarrer Heinrich Winkler niemals in besagtem Heim gearbeitet hatte, sondern Seminarist gewesen war.

Tom bedankte sich bei dem Arzt, der nervös auf seine Uhr sah und ihn auf den Gang begleitete.

Da stürzte sich plötzlich eine Frau auf ihn und umarmte ihn derart heftig, dass er zu würgen anfing. Dabei schrie sie: »Ich mach sie alle kalt, die Schweine!« Dann ließ sie ihn los und kicherte hysterisch.

Schon kamen zwei Pfleger angerannt und hielten sie fest, damit der Arzt ihr eine Beruhigungsspritze geben konnte. Dabei murmelte er besänftigend auf sie ein. »Schon gut, Walpurga, der Mann ist von der Polizei.«

»Wir brauchen keine Polizei, wir machen sie alle kalt, die Schweine. Sie haben es versprochen, und jetzt tun sie es.« Dann sackte sie schlaff in den Armen der Pfleger zusammen, Speichel floss aus ihrem rechten Mundwinkel und tropfte auf ihre Anstaltskleidung.

»Darf ich ihr kurz eine Frage stellen?« Flehend sah Tom zum Arzt. Zu seiner Überraschung nickte dieser. Ganz vorsichtig kniete Tom sich neben Walpurga Adler und sah ihr in die Augen. Ihre Pupillen weiteten sich.

»Schöner junger Mann, wollen Sie mit mir gehen?«

»Nein, ich möchte Ihnen gern eine Frage stellen.«

»Ich kauf nix, geh weg!«, schrie ihn eine dunkle Jungenstimme an, die aus demselben Mund kam wie die säuselnde weibliche Stimme zuvor. Gefasst sprach Tom weiter. »Welche Schweine wollt ihr killen?« Er fand es richtig, sich sprachlich anzupassen, um Nähe und Vertrauen herzustellen.

»Den Pinkelmann, den Knochigen und den Fotografen. Papa, das weißt du doch«, erwiderte eine zarte Kinderstimme. Ein tiefes kehliges Lachen schüttelte Walpurga Adler. »Sie haben es uns versprochen.« Ein dreimaliges »Ja« in verschiedenen Stimmlagen, begleitet von mehrmaligem Nicken.

»Wer hat es euch versprochen?«

Der Arzt klopfte Tom auf die Schulter. »Eine Frage, hatten wir ausgemacht. Ich muss Sie bitten, aufzuhören. Frau Adler ist momentan überfordert und braucht Ruhe. Das merkt man am schnellen Wechsel ihrer Persönlichkeiten. Es passiert in Stresssituationen. Circa zehn verschiedene Persönlichkeiten teilen sich ihren Körper. Von den meisten sieht und hört man selten, aber vier davon sind sozusagen die Hauptpersonen. Normalerweise tritt nur eine Person auf, diese weiß dann oft nicht mehr, was die anderen Persönlichkeiten getan oder gesagt haben. Für die Hauptpersönlichkeit sind diese Blackouts schmerzhaft, andererseits entwickelt sich so eine Störung immer nur dann, wenn jemand etwas Schmerzhaftes erfährt und es nicht mehr allein erträgt. Dadurch kommt es zu einer Aufspaltung der Identitäten. Die zweite Persönlichkeit beschützt quasi die erste und so weiter.«

Walpurga Adler redete unterdessen mit sich selbst, aber es hörte sich an, als würden drei Menschen miteinander streiten. »Ja, wer?« – »War's Lissi?« – »Nein, Fischi.« – »I wo, Vinzenz und Stefan haben das gesagt.« – »Nö.« – »Nicht, der Vinzenz-weiß-von-nix, der weiß von nix.« – »Was will der Mann?« – »Der ist von der Polizei.« – »Das ist ein schöner Mann, was will der Mann?« – »Worum geht's eigentlich?« – »Ruhe, ich kann nicht denken!«

Die Pfleger trugen die sprechende und lachende Walpurga Adler hinaus. Fasziniert von dem, was er gerade mit angehört hatte, starrte Tom ihr hinterher. Dann zückte er seinen BlackBerry und tippte schnell die aufgeschnappten Worte ein. »Ist Michaela Bürgers Zustand ähnlich?«

»Das Krankheitsbild ist bei jedem anders ausgeprägt. Michaela Bürger ist die meiste Zeit sie selbst, während sich Walpurga Adler ständig ihren Körper mit den anderen Persönlichkeiten teilt. Michaela schafft es, die anderen Persönlichkeiten auszublenden, bei ihr sind es nur fünf, und sie weiß auch von ihnen. Sie führt ein fast normales Leben, leider landet sie immer wieder hier. Es gibt Situationen, in denen sie komplett den Boden unter den Füßen verliert. Zum Beispiel, wenn eine Beziehung zu einem Mann sich vertieft.«

»Der Grund?«

»Beide Frauen wurden jahrelang missbraucht. Es wurden Verletzungen im Schambereich festgestellt, auch Moritz wurde misshandelt und missbraucht. Dissoziative Identitätsstörungen entwickeln sich zudem meistens vor dem fünften Lebensjahr, da das Gehirn noch nicht voll entwickelt und deshalb flexibler ist. Man kann also davon ausgehen, dass diese Kinder sehr jung waren, als sie missbraucht wurden, beziehungsweise als damit begonnen wurde, sie zu misshandeln und zu missbrauchen.«

»Ich nehme an, Sie wissen, dass alle drei im selben Kinderheim waren?«

»Ja natürlich.«

Diese banale Antwort machte Tom wütend. »Sie wissen seit Jahren darüber Bescheid, was diesen Menschen angetan wurde, und haben nicht gehandelt?«

»Was wollen Sie mir unterstellen? Wir haben den Missbrauch bemerkt und Anzeige erstattet; natürlich gegen Unbekannt. Von den Patienten erfuhren wir widersprüchliche Dinge. Wir hatten keine Ahnung, wer dafür verantwortlich war. Wir werden zwar oft *Götter in Weiß* genannt, aber Tatsache ist, wir sind keine Götter, nicht mal Engel, wir tun nur unsere Arbeit.« Er wischte sich den Schweiß von der Stirn. »Und die ist nicht so leicht, gerade Sie müssten das wissen. Bei Missbrauch ist es immer eine Gratwanderung. Wichtiger für uns Ärzte ist, die betreffenden Personen zu behandeln, um ihnen ein weitgehend normales Leben zu ermöglichen. Das gelingt leider nicht immer.«

»Es tut mir leid, ich habe nie wirklich praktiziert, daher habe ich keinen Einblick wie schwierig es ist, mit solchen Patienten zu arbeiten«, entschuldigte sich Tom und fügte hinzu: »Vielen Dank für Ihre Auskunft. Bitte halten Sie sich für weitere Befragungen zur Verfügung.« Tom reichte dem Arzt die Hand zum Abschied. Er hatte noch einiges zu erledigen. Schließlich waren zwei weitere Patienten im AKH, dem Allgemeinen Krankenhaus der Stadt Wien, in Behandlung. Mit den Büchern vom alten Schuhmann war er auch noch nicht fertig, drei Bände musste er noch durchsehen.

Draußen wartete Habicht im Wagen, Maier hatte es vorgezogen, im Büro zu bleiben, um dort per Internet und Telefon die Liste abzuarbeiten. Schließlich war es unmöglich, über 50 ehemalige Heimzöglinge persönlich zu besuchen.

Er wollte gerade in den Wagen steigen, da klingelte sein Telefon.

»Wir haben wieder eine Leiche. Jutta und Georg sind schon informiert«, blaffte Kretschmer in den Hörer.

Tom traute seinen Ohren nicht. »Unmöglich! Wir haben die zwei Betreuer doch unter Polizeischutz gestellt.«

»Es ist keiner der beiden.«

»Hat es mit unserem Fall zu tun?«

»Ein Mann namens Manfred Graiger, nackt mit einem Vibrator im Hintern.«

»Ein Geistlicher?«

»Nein, ein Lehrer.«

»Passt gar nicht in unser Schema.«

»Er passt besser, als du denkst. Der Mann war nämlich mal Priester, und es gab schon einmal eine Anzeige gegen ihn im August 1992. Dreimal darfst du raten, aus welchem Grund.«

51. KAPITEL

Wien, Freitag, 6. Mai 2011, 14:10 Uhr

»Was zum Teufel haben wir übersehen?«, fragte Georg.

Jutta grübelte. »Pfarrer Heinrich Winkler war kein Betreuer im Heim, sondern studierte im angrenzenden Seminar. Der neue Tote vermutlich ebenfalls.«

»Laut der Baumann hat es eine Ausbildungsstätte für Priester gegeben, gleich neben dem Kloster«, bestätigte Tom.

»Gott, wir hätten alle ehemaligen Priesterseminaristen und Ausbilder bewachen müssen«, rief Jutta.

Mist! Warum hatte sie das nicht veranlasst? Sie hatte einfach zu viel im Kopf: der Verlust Simons, die Geheimnisse ihrer Mutter, und offensichtlich hatte sie jahrelang einem Pädophilen vertraut – Pater Malster. Zusätzlich führte sie der Fall in Abgründe, die sie an den Rand ihrer Belastbarkeit brachten. All die traumatisierten Menschen, die krampfhaft versuchten, ihr Leben in den Griff zu bekommen, brannten sich in ihr Gehirn und ihr Herz. Immer öfter zweifelte sie daran, ob sie für diesen Job geeignet war. Würde die Psychotherapie reichen, um sie alles vergessen zu lassen?

Abrupt riss Georg sie aus ihren Gedanken. »Wir müssen die restlichen Namen in Erfahrung bringen. Offensichtlich sind nicht alle gefährdet, weder alle Betreuer noch alle Seminaristen.«

»Wie sollen wir das differenzieren? Das Bistum hüllt sich nach wie vor in Schweigen.« Sie hastete ihm die Treppe zum Büro hinauf nach.

Tom winkte ihnen vom oberen Treppenabsatz zu. »Ich hab mir die Mappen vorgenommen und was entdeckt. Ralf hat mir gestern eine absolut heiße Story erzählt. Ach, und Frau Meisel ist ein Schatz!« Er zwinkerte Jutta zu.

»Wer ist denn das?«, fragte Georg.

»Die Tippse vom Bürgermeister hat ein Auge auf unseren Süßen hier geworfen.«

»Das ist ja ein Ding«, sagte Georg grinsend. »Und ich dachte, er ist schwul.«

Lachend öffnete Jutta die Tür zum Büro. Georg folgte ihr. Mit einer braunen Ledermappe bewaffnet, stieß Tom zu ihnen.

»Du zuerst.« Jutta warf sich auf den Drehstuhl und fächelte sich mit einem Blatt Papier Luft zu. Eine Klimaanlage wäre wirklich fein gewesen.

»Erzähl erst mal, wie es am Tatort war«, sagte Tom.

Ohne Umschweife kam Georg zur Sache. »Kretschmer hatte recht, der Typ ist ein Teil unseres Puzzles. Am Tatort sah es ähnlich aus wie bei Bischof Heuss. Der Graiger war nackt, wurde offensichtlich gefoltert, ein Vibrator steckte im Hintern. Auf dem Nachttisch stand ein leeres Wasserglas, ein Buch lag daneben.«

»Ein altes Buch?«

»Ja.« Georg räusperte sich. »Ein pikantes Buch diesmal: *Die 120 Tage von Sodom,* Erstausgabe.«

»Wow, war ein Textteil angestrichen?«

»Sieben Stellen sogar.«

»Der Mörder hat ein Muster, bricht es aber ständig.« Georg klopfte sich mit dem Bleistift auf den Schenkel. »Die Nonne zum Beispiel. Sie war nicht nackt, kein Buch weit und breit, nur der Rosenkranz war ausgetauscht worden. Dann Pater Malster. Bei ihm haben wir Polaroids und VHS-Kassetten mit einschlägigen Inhalten gefunden.«

»Vielleicht ist es kein Bruch.« Tom überlegte laut. »Vielmehr eine Art Dramaturgie. Es werden verschiedene Szenen dargestellt. Jeder Ermordete ist ein Glied in dieser Kette. Ich vermute, es gab aktive und passive Parts in diesem Spiel. Pater Malster war vielleicht der Fotograf, Bischof Heuss laut Bibeltext ein Zuseher oder ein Mitwisser, der die anderen gedeckt hat.«

»Was hat die Nonne gemacht?«

»Keine Ahnung. Muss mit dem Essen zu tun haben.«

»Mhm, Rebecca wird in ihrem Buch gezwungen, ihr Erbrochenes zu essen. Vinzenz übrigens auch, laut seiner Mutter. Und Stefan Konrad.«

Tom schlug die Ledermappe mit Schuhmanns Akten auf und zeigte auf einen Eintrag. »Hier, am 5. Mai 1995 ist es passiert. Alle drei Bücher, die wir bis jetzt gefunden haben, wurden von derselben Person gekauft. Sogar die Bibel war antiquarisch. Wieso hat das niemand von euch bemerkt? Der Käufer hat übrigens mehr Bücher gekauft, als wir bis jetzt gefunden haben.«

Jutta beugte sich über die Mappe und versuchte, die Schrift zu entziffern. »König?«

Tom nickte, während sich Georg frustriert die Stirn rieb. »Vorname? Geschlecht? Alter? Staatszugehörigkeit?«

»Nichts dergleichen.«

»Hast du eine Ahnung, wie viele Frauen und Männer mit diesem Namen im deutschsprachigen Raum leben? Willst du alle abklappern und schauen, ob die restlichen Bücher noch in einem Regal schlummern?«

Jutta gähnte und stand auf. »Ich hol erst mal Kaffee.«

52. KAPITEL

Ein Nachname war natürlich zu wenig. Tom hatte Stunden über den Büchern verbracht, aber mehr gab es nicht. Dafür war ein anderer Hinweis vielleicht Gold wert. Jutta kam gerade wieder herein. In ihrer Hand hielt sie ein Tablett, auf dem nicht nur der angekündigte Kaffee stand, sondern auch Sandwiches und Schokoriegel lagen. Dankbar nahmen Tom und Georg ihren Teil vom Tablett. Jutta kaute bereits an ihrem Sandwich. »Lass mal die anderen Sachen hören.«

Tom nippte am Kaffee. »Von Ralf weiß ich, dass unser Weihbischof tatsächlich homosexuell war. Auf einer Party von Ralfs Freund hat ein 20-jähriger Callboy damit geprahlt, mit einem hohen Tier, wie er es nannte, Sex gehabt zu haben. Zu später Stunde hat er den Namen verraten und zu heulen begonnen. Sie dürften ineinander verliebt gewesen sein.«

»Hast du den Namen des Callboys für einen DNA-Abgleich?«

»Hab unsere Münchner Kollegen angerufen, die haben sich sofort darangemacht. Die Ergebnisse werden bald da sein.«

Eine Zeitlang kauten sie schweigend vor sich hin. Jutta sammelte die leeren Sandwichhülsen und Pappbecher ein und trug sie hinaus. Als sie wieder hereinkam, wischte sich Tom gerade ein letztes Mal über den Mund und erzählte weiter. »Aber mein Joker ist die Meisel. Sie ist ordentlich und penibel, hat alle Meetings des Bürgermeisters, dazu sämtliche Daten und Namen in einem Ordner.«

»Toll, ich weiß nicht, wie diese Leute das machen, aber ich steh schon frühmorgens im Chaos«, meinte Jutta.

Tom nickte ihr lächelnd zu, denn er wusste, wie chaotisch sie war, aber das machte sie ja erst liebenswert. Dieser flüchtige Gedanke ließ sofort Panik in ihm aufkommen. Hatte er tatsächlich *LIEBENSwert* gedacht? Verstohlen betrachtete er sie, während sie ihm schelmisch zuzwinkerte. Auf einmal bevölkerte ein Schwarm Hummeln seinen Bauch. Wie hatte er diese – völlig deplatzierten – Gefühle ignorieren können? Ein Klaps auf seine Schulter riss ihn aus seiner Gedankenwelt.

»Hey, bist eingeschlafen?«, fragte Georg. »Was ist jetzt mit der Meisel?«

»Ähm ja, also diese Frau, die 2001 das Heim besichtigen wollte, die ist uns gut bekannt.« Er holte noch einmal tief Luft. »Hanna Wagner.«

Georg entgleisten die Gesichtszüge. »Das ist ja ein Ding!« Er sprang auf. »Die kauf ich mir jetzt aber!«

»Die Frau, die beim Bürgermeister war, hatte doch einen blonden Pagenkopf. Sagte er zumindest.«

»Jutta, das war 2001! Außerdem könnte er sich bei der Frisur vertan haben. Ich kauf sie mir«, polterte Georg.

»Niemand rennt jetzt raus!«, rief Tom dazwischen. »Die Meisel hat auch von einer blonden Frau gesprochen. Aber da sind, wie gesagt, viele Jahre dazwischen. Keine Ahnung, wie die Wagner da reinpasst. Wir müssen vorsichtig sein mit eventuellen Verdächtigungen.«

»Aber sie war an jedem Tatort!« Georg lief im Zimmer auf und ab.

»Sie ist als Journalistin auf der Suche nach Topstorys.«

Tom schien das nicht zu überzeugen. »Woher kannte sie die Details?«

Jutta warf Georg einen seltsamen Blick zu und fragte: »Bist *du* wieder Hanna Wagners Charme erlegen?« Der zynische Unterton war nicht zu überhören.

Georg schlug mit der Faust auf den Tisch, und seine Augen wurden zu schmalen Schlitzen. »Ich hab ihr nichts erzählt, wie oft soll ich das noch sagen!«

»Wo ist dann die undichte Stelle im System?«

»Vielleicht gibt's gar keine undichte Stelle.«

Dass die Journalistin stets an den Tatorten auftauchte, hielt er für völlig normal. In jedem Beruf gab es ehrgeizige Mitarbeiter, von solchen Perfektionisten und Workaholics lebte die Wirtschaft.

»Sollen wir die Wagner trotzdem beschatten?«, fragte er in die Runde.

»Wieso denn jetzt plötzlich diese Schnepfe?« Wütend rümpfte Jutta die Nase.

»Ich bin dafür«, sagte Georg.

»Das war ja wohl klar«, schimpfte Jutta. »Haben wir nicht andere Personen zu beschatten? Ich hätte da eine ganze Liste von Verdächtigen, und Hanna Wagner steht nicht drauf!«

Tom zuckte die Achseln. »War nur so eine Idee. Habt ihr schon die Priesterseminaristen von damals ermittelt?«

»Habicht ist gerade dabei. Er versucht, auch die momentanen Wohn- oder Aufenthaltsorte herauszufinden.«

Georg rieb sich die Nase. »Wir wissen immer noch nicht, wie der Mörder vorgeht. Bischoff Heuss war ein Schwergewicht. Den konnte der Mörder selbst gar nicht bewegen.«

»Er wartet sicher, bis das Opfer ins Bett geht«, meinte Tom. »Bei jedem der Opfer stand ein Wasserglas am Bett, in München hab ich noch die Wasserränder auf dem Holz gesehen.«

»Das Labor hat auf den Gläsern weder Fingerabdrücke noch Toxinspuren nachweisen können, in keinem der Fälle«, las Jutta aus ihrem Notizbuch ab. »Roland Kleist meint, es kämen nur K.-o.-Tropfen infrage, alles andere hätte sich nachweisen lassen. Der Ketamincocktail wurde eindeutig gespritzt, jedes Opfer hatte Einstiche und …«

Oberst Kretschmer kam herein und unterbrach das Gespräch. »Was ist das für eine Arbeitsmoral? Ein Kaffeetratsch ist in Anbetracht der Lage, in der wir uns befinden, nicht angebracht. An die Arbeit! Die Presse rennt uns die Tür ein! Wenn wir nicht bald Erfolge vorweisen können, dreht der Staatsanwalt durch. Die Sache wirbelt im Innenministerium gehörig Staub auf. Die Bevölkerung will wissen, was hier vor sich geht, und aus dem Vatikan werden Gerüchte in die Welt gesetzt.«

»Was für Gerüchte?«

»Die hiesige Polizei wäre unfähig, weil sie einen Tatverdächtigen frei herumlaufen lässt.«

»Ha, wir haben über 20 Verdächtige!«, rief Jutta dazwischen. »Sollen wir alle einsperren?«

»Die Medien haben die Sache mit dem schwulen Liebhaber des Weihbischofs publik gemacht.« Kretschmer zündete sich eine Zigarre an. »Und der Vatikan fordert eine Inhaftierung.«

»Wir haben keinen Beweis. Außerdem müssen sich die Münchner darum kümmern«, pflichtete Tom Jutta bei.

»August regt sich furchtbar auf. Er sagt auch, dass er den DNA-Abgleich abwarten muss.«

Habicht steckte schüchtern den Kopf zur Tür herein.

»Was gibt's?«, brüllte Kretschmer ihn an.

»Ich bin fertig mit der Recherche.«

Georg und Jutta standen auf und schlüpften mit ihm durch die Tür. »Sorry«, flüsterte Habicht noch kleinlaut.

Tom hatte Jutta anscheinend zu lange nachgeschaut, denn Kretschmer klopfte ihm auf die Schultern. »Vergiss das, mein Junge.«

Gelassen sah er zu seinem Onkel auf. »Ich weiß nicht, wovon du sprichst.«

»Denkst du, ich hab keine Augen im Kopf?« Kretschmer studierte sein Gesicht. »Ich hab es sogar vor dir selbst bemerkt, dass du auf die Stern stehst.«

Tom schnitt eine Grimasse. »Blödsinn.«

»Wenn du es sagst«, entgegnete sein Onkel. »Übrigens, deine Eltern lassen dich grüßen. Sie sind auf den Seychellen.«

»Shit, ich hab ihren Hochzeitstag vergessen.« Er würde sie am Abend anrufen.

»Red Tacheles mit mir«, befahl Kretschmer. »Wie weit seid ihr mit den Ermittlungen?«

»Wir haben schon viel, aber wir konnten den Personenkreis kaum einschränken. Jedes ehemalige Heimkind kommt infrage, außer den bereits verstorbenen oder inhaftierten, aber auch Nonnen oder Priester können wir nicht ausschließen. Ebenso gut könnte es ein Außenstehender sein, ein selbsternannter Todesengel, der aus irgendeinem Grund genau Bescheid weiß, was damals abgelaufen ist und wer mitgemacht hat.«

Kretschmer zog die Stirn in Falten. »Ich würd's auch im Knast versuchen. Vielleicht waren es Auftragsmorde?«

»Ich hab später einen Termin im AKH, aber ich könnte jetzt gleich dem Frauengefängnis einen Besuch abstatten.«

»Mach das, Junge.« Freundschaftlich legte er ihm den Arm um die Schultern. »Halt mich auf dem Laufenden. Und schlag dir die Stern aus dem Kopf.«

TEIL 4

FREIHEIT UND LIEBE

Freiheit ist das größte Geschenk,
das sich Liebende machen können.

HANNA

53. KAPITEL

Einatmen, die Spannung im Körper halten und ausatmen, einatmen … Hanna konnte das Gleichgewicht nicht mehr halten und musste die Yogaübung vorzeitig beenden.

Die Zeiten, in denen morgendliches Yoga ihr Kraft und Ausdauer für den Tag geschenkt hatte, waren vorbei. Jetzt zehrte es an ihren ohnehin schon schwindenden Kräften, aber sie konnte nicht aufhören, noch nicht. So lange wie möglich wollte sie ihren ursprünglichen Tagesablauf einhalten, um nicht daran denken zu müssen, dass es bald vorbei sein würde. Mit dem Handtuch fuhr sie sich über das verschwitzte Gesicht, setzte sich ihre Perücke auf und ging hinaus in ihr Märchenreich – den Wintergarten. Zärtlich strich sie über die exotischen Pflanzen aus aller Welt, die sie über die Jahre zusammengetragen hatte, und startete die solarbetriebene Beregnungsanlage, bevor sie sich auf ihren Rattanschaukelstuhl setzte – mitten in den zarten Sprühnebel. Vor sich hinsummend wiegte sie sich im Takt und genoss die Abkühlung.

Dabei dachte sie über ihre Story nach. Es war die letzte Geschichte, an der sie arbeitete. Der Tod wartete bereits auf sie. Paul wollte eine Reise mit ihr machen. Ihrer Leidenschaft, dem Tauchen, sollte sie noch einmal frönen können, einmal noch die Füße in den heißen Sand stecken und in den Sonnenuntergang laufen dürfen. Sie freute sich sehr darauf. Deshalb war sie gerade wieder eine Woche im Krankenhaus gewesen für eine Aufbaukur und eine Plasmapherese. Das sollte ihr Kraft geben für die letzten Monate.

Paul – die einzige Konstante in ihrem Leben – liebte sie. Andere Frauen würden sich glücklich schätzen, hätten sie so einen aufmerksamen, sensiblen Mann an ihrer Seite. Dass sie niemals glücklich war, dafür konnte Paul nichts. Obwohl sie ihn nie so lieben konnte wie er sie, blieb er bei ihr. Ja, sie wusste, was er in der Dusche trieb, wenn das Wasser wieder endlos floss und er eine halbe Stunde später ins Bett kroch. Warum sie niemals Kinder wollte, hatte er verstanden, aber warum sie selbst nach Jahren des geduldigen und verständnisvollen Wartens seinerseits nie mit ihm geschlafen hatte, begriff er bis heute nicht. Sie hatten sich in ihrer Beziehung arrangiert, glücklich waren sie wohl beide nicht, doch sie konnten auch nicht ohne einander. Zwei Jahre lang hatten sie es getrennt versucht, nur um festzustellen, dass sie beide noch unglücklicher wurden.

Mit einem Mal hörte der Sprühnebel auf.

Hanna öffnete die Augen. An der Tür zum Wintergarten stand Paul mit ernstem Gesicht. Sie erhob sich stöhnend vom Sessel und sah ihm tief in die Augen. Sie waren rötlich verfärbt und feucht, dunkle Furchen hatten sich darunter gebildet. Sein Gesichtsausdruck war unergründlich, als er sagte: »Wir müssen reden.«

54. KAPITEL

Schwarzau am Steinfelde, Samstag, 7. Mai 2011, 15:15 Uhr

In Gedanken versunken saß Tom im Wagen mit Blick auf das Frauengefängnis Schwarzau. Einst war das Gebäude ein barockes Schloss gewesen, in dem das letzte österreichische Kaiserpaar geheiratet hatte. Bekannt wurde der Knast durch den österreichischen Film *Gangster Girls*, der 2008 im Gefängnis gedreht wurde.

Von Lotte Krenn hatte Tom nicht viel erfahren. Angeblich war sie mit Fischi, wie sie Rebecca Dinkel nannte, in Kontakt, schwieg aber beharrlich über ihren momentanen Aufenthaltsort. Nur eines hatte sie ihm erzählt: dass sie Rebecca Dinkel Kontakte zur Unterwelt vermittelt hätte. Mit Grausen dachte er an die Befragung zurück. Beim Anblick der Leichenfotos hatte Lotte Krenn in die Hände geklatscht. »Endlich sind sie tot. Bravo!« Zweimal hatte Tom sie gefragt, ob sie wüsste, wer dafür verantwortlich sein könnte.

»Jeder von uns«, hatte sie trocken geantwortet, sich am Arm gekratzt und plötzlich schallend gelacht. »Na was guckst du so? Ich hab ja wohl ein Alibi. Aber wenn du es wirklich wissen willst: Lissi, Fischi, Wiebke, Kurt, Stefan und Vinzenz hat es ganz schlimm erwischt damals. Sybille und Lars sind verschwunden. Keine Ahnung, was mit denen passiert ist.«

Tom parkte am Straßenrand und holte die Liste hervor. Es konnte sich nur um Sybille Mader und Lars Hennemann handeln. Wie alle Namen hatten sie auch diese beiden überprüft und waren zu keinem Ergebnis gelangt. Was mit ihnen geschehen war, wusste niemand. Da sie Vollwaisen waren, schien sie auch keiner zu vermissen. Vermutlich lagen beide mit zahlreichen anderen Kindern, die keiner vermisste in der Kammer im Keller des Kinderheims. Alle Knochen zu identifizieren und aufzunehmen würde allerdings Monate dauern und ihnen jetzt nichts nützen. Zu den meisten Knochen würden sie garantiert keine Hinweise erhalten. Die Spurensicherung hatte dennoch alles eingesackt und zur Analyse geschickt.

Jetzt war Tom auf dem Weg ins AKH, um Lissi Hoffmann und Hildegard Tanzer zu befragen. Jutta war mit Georg zusammen auf dem Weg nach Vordermühldorf, um mit Kurt Drechsler und Vinzenz Gföhler zu sprechen. Tom selbst wollte sich später Stefan Konrad, den Wiener Psychotherapeuten und Sohn des Bürgermeisters, vornehmen. Habicht hatte im Vorstrafenregister gestöbert. Sowohl Stefan Konrad als auch Kurt Drechsler waren aufgrund von Gewaltdelikten vorbestraft.

Im AKH wartete bereits der verantwortliche Oberarzt auf Tom. Freundlich schüttelte er ihm die Hand und stellte sich vor. Dr. Helmut Weber war ein Riese mit grobschlächtigem Gesicht, in das zwei Kieselaugen eingebettet waren. Er schien nur aus Muskeln und Sehnen zu bestehen. Sein Händedruck war fest und warm. Die Stimme hatte einen angenehmen Bassbariton und klang weich und voll.

»Ich hab die Akten von Lissi Hoffmann und Hildegard Tanzer hergerichtet. Gestern erreichte mich ein Fax des Staatsanwalts, das mich von der Schweigepflicht entbindet.«

Wunderbar, also war Toms Anliegen prompt bearbeitet worden.

»Sie können mir also sämtliche Fragen stellen.« Dr. Weber strich sich über sein silberfarbenes Haar und lachte. Es war ein angenehmes, unbefangenes Lachen.

Tom lächelte zurück. »Geben Sie mir zuerst einen kleinen Einblick.«

»Eine Art Zusammenfassung? Gut. Hildegard Tanzer leidet an Depressionen und einer Persönlichkeitsstörung, beides ist medikamentös zu steuern, darum wird sie ambulant behandelt. Ihr Mann beobachtet sie sehr gewissenhaft und achtet darauf, dass sie ihre Medikamente regelmäßig nimmt. Ihre begleitende Psychotherapie vergisst sie, dank ihm, auch nicht. Frau Tanzer ist sehr engagiert, schließlich hat sie eine Tochter, um die sie sich kümmern muss, die allerdings auch der Auslöser ihrer Störungen war.«

»Wie darf ich das verstehen?«

»Frau Tanzer hatte die schrecklichen Erlebnisse in ihrer Kindheit verdrängt. Erst als ihre Tochter in die Trotzphase kam, brach eine unkontrollierbare Wut aus. Gepaart mit depressiven Phasen, wurde der Leidensdruck groß.«

»Wie hat sich diese Wut bemerkbar gemacht?«

»Ich werde nicht ins Detail gehen. Ein Vorkommnis war zum Beispiel, dass sie ihre Tochter unter die kalte Dusche stellte, wenn sie nicht aufaß oder sich nass machte.«

Interessiert beugte Tom sich vor. »Hat sie ihre Tochter auch geschlagen?«

Der Arzt nickte. »Die Ausbrüche wurden schlimmer. Als sie zu uns kam, war sie am Boden zerstört, weil sie nicht wusste, was mit ihr passierte. Zwei Jahre lang war sie eine liebende Mutter gewesen, und plötzlich hatte sie sich nicht mehr unter Kontrolle. In einer Rückführung gelang es uns, den Grund dafür herauszufinden. Frau Tanzer wurde von Betreuern in einem Kinderheim misshandelt, dazu gehörten auch kalte Duschen und Schläge. Das Aufessen der Mahlzeiten war obligatorisch, seine Ausscheidungen im Alter von drei Jahren kontrollieren zu können, ebenfalls.«

»Haben Sie das zur Anzeige gebracht?«

Der Arzt rieb sich die Stirn und blickte sorgenvoll. »Wir haben es versucht, aber es kam nichts dabei heraus. Das Heim existiert schon lange nicht mehr. Deshalb haben wir uns auf die Heilung unserer Patientin konzentriert, um ihr den Leidensdruck zu nehmen und ihr zu einem normalen Familienleben zu verhelfen. Ihr Ehemann war eine wichtige Stütze. Mittlerweile sind Jahre vergangen. Die Tochter macht eine Lehre, und die Ehe hielt. Sie haben auf weitere Kinder verzichtet. Das hielten wir für besser.«

»Hat Frau Tanzer jemals Rachegedanken geäußert?«

»Nein, um sie aggressiv zu machen, bedurfte es stets Auslöser, die sie an die Kindheit erinnerten.«

»Wurde sie sexuell missbraucht?«

»Darauf haben wir weder in der klinischen Psychologie noch in den Gesprächstherapien Hinweise gefunden. Sie lebt mit ihrem Mann eine natürliche Sexualität. Laut ihm hat es nie einen Hinweis für eine Störung in diesem Bereich gegeben. Wir fanden auch keine.« Doktor Weber pausierte und wechselte die Akte. »Anders bei Lissi Hoffmann.«

Tom hatte Rebecca Dinkels Buch gelesen und wusste, dass es Lissi schlimm erwischt haben musste, falls es sich um dieselbe Lissi handelte, die von Rebecca beschrieben wurde.

Der Arzt räusperte sich. »Lissi Hoffmanns Psyche ist schwer geschädigt. Sie leidet unter massiven Ängsten vor der Dunkelheit, vor bestimmten Tieren, engen Räumen, Kameras und Männern. In jahrelangen Behandlungen konnten wir Folgendes rekonstruieren: Lissi Hoffmann wurde vermutlich Tage oder Wochen in einem dunklen Raum gefangen gehalten. In dieser Zeit wurde sie mehrfach missbraucht. Vermutlich wurde dabei auch pornographisches Material angefertigt, was die Scheu vor Kameras erklären würde. Lissis Körper weist jede Menge Spuren von Gewalt auf. Ihr Körper ist mit Narben übersät. Sie hat keine Kinder geboren, trotzdem sind Vagina und Umgebung vernarbt und weisen verheilte Risse bis in den After auf.«

»Wie kam sie zu Ihnen?«

»Ihre Freundinnen brachten sie zu uns.« Er zeigte auf die Einträge. »Leitner, Krenn und Dinkel hießen die Damen.

Frau Krenn sitzt ja bedauerlicherweise seit fünf Jahren im Frauengefängnis. Aber Frau Leitner und Frau Dinkel kommen nach wie vor regelmäßig zu Besuch.«

Überrascht hob Tom die Augenbrauen. »Rebecca Dinkel besucht Lissi Hoffmann?«

»Aber ja. Sie war erst vor einem Monat hier. Wenn Sie mich fragen, brauchte sie auch dringend Hilfe. Aber eine Therapie hat sie immer abgelehnt.«

Tom meinte, sich verhört zu haben. »Rebecca Dinkel ist doch 1998 verschwunden. Wir konnten sie nirgendwo finden.«

Der Arzt rieb sich die Augen. »Das überrascht mich.«

»Haben Sie eine Kontaktadresse?«

»Da muss ich Sie leider enttäuschen.«

»Darf ich mit Lissi Hoffmann sprechen?«

»Bitte kommen Sie mit.«

Doktor Weber begleitete ihn zu Lissi Hoffmanns Zimmer. Sie war allein im geschlossenen Trakt untergebracht.

Als sie eintraten, drückte sich die zarte Frau verschreckt in eine Zimmerecke. Ihr langes blondes Haar fiel ungekämmt über die Schultern, ihre Hand umklammerte eine schmutzige Stoffpuppe.

»Wie alt ist sie?«, flüsterte Tom.

»43, aber vom Reifegrad ist sie auf dem Stand eines sechsjährigen, maximal achtjährigen Kindes. Das ist in etwa das Alter, in dem sie die traumatischen Erfahrungen gemacht hat. Sie sollten Ihr Gespräch diesem Umstand anpassen.«

Langsam tastete sich Tom an Lissi Hoffmann heran. Sie trug ein weißes Spitzennachthemd, ihre mageren Arme hatte sie um die Knie gelegt und den Kopf darauf abgestützt. Mit ihren blauen Augen musterte sie ihn ängstlich.

»Lissi? Ich bin Tom.«

Er wartete eine Weile, erhielt aber keine Antwort. Vorsichtig setzte er sich vor ihr auf den Boden.

»Das ist eine hübsche Puppe. Sie sieht aus wie du, wie heißt sie denn?«

»Schlampe.« Sie drückte der Puppe die Beine auseinander, dazwischen war ein großer runder Fleck mit roter Farbe aufgemalt. Irritiert sah Tom zu Doktor Weber, der ihm zunickte.

»Hat sie auch einen Vornamen?«

»Fick dich«, tönte es aus ihrem Schmollmund. Kindliches Gekicher folgte.

»Lissi, ich möchte dir gern eine Frage stellen«, versuchte er einen Neuanfang.

»Er wird kommen«, wisperte sie zur Antwort.

»Nein, Lissi, er wird nie wieder zu dir kommen.«

Wer es auch war, er würde nicht mehr kommen und ihr wehtun, aber Lissi schien in ihrem Leid festgefroren zu sein. Die Tage würden sich für sie wiederholen, immer und immer wieder. Mit Grausen dachte er an das Kindernachthemd, das Jutta im Keller gefunden hatte, und an die betreffenden Kapitel in Rebecca Dinkels Buch. Hier saß eine Überlebende vor ihm, wenn man das noch Leben nennen konnte. Lissi Hoffmanns Seele war zerstört.

»War deine Freundin auch mit dir im Keller?«

Eine Hand deutete auf die gegenüberliegende Zimmerseite. »Becky ist hier. Sie weint.«

»Kommt Becky öfter her?«

»Becky bringt mir süße Sachen. Sie hat schöne Haare.« Dann richtete sich Lissi auf und schrie: »Ich kümmer mich drum, Lissi, ich versprech's dir.«

»Was wollte Becky tun, Lissi?«

Ihre Augen funkelten, als ihre Hand plötzlich vorschoss und Tom zwischen die Beine griff. Schnell fasste er ihren

Arm und zog ihn von seiner Hose. »Nein, Lissi, ich bin nicht einer von denen.«

»Keine Fotos bitte«, flehte sie ihn an.

Der Arzt hatte recht, er kam nicht an die Frau Lissi Hoffmann heran, vor ihm saß das Mädchen Lissi, gefangen in einer Welt voller Schmerz, Gefahr und Angst. Ein letztes Mal versuchte er, zu ihr vorzudringen. »Was hat Becky dir versprochen, Lissi?«

»Becky macht sie tot«, rief sie hysterisch und fing einen irren Singsang an: »Becky macht sie alle tot. Tot, tot, tot …«

Doktor Weber fuhr dazwischen und spritzte ihr ein Beruhigungsmittel. Sofort fiel sie wie eine Marionette zusammen und blickte mit glasigen Augen an die Wand.

»Geht weg, geht weg, geht weg …«, flüsterte sie heiser, bevor sie sich wie ein Embryo zusammenrollte und einschlief.

55. KAPITEL

Vordermühldorf, Samstag, 7. Mai 2011, 15:30 Uhr

Kurt Drechsler empfing Jutta und Georg in seiner blauen Arbeitskluft und reichte ihnen eine ölverschmierte Hand zum Gruß. Vier Kinder spielten in der Sandkiste im Garten, und die Frau des Hauses, die ein Blümchenkleid trug und sich damit nahtlos in den Garten einfügte, brachte

Getränke und Kuchen. Die beiden Polizisten setzten sich auf die schmiedeeisernen Sessel.

Ohne Umschweife kam Jutta zur Sache. »Herr Drechsler, wir untersuchen die Klerikermorde.«

»Hab davon gelesen. Schlimme Sache.« Gelassen wischte er sich die Hände am Blaumann ab.

»Einige der Opfer waren Betreuer in einem Kinderheim, in dem auch Sie zwei Jahre verbracht haben.«

Er richtete sich kerzengerade auf. »Macht mich das verdächtig?«

»Wir haben Ihr Vorstrafenregister gelesen.«

Der Frau im geblümten Kleid entglitt das Wasserglas. Entgeistert sah sie ihren Mann an.

»Susi, gehst du bitte mit den Kindern hinein«, sagte Drechsler zu seiner Frau und tätschelte ihren Arm.

Als seine Familie im Haus verschwunden war, schimpfte er: »Na bravo. Jetzt haben Sie vielleicht meine Ehe ruiniert. Meine Frau weiß nichts davon. Weder vom Heim noch von meinen Jugendsünden.«

Ungerührt stellte Jutta ihr Glas ab. »Wenn Sie Ihrer Frau nicht die Wahrheit gesagt haben, ist das Ihr Fehler.«

»Klar, ihr Bullen macht es euch immer leicht.« Langsam ließ er seine Finger knacken, einen nach dem anderen. »Denkt ihr, man bekommt so eine Klassefrau, wenn man mal im Knast war?«

»Noch dazu wegen Vergewaltigung«, meinte Jutta böse. »Wohl eher nicht.«

»Ja, machen Sie sich nur lustig über mich. Sie haben keine Ahnung von meinem Leben, nicht die geringste.«

Jutta wischte sich Kuchenbrösel von der Hose. »Klären Sie uns auf.«

Drechsler machte eine wegwerfende Handbewegung. »Es ist Vergangenheit, und jetzt hab ich alles, was sich ein

Mann nur wünschen kann. Meine Werkstatt läuft super, meine Frau ist ein Engel, und meine Kinder sind großartig. Das Haus hier ist in fünf Jahren abbezahlt.«

»Da sind Sie einer der wenigen, die es geschafft haben.«

»Man darf sein Leben nicht von einer schlechten Kindheit abhängig machen. Was vorbei ist, muss man irgendwann ruhen lassen, sonst wird man so ein Psycho wie Vinzenz.«

»Manche Menschen reagieren sensibler als andere. Vinzenz hat das Trauma nicht so leicht verarbeitet wie Sie. Vielleicht hat es ihn schlimmer erwischt.«

»Ah geh, wir waren zusammen da unten.«

»Wo?«

»In dem Keller.«

»Was ist da passiert? Wurden Sie vergewaltigt?«

»Nö, der Vinzenz auch nicht. Sie haben Fotos von uns gemacht und ein Video. Wir haben uns gegenseitig ausziehen und die Schwänze reiben müssen, bis ... Sie wissen schon.«

Darauf näher einzugehen, war nicht notwendig. Sie wollte gar keine Details wissen. Die Fotos, die bei Pater Malster gefunden worden waren, machten sie immer noch traurig und wütend.

Drechsler schenkte sich ein Glas Saft ein. »Ich weiß nicht, warum sie uns ausgesucht haben. Ist mir auch egal. Sind eh schon kalt, die Schweine.« Zu ihrer Überraschung lachte er nicht, als hätte er einen Witz gemacht. Seine Miene blieb ernst.

»Und wer könnte Ihrer Meinung nach der Mörder sein?«

»Ist doch Ihr Job, das herauszufinden. Ich war's jedenfalls nicht.«

»Das sagen sie alle.«

»Durchsuchen Sie mein Haus oder fragen Sie die Nachbarn. In München bin ich auch nie gewesen.«

Das stimmte, sie hatten Drechsler auf etwaige Reisen überprüft. Es war wie verhext. »Die Vergewaltigung, was ist damals geschehen?«

»Stefan und ich hatten zu viel getrunken, das war's. Die Weiber gingen zuerst freiwillig mit, und angeblich wollten sie irgendwann nimmer, aber ehrlich, ich hab nie ein Nein von der Tusse gehört, die ich gevögelt hab. Wir waren zu viert im Raum, da hätten wir doch aufgehört, oder?«

Ein Schwindelgefühl erfasste Jutta. »Welcher Stefan?«

»Na, der Bürgermeistersohn! Der Konrad war mein bester Freund, isser immer noch, auch wenn er jetzt was Besseres ist, der Herr Doktor.«

56. KAPITEL

Wien, Samstag, 7. Mai 2011, 17:45 Uhr

Akten und Notizen bedeckten den ganzen Boden im Büro. Tom saß mitten in diesem Berg und versuchte, eine gewisse Ordnung hineinzubringen.

Jutta steckte den Kopf zur Tür herein. »Mensch, so eine Unordnung bring nicht mal ich zustande.« Auf Zehenspitzen bahnte sie sich einen Weg zwischen den Papierbergen hindurch.

»Wie bitte? Das Chaos wurde von dir und Georg verursacht. Könnt ihr nicht ordentliche Mappen führen? Nein,

Hunderte Zettel und Heftmappen muss ich sortieren, damit wir einen Überblick bekommen.«

»Haben wir so viel Zeit?«

Tom knirschte mit den Zähnen. Natürlich hatten sie keine Zeit, der Klerikermörder war irgendwo da draußen und suchte sich bereits sein nächstes Opfer. Aber Tom konnte so nicht arbeiten. Alles musste akribisch und nach Jahreszahlen sortiert sein, damit er die Fakten in seinem Gehirn abspeichern konnte. Sie konnten es sich nicht leisten, noch einmal etwas zu übersehen.

»Sag mal, was hat mein werter Therapeut Stefan Konrad zu dem Vergewaltigungsvorwurf gesagt?«, wollte Jutta wissen.

»Das Gleiche wie sein Kumpel Drechsler.«

»Glaubst du ihm?«

»Komischerweise ja. Das ist schließlich nicht das erste Mal, dass Mädels durchknallen und die Tatsachen verdrehen.«

Jutta knabberte an einem Käsestangerl und setzte sich auf den Schreibtisch. »Sprichst du da aus Erfahrung?«

»Genau genommen hab ich nur solche Erfahrungen.«

»Armer Tom.« Dann wechselte sie das Thema. »Alle ehemaligen Seminaristen wurden von uns informiert und bekommen Polizeischutz. Anton Fellner haben wir noch nicht gefunden. Die Erzdiözese hat keinen Priester mit diesem Namen in der Kartei.«

Sorgfältig legte Tom Mappe auf Mappe und stellte den Stapel auf den Schreibtisch. Mit einem neuen Knabbergebäck in der Hand redete Jutta weiter. »Rebecca Dinkel ist ein Phantom. Wir finden sie nicht. Interpol ist seit Tagen dran, sogar in Amerika, Asien und Australien haben wir eine Suchmeldung rausgegeben. In ihrem Buch bringt sie sich am Ende um, aber das ist Fiktion, weil sie ja offenbar immer noch Kontakt zu ihren Leidensgenossinnen hat.«

Tom wischte sich den Schweiß von der Stirn. »So, das ist alles, was wir haben. Hol Georg, Maier, Habicht und Kretschmer rein, damit wir die weitere Vorgehensweise besprechen können.«

Seine Partnerin warf das angebissene Gebäck in den Müll. Scheinbar hatte er ihr den Appetit verdorben. Ohne ein weiteres Wort verschwand sie. Müde setzte Tom sich auf den Drehstuhl und überlegte kurz. Dann begann er, alle Hinweise, Fakten, Namen und Daten auf die Flipchart zu schreiben. Währenddessen kamen die anderen mit Klappstühlen herein und setzten sich. Stumm betrachteten sie Toms Listen und Grafiken.

»Das ist alles, was wir momentan haben«, begann er. »Jede Menge Verdächtige, mögliche nächste Opfer und viele sogenannte Zeugen, die wir bereits mehrfach befragt haben. Ich werde alles abtippen und jedem von euch eine Zusammenfassung kopieren.«

Gemurmel setzte ein.

»Ja, wir werden es an alle Einsatzteams verteilen, auch an die Münchner und das LKA Niederösterreich. Außerdem beziehen wir das BKA ein. Wir haben sämtliche ehemalige noch lebende Heimkinder befragt. Persönlich, telefonisch oder per E-Mail. Sie hätten fast alle ein Motiv. Viele von ihnen wurden misshandelt, psychisch gequält, manche missbraucht. Es liegt die Vermutung nahe, dass auch kinderpornographisches Material angefertigt wurde. Ob es sich bei den Fotos und VHS-Kassetten, die bei Pater Malster gefunden wurden, wirklich um Material aus der Zeit handelt und ob Heimkinder beteiligt waren, lässt sich nur teilweise feststellen. Zwei der Kinder jedoch konnten sich selbst auf den Fotos identifizieren. Stefan Konrad und Kurt Drechsler. Ein Kind wurde von dessen Mutter und ebenfalls Kurt Drechsler identifiziert: Vinzenz Gföhler. Bei den anderen Kindern könnte es sich um Lissi Hoffmann, Walpurga Adler und Christine Schreier handeln.«

»Warum konnte man diese Fotos nicht identifizieren?«, mischte Kretschmer sich ein.

»Weil niemand dazu in der Lage ist. Alle drei sind Waisenkinder und haben schwere Persönlichkeitsstörungen. Auf den Fotos sind die Gesichter teilweise unkenntlich gemacht worden.«

»Gibt es Hauptverdächtige?«, fragte Maier.

Tom nickte. »Vorbestraft wegen Vergewaltigung: Kurt Drechsler und Stefan Konrad. Kurt Drechsler hat zwei Jahre gesessen, bei Stefan Konrad wurde die Anklage fallengelassen.«

Jutta klatschte in die Hände. »Da hat Jürgen Konrads Anwalt wieder einmal ganze Arbeit geleistet.«

Ohne diese Aussage zu kommentieren, fuhr Tom fort: »Vinzenz Gföhler leidet unter paranoider Schizophrenie und lebt im Haus seiner Mutter. Er könnte also jederzeit einen Mord begangen haben. Wir konnten aber keine Reisen, zum Beispiel nach München, nachweisen. Lissi Hoffmann hat davon gesprochen, dass Becky *alle totmachen* wird. Das war ihr Wortlaut. Auch Walpurga Tanzer erwähnte den Namen Becky neben Lissi und Vinzenz. Es ist anzunehmen, dass es sich bei dieser Becky um Rebecca Dinkel handelt, die eine Art Tagebuch über ihre Kindheit verfasst und selbst veröffentlicht hat. Rebecca Dinkel litt angeblich unter frühkindlichem Mutismus, ausgelöst durch ihre traumatischen Erfahrungen im Heim. Nach einer Vergewaltigung in ihrem späteren Leben sprach sie wieder.«

»Sabrina Leitner hat erzählt, dass Rebecca Dinkel sich nach ihrer Vergewaltigung am zweiten Oktober 1992 verändert hätte.« Jutta blickte in die Runde. »Sie wurde als deutlich aggressiver wahrgenommen. Außerdem sprach sie immer wieder von Rache.«

»Treibt doch endlich diese Dinkel auf.« Kretschmer raufte sich die Haare.

Verärgert funkelte Tom seinen Onkel an. »Daran arbeiten wir ja! Im Übrigen ist die DNA des Spermas auf dem Bettlaken unseres Weihbischofs identisch mit der des Callboys aus München. Die Münchner haben ihn bereits in Untersuchungshaft.«

Mann, war es heiß hier drin. Tom lockerte seine Krawatte und öffnete den ersten Hemdknopf. Aus der Wasserflasche am Tisch nahm er einen kräftigen Schluck, bevor er weitersprach. »Die Kinderknochen, die im Heim gefunden wurden, konnten nicht identifiziert werden. Es lässt sich nicht mehr feststellen, ob die Kinder eines natürlichen Todes gestorben sind oder durch Gewaltanwendung, auch wenn einige Knochen Brüche aufweisen, aber Kinder brechen sich schon mal ein Bein beim Radfahren. Es könnte sich also um eine früher übliche Gebeinekammer handeln. Die Eimer in den Kellerräumen dienten mit Sicherheit als Toilette, es waren Fäkalspuren nachweisbar. Die mutmaßlichen nächsten Opfer wurden informiert und werden überwacht.«

»Wie können wir helfen?« Die Frage kam von Maier.

Tom nickte. »Es gibt die Annahme, dass die Journalistin Hanna Wagner interne Informationen erhält. Vielleicht sogar vom Mörder selbst. Inwieweit meine These hier stimmt, kann ich nicht sagen. Als eine der Ersten war sie an jedem Tatort zugegen – auch in München – und wusste Details über die Morde, die sie auch in ihren Artikeln verwendete. Sie könnte uns zum nächsten Opfer führen, deshalb sollten wir sie beschatten.«

Georg und Jutta meldeten sich dazu.

»Okay. Georg und Jutta beschatten Wagner, obwohl ich das überflüssig finde«, sagte Kretschmer und stand auf. »Wie soll ich das bloß meinen Vorgesetzten erklären? Von Sparmaßnahmen haltet ihr ja nicht viel. Nahezu alle meine Mitarbeiter sind auf diesen Fall angesetzt.« Er drehte sich zur Mannschaft um. »Das bedeutet bis auf Weiteres Überstunden für alle, die keine Familie haben.« Dann verließ er den Raum, Habicht und Maier folgten.

Erschöpft setzte sich Tom zu Jutta und Georg. »Vikar Säger war gestern bei mir zu Hause.«

»Was?« Beide fixierten ihn.

»Also, ich hab's euch bis jetzt nicht erzählt, aber Kurt Säger ist Gerda Baumanns Sohn. Sie hat geglaubt, er weiß es nicht, aber Albin Heuss hat es ihm verraten. Die beiden hatten eine wunderbare Beziehung, fast wie Vater und Sohn. Deshalb wusste Säger pikante Details.«

Jutta rutschte ungeduldig auf dem Sessel hin und her, während Georg an seiner Hemdbrusttasche nestelte.

»Spuck's aus, Einstein, ich brauch meine Drogen. Warum heißt der überhaupt Säger, wenn sie Baumann heißt?«

»Die Baumann war zu der Zeit mit Norbert Säger verheiratet, einem Elektriker. Als sie das Kind bekam, hat er sich bald darauf scheiden lassen, weil er draufkam, dass es nicht seines sein kann.«

Georg schüttelte den Kopf. »Wilde Geschichte! Sorry, ich hab dich unterbrochen.«

Tom nahm einen Kaugummi aus der Hosentasche und steckte ihn in den Mund. »Bischof Heuss wurde über viele Jahre hinweg erpresst. Und zwar von Heinrich Winkler. Der Heuss wollte ihn anzeigen, denn Winkler hat nämlich nicht nur Kinder missbraucht, sondern auch Gerda Baumann, damals Köchin im Heim, vergewaltigt. Das heißt, er war nicht pädophil, sondern genoss einfach die Macht über Schwächere. Ob Kinder oder Frauen, war ihm egal.«

»Also ein echter Kotzbrocken«, warf Jutta ein.

»Ich versteh nur nicht, warum der Winkler ihn erpresst hat. Müsste es nicht umgekehrt sein?«

An Georgs Einwand war natürlich was dran, aber Tom kannte die Antwort. »Winkler wusste von der Homosexualität des Weihbischofs. Solange Heuss dichthielt, tat es ihm Winkler gleich. Sie hatten sich gegenseitig in der Hand. Das Einzige, das Heuss erreichte, war, dass Winkler die Bischofsweihe ablehnte.«

»Das ist ja ein Ding«, sagte Georg. »Aber jetzt starten wir erst mal die Beschattung der Wagner. Auf geht's, Jutta.«

Die Zigarette zwischen die Lippen geklemmt, ging Georg hinaus, und Jutta folgte ihm.

Tom blieb allein zurück. Sie waren so dicht dran an der Lösung des Falls. Er fand kaum noch Schlaf, so hoch war sein Adrenalinspiegel. Tag und Nacht wälzte er alles in seinem Kopf herum. Angestrengt sah er aus dem Fenster, als könnte er von hier aus den Mörder sehen. *Wo bist du, und vor allem: Wer bist du?* »Aber bald haben wir dich«, flüsterte er über die Dächer Wiens. Dann setzte er sich an den Schreibtisch und tippte die Zusammenfassung.

57. KAPITEL

Wien, Montag, 9. Mai 2011, 12:05 Uhr

»Da, Georg! Sie fährt los!« Jutta startete den Wagen, fuhr Hanna Wagner nach und ließ gerade genug Abstand, um nicht aufzufallen. Georg gab den anderen über Funk Bescheid, sich bereitzuhalten. Tom wurde ebenfalls informiert. Nachdem sie drei Häuserblocks gefahren waren, parkte Hanna Wagner ein und lief in die Trafik.

»Ich glaube, die erledigt einfach nur ihre Einkäufe«, sagte Georg, während er das letzte Stück Hotdog kaute.

»Du solltest dich lieber anschnallen.«

Hanna Wagner kam schnell wieder heraus und stieg in ihren Audi. Danach fuhren sie über den Gürtel und bogen in die Mariahilfer Straße ein, ehe der Audi in eine Parkgarage fuhr.

»Mist! Jetzt müssen wir zu Fuß weiter.«

Georg zuckte mit den Schultern. »Wir können auch hierbleiben, bis sie zurückkommt.«

Jutta öffnete die Wagentür. »Ich geh, du bleibst hier. Falls ich sie verliere und sie hierher zurückkommt, fährst du ihr allein nach, und ich nehm mir ein Taxi. Irgendwo werde ich schon wieder zu dir stoßen.«

»Wieso lässt du mich nicht gehen? Ich würd sie mir gern …«

»Kaufen. Ich weiß, aber am Ende lässt sie sich von dir zum Kaffee einladen.«

Beleidigt zog er einen Schmollmund. Jutta warf lachend die Autotür zu und lief schnell zum Ausgang. Hanna Wagner war schon nicht mehr zu sehen, aber als Jutta die Treppe hinauflief, hörte sie das Klappern von Absätzen.

Sie hielt inne. Das Geräusch kam auf sie zu. Schnell machte sie kehrt, lief aufs Parkdeck und zwängte sich zwischen zwei Autos. Hanna Wagner rauschte an ihr vorbei, ohne sie zu sehen. Jutta lief zurück zu Georg, der hatte den Motor schon gestartet und rutschte wieder auf den Beifahrersitz, als sie einstieg. Sie schafften es, sich wieder an Hanna Wagners Fersen zu heften. Diesmal fuhr der Audi Richtung Innenstadt. Fluchend folgte ihm Jutta durch die schmalen Gassen des 1. Bezirks. »Was will sie überhaupt hier?«

Von Weitem sah sie die Kuppel der Karlskirche. Jutta kannte den Karlsplatz, einen der wichtigsten Drogenumschlagplätze Wiens, nur allzu gut. Sie hatten schon öfter eine *Aktion Scharf* gegen die Dealer hier gestartet, aber die wanderten nur kurzfristig aus und trieben ihre Geschäfte an einer anderen Stelle Wiens weiter, bis sie nach und nach wieder zurückkamen. Es war ein Teufelskreis. Was war da los? Weiter vorne blieb Hanna Wagners Audi am Straßenrand stehen. Jutta stutzte und parkte schnell in zweiter Spur am gegenüberliegenden Straßenrand.

Ein Typ, der eine Baseballkappe auf dem Kopf trug, schlenderte gemächlich auf den Audi zu. Warum kam er Jutta so bekannt vor? Mit dem Zeigefinger klopfte der Typ dreimal an den Rand seiner Kappe. Hanna Wagner streckte eine Hand aus dem Fenster. Der Typ sah sich verstohlen nach allen Seiten um und nahm ein Bündel entgegen, das Jutta nicht genau erkennen konnte. Anschließend warf der Kappenmann einen Sack ins Auto der Wagner und schlurfte davon.

»Nimmt sie etwa Drogen?«

Die Stirn nachdenklich in Falten gelegt, blickte Georg aus dem Fenster. Diesen Ausdruck hatte sie bei ihm schon öfter gesehen. »Möglich. Vielleicht ist sie deshalb so abgemagert und blass.«

Jutta wollte schon dem Audi folgen, als ihr Blick an dem Dealer hängen blieb. Wie ein Blitz durchfuhr sie die Erkenntnis: *Jimmy! Das ist Jimmy!* Die Reifen quietschten, als sie das Auto wendete.

»Was, zum Teufel, soll das, Jutta?«

Doch sie hörte Georg nicht. All ihre Sinne waren auf eine Person fixiert: Der Mann, der Simon getötet hatte, lief frei herum. Es wurde Zeit, ihn dafür bezahlen zu lassen. Von Rachegedanken getrieben, fuhr sie zurück. Der Dealer hetzte bereits die Straße entlang.

»Na warte!«, schrie Jutta wütend. »Ich krieg dich! So schnell kannst du gar nicht laufen!«

Jimmy bog in eine Seitengasse, und Jutta fuhr hinterher. Dann sprang der Dealer auf ein Motorrad.

»Das kannst du vergessen, Jutta«, stieß Georg hervor und krallte sich an den Sitz. »Mit der Maschine hängt der dich doch locker ab im Stadtverkehr.«

»Schnall dich lieber an und schreib das Kennzeichen auf!«, fuhr sie ihn an und verfolgte konzentriert das Motorrad. Jimmy hielt sich lange an die Geschwindigkeitsvorschriften, dennoch war es Jutta in den engen Gassen nicht möglich, ihn zu überholen, um ihn zum Anhalten zu bringen. Mist. Auf einmal legte Jimmy einen Zahn zu und fuhr mit 80 Sachen auf den Ring hinaus. Sie schaltete einen Gang höher und trat aufs Gas.

»Gib eine Fahndung über Funk durch, Georg!«

Mit der Hand wischte sie sich den Schweiß aus den Augen und strich eine feuchte Haarsträhne aus der Stirn. Dann öffnete sie das Fenster, stellte das Blaulicht aufs Dach und bog, ohne auf die Verkehrszeichen zu achten, in die Gasse ein, in der Jimmy gerade verschwunden war. Aber dieser eine Augenblick der Unaufmerksamkeit war es, der ihr zum Verhängnis wurde. Noch während sie auf den Sirenenknopf drückte, um das Blaulicht einzuschalten, brüllte Georg: »Jutta! Eine Einbahn!«

Zu spät. Da kam ein weißer Kastenwagen auf sie zugerauscht in hohem Tempo. Jutta stieg auf die Bremse, aber sie waren schon zu nah dran. Ihr Dienstauto krachte mit einem kreischenden Geräusch gegen den anderen Wagen. Wie in Zeitlupe sah Jutta Georg regelrecht vom Sitz abheben und durch die Windschutzscheibe fliegen. Glassplitter regneten auf sie herab, und sie riss die Hände zur Abwehr hoch.

Danach starrte sie voll Entsetzen minutenlang auf das Lenkrad und wagte nicht, sich zu bewegen, bis jemand die Tür öffnete. »Sind Sie verletzt? Wir haben den Krankenwagen bereits gerufen.« Der unbekannte Mann schnallte sie ab und half ihr aus dem Wagen.

»Mir geht's gut. Kümmern Sie sich um meinen Partner!«, fuhr sie ihren Helfer an. »Georg Kunze vom LKA Wien Berggasse. Er hat es mit dem Herz!«

»Schon gut.« Er tätschelte ihre Hand. »Sie haben sicher einen Schock. Die Rettung ist gleich da. Warten Sie hier.«

Die Arme schützend um ihren Oberkörper gepresst, starrte Jutta auf den Asphalt. Reglos lag Georg zwischen den demolierten Fahrzeugen. Unter ihm hatte sich eine Blutlache gebildet. Mit zitternden Beinen ging sie auf ihn zu und kniete sich neben ihn. Er sah sie nicht an, sein Brustkorb hob und senkte sich jedoch. Er atmete noch! Gott sei Dank! Die Schaulustigen redeten aufgeregt durcheinander, aber Jutta blendete das Sprachengewirr aus. Sie musste weg von hier. Niemals könnte sie es ertragen, ihren langjährigen Freund sterben zu sehen. Ihr Hass und ihre egoistischen Rachegefühle hatten dieses Unglück hervorgerufen. Es war allein ihre Schuld.

Diesmal wirklich! In ihren Schläfen pochte das Blut. Tu etwas. *Tu etwas!*

Da hörte sie die Sirene der Rettung, und hinter der Ambulanz sah sie einen Funkwagen um die Ecke biegen. Mist. Alles in ihr sträubte sich dagegen, hierzubleiben, aber wenn sie jetzt abhauen würde, wäre das Fahrerflucht. Das war keine Option. Das könnte eine Suspendierung zur Folge haben. Schon kamen zwei Sanitäter auf sie zugelaufen. Der kleinere von ihnen schob sie sanft zur Seite. »Bitte lassen Sie mich durch.«

»Ich wollte nur …« Ihre Stimme kippte. Sie hielt sich die Hand über die Augen und stand auf. Rot auf Schwarz. Sie wollte das nicht sehen, aber als sie die Augen schloss, war das Blut immer noch da. Ein Sanitäter legte ihr eine Blutdruckmanschette um den Oberarm.

»Mir geht's gut«, beeilte sie sich zu sagen.

»Sie könnten einen Schock haben, deshalb muss ich Sie kurz ansehen. Waren Sie angeschnallt?«

Jutta nickte.

Mit einer Stablampe leuchtete er ihr in die Augen. »Schauen Sie mal nach rechts … links … rauf … runter.«

Er steckte die Lampe wieder in die Hose. »Sieht gut aus. Tut Ihnen irgendetwas weh?«

Ja, mein Herz, wollte sie erwidern, stattdessen schüttelte sie nur den Kopf. Der Sanitäter lief wieder zum Wagen. Jutta sah, dass sie Georg bereits am Boden stabilisiert hatten. Jemand tippte ihr von hinten auf die Schulter.

Sie drehte sich um und blickte in die Bambiaugen eines jungen Streifenpolizisten. »Ich muss Sie zu diesem Unfall einvernehmen.«

»Ich hab keine Zeit, ich bin im Dienst.«

»Na, dafür müssen S' jetzt aber zumindest kurz Zeit haben.«

»Könnten Sie mir derweil einen Funkwagen anfordern? Mit dem Auto kann ich unmöglich weiterfahren. Und Sie müssen ja hierbleiben, den Unfallort sichern.«

»Das machen wir, Frau Kollegin, sobald Sie mir erzählt haben, wie der Unfall passiert ist.«

30 Minuten später war Georg immer noch nicht auf dem Weg ins Krankenhaus, aber Jutta wurde nicht mehr gebraucht. Bevor sie in den angeforderten Funkwagen stieg, der von zwei uniformierten Kollegen gesteuert wurde, sah sie noch einmal nach ihm. Er lag immer noch bewusstlos am Boden, war mittlerweile an Infusionen und an ein Beatmungsgerät angehängt.

Im Funkwagen wählte sie mit feuchten Fingern Toms Nummer. Er meldete sich sofort. »Jutta, alles klar?«

»Nein.« Sie massierte ihre linke Schläfe. »Ich hab Hanna Wagner verloren.«

»Wo bist du?«

»Am Ring.«

»Lass mich nachsehen.« Nach einer gefühlten Ewigkeit meldete sich Tom erneut. »Wenn das nächste Opfer in Wien umgebracht werden soll, dann kommen drei der sieben Personen infrage. Bleib auf Kurs, ich ruf dich wieder an.« Schon hatte er aufgelegt.

Jutta liefen die Tränen über die Wangen, während sie sich von den Kollegen über den Ring kutschieren ließ. Was würde sie tun, wenn Georg nicht durchkam? Vielleicht war er schon tot? Jetzt hatte sie nur noch ein Ziel: den Klerikermörder zur Strecke zu bringen. Ihr Telefon klingelte. Auf dem Display stand Toms Nummer. Erleichtert hob sie ab.

»Okay. Ich hab alle potenziellen Opfer angerufen. Zu jedem sind zusätzliche Kollegen unterwegs, um sie in Sicherheit zu bringen.«

Fein, dann konnte sie ja nach Hause fahren. Tom sprach weiter, ohne eine Antwort abzuwarten: »Aber einen konnte ich nicht erreichen. Da geht niemand ran. Anton Bauer.«

»Das ist der verheiratete Mann, ehemaliger Seminarist Anton Fellner, der sein Gelübde nie abgelegt und den Namen seiner Frau angenommen hat, oder?«

»Richtig. Adresse hast du?«

Jutta bestätigte.

»Ich bin schon unterwegs, Habicht und Maier hab ich auch angefordert«, keuchte Tom in den Hörer. »Wir treffen uns dort.«

Das Gleiche wollte sie auch gerade sagen.

58. KAPITEL

Tom spähte durch das Fenster. Ein nackter Mann, der Anton Bauer sein musste, lag gefesselt auf dem Bett. Aus dem Zimmer tönte Musik nach draußen. Bauers Rücken war mit Blutstriemen überzogen, offensichtlich hatte man ihn bereits gefoltert. Suchend blickte Tom sich um. Wo blieben Habicht und Maier? Die Zeit drängte, er konnte nicht auf Jutta warten. Er hielt den Atem an, denn er hatte da drinnen im Zimmer einen weiteren Mann entdeckt, der eine Art Schlauch in der Hand hielt. Immer wieder ging er auf das Bett zu, beugte sich hinunter, schüttelte den Kopf und ging wieder zurück. Worauf wartete er?

Tom zückte seine Glock und lief dicht an der Wand entlang zur Eingangstür. Behutsam drehte er den Knauf, sofort sprang die Tür mit einem Klicken auf, und er schlich in den Vorraum. Jetzt erkannte er die Melodie. Es war *O Fortuna* aus *Carmina Burana* von Carl Orff. Als er an der Schlafzimmertür ankam, atmete er tief durch. Dann hob er die Waffe und riss die Tür auf. »Polizei! Keine Bewegung!«

Der Unbekannte fuhr herum, schien allerdings zu schielen, denn er sah Tom nicht direkt in die Augen, sondern über seine Schulter. In diesem Moment knickten Toms Beine ein, sodass er ins Straucheln geriet. Dann traf ihn irgendetwas Hartes am Hinterkopf. Die Glock glitt aus seiner Hand und polterte zu Boden. Ihm wurde schwarz vor Augen.

Anton Bauer konnte sich ein Einfamilienhaus in einer der teuersten Wohngegenden Wiens leisten. Mit seiner Familie lebte er im 16. Bezirk am Wilhelminenberg. Soweit sich Jutta erinnern konnte, hatte der Mann drei Kinder. Wenn er wirklich das nächste Opfer war, würde das bedeuten, dass er entweder pädophil war oder zumindest einmal Kinder misshandelt hatte. Nicht auszudenken, was passieren würde, wenn sie das seiner Frau erzählen musste.

Das Haus der Bauers lag weit oben, zwischen dichten Bäumen versteckt. Jutta wies die Kollegen an, den Streifenwagen nicht direkt vor dem Haus zu parken, stieg aus und pirschte sich zu Fuß an, einer der Kollegen von der Streife begleitete sie. Dabei kamen sie an Toms Auto vorbei. Er war also schon hier. Von Habicht und Maier gab es hingegen keine Spur. Sie blickte sich um und konnte Tom nirgends entdecken. Hoffentlich war er nicht allein ins Haus gegangen.

Benommen öffnete Tom die Augen und versuchte, nach seinem Hinterkopf zu tasten. Doch seine Hände steckten in Handschellen, seinen eigenen Handschellen, wie er zu seinem Verdruss bemerkte. Sein Schädel brummte. Wie zum Teufel hatte das passieren können? Der Unbekannte lief im Zimmer hin und her.

»Verstärkung ist schon unterwegs«, stöhnte Tom. »Sie haben keine Chance.«

Ein bitteres Lachen schüttelte den Körper des anderen, während ihm Tränen übers Gesicht liefen. Keine Trauer, keine Hysterie, nur ein stummer Fluss aus den Augenwinkeln. »Keine Chance?« Er lachte einmal zynisch auf, schlurfte mit hängenden Schultern zum Bett und nahm den Schlauch in die Hand.

»Was tun Sie da?«

Tom erhielt keine Antwort. Anton Bauers Wimmern vermischte sich mit dem Murmeln des Mörders. »Keine Chance«, wiederholte der.

»Warum tun Sie das?«, versuchte es Tom noch einmal.

Bauer stöhnte, denn der Mörder begann, den Schlauch einzuführen. Mit Grausen beobachtete Tom sein Tun und überlegte, wie er eingreifen könnte. Plötzlich hielt der Mann inne, drehte sich zur Seite und sah Tom in die Augen.

Im selben Moment fielen drei Schüsse. Glas klirrte. Der Täter sackte auf die Knie, Blut spritzte aus dem Hosenstoff des Oberschenkels. Geistesgegenwärtig raffte Tom sich auf, wobei er versuchte, den Schmerz in seinem Kopf zu ignorieren. Ein Tritt mit dem Fuß in den Rücken des Mannes ließ ihn komplett zu Boden gehen, und Tom setzte sich ächzend auf seinen Rücken. Jutta stürzte in den Raum, im Schlepptau Habicht, Maier und einen Uniformierten, die sich sofort Anton Bauers annahmen.

Mit besorgtem Gesicht kam Jutta auf Tom zu, der auf dem Unbekannten saß, und legte diesem die Handschellen an. Ihr Blick fiel dabei auf Toms Kopf. »Du blutest.«

Er zuckte mit den Schultern. »Berufsrisiko. Dafür gibt es ja die Gefahrenzulage.«

Ihre Augen funkelten zornig. »Was fällt dir ein? Wolltest du den Helden spielen? Er hätte dich umbringen können!«

Sie inspizierte seine Kopfwunde, dann sackte sie auf einmal wie eine Marionette neben ihm zusammen.

Fassungslos erkannte er, dass sie weinte. »Es ist nicht schlimm«, versuchte er, sie zu beruhigen.

»Wenn dir jetzt auch ein Unglück passiert wäre, ich weiß nicht, was …« Sie brach ab.

Verglich sie ihn da etwa mit Simon? Könnte es sein … Er wagte es nicht, den Gedanken zu Ende zu führen. »Aber … was meinst du mit *auch*?«

»Georg und ich … wir hatten einen Autounfall.«

Bestürzt hielt er sie fest. »Wann?«

»Bevor ich hierherkam.«

»Jutta, wo ist Georg jetzt?«

»Im Krankenhaus. Er war bewusstlos, überall war Blut.«

Mittlerweile war auch der Notarzt eingetroffen, der Anton Bauer versorgte. Der Mörder wurde von einem anderen Ambulanzwagen in Begleitung von Habicht und Maier mitgenommen. Betroffen fixierte Tom Jutta, die mit ihm zusammen auf den dritten Rettungswagen wartete. Sie lief im Zimmer im Kreis und ergoss einen Wortschwall über ihn. »Es war meine Schuld. Jimmy war da. Ich war so wütend. Bin ihm nachgefahren. Eine Einbahnstraße. Hab ich nicht bemerkt. Dann der Lieferwagen. Georg flog durch die Scheibe. Nie schnallt er sich an!«

Vorsichtig stand Tom auf. Trotz wummernden Schädels hatte er das Bedürfnis, ihr beizustehen, aber sie wehrte seine

Umarmungsversuche ab. »Diese letzten Wochen waren zu viel für dich. Kretschmer hatte recht. Du warst noch nicht so weit.«

»Kretschmer? Würden wir immer auf ihn hören, hätten wir dann den Mörder? Wir haben ihn, Tom! Wir haben ihn!«

»Ja, wurde auch Zeit.«

Ein Schwindelgefühl erfasste ihn. Jutta verschwamm vor seinen Augen, dann fiel er wieder ins Nichts.

59. KAPITEL

Wien, Donnerstag, 12. Mai 2011, Justizanstalt

Die Ärzte hatten ganze Arbeit geleistet und die Kugel aus dem Oberschenkel des Tatverdächtigen entfernt. Er war endlich vernehmungsfähig. Tom hatte ebenfalls Glück gehabt – in jeder Hinsicht. Sein Schädel-Hirn-Trauma war nicht allzu schwer, den Kopfverband müsste er noch zwei Tage tragen, die Fäden würden in zwei Wochen entfernt werden.

Und jetzt saß er endlich dem mutmaßlichen Klerikermörder gegenüber, nur durch eine Glasscheibe von ihm getrennt.

Der Täter war ruhig und kein bisschen aggressiv. Das Einzige, das er zu bereuen schien, war, dass Anton Bauer überlebt hatte. Manchmal wiegte er den Kopf hin und her und flüsterte: »Ich habe es ihr versprochen.«

»Wem?«, fragte Tom.

»Ich bin ein Versager.«

Das war nicht gerade die Antwort, die er hören wollte. Also begann er mit dem eigentlichen Verhör. »Name?«

»Paul König.«

Sogleich dachte er an den Eintrag in der Ledermappe des alten Schuhmann. Dieses eine Puzzleteil saß gerade vor ihm.

»Alter?«

»42.«

»Beruf?«

»Chemiker.«

Na, das passte ja wie die Faust aufs Auge.

»Adresse?«

»Lerchenfelder Straße 7.«

»Das ist im 7. Bezirk«, murmelte Tom und notierte sich die Eckdaten, auch wenn das Aufnahmegerät lief.

»Haben Sie immer in Wien gelebt?«

»Ich bin in Hornstein geboren. Meine Eltern starben bei einem Unfall. Ich war erst acht Jahre alt. Meine Tante hat mich großgezogen. Sie wohnt heute noch im 3. Bezirk, in der Kölblgasse 3, falls Sie das überprüfen wollen.«

Das hatten sie natürlich längst. Bisher hatte König nicht gelogen. Trotzdem musste er das Verhör nach Vorschrift machen. »Schulausbildung?«

»Das Übliche. Volksschule, Gymnasium – naturwissenschaftlicher Zweig, Abitur, Studium der Chemie, Physik und Astronomie. Alles in Mindeststudienzeit abgeschlossen.«

Damit wurde er Tom fast sympathisch. »Derzeitiger Arbeitgeber?«

»ChemTech in Floridsdorf. Ich bin dort für die Entwicklung von neuen Antriebsstoffen zuständig.«

»Wie war Ihre Kindheit bei Ihrer Tante?«

»Können wir das nicht überspringen? Meine Tante ist ein guter Mensch. Und ich hab niemals Tiere in einen Sack gestopft und in die Donau geschmissen oder Kinder gequält, nicht gestohlen, gezündelt oder Waffen gesammelt. Und bevor Sie fragen, nein, ich war auch kein Bettnässer.«

»Aha. Sie kennen also das gängige Profil, das auf 90 Prozent aller Serientäter zutrifft«, fragte Tom spöttisch.

»Aus dem Fernsehen.« Ein schwaches Lächeln huschte über Paul Königs Gesicht.

Ohne ihn aus den Augen zu lassen, streckte Tom seinen Arm durch das Loch in der Glasscheibe und legte einen Stapel Fotos auf die Seite des Tisches, an der Paul König saß. Sie zeigten die männlichen Opfer, jeweils ein Porträt sowie ein Foto vom ersten Tatort. »Kennen Sie diese Personen?«

König warf einen flüchtigen Blick auf die Aufnahmen. »Ja.«

»Wer sind diese Personen?«

»Weihbischof Albin Heuss, Pfarrer Heinrich Winkler, Pater Peter Malster und Manfred Graiger.«

Tom nickte. »Haben Sie diese Personen umgebracht?«

»Ja.« Ein schiefes Grinsen stand auf Königs Gesicht.

»Wie haben Sie die Opfer umgebracht? Bitte erzählen Sie alles von Anfang an.«

»Aber das wissen Sie doch schon.«

»Ich will es von Ihnen hören.«

»Okay. Ich hab sie betäubt, ausgezogen, gefesselt, ausgepeitscht, ihnen Drogen gespritzt, dann habe ich ihnen den Einlauf mit Schwefelsäure verpasst«, erwiderte König mit emotionsloser Stimme, als würde er ein auswendig gelerntes Gedicht aufsagen.

»Womit haben Sie die Opfer betäubt?«

»K.-o.-Tropfen in Alkohol.« Das deckte sich mit Roland Kleists Erkenntnissen.

»Das haben die Opfer freiwillig getrunken?«

»Was denken Sie denn?«

»Ich möchte herausfinden, was passiert ist und wie. Das Gericht wird Sie schließlich auch befragen.«

»Hören Sie, Sie brauchen mich nicht mehr zu verhören. Ich hab doch gestanden. Eine Gerichtsverhandlung ist unnötig.«

»Auch bei einem Geständnis gibt es eine Verhandlung.«

Königs Gesicht wurde blass. »Das wusste ich nicht.«

Tom fielen seine tiefen Augenringe und der schlechte Gesamtzustand auf. Er wirkte so gar nicht wie diese grobschlächtigen Männer, mit denen er es sonst zu tun hatte. Paul König sah aus wie der nette Nachbar von nebenan, dem man ohne Weiteres seine Schlüssel anvertraute, damit er Pflanzen und Tiere versorgte, während man selbst in der Karibik weilte. Aber war das nicht öfter der Fall? Andererseits sagte ihm sein Instinkt schon seit der Festnahme, dass irgendwas an der Sache faul war. Es war viel zu leicht gewesen, König zu verhaften.

»Ich hab Durst.«

Tom schaltete das Diktiergerät aus und ging aus dem Raum. Er wollte ohnehin kurz mit Jutta sprechen. Sie stand im Nebenraum, den Kaffeebecher in der Hand, und schaute auf einen Bildschirm, auf dem der Vernehmungsraum zu sehen war.

»Ich weiß nicht, ob das unser Mann ist«, bekundete Tom seine Zweifel.

»Wir haben ihn in flagranti erwischt.« Verständnislos sah sie ihn an.

»Aber irgendwer muss mich niedergeschlagen haben. Da war noch jemand.«

Andreas Haricht kam herein. Schweißperlen standen auf seiner Stirn. In der Hand hielt er einen Packen lose Zettel.

»Was machst du denn hier?« Jutta klang überrascht. Das wunderte Tom kein bisschen. Schließlich gingen sie nicht täglich in der Justizanstalt ein und aus.

Habicht zuckte mit den Schultern. »Hab was für euch.«

»Da hättest du auch anrufen können.« Tom wies auf das Telefon am Schreibtisch. Private Mobiltelefone mussten immer abgegeben werden, bevor man den Vernehmungsraum betrat.

»Ich wollt mir ohnehin einen Kebab holen.«

»Na, dann fang an, bevor deine Mittagspause um ist.«

»Dr. Dr. Paul König, 42, 1,72 m, 68 Kilo, derzeitiger Beruf Chemiker bei ChemTech, wohnhaft in der Lerchenfelder Straße sieben …«, leierte er herunter.

»Das wissen wir schon«, unterbrach ihn Tom genervt.

»Es geht noch weiter.«

Mit einer wegwerfenden Handbewegung seufzte Jutta. »Aber schnell, wir wollen weitermachen.«

»Vollwaise. Keine Vorstrafen. Keine Ehefrau, keine Kinder. Seit seinem 26. Lebensjahr beim selben Arbeitgeber angestellt. Keine besonderen Vorkommnisse.«

»Siehst du«, erwiderte Tom und zeigte auf den Bildschirm. »Das klingt doch gar nicht nach potenziellem Serientäter. Da haben sich Stefan Konrad und Vinzenz Gföhler verdächtiger verhalten als dieses Würstchen.«

»Das ist immer noch nicht alles.« Habicht gab ein debiles Kichern von sich.

»Na dann mach!« Sichtlich genervt zerknüllte Jutta den Pappbecher und warf ihn in den Korb. »Wir wollen weitermachen. Armes Würstchen hin oder her, das da drin ist der Mörder!«

»Was für ein Motiv soll er haben?«, wollte Tom wissen.

»Frag ihn endlich, nicht mich.«

»Ähm.« Habicht, der immer noch im Raum stand, räusperte sich.

»Ja dann mach!«, fuhren Tom und Jutta ihn gleichzeitig an.

»Das Motiv. Ich glaub, ich hab da einen Anhaltspunkt.«

Tom betrachtete Jutta, die sich eine Haarsträhne aus dem Gesicht blies und Habicht anfunkelte. Sie schien wirklich mal Urlaub zu brauchen.

»Zwei eingetragene Lebensgemeinschaften«, fuhr Habicht unbeeindruckt fort. »Von 1990 bis 1998 wohnte Rebecca Dinkel bei ihm, damals noch in der Kölblgasse 3 im dritten Bezirk, zusammen mit seiner Tante Julia Flick.«

Mit offenem Mund starrten Tom und Jutta ihn an. Tom wagte kaum zu atmen, denn sein Kollege war offensichtlich noch nicht fertig.

»Von 2001 bis heute führt er eine Wohn- und Lebensgemeinschaft mit Hanna Wagner, 40, Journalistin, fix angestellt bei der *Kleine Austria Aktuell.*« Grinsend schloss er die Akte wieder. »Na, ihr könnt eure Münder jetzt schließen und wieder an die Arbeit gehen.« Er schlich so lautlos hinaus, wie er gekommen war.

Jutta ließ die Schultern hängen. »Rebecca Dinkel und Hanna Wagner. Er hatte mit beiden was?«

»Vielleicht hat Rebecca ihm alles erzählt, und er hat es später seiner neuen Lebensgefährtin berichtet. Hanna wollte diese Story vielleicht publik machen.«

»Dann hat sie Recherche im Heim betrieben, weil sie von den Missständen wusste. Und zwar durch König.«

»Und die Frage ist nach wie vor: Was ist mit Rebecca Dinkel passiert?«

Jutta deutete auf den Bildschirm. »Der Einzige, der das wissen könnte, sitzt da drin.«

»Wenigstens da stimme ich dir zu.« Lächelnd schlenderte er hinaus.

Paul König stützte den Kopf auf die Hände und sah müde und abgekämpft aus. Die Fotos auf dem Tisch hatte er umgedreht.

»Warum haben Sie das gemacht?«

»Wollen Sie, dass ich mich übergeben muss?«

»Aber das«, Tom griff durch das Loch in der Scheibe, drehte das Leichenfoto wieder um und hielt es König vor die Nase, »ist ja Ihr Werk. Sie haben diese Menschen hingerichtet. Wie lange hat es gedauert, bis sie starben? Haben Sie sich daran ergötzt?«

Paul König rieb sich die Augen, dann schlug er mit der Faust auf den Tisch. »Ja. Ja. Ja. Ich hab sie gequält und ermordet!« Seine Stimme klang panisch. »Muss ich sie mir deshalb ewig ansehen? Diese Schweine! Sie haben es doch verdient!«

Endlich ging er mal aus sich heraus. Jetzt hieß es, ihn nicht zu verlieren. Tom musste diese aufwallenden Emotionen nutzen. »Warum haben sie es verdient?«

»Sagte ich doch schon!« Mit verzweifeltem Gesichtsausdruck schlug er noch einmal auf den Tisch. Das war vermutlich sein einziges Aggressionsventil.

»Nein, sagten Sie nicht.«

»Diese Schweine«, er zeigte auf die Fotogalerie am Tisch, »haben Becky wehgetan!«

»Becky?«

König sank in sich zusammen. »Meine Becky, mein Ein und Alles. Sie haben sie zerstört.«

»Meinen Sie Rebecca Dinkel?«

»Woher wissen Sie das?«

Tom reichte ihm das Buch durch das Loch. Mit zitternden Händen nahm König es entgegen und strich andächtig über das Cover. »Haben Sie es gelesen?«

Tom nickte. »Meine Kollegin Jutta Stern auch.«

»Dann brauch ich Ihnen ja nichts mehr zu erzählen«, stieß er hervor.

Eigentlich hatte König recht, aber immer noch fehlte das Motiv. »Sie waren nicht im Heim. Ihnen haben all diese Menschen nichts getan. Warum haben Sie sie umgebracht?«

»Jemand musste Rache üben«, gestand er. »Ich liebe Becky.«

König sprach in Gegenwartsform. Hatte er noch Kontakt zu ihr? Kannte er ihren Aufenthaltsort?

»Jetzt wohl nicht mehr«, beeilte sich Tom zu sagen. »Sie sind mit Hanna Wagner zusammen.«

König schien verwirrt, öffnete kurz den Mund, sagte aber nichts.

»Wo ist Rebecca?«

König zögerte. »Ich weiß es nicht.«

»Kennen sich Hanna Wagner und Ihre Ex-Freundin Rebecca?«

König zuckte stumm mit den Schultern.

So würde Tom nicht weiterkommen. Was suchte er überhaupt? War es nicht verständlich, dass jemand aus Liebe mordete? Es lag zwar jenseits seines Vorstellungsvermögens, so tief zu sinken, aber er wusste nicht, was Paul König sonst in seinem Leben mitgemacht hatte. Er musste es anders versuchen.

»Wie war sie so? Ihre Beziehung mit Rebecca?«

Erstaunlicherweise hellte sich Königs Gesicht auf. »Das kann man nicht beschreiben.«

»Versuchen Sie es.«

Er schüttelte den Kopf, und seine Augen bekamen einen eigentümlichen Glanz. »Es war schön mit Becky. Sie war ein sanftes Wesen. Mit den langen blonden Haaren sah sie aus wie ein Engel. Das war sie, ein Engel. Aber ich nannte sie immer *mein Meermädchen*. Sie hat nicht gesprochen, wissen Sie, wie Arielle, die Meerjungfrau aus dem Märchen. Aber ich konnte in ihren Augen lesen.«

»Sie sprach nicht? Kein Wort?«

»Nein.« In Gedanken versunken, lächelte er. Dann verdüsterte sich seine Miene plötzlich. »Bis zu jenem Tag. Dann war alles anders.«

»Welcher Tag?«, erkundigte sich Tom.

»Der zweite Oktober 1992. Drei Studenten haben sie vergewaltigt. Im Stadtpark.«

Davon hatte Tom gehört. Rebecca Dinkel hatte sie angezeigt und den Prozess verloren.

»Becky wollte mit der Vergangenheit abschließen, in dem sie plante ein Buch darüber zu schreiben«, erzählte König weiter. »Wir wollten heiraten.«

»Was passierte dann?«

»Nach der Vergewaltigung sprach sie wieder. Das Trauma ihrer Kindheit wurde durch ein anderes aufgelöst.«

Auch davon hatte Tom gelesen. Vielen Amnesieopfern erging es ähnlich. »War das nicht gut?«

Paul König schüttelte den Kopf. »Sie war ein anderer Mensch danach. Als hätte ihr jemand das Herz entfernt und stattdessen einen Stein eingesetzt. Ich kam nicht mehr an sie ran. Tag und Nacht hat sie nur davon gesprochen, dass sie sich rächen würde. Aber sie verlor den Prozess.«

»Und dann?«

»Ist sie verschwunden.« Ein müdes Lächeln umspielte seine Lippen. »Aber das wissen Sie ja.«

»Haben Sie sie jemals wiedergesehen?«

»Im letzten Kapitel ihres Buchs begeht die Protagonistin, also Becky, Selbstmord«, erklärte er statt einer Antwort, dann klatschte er in die Hände. »Aber was soll's.

Mein Meermädchen gab es seit jenem Tag ohnehin nicht mehr.«

Tom wusste: Traumatisierte Personen wurden häufig wieder zu Opfern. Von ihren Eltern geschlagene Kinder gingen oft eine Beziehung zu einem Partner ein, der sie ebenfalls schlug. Wenn ein Kind zum Opfer wurde und danach keine adäquate Behandlung erhielt, entwickelte es manchmal ein Schema und empfand eine Beziehung, in der Gewalt vorherrschte, als normal. Einigen Menschen gelang es jedoch, diese Spirale zu durchbrechen. Das hatte Tom in seinem Studium und in Quantico gelernt. Aber es gab noch vieles, das er nicht wusste. In diesem Moment reifte der Entschluss in ihm, dass er die Hospitanz fortsetzen würde, sobald dieser Fall hier abgeschlossen war.

Er seufzte laut und dachte nach. »Sie waren anschließend drei Jahre lang Single?«

König nickte.

»Seit 2001 sind Sie mit Hanna Wagner zusammen?«

»Kann man so sagen.«

»Lieben Sie Hanna Wagner?«

»Ja.«

»So wie Rebecca Dinkel damals?«

»Das kann man nicht vergleichen.«

Tom wusste selbst nicht, worauf er hinauswollte. Hatte das hier überhaupt noch mit den Morden zu tun? Da steckte Jutta atemlos den Kopf zur Tür herein und unterbrach seine Gedanken.

»Hanna Wagner ist weg. Wir wollten sie zur Befragung herbestellen, aber sie ist nicht mehr in Wien.«

»Was meinst du?« Und warum lächelte Paul König da drinnen so seltsam, beinahe erleichtert? Tom stand auf und ging mit Jutta vor die Tür.

»Sie hat am Montag um 14:30 Uhr eine Maschine nach Kairo genommen«, keuchte sie.

»Wurde ein Hotelzimmer gebucht? Wann ist der Rückflug?«

»Es war ein One-Way-Ticket. Nur Flug, kein Arrangement. Kein eingechecktes Gepäck. Sie reiste nur mit Handgepäck.«

»Das bedeutet, sie könnte überall in Ägypten sein«, überlegte Tom laut.

»Ja, wir haben die ägyptischen Kollegen bereits informiert«, erwiderte Jutta.

»14:30 Uhr, seltsam, oder?«

Am Montag um 13.30 Uhr hatten sie Paul König verhaftet, und eine Stunde später flog seine Lebensgefährtin nach Ägypten. Warum? Er nickte Jutta zu, die den Raum verließ, und setzte sich wieder.

»Sie haben es gehört«, richtete er das Wort an König. »Wussten Sie davon?«

Entspannt lehnte der sich zurück. »Natürlich.«

»Fahren Sie öfter getrennt in Urlaub?«

König nickte. Vielleicht hatte es wirklich nichts zu bedeuten, aber sein Lächeln, als er erfahren hatte, dass Hanna in Ägypten war, ging Tom nicht aus dem Kopf. Er kramte in seiner Tasche und holte eine Akte heraus, blätterte bis zur betreffenden Stelle vor und hielt die Seite an die Glasscheibe.

»Kennen Sie diese Frau?«

Paul König verneinte – was bereits sein erster Fehler war.

»Aber Sie haben sie doch ermordet«, meinte Tom ungeniert. Königs Augen weiteten sich kurz, dann lehnte er sich wieder entspannt zurück. »Hatte ich fast vergessen. Es waren ja so viele, nicht wahr? Ja. Das ist die Nonne aus München, nicht wahr?«

»Also kennen Sie …« Da kam Tom eine bessere Idee. »… diese Nonne Schwester Agatha Maria?«

»Klar«, kam es wie aus der Pistole geschossen. »Ich hab sie ja umgebracht.«

Interessiert beugte Tom sich vor. »Und wie?«

»Wie die anderen.«

Zufrieden klappte Tom die Mappe zu. Er hatte recht behalten. Vor ihm saß nicht der gesuchte Mörder. Der lief nämlich immer noch frei herum.

»Wer hat mich niedergeschlagen?«

»Niemand.«

»Bilde ich mir die Kopfwunde etwa ein?«

»Wissen Sie das nicht mehr? Sie sind ausgerutscht und mit dem Kopf auf der Kante des Schuhkastens aufgeschlagen.«

60. KAPITEL

Mist! Mist! Mist! Jutta lief im angrenzenden Zimmer auf und ab und biss sich dabei die Nagelhaut blutig. Das konnte doch nicht wahr sein! Paul König musste der Mörder sein! Vielleicht war er nur verwirrt und hatte die Namen der Nonnen verwechselt. Sie grübelte. Indessen musste sie auf dem Bildschirm mit ansehen, wie Tom ein Puzzleteil nach dem anderen hervorholte. Er zeigte gerade auf die Eintragungen im Buch des Antiquars, und König gab sogar zu, diese Bücher gekauft zu haben. Angeblich hatte er sie Becky geschenkt, die ja Bücher liebte, hatte sie doch selbst eines geschrieben. Wieder ein Puzzleteil. Jutta hielt es nicht mehr aus. Sie wollte aktiv mitmachen, nicht nur hier herumstehen und Tom zusehen, wie er den Fall löste.

Erhobenen Hauptes rauschte sie hinaus, rief den Staatsanwalt an und erbat einen Durchsuchungsbefehl für Paul Königs Wohnung. Prompt erhielt sie ihn per Fax. Sie wartete, bis Tom mit der Vernehmung fertig war, um gemeinsam mit ihm zur Wohnung zu fahren.

»Bist du mir böse?«, fragte sie nach einer Weile.

»Ach was, ich versteh's schon.«

»Ich war mit den anderen im Spital, aber ich konnte nicht durch die Tür gehen. Ich hab's nicht geschafft, Tom.«

»Ist nicht so wild. Aber Georg hat nach dir gefragt.«

»Du warst bei ihm?«

»Er war kurz wach. Alles, was er sagte, war: ›Wie geht's Jutta?‹ Schau doch mal bei ihm vorbei.«

Jutta traute sich nicht zu fragen, wie es ihm ging. Tom schien ihre Gedanken zu lesen. »Er liegt noch auf der Intensivstation. Jede Menge innere Blutungen, Rippen- und Knochenbrüche, Prellungen und eine gequetschte Wirbelsäule.«

Würde er im Rollstuhl landen? Ihr wurde übel.

Tom schlug mit der Faust aufs Lenkrad. »Was hast du dir bloß dabei gedacht?«

Schuldbewusst schwieg sie. Es gab keine Entschuldigung für ihr Verhalten. Tom hatte allen Grund, wütend zu sein. Bis sie bei Paul Königs Wohnung ankamen, herrschte Funkstille.

Dann war Tom plötzlich wieder ganz der Alte. »Wow!« Er pfiff anerkennend durch die Zähne, als sie aufschlossen und einen ersten Rundgang wagten. »Geile Hütte!«

Es handelte sich um eine Dachgeschosswohnung, die weder an Größe noch Komfort sparte. Anscheinend hatten sowohl Paul König als auch Hanna Wagner ein eigenes Arbeitszimmer. In jedem der Zimmer stand auch ein Einzelbett. Und es gab ein gemeinsames Schlafzimmer, das aber unbenutzt wirkte.

Jutta sah sich das Zimmer von Hanna an. Auf dem Schreibtisch lagen Artikel, die sie in letzter Zeit geschrieben hatte, vorwiegend über die Klerikermorde. Dann rief Tom sie zu sich. Es dauerte eine Weile, bis sie ihn fand.

»Unglaublich!« Der ganze Wintergarten war voll mit exotischen Pflanzen, wobei Orchideen die größte Gruppe bildeten. Tom stand vor einer besonders schönen und auffälligen Art. »Also wenn das keine Paphiopedilum sanderianum ist …«

Die Orchidee hatte über einen Meter lange Petalen, die in wunderschönen Kringeln zu Boden fielen. Also befanden sie sich im Haus des Mörders. Aber warum hatte Paul König dann den Namen der Nonne nicht mehr gewusst und auch nicht, wie er sie ermordet hatte?

»In Königs Arbeitszimmer stehen Schwefelsäure, Essigsäure und jede Menge andere giftige Chemikalien.« Bei einem Chemiker war das nicht verwunderlich.

Gemeinsam machten sie noch eine Runde. Als Jutta den Spiegelschrank im Badezimmer öffnete, fielen ihr Medikamentenschachteln entgegen.

»Das sind starke Schmerzmittel«, sagte Tom.

Jutta nickte und zeigte ihm Dinge in Hannas Zimmer, die ihr aufgefallen waren. »Jede Menge Perücken. Und ich hab alte Fotos von ihr gefunden, hier.« Eine Blondine lächelte von den Fotos, auf vielen trug sie einen kurzen Bob oder Pagenkopf. »Wir kennen sie nur dunkelhaarig, aber anscheinend ist sie naturblond. Übrigens hab ich auch falsche Wimpern gefunden und Augenbrauenschablonen.«

»Wozu braucht sie das alles?«

»Fragen wir doch König. Vielleicht ist sie krank.«

»Krebs?«

»Das wäre eine Erklärung für die Medikamente, die Perücken und den Rest.«

Tom durchsuchte den Schreibtisch und fand schließlich Blutbefunde und jede Menge Arztrechnungen. Er tippte die Nummer des Arztes in seinen BlackBerry.

»Hallo, hier spricht Paul König. Meine Freundin hat den nächsten Termin verschwitzt, könnten Sie mir bitte das Datum nennen?« Er schaltete das Gerät auf Lautsprecher.

»Aber, Herr König. Frau Wagner hat mit der Chemo aufgehört, das wissen Sie doch. Die Plasmapherese letzte Woche war das Einzige, das wir noch für sie tun konnten. Es tut mir leid.«

Tom verabschiedete sich und legte auf. Hanna Wagner würde also sterben. Wieder würde Paul König eine Frau verlieren. War er deswegen komplett ausgerastet und hatte begonnen zu morden? Gegen den Krebs, der Hanna zerfraß, konnte er nichts ausrichten, aber gegen die Menschen, die seine erste große Liebe kaputtgemacht hatten, sehr wohl.

»Wäre es nicht besser gewesen, er hätte die letzten Wochen mit Hanna verbracht?« Tom hatte seine Zweifel.

»Wir müssen zu Rebecca Dinkels Mutter. Vielleicht weiß sie, wo ihre Tochter steckt.«

»Du meinst, Rebecca ist für die Morde verantwortlich?«

»Wir haben alle anderen Verdächtigen überprüft, alles doppelt gecheckt, und wir kommen immer wieder auf Becky zurück. Findest du es nicht seltsam, dass Paul König mit ihr zusammen war? Vielleicht ist er es immer noch.«

»Du meinst, er führt eine Dreiecksbeziehung?«

»Das nicht, aber vielleicht beschützt er sie. Bei echter Liebe bleibt ein Rest im Herzen zurück.«

»Ist das so?« Tom musterte sie ehrlich interessiert.

»Ja, das ist so. Keiner kann die große Liebe ersetzen.«

»Du meinst, niemand wird je Simons Platz einnehmen?«

Nein, niemand, dachte sie und blieb ihm eine Antwort schuldig. Eher würde sie ins Kloster gehen, als jemals wieder einen Mann an sich heranzulassen. Es käme ihr wie Verrat vor, mit einem anderen ihr Bett zu teilen.

Tom sah müde aus. »Lass uns die Adresse von Beckys Mutter herausfinden und dann Schluss machen für heute.«

61. KAPITEL

Wien, Samstag, 14. Mai 2011

Klara Schuster, geborene Dinkel, lebte mit ihrer Familie in der Per-Albin-Hanson-Siedlung, einer typischen Gemeindebausiedlung am Stadtrand. Durch die Namensänderung bei ihrer Hochzeit hatten sie Mühe gehabt, die Frau zu finden. Schon nach dem ersten Klingeln öffnete eine magere Blondine die Tür. Freundlich lächelte Jutta die etwa 30-jährige Frau an. »Hallo, ich bin Jutta Stern, das ist mein Kollege Dr. Thomas Neumann. Wir sind von der Kriminalpolizei. Wohnt hier Klara Schuster?«

Die Frau bat sie herein. »Ich bin Christl, die Tochter. Ich sag ihr Bescheid.«

»Was wollen die hier? Hast du was angestellt? Oder der Wolfgang vielleicht?«, tönte es aus dem Wohnzimmer.

Jutta klopfte an den Türrahmen. Klara Schuster sah sie böse an. Auch wenn es zwischen Jutta und ihrer Mutter Geheimnisse gab – aber sie war ihr tausendmal lieber als die alte Hexe, die ihr jetzt entgegenblickte.

»Was wollen Sie?«, kam es von der Couch.

Jutta trat ohne Aufforderung ein. »Wir möchten Ihnen Fragen stellen.«

»Zu Ihrer Tochter Rebecca«, fügte Tom hinzu.

»Ich hab keine Tochter namens Rebecca.« Klara Schuster winkte ab.

»Rebecca Dinkel ist Ihre Tochter.«

»Das blöde Balg war mir immer nur im Weg«, sagte die Frau mit rauer Stimme.

»Dann sind Sie also froh, dass sie verschwunden ist.«

»Sie war immer nur im Weg«, wiederholte Klara Schuster. »Es ist alles besser, seit sie weg ist. Hat meinen Mann nur aufgeregt.«

»Wissen Sie, wo sie jetzt ist?«

»Ich bin froh, dass ich es nicht weiß.«

Die Frau, die ihnen die Tür geöffnet hatte, war bleich geworden und hielt sich an einer Sessellehne fest.

»Wann haben Sie zum letzten Mal von ihr gehört?«, versuchte es Jutta noch einmal.

»1998, da hat sie Gruppensex im Stadtpark gehabt, stand in allen Zeitungen, peinlich war das.«

»Verdrehen Sie da nicht die Tatsachen? Rebecca wurde vergewaltigt«, schaltete Tom sich ein.

»Hätte sie sich halt nicht so eitel herausgeputzt.« Sie zuckte mit den Schultern. »Das Gör hat die guten Burschen dann auch noch verklagt.«

»Das war ihr gutes Recht.«

»Ach ja? Hat ihr nichts genützt. Der Richter hat schon gewusst, dass sie nicht ganz dicht ist. Die hat doch immer gelogen. Haben Sie ihr Buch gelesen? Eine einzige Verleumdung ist das! Aber die Verlage haben das eh geschnallt. Keiner wollte den Schund.«

Die Tochter lief aus dem Zimmer. Klara Schuster sah ihr nach. »Die Christl ist auch zu nichts nütze. *Schauspielerin* ist sie. Als wär das ein Beruf. Hat gerade wieder kein Engagement. Rennt ständig zu diesen Castings, anstatt sich einen Job zu suchen. Ist schon 30 und liegt uns immer noch auf der Tasche. Und der Wolfgang war schon zweimal im Knast. Kinder sind eine einzige Belastung!«

Jutta hatte das Gefühl, hier nur ihre Zeit zu verschwenden. Aus dieser gefühlskalten Frau würden sie wohl nicht viel herausbekommen. »Drei Betreuer des Heims, in dem Rebecca war, sind ermordet worden.«

»Hab ich im Fernsehen gesehen.«

»Wir denken, Rebecca könnte damit zu tun haben.«

Schallendes Gelächter folgte. »Hat sie die mit dem faden Pauli zusammen gekillt?«

»Sie kennen Paul König?«

»Klar kenn ich den dürren Langweiler.«

»Könnte er die Morde begangen haben?«

Sie lachte wieder, dann wurde sie ernst. »Das ist Ihr Job. Gehen Sie jetzt.«

Jutta nickte und verabschiedete sich.

Im Flur fiel ihr Blick auf ein älteres Foto an der Wand. Darauf war eine schwangere Klara Schuster abgebildet. Ein Mann stand neben ihr. Links und rechts der beiden standen zwei Mädchen. Eines konnte nur Christl sein, das andere kam Jutta bekannt vor, sie konnte sich nur nicht erinnern, wo sie es schon einmal gesehen hatte.

Im Gang vor dem Lift wartete jemand auf sie. Es war Christl. Sie hielt eine Zigarette zwischen den Fingern und zog hektisch daran.

»Ich weiß, wo sie ist«, stammelte sie.

»Rebecca?«

Christl nickte zaghaft. »Sie hat mich angerufen, sich verabschiedet.« Sie weinte leise. »Wir werden uns nicht mehr wiedersehen. Sie hat gesagt, sie hat mich lieb und ich soll niemals meine Träume aufgeben.«

»Wann war das? 1998?«

»Am Montag zu Mittag hat sie mich angerufen. Wir konnten nur kurz reden.« Sie nahm einen letzten Zug und schnippte den Stummel aus dem Fenster des Gangs.

»Montag?«

»Sie rief vom Flughafen Schwechat aus an.«

»Dann war sie die ganze Zeit in Österreich?« Als Christl bestätigte, fügte Jutta hinzu: »Aber wir konnten sie nirgendwo aufspüren.«

»Weil sie nicht mehr Rebecca Dinkel heißt.«

Fassungslos starrten sich Tom und Jutta an.

Flehend hob Christl die Hände. »Tun Sie ihr nichts. Versprochen? Sie hat genug gelitten. Glauben Sie, dass es ihr nach dem Heim besser ging? Mama haben Sie ja kennengelernt. Papa hat Mama vor zehn Jahren verlassen. Er hat endlich begriffen, dass sie nur sich selbst liebt. Aber Becky hat sie richtig gehasst, ich weiß nicht, warum. Und Papa …« Sie hustete. »Er hat sie geschlagen. Weil sie nicht gesprochen hat oder weil er auf Mama wütend war. Diese Studenten im Park haben ihr den Rest gegeben. Sie hat sogar den Pfarrer aus dem Heim angezeigt, aber der Bischof hatte seine Hände im Spiel. Inwiefern, weiß ich nicht. Es hat sie belastet, dass alle frei rumliefen, die ihr wehgetan haben. In den Medien stand sie als Lügnerin da, nach der Stadtparkgeschichte. Ihr Buch kaufte kaum einer. Darum wollte Becky neu anfangen.«

»Das hat sie geschafft?«

Christl nickte. »Lotte hat ihr diesen Typen vorgestellt, Zoran Boranovic oder so, der verkauft gefälschte Ausweise, ganze Identitäten sind dabei. Mit Kreditkarte, allem Drum und Dran. Damit ist sie nach Australien. Nur hat sie ihren Freund nach einer Weile vermisst. Dann ist sie wieder nach Wien. Paul und ich sind die Einzigen, die das wissen.«

Bei Lotte konnte es sich nur um Lotte Krenn handeln, eine von Beckys Freundinnen, die im Knast saß. Klar, dass die Leute kannte, die illegalen Geschäften nachgingen.

»Paul?«, fragte Tom noch einmal nach. »Doch nicht Paul König?« König war also Bigamist, wie Tom vermutet hatte.

»Sie kennen ihn?« Überrascht runzelte Christl die Stirn und steckte sich eine neue Zigarette an.

»Er ist in Untersuchungshaft«, sagte Tom.

Sie hustete wieder und lachte. »Paul? Nein, der tut doch keiner Fliege was zuleide.«

»Doch, er hat die Morde gestanden.«

Christl lächelte selig und blies kleine Rauchkringel in die Luft. »Dann liebt er sie wirklich.«

Auf einmal wusste Jutta wieder, woher sie das blonde Mädchen auf dem Foto kannte, beziehungsweise, wem es ähnlich sah. Obwohl sie die Antwort bereits ahnte, erkundigte sie sich: »Der neue Name Ihrer Halbschwester, wie lautet der?«

Christl wurde von einem erneuten Hustenanfall geschüttelt und spuckte einen Batzen Schleim aus dem Fenster. »Hanna … Hanna Wagner.«

62. KAPITEL

Wien, fünf Tage zuvor: Montag, 9. Mai 2011

Der Mann würde in wenigen Minuten wieder aufwachen. Die Zeit drängte. Hanna legte Anton Bauer die Angelschnur um die Fesseln und zog alles fest. Dann lief sie zum Nachttisch und brachte das Buch in Position. Nun hieß es warten. Die CD verschwand summend im Recorder, den Knopf würde sie später drücken. Dazu musste Bauer wach sein.

Aus dem silbernen Pilotenkoffer nahm sie verschiedene Gegenstände: einen Schwamm, zwei Flaschen, einen Schlauch, eine Spezialpumpe, eine Reitgerte und zuletzt den Vibrator.

Ein Stöhnen erklang vom Bett. Hanna kicherte vor Freude über das bevorstehende Ende von Anton Bauer. Sie legte sich alles zurecht, tränkte den Schwamm mit stark verdünnter Essigsäure und schlenderte um das Bett herum.

»Wa-Wa-Wasser.«

Ja, es begann. Sofort hielt sie ihm den Schwamm an die Lippen. Anton Bauer saugte gierig daran, bevor er ihn plötzlich ausspuckte und würgte.

»Schmeckt es dir nicht?« Sie lachte und ergötzte sich an seinen Verrenkungen.

»Was zur Hölle war das? Wer sind Sie?«

»Tja, keiner kann sich an mich erinnern, schon seltsam«, sinnierte sie vor sich hin.

»Was ist mit meinen Augen los? Ich kann kaum sehen.«

»Da, wo du hingehst, musst du nichts sehen.«

Beherrscht schlich sie zur Stereoanlage und drückte auf den Knopf. Orffs *Carmina Burana* erklang. Die Züchtigung begann, und sie zählte laut jeden einzelnen Hieb mit.

»Eins … zwei … drei … vier … fünf … sechs …«

Anton Bauer schrie, anscheinend war er schmerzempfindlicher als ihre anderen Opfer. Sie hatte so lange gebraucht, bis sie ihn endlich gefunden hatte. Er hatte das Gelübde nie abgelegt und den Nachnamen seiner Ehefrau angenommen. Doch all die Steine, die er ihr in den Weg gelegt hatte, hatten sie nicht aufzuhalten vermocht. »34 … 35 … 36 …«

Hanna hielt kurz inne und legte die freie Hand an ihre Schläfe. Egal, welche Tabletten sie nahm, das Wummern in ihrem Kopf hörte nicht mehr auf, und stärkere Mittel konnte sie von Jimmy, dem Dealer, nicht kaufen. Gut, dass Anton Bauer der Letzte war. Ihre Kräfte waren beinahe aufgebraucht. Sie wischte sich den Schweiß von der Stirn, der vom Perückenansatz in ihre Augen rann. Zitternd hob sie die Gerte wieder an. »38 …«

»Nein, 37!«, rief Bauer.

»Ruhe! Sonst fang ich von vorn an.«

Sie vollendete die Folter mit dem 40. Hieb und stöhnte vor Anstrengung, als sie sich bückte, um die Reitgerte wieder im Koffer zu verstauen.

»Was wollen Sie von mir?«

Immer wieder die gleichen Fragen. Sie war es so leid. Gleich würde er fragen, was er ihr angetan hatte.

»Was hab ich Ihnen getan?«

Ihre Nerven hielten es kaum noch aus, diesmal würde sie sich nicht so lange Zeit lassen wie sonst. Er würde die Säure unverdünnt eingeflößt bekommen. Sollte sie ihm zuvor noch eine Ketaminspritze ansetzen?

»Warum ich?«, wimmerte er vom Bett.

Jetzt riss ihr der Geduldsfaden. »Du weißt also nicht mehr, was du getan hast? Du denkst, ich hab dich willkürlich ausgesucht? Ich werd dir zeigen, worum es hier geht.«

Sie kletterte auf das Bett und stellte sich breitbeinig über ihn. Dann hob sie ihren Rock hoch und schob ihr Höschen beiseite. »Gleich wirst du dich erinnern.«

Ein Schwall Urin ergoss sich über Bauers blutenden Rücken. Er schrie: »Das brennt!«

»So magst du es doch. Ist doch ganz nach deinem Geschmack! Du stehst doch darauf. Weiß deine Frau eigentlich davon? Gehst du in der Nacht zu deiner Tochter Melissa und reibst an ihrem Höschen oder lieber zu deinem Sohn Felix?«

»Sind Sie verrückt?«

»Wer ist hier der Abnormale? Hä, Pinkelmann?«

»Ich heiße Anton Bauer. Wie heißen Sie?«

Hanna stieg wieder vom Bett. »Das tut nichts zur Sache.«

»Warum tun Sie das?«

Konzentriert schüttete sie die Säure in den Apparat, dann steckte sie den Schlauch an. Der Pinkelmann wiederholte währenddessen die Frage.

Sie räusperte sich. »Ich tu es für Becky.«

Vorsichtig platzierte sie das Schlauchende zwischen seinen Pobacken. Im selben Moment flog die Tür auf.

»Hanna!«

Erschrocken fuhr sie herum. Was zum Teufel machte Paul hier? Er kam auf sie zugelaufen und riss sie in seine Arme.

»Du musst weg hier!« Perplex sah sie in seine Augen. Wovon sprach er da? Sie öffnete den Mund, wusste aber nicht, was sie sagen sollte. Erwartete er denn keine Erklärung für diese Szene?

»Lauf weg, fahr zum Flughafen, hier ist dein Ticket nach Ägypten.« In seiner Hand zitterte ein Flugschein.

»Ägypten?«

»Es ist nicht die Karibik, ich weiß. Ein Langstreckenflug wäre auch zu anstrengend für dich.« Sein Gesicht hellte sich auf.

»Paul …« Sie zeigte auf Anton Bauer, den Pinkelmann, ihr angefangenes Werk. Der Letzte auf ihrer Liste.

»Du musst mir nichts mehr erklären, Liebes.«

Tränen liefen über seine Wangen. Zärtlich nahm er ihren Kopf in seine zitternden Hände und küsste sie. Nie zuvor hatte sie sich sehnlicher gewünscht, etwas zu fühlen, irgendetwas. Diese Schmetterlinge, von denen alle redeten, zum Beispiel. Aber ihr Körper fühlte sich an wie tot, was er auch bald sein würde. Ein harter Gegenstand drückte gegen ihre Hüften. Sie griff danach und stutzte. »Eine Waffe?«

»Ein echter Verbrecher braucht eine Pistole, oder nicht?«

»Ich verstehe nicht.«

Paul küsste sie abermals. »Ich beende das für dich, Liebes.«

Zum ersten Mal seit langer Zeit begann sie zu weinen.

Widerstandslos ließ sie sich von Paul umarmen. Sanft strich er ihr über das Haar, als wäre es immer noch ihr eigenes, und küsste ihre Stirn. »Ich will nicht, dass du im Gefängnis stirbst. Du hast genug mitgemacht, das reicht für drei Leben«, flüsterte er ihr ins Ohr. »Ich liebe dich, Becky.«

»Becky gibt es nicht mehr.« Sie schniefte in sein Hemd und hasste sich zugleich für ihre plötzliche Schwäche. Sie wollte nicht weg, sie wollte gleich hier in seinen Armen sterben.

Paul hielt sie weiter fest und redete in beruhigendem Tonfall auf sie ein. »Ich habe dich immer geliebt, und ich werde dich immer lieben, bis zum letzten Atemzug. Egal, welchen Namen du trägst.«

»Warum kommst du nicht mit? Wir wollten doch zusammen …«

Er schob sie von sich weg und schüttelte den Kopf. »Sie sind jeden Moment hier. Dann kommen wir nicht mehr weg.«

»Wer kommt?«

»Die Bullen, Hanna, sie sind dir gefolgt. Warum, weiß ich nicht, aber mittendrin sind sie abgebogen und waren weg. Das war meine Chance. Ich habe lange draußen im Wagen gesessen, bevor ich mich entschieden habe.«

»Du willst diese Tat beenden und auf dich nehmen?«

Traurig sah er sie an. »Alle, Liebes.«

»Aber warum? Du hast noch ein langes Leben vor dir! Ich sterbe ohnehin.«

»Nein, bitte lass mich das tun. Ein Leben ohne dich ist nichts wert. Ich hab es nie geschafft, dich glücklich zu machen.«

»Das war nicht deine Schuld.«

»Doch.« Er biss sich auf die Lippe. »Vielleicht nicht, aber versprich mir eines. Flieg nach Ägypten, sei so glücklich, wie du kannst. Nur dann hat das hier einen Sinn.«

In seinen Augen sah sie, wie ernst er es meinte. Er hatte sich entschieden. Jetzt war es an ihr, eine Entscheidung zu treffen. Sie nahm ihn an der Hand und ging mit ihm zum Bett von Anton Bauer, dessen Atem stoßweise und röchelnd ging. Hanna überlegte nicht lange und setzte ihm die Spritze an. Paul sollte es so leicht wie möglich haben. Dann legte sie ihrem Freund und Lebensgefährten, der nie ihr Liebhaber sein durfte, den Schlauch in die Hand. Gern wollte sie ihm endlich ihre Liebe bekunden, aber das würde sich nach all den Jahren irgendwie falsch anhören, und so strich sie ihm nur sanft über den Arm, als sie kaum hörbar »Danke« flüsterte.

Ohne sich noch einmal umzudrehen, griff sie nach dem Flugticket und lief aus dem Zimmer. Im Garten hörte sie ein Auto vorfahren und versteckte sich rasch hinter einem Baum. Sekunden später sah sie Tom Neumann vom LKA den Kiesweg hinaufkommen. Eine Zeit lang beobachtete sie ihn dabei, wie er ums Haus schlich und durch die Fenster sah. Dann ging er ins Haus.

Paul war sicher noch nicht so weit. Sie musste noch mal zurück. Leise hob sie einen Stein auf und schlich ins Haus. Sie hörte den Beamten rufen: »Polizei! Keine Bewegung!« Dann war sie auch schon hinter ihm, trat mit dem Fuß in seine Kniekehlen und schlug ihm den Stein auf den Hinterkopf. Der Bulle sackte zusammen, und schnell legte sie ihm die Handschellen an.

Noch einmal blickte sie in Pauls überraschtes Gesicht, der gerade die Pistole des Beamten vom Boden aufhob, lief zur Tür hinaus, warf den Stein ins Gebüsch und rannte zu ihrem Wagen, den sie auf der Rückseite des Hauses geparkt hatte.

63. KAPITEL

Wien, Sonntag, 15. Mai 2011, 15:20 Uhr

Vor Zimmer 9 im 3. Stock des Krankenhauses blieb Jutta stehen und lugte durch den Türspalt. Vor Georgs Bett stand ein Arzt mit einer Mappe in der Hand. Dabei musste es sich wohl um Georgs Krankenakte handeln. Mit schlanken Fingern fuhr sich der Arzt durch sein pomadeglänzendes Haar und verabschiedete sich. Jutta machte ihm Platz, als er mit wehendem Mantel aus der Tür schritt. Sie atmete tief durch und öffnete die Tür. Georg schien zu weinen. Das letzte Mal hatte Jutta ihn bei der Beerdigung seiner Frau weinen sehen, deshalb war sie tief getroffen. Was hatte der Arzt ihm erzählt? Sie sah einen Rollstuhl in der Ecke des Zimmers stehen.

»Jutta?«

Er hatte sie gesehen. Jetzt musste sie sich ihm stellen. Mit zusammengepressten Lippen schlich sie ins Zimmer. Sie hatte sich nicht getäuscht. Georgs Gesicht war tränennass, seine Augen glasig. Aber er lächelte sie an.

»Schön, dich zu sehen, Mädchen.«

»Wie kannst du das sagen?«, platzte es aus ihr heraus.

»Ich freu mich.« Georg richtete sich im Bett auf und zupfte an seinem Pyjama. »Tom war schon öfter hier. Mit deinem Besuch hab ich nicht gerechnet, bestenfalls darauf gehofft.«

»Du solltest mich hassen!« Schützend steckte sie die Hände in die Hosentaschen, wo sie sie zu Fäusten ballte.

»Wie könnte ich?« Seine Stimme klang freundlich.

»Ich bin schuld daran, dass du hier liegst.«

»Wie oft hast du mir an dem Tag gesagt, ich soll mich anschnallen?« Er tippte sich mit dem rechten Zeigefinger gegen die Schläfe. »Zweimal? Fünfmal? Du bist nicht schuld.«

Damit konnte sich Jutta nicht abfinden. »Aber ich bin Jimmy nachgerast!«

»Na und? Autounfälle passieren.«

Nachdrücklich schüttelte Jutta den Kopf. »Das war verantwortungslos von mir. Wie kannst du so nett sein, wo du dieses … dieses Ding vor Augen hast?« Sie zeigte auf den Rollstuhl.

»Ach, hier steht doch in jedem Zimmer so ein Rolli.« Gelangweilt zuckte er mit den Schultern.

»Tu doch nicht so«, sagte sie. »Vor mir brauchst du nicht den harten Mann zu spielen. Du hast geweint, als der Arzt bei dir war.«

»Stimmt.« Georg spitzte die Lippen und verschränkte die Arme vor der Brust. »Du hast recht. Ich will ehrlich sein. Das bin ich dir schuldig. Es sieht nicht gut aus.« Tiefe Furchen bildeten sich auf seiner Stirn.

Unwillkürlich zitterte Juttas Körper. Abermals bahnten sich Tränen ihren Weg. Sie lief zu ihm und umarmte ihn schluchzend.

Georg erwiderte ihre Umarmung und flüsterte ihr ins Ohr: »Jutta, es tut mir leid. Es wird nichts mit dem Chefinspektorposten für dich.« Er hustete. »Denn ich werde euch noch ein paar Jahre erhalten bleiben.«

Schon wollte Jutta weiterschluchzen, als ihr die Tragweite der Worte bewusst wurde. Aufgeregt löste sie sich von ihm. »Was soll das heißen?«

Georg zwinkerte. »Dass die Schäden nur temporär sind, aber nach einer Reha werde ich wieder der Alte sein.«

»Kein Rolli?«

»Definitiv kein Rolli.« Nachdenklich hob er eine Augenbraue. »Vielleicht werde ich eine Weile einen Stock brauchen. Aber das finden die Frauen bei Dr. House doch auch sexy, oder?«

Jutta boxte ihm in die Rippen. »Du bist so ein durchtriebener Kerl.«

»Sorry, aber das hab ich mir verdient.«

Sie wusste, was er damit meinte. Die Erleichterung über diese Neuigkeit beflügelte Jutta. Als hätte ihr jemand

30 Kilo Soldatenmarschgepäck von den Schultern genommen.

Sie erzählte ihm, wohin sie flog und warum. »Ich werde meinen Vater suchen, weißt du?« Müde rieb sie sich die Augen. »Ich weiß endlich, wie er heißt und wo meine Mutter ihn kennengelernt hat. Indien. Ist das nicht absurd?« Dann drückte sie ihn noch einmal fest an sich und ging. Sie musste sich beeilen.

Zehn Minuten, nachdem sie zu Hause eingetroffen war, klingelte es an der Wohnungstür. Es konnte sich nur um Tom handeln. Mit zerzausten Haaren stand er vor ihr und drückte ihr die Orchidee, die sie ihm geschenkt hatte, in die Hand. »Passt du auf Gerti auf, bis ich zurück bin?«

Er hatte ihr einen Namen gegeben? Nickend nahm sie die Pflanze entgegen. »Wann ist es so weit?«

Er warf einen Blick auf seinen BlackBerry. »In zwei Stunden geht mein Flug.«

»Kommst du noch auf einen Kaffee herein?«

Er räusperte sich, dann trat er ein. »Kann nicht schaden. Ich mach ihn. Ruh dich aus.«

Während Tom mit dem Geschirr klapperte, setzte sie sich aufs Sofa. Schon wenige Minuten später kam er mit dem Kaffee herein. Er musterte sie verstohlen.

Jutta lächelte. »Dein Traumfänger wirkt übrigens.«

»Keine Albträume mehr?«

»Schon lange nicht mehr.« Dass sie ihre Kindheit in Indien verbracht hatte, wusste er bereits. Von der langen Unterredung mit ihrer Mutter erzählte sie ihm nichts. Stattdessen fuhr sie fort: »Vielleicht weil ich jetzt weiß, was die Träume bedeuten. Damals als Kind haben mir diese leprakranken Menschen sicher Angst gemacht.«

»Kann ich mir gut vorstellen.«

Jutta nippte an der Tasse, Tom schwieg.

»Georg wird wieder vollkommen gesund.«

»Du warst bei ihm? Schön.«

»Ja, und ich werde meinen Psychotherapeuten wechseln. Irgendwie fühl ich mich nicht mehr wohl bei ihm, nach allem, was wir herausgefunden haben.«

»Überleg es dir gut. Gerade Therapeuten, die aus eigener Erfahrung wissen, wie es ist, ein Trauma bewältigen zu müssen, sind oft besonders gut.«

»Wenn du es sagst.«

Warum konnte er ihr kaum in die Augen sehen? Wann hatte er sich so verändert? Hatte sie es nicht bemerkt, weil sie zu sehr mit sich selbst beschäftigt war? »Alles in Ordnung bei dir?«

Seine Augenlider flatterten nervös, die Pupillen fraßen seine grüngefärbte Iris förmlich auf. »Ja, alles bestens.« Aber sein Lächeln wirkte gequält.

Als er sie über die Tasse hinweg ansah, erkannte sie die Wahrheit. Mein Gott! Wie hatte sie das übersehen können? »Die Küstenwache hat Hanna Wagner gefunden. Heute Morgen.«

Er war irritiert von diesem Themenwechsel. »Wo?«

»In Hurghada.«

»Also war sie wirklich in Ägypten.« Tom sah sie über den Tassenrand hinweg an und schluckte. »Wird sie überstellt?«

»So könnte man es nennen.«

»Laut ihrer Halbschwester und Paul König wird sie den Prozess wohl nicht überleben.« Er stellte die Tasse auf den Glastisch.

»Es wird für sie keine Gerichtsverhandlung mehr geben.« Nach einer Pause, in der sie Toms Gesicht studierte, fügte sie hinzu: »Sie hatte einen Tauchunfall.«

Nachdem König sich am Vortag in seiner Zelle erhängt hatte, würde es also überhaupt keine Verhandlung geben.

Tom nahm die Brille ab und wischte sie mit einer Serviette sauber. »Warum ärgert mich das nicht?«

Sie lächelte ihn an. Er schob sich die Brille wieder auf die Nase, erwiderte ihr Lächeln und sah ihr tief in die Augen. »Das zwischen Paul und Hanna war echte Liebe, oder?«

»Von Pauls Seite her wohl schon.«

»Man kennt eben die Gefühle anderer nicht.«

Sanft legte sie ihre Hand auf seine langen Finger, die einen Rhythmus auf die Tischkante trommelten. »Manchmal spürt man sie.«

Fast schuldbewusst sank er in sich zusammen.

»Ach ja, Christl hat mich angerufen. Sie ist die Alleinerbin. Ein großer Publikumsverlag hat die Rechte an Beckys Buch gekauft, mit einem Batzen Vorschuss, und ein TV-Produzent hat sich auch gemeldet. Sieht so aus, als würde Becky doch noch berühmt werden. Und Christl wohl auch, sie soll die Hauptrolle spielen.«

»Schön für sie, aber warum werden viele Österreicher erst nach ihrem Tod richtig berühmt? Ist doch eine verkehrte Welt.« Ihrem Blick ausweichend, schaute er auf seinen BlackBerry. »Ich muss los. Quantico wartet. Wieder einmal.« Hektisch sprang er auf und stieß dabei seine halbvolle Tasse um.

»Tut mir leid«, murmelte er zerknirscht.

Aber Jutta lachte nur fröhlich. »In meinem Chaos fällt ein Fleck mehr auf dem Teppich nicht auf.«

Nachdenklich begleitete sie ihn zur Tür. Tom strich sich mit den Fingern durch sein volles Haar. Richtig unschuldig sah er aus, wie er im Flur stand, unschlüssig, wie er sich verabschieden sollte. Deshalb umarmte Jutta ihn einfach. »Komm gesund wieder.«

»Und was wirst du tun?«, fragte er in besorgtem Tonfall. »Ich hab von Viktor gehört, dass du dich auf unbestimmte Zeit hast beurlauben lassen.«

»Mach dir um mich keine Sorgen. Wenn du zurückkommst, werde ich hier sein.«

Er fragte nicht weiter, sondern drückte sie stattdessen fester an sich. »Pass auf dich auf.« Sie spürte seinen Herzschlag und seinen warmen Atem an ihrem Ohr und meinte, einen Seufzer zu hören, der tief aus seinem Herzen zu kommen schien. Jutta fühlte sich seltsam geborgen. Keiner von ihnen schien die Umarmung lösen zu wollen. Nach einer Ewigkeit räusperte sie sich schließlich und schob ihn von sich. »Pass auf dich auf. Mach's gut.«

Tom drückte ihr einen verstohlenen Kuss auf die Nase und schlenderte mit einem Lächeln davon.

Nachdem sie die Tür hinter ihm geschlossen hatte, ging sie ins Schlafzimmer, um zu packen. Erst diesen Morgen, als sie von Hanna Wagners Schicksal erfahren hatte, war der Entschluss in ihr gereift. Ihr Leben könnte jeden Moment vorbei sein, das begriff sie jetzt. Ihre Nachbarin würde die Wohnung versorgen und auch Toms Orchidee gießen.

Kretschmer hatte nicht nach Gründen gefragt, als sie um Urlaub gebeten hatte. Zu viel war passiert, das sie aus der Bahn geworfen hatte. In ihrer Handtasche lagen ein Ticket nach Neu-Delhi, ein Reiseführer und ein Zettel mit einer Adresse, die sie von ihrer Mutter erhalten hatte. Endlich! Binnen kürzester Zeit stand der Koffer in der Diele. Rasch glitt sie in ihre Sandalen, löschte das Licht und flüsterte Worte in die Dunkelheit, die ihr ganz von selbst über die Lippen kamen: »Namaste Baap. Kyaa haal hai?« *Hallo, Vater. Wie geht es dir?*

EPILOG

Rebecca

Das Meer ist meine eigentliche Heimat. Ich liebe den schwerelosen Zustand beim Tauchen. Diese Grenzenlosigkeit; kein Oben, kein Unten, kein Links und kein Rechts. Ich liebe die Farben, die mir viel intensiver als an Land vorkommen: das blasse Türkis im seichten Gewässer, das in ein helles Blau übergeht und in der Tiefe dunkler wird. Die rostroten Korallen und die buntschillernden Fische.

Und ich liebe die Stille.

Deshalb habe ich auch keine Angst, als mir ein Blick auf das Manometer zeigt, dass meine Pressluft bald aufgebraucht ist. Wie konnte ich bloß derart die Zeit vergessen? Ein Blick nach oben genügt; 20 Meter bis zur erlösenden Atemluft, das kann ich schaffen. Der Notaufstieg ist eines der ersten Dinge, die man lernt, wenn man den Tauchschein anstrebt. Zudem kann ich länger die Luft anhalten als andere Gerätetaucher. Ich bin eine der besten Amateur-Apnoe-Taucherinnen der Welt.

Noch einmal sehe ich nach oben ins Licht. Zarte Sonnenstrahlen tänzeln im Wasser um mich herum und wärmen meine Seele. Die Fische scheinen mich anzulächeln. Sanft wiegen sich die Anemonen im Takt einer Musik, die nur sie zu hören scheinen.

Der Himmel wartet. Ich bin bereit. Ja, ich werde kommen. Keinen Augenblick zweifle ich daran, dass Gott meine letzten Taten mit Wohlwollen betrachtet hat und mich in seine Arme schließen wird. All diese Menschen werden keinem Kind mehr Leid zufügen. Es ist vorbei.

Magisch zieht die Dunkelheit unter mir mich an. Voller Vorfreude kribbelt es in meinem Bauch. Niemals werde ich mehr Schmerzen oder Qualen erleiden müssen; keine Tabletten, Kapseln, Infusionen, Bestrahlungen und Chemotherapien mehr. Meine Augen füllen sich mit Tränen.

Ich zerre an meinem falschen Haar und verschlucke mich fast vor Lachen, als ich dabei zusehe, wie es der Sonne entgegenschwimmt. Beinahe zärtlich streiche ich über meinen kahlen Schädel, ziehe die Tarierweste aus, befestige die Maske daran und fülle die Weste mit dem letzten Rest Luft. Das Wasser kühlt meine brennenden Augen, vor denen die Szenerie verschwimmt. Zuletzt lasse ich den unbrauchbaren Lungenautomaten aus meinem Mund gleiten – dann lasse ich alles los: die Weste, meinen Körper, meine Seele, den Schmerz, die Schuld und Verbitterung, schlicht: mein Leben.

Es fühlt sich richtig an, zum ersten Mal in meinem Leben bin ich wirklich glücklich.

Wie durch ein Wunder hat sich Pauls Wunsch erfüllt.

Das Wasser scheint mich zu umarmen. Ein Mantel aus Geborgenheit und Liebe umhüllt mich. Die Wärme durchdringt meinen Körper bis in mein Herz, das endlich frei ist.

Kurz nicke ich den Fischen zu, bevor ich, den hölzernen Rosenkranz fest im Griff, hinabtauche in die Schwärze.

ENDE

NACHWORT DER AUTORIN

1998 hörte ich zum ersten Mal von den *Houses of Horror*. Jahrzehntelang wurden Hunderte irische Kinder in Heimen und Schulen der katholischen Kirche physisch und psychisch misshandelt und sexuell missbraucht. In einem Waisenhaus der *Barmherzigen Schwestern* wurden sie dazu gezwungen, bis zu 60 Rosenkränze am Tag herzustellen, andernfalls wurden sie bestraft. (Diesen Umstand nutzte ich später als Aufhänger meines Thrillers.) Andere wurden für Arbeiten im Haushalt, in den Wäschereien oder in der Landwirtschaft eingesetzt.

Ich war damals als Flugbegleiterin tätig und viel im Ausland unterwegs. Als ich 1999 in Dublin weilte, sendete das irische Fernsehen RTE die TV-Dokumentation *States of Fear*, in der Opfer des Missbrauchs seit den 30er Jahren bis in die 80er Jahre erstmals ihr Schweigen brachen. Aufgerüttelt durch diese Dokumentation, richtete Premierminister Bertie Ahern eine Untersuchungskommission ein, die mit Beginn des neuen Jahrtausends ihre Arbeit aufnahm.

Da mich das Thema nicht mehr losließ, begann ich zu recherchieren. Ich rechnete damit, dass es sich hierbei um bedauerliche Einzelschicksale handelte, musste jedoch bald feststellen, dass das Ausmaß dieses Skandals erschütternd war. Im Mittelpunkt der Untersuchungen standen die Fälle von sage und schreibe 46 irischen Priestern, denen in den Jahren 1975 bis 2004 über 300 Fälle von Kindesmissbrauch zur Last gelegt wurden. Bereits 1994 hatte der Priester Brendan Smyth aus Belfast den Missbrauch an fünf Mädchen und zwei Buben gestanden, was zum Rücktritt der damaligen Regierung geführt hatte. Später bekannte sich der Täter schuldig in 20 Fällen, bevor er an einem Herzinfarkt starb. 1995 wurden einem Ministranten 45.000 Dollar Schweigegeld geboten, damit er im Fall des Pfarrers Ivan Payne nicht aussagt. Selbiger wurde erst 1998 zu vier Jahren Haft verurteilt wegen Missbrauchs von acht Buben zwischen elf und 14 Jahren.

2008 wurde offiziell verkündet, dass die rund 12.000 Opfer durchschnittlich jeweils 61.000 Euro an Entschädigungsgeldern bekommen haben. Die Ermittlungen allein hatten 70 Millionen Euro gekostet. Die Dubliner Erzdiözese hatte bereits 1987 eine Versicherung gegen Gerichtsverfahren und Ansprüche bezüglich Missbrauchs abgeschlossen, was viele später für einen Beweis hielten, dass die Diözese längst über die Missbrauchsfälle informiert war, aber nichts dagegen tat bzw. die Täter sogar deckte.

Und Irland war erst der Anfang, zumindest in Europa.

Denn in Amerika wurde bereits 1989 die Organisation SNAP (Survivors Network of Those Abused by Priests) gegründet, um den Opfern von sexuellem Missbrauch in der Kirche zu helfen. Seit 1990 wird diese Institution von David Clohessy geleitet, der selbst ein ehemaliges Opfer ist. Mittlerweile umfasst das SNAP mehr als 13.000 Mitglieder weltweit. (In Österreich gibt es eine Teilorganisation.) In den USA haben über 100.000 Opfer pädophiler Priester ihr Schweigen gebrochen, die Dunkelziffer der niemals gemeldeten Fälle dürfte weitaus höher liegen. Die meisten Opfer wurden von der Kirche nicht oder kaum entschädigt. Es kommt meist zu außergerichtlichen Vergleichen, vor Gericht wiederum kämpft die Kirche sehr hart, was für die Opfer ein weiteres Martyrium bedeutet. Bevor es zu einem Urteil kommt, wird immer der Vergleich vorgezogen, was dazu führt, dass kaum jemand verurteilt wird. Ziel der katholischen Kirche ist es, mit allen Mitteln ihre Reputation zu schützen, was wiederum zum Schutz der Täter führt.

In Deutschland empfahl der Deutsche Bundestag erstmals im November 2008, einen Runden Tisch einzurichten, der die Geschehnisse in der Heimerziehung im Nachkriegsdeutschland aufarbeiten sollte. Im Dezember 2010 legte der Runde Tisch seinen Abschlussbericht vor. Darin wird das volle Ausmaß des Unrechts und Leids der Kinder und Jugendlichen in verschiedenen Kinder- und Erziehungsheimen der Bundesrepublik zwischen 1945 und 1975 aufgezeigt. Es reicht von körperlicher Züchtigung über sexuelle Gewalt, religiösen Zwang, Arbeitszwang bis zu Medikamentenversuchen.

Um das Vertrauen der Gläubigen wiederzugewinnen, plante die Kirche eine wissenschaftliche Aufarbeitung zusammen mit dem Kriminologischen Institut. »Es ist ein notwendiger und überfälliger Schritt, dass sich die katholische Kirche öffnet und erstmals kirchenfremden Fachleuten Zugang zu den Kirchenarchiven ermöglicht. Die dramatischen Erschütterungen des Jahres 2010 dürfen nicht in einer halbherzigen Aufarbeitung versickern«, sagte Bundesjustizministerin Sabine Leutheusser-Schnarrenberger.

Im Jänner 2013 wurde seitens der Kirche diese Zusammenarbeit gekündigt.

Opfervertreter forderten erneut eine Aufklärung der Vorfälle durch den Bundestag. »Die katholische Kirche ist offensichtlich mit der Aufarbeitung überfordert«, teilte der Opferzusammenschluss mit. Ähnlich wie in den Niederlanden soll nun eine vom Parlament eingesetzte Kommission tätig werden.

Ebenfalls im Jahr 2010 bat der britische Premierminister ehemalige Heimkinder für erlittenes Unrecht öffentlich um Entschuldigung. Hierbei stand besonders die bis in die 60er Jahre hinein betriebene Verschickung von Kindern aus Großbritannien in die britischen Kolonialgebiete im Mittelpunkt.

Auch Österreich blieb von diesen Skandalen nicht verschont. Bisher haben sich 1324 mutmaßliche Opfer von klerikaler Gewalt an die Opferschutzkommission gewandt. Rund 85 Prozent der gemeldeten Vorfälle betrafen einen Zeitraum vor 1980.

1150 Fälle wurden mittlerweile *erledigt;* einige österreichische Opfer wurden entschädigt, wenn auch mit dem absoluten finanziellen Minimum. Aber Geldentschädigungen sind nur eine Möglichkeit. Wichtiger ist medizinische bzw. psychologische Betreuung. Noch immer meldet sich nur ein kleiner Teil der Betroffenen. In Österreich regiert nach wie vor das Schweigen. Mit meinem Buch möchte ich Betroffenen Mut machen, ihre Geschichte aufzuarbeiten.

Deshalb war es mir wichtig, schonungslos, direkt, offen, ehrlich und ohne Weichzeichner aufzuzeigen, wie groß das Leid dieser Kinder war. Ich weiß, diese Passagen sind teilweise hart zu lesen und gehen beinahe bis an die Grenze des Erträglichen.

Aber Sie als Leser/in können das Buch weglegen, jederzeit aus der Geschichte aussteigen, pausieren, Kräfte sammeln und später wieder Ihren Alltag leben. Die Kinder konnten das nicht und sind heute, als erwachsene Menschen, teilweise immer noch in ihren Albträumen gefangen.

Es ist wichtig, die volle Wahrheit endlich ans Tageslicht zu bringen.

Jennifer B. Wind

DANKSAGUNG

Ein Buch schreibt sich im stillen Kämmerlein? Diese romantische Vorstellung hatte ich auch einmal. Doch bevor man seine Seiten füllt, muss man hinausgehen: Eindrücke sammeln, Fakten zusammentragen, mit Menschen reden. Jedes gute Buch entsteht aus dem perfekten Miteinander verschiedener Beteiligter, so auch dieses. Nachfolgend möchte ich mich bei meinem *Team* bedanken.

Allen voran bei Claudia Senghaas, der Programmleiterin und Lektorin beim Gmeiner Verlag. Sie hat mein Buch gelesen und bei der Programmkonferenz vorgeschlagen, mich als Autorin aufzunehmen, und war von Anfang an wie ein Tornado. Ich bin immer noch geplättet von all ihrer Energie, die sie sofort in dieses Projekt gesteckt hat. Und natürlich ein herzliches Dankeschön an Armin Gmeiner und sein gesamtes Team. Sie haben alle Hebel in Bewegung gesetzt, damit dieses Buch noch 2014 gedruckt erscheinen konnte. Ich weiß gar nicht, wie sehr mich das berührt hat und immer noch tut. Ihr seid große Klasse!

Danke an Gerhard Loibelsberger, der ein wichtiger Mentor für das Buch wurde. Gerry, du hast ein ewiges Bussi-Abo bei mir gut!

Ein Dankeschön gebührt auch meinem sagenhaften ersten Lektor Ralf Reiter. Seine Inputs haben das Buch immens bereichert. Zudem hat er meinen Stil und die sprachlichen Eigenheiten meiner Figuren respektiert. Die Chemie stimmte von Anfang an, und ich hoffe, dass wir wieder einmal aufeinandertreffen.

Vielen Dank an meine Agentin Lianne Kolf, die stets an dieses Buch geglaubt hat, ihren engagierten Mitarbeitern sowie an Beate Kuckertz, die diesem Buch eine erste Heimat als E-Book gegeben und mich herzlich in die dotbooks-Familie aufgenommen hat.

Ein besonderer Applaus gebührt meiner Mentorin Mischa Bach, die unermüdlich mit mir diskutiert und gearbeitet hat. »O2« hat mir vor Jahren meinen ersten Laptop besorgt und war somit der Erste, der meine Passion unterstützt hat. Mischa und meinem Mann ist es dann gelungen, mich zu motivieren, meine Geschichten auch der Öffentlichkeit zugänglich zu machen. Sämtliche polizeilichen Fachkenntnisse meines Mannes kamen dem Roman zugute. Auch gibt es keinen, der das Skript derart oft in verschiedensten Versionen gelesen, kommentiert und mit mir darüber diskutiert hat. Zudem sind seine »freien Tage« meist mit Haushaltspflichten gespickt, damit ich am Schreibtisch sitzen kann. Womit ich zur großen Gruppe meiner Testleser/innen komme, die das Manuskript (oder Teile davon) in verschiedenen Stadien gelesen haben und mit ihrem Feedback, Lob und konstruktiver Kritik wesentlich zur Endfassung beigetragen haben: Andreas Baumann, Daniela Bertoldi, Hef Buthe, Doris Dörfler, Veronika A. Grager, Sylvia Grünberger, Nicole Huber, Astrid Kogler, Natalie Lamprecht, »O2«, Sam Madwar, Martina und Michael Szep, Michi Wind, Gloria Wind, Cornelia Kelz, die zudem ihr medizinisches Fachwissen eingebracht hat, Mag. Barbara Singer und Mag. Erika Bentrup für ihre Tipps und Antworten auf psychologische Fragen meinerseits und Sabina Naber, die neben dem Testlesen auch meine erste Buchpräsentation bei Thalia arrangiert hat. Auch du musst nun mit meiner ewigen Anhänglichkeit leben. ☺

Zutiefst danken möchte ich den »Überlebenden«, die mit mir über ihre Zeit im Heim gesprochen haben und anonym bleiben möchten, genauso wie dem Pfarrer, der mit mir über diese Missstände diskutiert hat, und den Patienten der Baumgartner Höhe – P., R. und G. –, die mir einen Blick in ihre Innenwelt erlaubt haben.

Motivierende Unterstützung ist ebenfalls wichtig, um seine Ziele nicht aus den Augen zu verlieren: Rainer Wekwerth danke ich für motivierende Telefonate. Oliver Buslau hatte immer einen guten Rat für mich parat, und die »TextArtisten« Nico, Illona, Obandine und Micca sparten nicht mit Aufmunterung.

Wäre ich nicht den *Mörderischen Schwestern* beigetreten, die mir immer wieder einen Tritt in den Hintern gegeben haben, dann würden Berge von Papier noch in den Schubladen lagern. Danke auch an alle österreichischen Krimiautor/innen, der Austausch mit euch ist unersetzlich! Hervorheben möchte ich Susanne Schubarsky, die mich für meine erste Krimilesung vorschlug, gleich auf der Criminale. Dies war sozusagen meine Initialzündung, danach gab es kein Zurück mehr. Und Trixi Kramlovsky, die man mit allen (un)möglichen Fragen löchern darf – was ich immer noch »ausnütze«.

Ich danke allen Rezensent/innen und Blogger/innen, die mein Buch besprochen und mich interviewt haben. Danke an alle Leser/innen, die das Buch gekauft und verschlungen haben und besonders den Leser/innen bei lovelybooks. Eure unglaublichen Aktionen, meinem Buch zum Erfolg zu verhelfen, waren teilweise echt abgefahren. Die Leserunde mit euch war der Hammer, ihr habt es geschafft, dass ich mich wirklich als Autorin fühle, habt mich aufgebaut, mit mir diskutiert, gelacht, geweint, euch mit mir getroffen, Punkte verteilt, und nicht zuletzt euch habe ich es auch zu verdanken, dass mein Buch nun wirklich in den Regalen stehen wird. Ich hoffe, ihr bleibt mir weiterhin treu.

Zu guter Letzt danke ich meinem inneren Schweinehund, dass er sich zu selten blicken lässt, um mich vom Schreiben abzuhalten.

Weitere Krimis finden Sie auf den folgenden Seiten und im Internet: www.gmeiner-verlag.de

SIGRID NEUREITER
Dolomitenrot

978-3-8392-1680-4 (Paperback)
978-3-8392-4637-5 (pdf)
978-3-8392-4636-8 (epub)

»Der 3. Fall um die PR-Beraterin Jenny Sommer führt sie in den Naturpark Schlern-Rosengarten.«

PR-Beraterin Jenny Sommer und ihr Freund Lenz Hofer suchen in den Dolomiten nach Spuren der Sagenfigur König Laurin. Bei einer Touristenattraktion im Naturpark Schlern-Rosengarten entdecken sie eine Leiche. Als ein Verwandter von Lenz des Mordes verdächtigt wird, beginnt das Paar zu ermitteln. Zusammen kommen sie der Lösung des Falles Schritt für Schritt näher. Doch immer, wenn sie meinen, den Mörder entlarvt zu haben, eröffnet sich eine neue Perspektive, die ihre jeweilige Theorie ins Wanken bringt.

OSKAR FEIFAR
Zwergenaufstand

978-3-8392-1669-9 (Paperback)
978-3-8392-4615-3 (pdf)
978-3-8392-4614-6 (epub)

»Tratschen in Angst und Schrecken!«

150 Jahre Tratschen. Das muss gefeiert werden! Die Vorbereitungen laufen auf Hochtouren und wie bestellt kommt ein Wanderzirkus in den Ort. Alles scheint perfekt, bis ein Unwetter losbricht und alles gehörig durcheinanderwürfelt. Ein toter Zirkusdirektor, dessen Leiche verschwindet, mehrere Kleinwüchsige, die behaupten den Mann ermordet zu haben, eine Gruppe verschwundener Kinder und ein entlaufener Löwe verlangen Bezirksinspektor Strobel einiges ab.

Unser Lesermagazin

2 × jährlich das Neueste aus der Gmeiner-Bibliothek

Das KrimiJournal erhalten Sie in Ihrer Buchhandlung oder unter www.gmeiner-verlag.de

24 x 35 cm, 40 S., farbig; inkl. Büchermagazin »nicht nur« für Frauen und HistoJournal

GmeinerNewsletter

Neues aus der Welt der Gmeiner-Romane

Haben Sie schon unsere GmeinerNewsletter abonniert?

Monatlich erhalten Sie per E-Mail aktuelle Informationen aus der Welt der Krimis, der historischen Romane und der Frauenromane: Buchtipps, Berichte über Autoren und ihre Arbeit, Veranstaltungshinweise, neue Literaturseiten im Internet und interessante Neuigkeiten.

Die Anmeldung zu den GmeinerNewslettern ist ganz einfach. Direkt auf der Homepage des Gmeiner-Verlags (www.gmeiner-verlag.de) finden Sie das entsprechende Anmeldeformular.

Ihre Meinung ist gefragt!

Mitmachen und gewinnen

Wir möchten Ihnen mit unseren Romanen immer beste Unterhaltung bieten. Sie können uns dabei unterstützen, indem Sie uns Ihre Meinung zu den Gmeiner-Romanen sagen! Senden Sie eine E-Mail an gewinnspiel@gmeiner-verlag.de und teilen Sie uns mit, welches Buch Sie gelesen haben und wie es Ihnen gefallen hat. Alle Einsendungen nehmen automatisch am großen Jahresgewinnspiel mit attraktiven Buchpreisen teil.

WWW.GMEINER-VERLAG.D

Wir machen's spannen